TROISIESME LIVRE
DES SEREES
DE GVILLAVME
BOVCHET, SIEVR
DE BROCOVRT.

*Reueu & corrigé de nouueau
par l'Autheur.*

ET NVGÆ SERIA DVCVNT.

A ROVEN,

Chez ROBERT VALENTIN, Libraire, tenant sa boutique dans
la Court du Palais.

M. DC. XV.

A MONSIEVR,
MONSIEVR DE LA
CLVELLE, CONSEILLER
& Maiftre d'Hoftel ordinaire
du Roy.

ONSIEVR,

Vous careffez ordinaire-
ment de tant d'accueil ceux
qui vous font part de leurs
Oeuures, que vous en eftes
comme le Dieu tutelaire. C'eft pourquoy apres
auoir remué toutes fortes d'aduis à part moy,
i'ay prins la hardieffe de vous dreffer & ad-
drêffer ce peu de lignes, ou ie n'employeray poin.t
les traicts de Rhetorique pour vous perfuader
aux effects dont elles vous recerchent. Ie di-
ray feulement, qu'ayant recognu l'intention du
Sieur Bouchet, de vous dedier les derniers
fruicts de fes labeurs, & Dieu l'ayant retiré à
foy, ie fuis demeuré executeur de cefte fienne

A 2

derniere volonté. Il m'est impossible de redi-
ger par escrit les dignes conceptions qu'il auoit
sur ce suiet; mais en suite de son intention, ie
diray franchement & sans hypocrisie, qu'il n'a
peu faire election d'vn personnage plus propre
à gerer & administrer la tutelle de ses enfans
(ainsi appelleray-ie ses escrits) qu'il à enfanté
par les plus nobles functions de son entendemēt.
Ils sont maintenant desnuez par le decez de
leur progeniteur de tout secours humain, pour
se guarantir des poinctures aceres de la mal-
veillance; vous auez en main tous les moyens
necessaires à les maintenir enuers & contre
tous par vostre bien-veillance. La garde-noble
vous en est iustement deüe. Elle ne vous sera
point debatuë ni contestee, nul aussi ne le peut
accepter que vous, à qui elle est commise, &
telle estoit l'esperance du mourant. Voicy donc
son troisiesme qui s'offre & presente pour estre
mis sous vostre tutelle & protection. Il espere de
la bonté d'esprit nee en vous, le mesme traicte-
ment qu'auez faict au secōd, qui vous fut dedié
par le pere. Plus on garde les fleurs des beaux
esprits, plus elles sont recommandables. Ie ne
vous recommanderay point celle-cy, puisque
vous cognoissez dés long temps celuy qui les à
traduictes, lequel se recommandoit assez de
soy-

soy-mesme, comme ayant esté le moins impar-
faict (que ie ne die le plus parfaict) des hômes
de sa qualité & de son aage. Toutesfois, veu
que toutes choses sont subiectes au controlle, i'ose
vous prier prendre leur defenses en main, côre
leurs controlleurs, ou plustost calomniateurs.
La memoire du deffunt vous connie, ses cendres
meritent cet honneur, vostre bon naturel vous
porte à luy rendre office, voire n'en estât pas requis, ses merites & ses vertus m'obligẽt à vous
en requerir. Ayãs tous deux demeuré quelques
annees comme enseuelis, ils reuiennẽt au iour,
accõpagnez de leur aisné, qui requiert pareille-
mẽt vostre faueur luy estre communiquee. Et
iaçoit que le pere luy ait laissé d'autres parains
(qui semblẽt estre quasi perpetuels) si est-ce que
la côsideration des deux posterieurs vous resou-
dra d'autant plus à la maintenuë du premier,
qu'ils ne peuuẽt marcher l'vn sans l'autre, ni
s'asseurer qu'à l'abry de vostre gloire, & sous le
fanal de vostre geneale assistãce, qui ne peut e-
gẽdrer aucune enuie ni ialousie. Or pour venir
à mõ particulier, i'aduoxe ingenuëmẽt q̃ si ceste
Epistre fust sortie des mains du Sieur Bouchet,
elle seroit d'vn style plus releué, & d'vne polis-
seure plus nette, ou vo⁹ la trouuerez mal-agẽ-a-
cee & impolié : mais vostre douceur couurira
ma rudesse, mon deuoir rendu & à vous & à la

volonté de l'Autheur excusera mes defectuo-
sitez, le lustre & la splendeur de vos vertus
conioinctes, illustreront & embelliront la ter-
nissure & laideur de mon discours. Que si i'ay
le moindre sentiment que les premices de mes
vœux vous ayent pleu, vous me serez vn autre Soleil qui eschauffera mes esprits à vous
consacrer toute ma vie le seruice que vous à
voüé,

MONSIEVR,

    Vostre plus humble & plus
    fidele seruiteur,

      IEREMIE PERIER.

De Paris ce premier iour de
  Nouembre, 1607.

A MONSIEVR DE BOV-
CHET SIEVR DE BROCOVRT,
SVR SES SEREES.

SONNET.

Mon Bovchet tes difcours, font autant
    de merueilles:
Qui captiuët nos cœurs d'vn rauiſſemēt doux,
Ils ſont tous pleins de laiſt, où Mercure ialoux,
Trempe ſon caducé pour charmer nos oreilles.

De differentes fleurs, comme font les abeilles,
Tu façonnes ton miel, dôt le gouſt plaiſt à tous,
Et ton ſçauoir ça bas, eſt vnique entre nous
Comme eſt ton ame au Ciel vnique entre les
    belles.

Mais tes veilles d'hōneur, & tes belles Serees
Fuſſent des enuieux & des ans deuorees,
Sans le ſupport heureux d'vn Soleil de ce tēps:

D'vn doſte la CLIELLE aux vertus fa-
    uorable,
Qui rendant ton trauail contre les ans durable
Te rend aymé des bons, & craint des meſdi-
    ſans.

La Roche Doſſeau.

A 4

TOMBEAV DE MON-
SIEVR BOVCHET,
Sieur de Brocourt.

IL n'est rië qui nous puisse exēpter du trespas,
BOVCHET repose icy toy passāt ne croy pas,
Que pourtant il soit mort, il a durant sa vie
Dompté par sa vertu & la mort & l'enuie.

Huict fois dix ans cōplets, en ce monde incōstāt,
Sans peine, & sans deuleur, il a vescu contant,
Puis iuste il à payé le tribut à Nature,
Son ame est dans le Ciel, son corps en sepulture,

Docte, aux doctes escrits, son esprit exerça
Iusques au iour fatal, que le crops il laissa,
Son temps fut compāssé ses œuvres mesurees.

Car finissant ses iours, il finit ses Serees.
PASSANT ARRESTE TOI, PRIE
DIEV QV'A SES OS
LA TERRE SOIT LECERE, ETER-
NEL LE REPOS,

Y.B.S.D.L.C.

AV MESME.

BOVCHET *ie le dy sans mentir,*
Vous faictes si haut retentir
Vostre nom par vostre bien dire,
Que iustement on vous admire:
 Car rien ne se voit de plus doux,
Plus docte ny plus agreable:
Ha! combien c'est chose louable
De frire bien au gré de tous.

Y.B.S.D.L.B.

AVTRE.

Bien que l'on ait compris en si petite espace,
BOVCHET *qui de la mort fut le triste butin*
Neantmoins ses vertus sa valeur & sa grace.
N'ont pour but limité que des siecler la fin.

M.R.D. RAGVENEAV.

A 5

SVR LA MORT DE MON-
SIEVR BOVCHET SIEVR
de Brocourt.

De BROCOVRT n'est point mort, comme
le monde pense,
Iamais le vertueux ne dort entre les morts:
Mais son esprit lassé du seiour de son corps
Est allé visiter le lieu de sa naissance.

La Roche Dosseau.

AVTRE.

Tu as vescu au monde, ou ta foy fut constante
Tu mesprisas le vice, & l'honneur fut ta loy,
Tu fus chery de tous, maintenant sans esmoy,
Tu es au beau seiour ou estoit ton attente.

L. PERIER.

LES SEREES QVI SONT
contenuës en ce troisiesme
Liure.

A 7

TROI

TROISESME LIVRE DES

SEREES DE GVILLAVME
Bouchet, Sieur de Brocourt.

VINGT-CINQVIESME SEREE.

Des gens de guerre.

E ne diray point qui fut
l'occaſió qu'en ceſte Se-
reee onne parla que des
gens de guerre, veu que
du temps de nos ſeditiós
ciuiles (durát leſquelles
ces Serees ont eſté faites)il ni auoit heure au iour qu'ó n'entédit parler de leurs
deportemens, & ſi n'y a gueres perſonne qui n'ait experimenté leur pillerie,
qu'ils appellent, s'accommoder, & qui
ne les haiſſe & deteſte, fors ceux qui
ont participé à leurs larrecins & meſ-
chancetez. Pourtant quelqu'vn n'a pas
dit ſans raiſon, que *militia* & *malitia*, la
militie & la malice, conuiennent quaſi

A 7

de nom, & qu'ils ont aussi vne mesme
definition:parce aussi que par eschange
de l'vn, aisément se fait l'autre:& qu'A-
ristote appelle les Grecs barbares, de ce
qu'ils alloyent armez: encores qu'il n'y
ait chose plus necessaire à l'entretien de
nostre vie que la guerre : toute chose
venant à se desreigler sans son aide,
parce qu'il se trouue tousiours des hômes qui ne veulent obeïr aux Loix que
par force:& les statuts ne pouuans rien
faire contre telles gens, il fut necessaire
que les armes accompagnassent les
Loix. Car qu'elle force & authorité au-
royent les Loix, Statuts & Ordonnan-
ces si l'on ne trouuoit qui les fist obser-
uer ? Et qui le peut mieux faire que les
hommes vaillans duits à manier les armes? Certainement sans eux les citoyés
ne seroyent pas asseurez en leurs propres maisons, on ne pourroit deffendre
les confins des seigneuries, on ne re-
pousseroit les iniures, l'on ne mettroit
pas fin aux seditions, les vertus ne seroyent pas maintenuës, la paix & le repos public conserué, les voisins ne
craindroient de nous faire tort, de nous
occu-

occuper nos biens, & faire violence à
l'honnesteté. Et m'est aduis, veu toutes
ces raisons, que les Loix sont faites
pour maintenir les vertus, & les armes
pour la deffence d'icelles : car autremét
elles s'en iroyent en ruine, voire, comme disoit Xenophon, la Iustice, les Loix
& les subiets sont sous la tutelle & protection des armes. Et comme les Republiques, les Rois, & les villes, doiuent
mettre toute diligence à conseruer les
gens de bien & pacifiques, elle deuoit
estre redoublee en la militie, tel estant
l'estat d'vn chacun, qu'elle est l'intention de celuy qui l'exerce : car en quel
home doit estre plus la crainte de Dieu,
qu'en celuy qui se soubmet tous les
iours à perils infinis ? En quel homme
doit recercher la patrie plus grande
foy, qu'é celuy qui luy promet de mourir pour elle ? En quel homme doit estre
l'amour de la paix, qu'en celuy qui peut
estre seulement offensé de la guerre ? Et
ay tousiours trouué bonne la loy de Solon, qui vouloit que les enfans de celuy
qui meurt en bataille, fussét nourris du
public : & la coustume d'vn pays, là ou
les

les femmes, qui perdent leurs maris en
la guerre fe peuuét remarier, les autres
non. Mais il eft aduenu que la medecine eft plus à craindre que la maladie, &
comme dit quelqu'vn, *Noftre mal s'em-*
poifonne du fecours qu'on luy donne: les gens
de guerre s'eftans fi mal gouuernez en
la difcipline militaire, qu'on a mieux
aimé laiffer leurs Republiques en leurs
maladies, que tafcher à les guerir par
les armes: Si bien que ceux qui mainte-
noient la paix, & la iuftice, repouffoient
la violence & la tyrannie, & qui pour
cela eftoyent honorez & refpectez de
tout le peuple, font fi reculez de toute
modeftie & bonté, que tout le monde a
mieux aymé laiffer leurs maifon, leur,
païs, & tout leur bien, que les y attédre
& rencótrer: qui eft caufe que le foldat,
en eft mal traicté, & ne trouuant rien
que manger en vn lieu, eft contraint de
s'efcarter au loing pour trouuer des viures, & pour foy loger: & eftans ainfi fe-
paré les vns des autres, font fubiets à
eftre chargez par l'ennemy, ou par ceux
du païs s'ils les trouuét demeurez apres
leurs compagnons, & à plufieurs autres,
incon-

inconuéniens:comme il arriua à vn soldat,qui estant logé à l'escart, trouua vn
bon lict, garny de couuerture, & de
draps, se met dessus le lict, dedans les
draps, & dessous la couuerture. Et là
estans bien à son aise,& sans bruit, dort
depuis le soir iusques au lendemain
apres midy:soit qu'il eut esté de garde
la nuict precedente, soit qu'il fut grand
dormard,pour auoir les veines fort pe-
tites:soit que la froideur du ceruçau luy
causast vn si profond dormir : soit qu'il
eust la teste grosse,contenant beaucoup
de vapeurs : soit qu'il eust mangé d'vn
lieure, qui prouoque le dormir, selon
Catō:soit qu'il eust trauaillé, les esprits
ayans besoin d'estre recreez.Or estāt ce
soldat ainsi endormy , il arriue en ceste
maison vn Seigneur, qui execute le lict
ou il estoit,& enueloppant dans la couuerture les draps,le soldat, & le lict, les
garrote & charge dans vne chatrette,
conduisant le tout iusques au plus prochain marché,sans que le soldat en sentist iamais rien , & sans que le Sergent
sçeust que le soldat y fust. Estant le Ser-
gēt arriué ou se tenoit le marché, il fait

ses

ſes proclamations, reçoit les encheres,
crie à pleine teſte, le liƈt à cent ſols, qui
dit, qui dit, & ce pour la derniere fois.
Soit que le cry du Sergét, ou le bruit de
la foire interrompiſt le ſommeil du ſoldat, ayant l'air, qui eſt renfermé en ſon
oreille, eſté meu & pouſſé par vn autre
air venant du dehors: ſoit que l'heure de
ſon reſueil fuſt venuë, les vapeurs montees au ceruean, procedantes de la viande digeree en l'eſtomach, eſtans cuites,
attenues, & conſumees par la chaleur,
qui ſe retite au dedans durant le dormir: ſoit que les femmes qui mettoyent
à l'enchere, en maniant le liƈt, fiſſent
tourner le ſoldat d'vn coſté ſur l'autre,
il ſe va reſueiller ſur les quatre heures
du ſoir, & ſe deſueloppant du liƈt, des
draps, & de la couuerture, ſort hors
tout nud, ſe iettant au beau milieu de la
foire comme vne mouche ſans teſte: &
ayant ſon piſtolet bandé, commence à
crier, goujat, apporte ma chemiſe. Les
femmes qui vouloient achepter ce liƈt,
& le remuoyent, eurent ſi grand peur,
que depuis ne furent en leur bon ſens:
le Sergent n'a point fait ſon profit dés

cc

ce temps là, eſtimant eſtre vn eſprit qui
le vouloit punir d'auoir executé de
pauures gens qui auoient tant de maux
les hommes n'eſtans pas plus aſſeurez
que les femmes, à cauſe qu'ils ne pouuoient arreſter ces femmes, qui fuyoiét
qui ça, qui là, voyant ce ſoldat tout nud
auec ſon piſtolet bandé & eſmorché,
n'en ayans iamais veu de tel qualibre.
Bref comme ſi c'euſt eſté vne tremeur
Panique, tous ceux de la foire s'enfuy-
rent, & arriuerent bien tard à leur logis,
à cauſe de la peur qui leur auoit entra-
ué les pieds, & auſsi qu'ils ne penſoient
pas qu'il fut ſi tard, ayant veu l'aiguille
ſur le midy. Ce pauure ſoldat ſe trouuât
ainſi tout nud, ſans ſçauoir qui l'auoit
là apporté, & que tous ceux de la foire
le fuyoient comme s'il euſt eſté gabe-
loux, penſoit eſtre en vn autre monde,
& eſtre enchanté, que quelque ſorciere
de Bodin, l'ayât graiſſé, & luy ayant mis
vn baſton entre les iambes, l'euſt enle-
ué en l'air, & laiſſé là : eſtant ſi eſtonné
qu'il ne faiſoit ſemblant de couurir ce
qu'on ne pouuoit dire ſa pauureté. Que
ſi on ne veut croire ceſte hiſtoire, qu'on
ne

ne laisse à lire tout ce que i'ay peu re-
cueillir de ce qui fut dit en ceste Seree
des gés-darmes, & on verra bié de plus
grands & estranges cas. Et pour le vous
donner à cognoistre, dés l'entree de ceste Seree, il se leua vn Franc-a-tripe, qui
nous va conter le deportement d'vn
Capitaine bien esueillé, lequel n'estoit
point endormy comme nostre soldat.
Et commença ainsi: Il y auoit ces iours
passez en vne de mes mestairies vn Capitaine, & des soldats, qui viuoyent à
discretion, ou plustost, pour mieux parler, sans discretion, encores que le Capitaine fit tousiours mettre son hoste
aupres de luy à la table, l'inuitant à boire, & beuuant à luy plus souuent qu'il
ne vouloit. Ce bon homme, au lieu de
luy faire bonne chere, demandoit au
Capitaine, & à ses soldats: Qu'au droict
auez vous de manger ainsi nostre bien?
Le Capitaine luy va respondre, Par
droit de guerre, comme fit Bremus aux
Romains, qui luy demandoyent *Quo iu-*
re hæc facitis? quand il leur respondit, *Iu-*
re belli. Ce Capitaine prenant plaisir à la
liberté de parler de son hoste, luy va dire,

te, Mon pere, ie vous prie de boire à
moy. Le bon homme estant prest à boire, le Capitaine luy va dire : mon hoste,
donnez vous garde de mettre ce bon
vin en vn meschant vaisseau. Et quoy!
lliy repliqua ce villageois, pensez-vous
que ie le vueille verser au vostre? Ce
Capitaine ne s'en faisant que rire, ne
laissoit pourtant à mettre vne main au
col de ce bon homme, & l'autre en sa
bourse. En fin, ils ne laisserent encores
de boire l'vn à l'autre, & en beuuant &
faisant bonne chere, le Capitaine disoit
à son hoste, dites, Maudite soit chicheté, lequel pour luy complaire, disoit,
maudit soit le dechiqueté. Vous ne dites pas bien, repliquoit le Capitaine, il
faut dire, à tous les diables chicheté. A
tous les diables le dechiqueté, disoit
tousiours le bon homme. Le Capitaine
ne s'en faisoit que rire, mais son hoste
n'en auoit nulle enuie : aussi que ce seroit vne grande folie de rire, & voir
manger son bien deuant soy. Celuy qui
faisoit le conte, fut interrompu par vn
de la Seree, lequel soustenoit que dechiqueté estoit venu d'vn nommé Chi-
quart,

quart, car on dit, Braue comme Chi-
quart, ou bien de chic à chic, c'est à dire, de petit à petit & dont est venu chi-
canoux, qu'on prononçoit anciennement chiche-à-nous: car iamais ils ne
veulent debourcer. Mais, adiousta-il,
soit venu le mot dechiqueté d'où on
voudra, si est-ce vne mauuaise chose de
decouper le drap, & les soyes, de telle
sorte qu'elles ne peuuent durer beaucoup, ny seruir qu'a vn maistre: ce que
les Turcs nous reprochent à bon droit,
nous appellans enragez & forcenez, de
gaster, còme en despit de Dieu, les biés
qu'il nous donne: & encores qu'ils ayét
de la soye plus que nous, il est deffendu
sur la vie de la decoupper. Celuy qui a-
uoit còme-cé le conte, reprenant la parole, va dire que ce Capitaine trouua só
hoste si à son gré, qu'il parla ainsi à luy:
Mon bon homme, ie vous veux bailler
quelque chose, afin qu'ayez bonne souuenance de moy. Le villageois luy respond, Mösieur, ne me laissez rien, car il
m'en souuiendra bien toute ma vie, & à
mes enfans auec. Lors le Capitaine va
dire à ses soldats, il veut que nous em-
portions

portions tout, & que nous ne luy laiſ-
ſions rien. Le bon homme repliqua, ie
dy, rien du voſtre. Lors vn de la Seree
va deplorer le piteux eſtat de la guerre
de maintenant, & va dire que Barthele-
my Giurgenitus, qui a demeuré ſerf en
Turquie 13. ans, dit qu'eſtant à la guerre du Turc, contre les Perſes, il vid de-
coler vn hôme d'armes, & ſon ſeruiteur
& ſon cheual, pource que le cheual s'e-
ſtant deſlié auoit entré dans le châp de
quelqu'vn. Pour n'entrer plus auant en
ces diſcours tragiques, on commença à
conter comme s'eſtoit porté à la guerre vn homme de village eſtant deuenu
ſoldat. Pour faire le recit de cet archer
de Bagnolet, il fut dit, que du temps de
Charles ſeptiéme, les Francs-archers
& Francs-taupins eſtoient eſleus &
choiſis par les parroiſſes, pour ſeruir de
ſoldats à la guerre, comme on fait auiourd'huy les pionniers. Ce que les Fráçois faiſoyent à l'imitation des Romains, qui eſtimoyét le ruſtic plus propre à la guerre que le citadin : le villageois eſtant plus accouſtumé à dormir
ſur la dure, au trauail, à endurer froid &
chaud

chaud, faim & soif, que les nobles, &
ceux des villes: estans les Romains si
curieux à eslire & choisir leurs gens de
guerre, que le Iurisconsulte estime ce
mot *Miles*, estre dit comme qui diroit
millesime: pour autát que de mille l'on
en eslisoit vn: comme *Centesimus*, signifie
l'vn de cent. Or pour acheuer comme
nostre Franc-taupin s'estoit porté à la
guerre, il fut adiousté, qu'estant bien
habillé, & bien armé (car en ce temps
là l'homme de pied auoit la salade & le
corcelet) les fabriqueurs de la parroisse
luy demandant si son habillemét estoit
bien fait, & s'il ne le blessoit point,
il respondit, Ie m'en rapporte à la parroisse: si les souliers ne le pressoyent
point, il s'en rapporteroit aussi à la parroisse: si la salade & son corselet ne le
serroyent point par trop, il s'en remet-
toit tousiours à la paroisse, tant il estoit
doux & paisible. Toutesfois il ne trouuoit pas bon dequoy on le chargeoit de
tant de harnois, disant qu'il estoit assez
hardy, & qu'il ne craignoit rien que
les dangers. La parroisse luy replique,
nous ne t'auons pas armé comme si
tu auois

tu auois peur, mais nous t'auons ainsi equippé afin que tu n'eusses point
de peur. Parquoy les parroissiens le
voyant armé iusques au collet, & bien
embastóné, luy vont dire: Va hardimét
à la guerre, n'ayes point de peur, il n'y a
personne qui te sçeust blesser, battre, ne
tuer. Le Franc-archer leur respond, ils
seroient bien meschás de me faire mal,
car ainsi que ie suis, ie ne me sçaurois
deffendre ni aider en façon du monde.
Cest aduanturier ne laissa pourtant à
estre receu à la monstre, & enuoyé auec
les autres de là les monts. La où il ne fut
pas long temps, qu'il ne se desrobast de
son regiment, ne demeurant en Italie
que l'Esté. Estant de retour, on luy demande pourquoy il s'en estoit reuenu
si tost: Il dit, qu'il ne s'en estoit pas fuy
de peur des coups, ne fuy d'vne bataille
ou escarmouche, la crainte luy clouant
& entrauant si bien les pieds quand il
faut iouer des cousteaux, qu'il luy est
impossible de bouger d'vn lieu, & aussi
qu'il auoit souuent ouy dire d'où il venoit, qu'aux batailles & rencótres d'armes, plus d'hommes mouroient en

Liu. iij. B

fuyant qu'en combattant. Mais ce qui
m'a fait si tost reuenir, disoit ce Franc-
archer de Bagnolet, c'est que Messieurs
les Italiens ne m'ont fait manger tout
l'Esté, que i'ay esté en Italie, sinon des
herbes, que si i'y fusse demeuré cest hiuer ils m'eussent fait manger foin: ay-ie
eu donc bonne raison de m'en venir?
leur disoit-il. On n'auoit pas acheué de
rire, qu'on va dire que ce n'estoit pas de
maintenant que l'Italien mange force
herbes, si nous en croyons le Comic qui
dit, *Apponunt prata patinis.* Puis l'vn deux
va demander, &c. dont estoit venu ce
mot de Franc-taupin. Celuy qui auoit
fait le conte respond, qu'à son aduis, ce
mot de taupin venoit du mot Grec
Tapinos, qui vaut autant à dire (comme
on luy auoit dit) que *humilis* en Latin
parce, disoit-il, que ces Francs-taupins
estoiét leuez du peuple le plus bas, c'est
assauoir des rustiques & gés des cháps,
là ou auiourd'huy on leue les gens de
pied de toutes côditions & estats, qu'on
appelloit n'a pas long temps Aduantu-
riers, *quasi parati ad omnem euentum,* &
Soldats maintenant, à la mode des Ro-

mains

mains & Italiens, *quasi solo dati*, ou selon
aucuns, *quod solidum stipendium eis daretur.*
Ces gens de pied, que nous appellons
auiourd'huy Soldats, va dire vn autre
m'ont fait souuenir des Pionniers, que
on leue des champs, qui furent leuez
pour assieger vne ville, lesquels furent
prins pour soldats, tant pour estre bien
vestus de couleurs de leur eslection,
que pour faire autant de mal qu'eux, iu-
rant comme eux, & comme s'ils eussent
esté gentils-hommes, appelloient les
gens des champs, ou ils passoyent &
logeoyent, vilains, pitaux, rustiques,
pied-gris, & païsans: mesmes les soldats
du camp ne les pouuoyent discerner de
eux, tant ils estoyēt desbordez en pilleries & blasphemes. Parquoy estans marris les soldats dequoy l'vn estoit prins
pour l'autre, & que les Piōniers iuroyēt
aussi bien qu'eux, leur vont dire, Ne iu-
rez plus mort-Dieu, sang-Dieu, il n'ap-
partiēt pas à vn vilain de iurer Dieu: iu-
rez tant seulement, si vous voulez qu'ó
vo°croye, ie ne puisse iamais partir d'i-
ci, ce q̄ aduint. Vous m'auez mis en memoire, va dire quelqu'vn, la responce q̄

fit en cet affiegemét vn Capitaine à ceux
qui fe plaignoient à luy q fes foldats les
auoient deftrouffez : car ce Colonnel
voyant que ceux qui fe difoient auoir
efté volez par ceux de fon regiment, a-
uoiét encores leurs pourpoints & leurs
chauffes, par le corpsdieu, leur difoit-il
ce ne fót point mes gens, ie m'affeure q
fi c'eftoient eux, ils ne vous euffét laiffé
ny pourpoint ny chauffes. Mais efcou-
tez, aioufta-il, qu'il arriua à ce capitaine
lequel s'accómodant auffi bien que fes
foldats, fe laiffa pourtant tromper en
partageant vn butin d'vne ville prinfe
d'affaut : ne prenant pour fa part qu'vn
prifonnier tout habillé de velours, auec
force paffemens d'or, & de boutons? car
ce Capitaine penfant en tirer quelque
bonne rançon, le traitoit magnifique-
ment, luy baillant touliours le premier
lieu de la table. Mais quand ce fut à le
mettre à rançon, on trouua que ce n'e-
ftoit qu'vn coufturier & tailleur, q n'a-
uoit pas vaillant fix blancs, oftez les habillemens qu'il auoit fur luy, defquels,
pour fe fauuer d'eftre tué auec la populace, il s'eftoit accouftré, prenans les
meil-

meilleurs vestemens qui fussent en sa
boutique. Le Capitaine apres auoir lóg
temps nourry, despoüille ce tailleur, &
l'enuoye, & ne s'en fallut gueres qu'il
ne fust mal accoustré, tant pour la moquerie des autres. Capitaines ses cópagnons, que pour n'auoir rien gagné en
ceste prinse. Vn de la Seree prenant la
parolle leur va dire, Puis qu'auez ris du
Capitaine, ie vous feray rire d'ũ soldat.
Durát les guerres ciuiles, cómença-il à
conter, il auoit vn Seigneur, qui faisoit
sauter du haut de son chasteau en bas
ceux qu'il prenoit de faction contraire,
s'ils n'auoient moien de payer leur rançon. Il arriua qu'vn soldat ià cogneu
tomba entre ses mains, lequel n'auoit
aucun moien de se rachepter. Parquoy
ce Seigneur le mene à la cime de sa tour
luy disant, il faut que sautiez du haut en
bas. Ce soldat comme asseuré, luy demande, Monsieur, faut-il que ie saute
tout d'vn coup: le Seigneur luy respond
qu'ouy: tout d'ũ saut, repliqua le soldat
Par-dieu, mon Capitaine, ie vous le dóne en trois. L'asseuráce du soldat, aiou-
sta-il, & la rencontre en tel danger, &

auſsi que Dieu tient le cœur des hommes, ploya ſi bien l'affection de ce tiran
qu'il luy ſauua la vie. Que ſi ie ne l'auois
veu, diſoit-il, ie ne ſçay ſi ie pourrois
croire qu'en vn tel danger vn homme,
tant aſſeuré ſoit-il, peut auoir dit cela:
la peur en ſes affaires glaçant le ſang, lequel glacé eſtoupe ſi bien les conduits
par ou nous reſpirós, qu'en telle crainte nous demeurós muets, & inſenſibles,
& ſans mouuement, voire meſme les
plus reſol°. Du depuis i'ay ouy dire que
il eſtoit miſerablement: car en la guerre
& en hoſtilité meſmes, il y a quelque
borne que la nature à preſcrite & limi-
tee pour les váïqueurs: outre & par deſſus laquelle ce qui ſe fait & commet, ne
ſe peut deſormais couurir du nom de
guerre, qui a de ſon coſté, cóme la paix,
ſes droits & couſtumes. Parquoy és choſes, ou l'on procede par violence, il doit
encore y auoir lieu de quelq̃ douceur,
pitié, & humanité. Si nos gens de guerre, repliqua quelque autre eſtoient auſſi aſſeurez que ce ſoldat, vous ne verriez
point tát de vanteries que font ces iar-
nignois, qui font trébler le ſalé iuſques
dans.

dãs les celiers : puis quãd ce viét à bailler le pain beuiſt de la cófrairie, ſont les
premiers, non pas a fuir, ce diſent-ils,
mais à ſe retirer. Et ne faut point que
ceux cy craignent, que leur trop grande
audace leur face tirer le ſang de la vene,
comme il ſe faiſoit entre les Romains:
ayãs bien plus de beſoin d'vſer & manger du Pauot cóme font les Turcs, qui
ont vne certaine opinion qu'ils en ſont
plus furieux, vaillans & deſeſperez à la
guerre, quand ils en ont pris: ce qui les
fait expoſer temerairement aux perils,
ce dit Belon. Si eſt ce, repliqua vn autre,
que i'ay leu qu'anciennemét on puniſſoit les ſoldats qui auoiét failly en leur
tirant du ſang des venes : dequoy on ne
peut rendre raiſon, ſinon que ceux qui
cómettent des fautes ne ſont pas ſains,
car des mauuaiſes humeurs viennét les
mauuaiſes mœurs. Et ſeroit de beſoin
que nos gés de pied fuſſent armez comme les Romains armoiét leurs ſoldats,
le plus peſamment qu'ils pouuoient,
pour les rendre plus fermes contre les
ennemis, & que ſentãs leurs perſonnes
ainſi chargees, ils ne s'attédiſſent point

B 4

de se sauuer. Que pleust à Dieu, disoit-il
que la loy *Tresantas* des Lacedemoniens,
c'est à dire de ceux qui auoiét peur, eust
lieu pour le iourd'huy, vous en verriez
beaucoup sans dignitez, sans femmes,
ayans des robes de couleur rapiecees, la
barbe seulemét d'vn costé, & auec tout
cela suiets à estre frappez & outragez,
sans s'oser defendre ne reuáger, i'ayme-
rois mieux, repliqua vn drolle, que la loy
de Charódas fust pratiquee, par laquelle les fuyards n'estoient que contraints
de s'abiller en fémes: aussi qu'il se trouue par escrit de vaillans gens-d'armes
auoir suy : cóme fit Catulus Luctatius,
capitaine Romain, lequel voyát fuir ses
soldats deuát les Cymbres, sans les pouuoir arrester, se mit entre les fuyards, &
fit le couard, afin qu'ils semblassent plus
tost suiure leur chef, que fuir l'ennemy,
pour les sauuer de reproche : combien
qu'il n'y ait pas beauceup de personnes
qui donnent leur honneur à autruy. Et
si estime, adioustoit nostre Drolle, plus
le Consul Varrón, qui s'enfuit, que Paul
son collegue, qui y mourut: & nó autrement en iugea le Senat, & le peuple Romain.

main, qui luy rendirent graces publi-
quemēt de ce qu'il n'auoit point deſeſ-
peré de la Republique. Vn homme d'armes, qui eſtoit en ceſte Seree, voyant
qu'ō parloit de ceux qui fuient, và ſeulement dire, que les hommes d'armes
François, qui ſe doiuent tenir fermes, &
comme en vn fort, ne deuoient s'accou-
ſtumer aux courſes & eſcarmouches, là
ou il faut le plus ſouuent fuyr: car ils s'y
font ſi bien accouſtumez, que là ou il
faut tenir bon, ils monſtrent les talons.
Les peuples nouuellement deſcouuerts
que nous appellons Barbares & Sauuages, nous accuſent de peur & de couar-
diſe, combien que nous nous diſons les
plus vaillans du monde: eſtant choſe eſmerueillable que de la fermeté de leurs
combats, qui ne finiſſent iamais que par
meurtre & effuſion de ſang: car de crainte de mourir, de routes & d'effroy, ils ne
ſçauent que c'eſt. Et comme dit de Mō-
taigne, Ie ne ſuis pas marri ſi nous re-
marquons l'horreur barbareſque: mais
ouy bien de quoy iugeons bien de leurs
fautes, noˢ ſoyōs ſi aueuglez és noſtres.
Ces Barbares, que nous n'eſtimons riē,

B 5

ne demādent à leurs prisonniers, autre
rançon que la confession & recognois-
sance d'estre vaincus: mais tant ils sont
hardis & vertueux & qu'il ne s'é trouue
pas vn, qui n'aime mieux la mort, que
de relascher, ny par contenance n'y par
parole, vn seul point de courage inuincible, D'auantage, disoit-il, ce qui fait
que les vieux portent plus aisément le
icusne q̃ les ieunes: c'est qu'ils ont grād
amas d'excremens pituiteux, ou la chaleur naturelle agist, qui est cause qu'elle
ne dissipe pas tant d'humeur radicale,
ne de la masse du corps. Par ces raisons
nous trouuons qu'és villes assiegees,
où il y a famine, les ieunes meurent, les
premiers de faim. Combien de iours
peut-on viure sans manger? demanda
quelqu'vn. A qui il fut respondu, qu'il
estoit impossible par nature que l'homme sain peut viure plus de six iours sans
rien manger, tāt ait-il les pores estroits
& tant soit-il abondant en grosses humeurs & gluantes, quelque chose qu'on
en trouue par escrit. Car noustrouuons
qu'vn estant condamné à mourir de
faim, ne vesquit que six iours, & que le
septiéme.

septiesme on le trouua mort, ayant
mangé de la chair d'vn de ses bras. Que
s'il y a quelqu'vn qui ait vescu trente
iours, ou d'auantage, sans mãger, comme asseurent Albert & Auicenne, cela
vient du flegme ou de la melancholie,
qui leur seruoiét d'alimens & nourriture. Et si fut adiousté que nous enduriós
plustost la faim que la soif : parce que la
soif nous cõtriste plus que la faim, prenans plus de plaisir à boire, quand nous
auons grand soif, qu'à manger quand
nous auons grand faim, l'humeur nous
delectant plus, d'autant que la vie en est
plus entretenuë q̃ de toute autre qualité ; or ce qui nous contriste le plus,
c'est ce qui contrarie le plus à ce qui
nous plaist. Soit la faim ou la soif, va
dire vn de la Seree, qui face plustost
rendre les villes, sur toutes nations il
n'en y a pas vne qui les supporte moins
que les François, & se fasche plus de
boire de l'eau & mãger des rats que luy :
ne se contentant pas de lard, de bescuit,
& de vin-aigre, cõme les anciens Romains. Encores trouuons nous dans les
Cõmentaires de Cesar, que de son téps,

B 6

les foldats Romains n'auoiét pour toute
munitió que du bled fans eftre moulu,
& vn peu de vin-aigre, pour mefler auec
leur eau : & les Atheniens ne portoient
à la guerre que des viures aufquels ne
falloit point de feu : les autres ne portoient que de l'ail : dont eft venu le prouerbe Latin, *à fabis & alliis abſtinendum,*
c'eſt à dire des magiftrats, & de la guerre,
n'y ayất pire nouuelle, que de predire &
annoncer la guerre : les Grecs eſtất couſ-
tumiers de dire à ceux qui apportoient
quelque mauuaiſe nouuelle : Eſt-ce la
guerre que vous denõcez ? Parquoy, adiouſtoit-il, ne faut mettre le François
où il eſt befoin de cõbatre de mõſtre de
faim, n'y ayant au mõde choſe plus miferable, ce dit *Cicero ad Atticum,* comme
l'ont bien mõſtré les doctes Egyptiens
en leurs facrees lettres, qui peignoient
vn aigle ayất le bec crochu, pour fignifier vn homme qui meurt de la plus miferable mort du monde, qui eſt la faim.
Que fi voulez renfermer vn François,
baillez luy, pour le moins, vn pot de vin
par iour, & deux liures de pain, ou ailleurs qu'à la guerre, trois le nourriſſent.
Que

Que fi voulez renfermer des femmes a-
uec des hômes, baillez leur plus à boire
qu'aux hommes, & moins à manger: car
on tiét que les femmes font ordinairement plus alterées que les hômes., mais
qu'elles mangent moins. Et pource, difoit-il, que cela femblera eftráge à plufieurs, ie vous diray leurs raifons. C'eft
que rien, n'altere tant que le beaucoup,
fouuent, & vehement parler, que nous
difons babiller, dont les femmes fe fça-
uent fort bien efcrimer: Et fi ne laiffent
les femmes fans parleméter de s'altercr,
mais c'eft par trop filer: car en fillant &
moüillant fouuent le fil, elles efpuifent
l'humidité aqueufe, dont les glandules
de la langue font arroufées, & de ce de-
fechemét vient la foif, & n'eft fans propos le cómun dire, ma commere, quand
ie file, ie boy tant. Et aufsi que la cóp-
xion cholerique fouuét atteinte de foif
eft ǵ fi la femme ne l'eft d'humeurs, elle
le fera de mœurs, & par accident, ayant
toufiours quelque chofe a demefler, &
à fe fafcher. Plus, nous auons dit que les
femmes mangent moins que les hommes: or eft-il, que tát moins qu'on má-

ge, plus on boit : tefmoins les femmes
qui difent : Quand ie ieufne, ma commere, ie boy tant. Que fi nous voulons
renfermer, adiouftoit-il, le foldat François, il faut renouueller la compofition
de *Alima* & *Adipfa*, qui oftoit la faim,
& la foif : ou bien luy bailler vne herbe
que les Ameriquains (qui eft vne partie
du monde, nouuellement defcouuerte,
contenant plus de deux mille lieuës)
nomment *Petum :* de laquelle ils prennent quatre ou cinq fueilles, qu'ils
font defecher, puis les enuelopent dans
vne autre grande fueille d'arbre, en façon de cornet à efpic c:cela fait, ils mettent le feu par le petit bout, & l'apro-
chent ainfi allumé dans leur bouche, &
en tirent la fumee, qui les nourrit cinq
ou fix iours fans manger aucune chofe:
faifant cela principalement quand ils
vont à la guerre, & que la necefsité les
preffe. Que fi vous prenez de la *Nico-*
tiane, ou herbe à la Royne (qu'aucuns
maintenant appellent *Petum*) & on n'y
trouue cefte vertu, fo ez affeuré que
ces deux plantes n'ont rien de commun
ni en fortune, ni en proprieté, auec
le.

le vray *Petum* des Ameriquains, nō plus
que l'Augoumoise, qu'on vante estre le
vrai *Petŭ*, Pline aussi dit, aioustoit-il encores, que les Scythes, pauure peuple,
prenoient en la bouche vne herbe nō-
mee *Hippicen*, que les Latins nomment
aussi *Spartania*, autres *Scithyca*, portāt le
nom des Scytes qui l'inuenterent pre-
mieremēt, qui faisoit qu'ils ne sentoiēt
point la faim douze iours tous entiers
apres qu'ils l'auoient prinse : & que
mesmes leurs cheuaux ayans mangé de
ceste herbe, enduroyent long temps la
faim & la soif. Les Scythes aussi, dit
Aule-Gelle, par le raport d'Enasistrate,
pour endurer la faim, se serroyent le
ventre & l'estomach auec de grandes
bandes : parce que ne laissant gueres
de vuide, la faim tourmente moins:
laquelle vient, selon Eristratus, des fi-
bres du ventricule & des intestins,
quand ils demeurent vuides. Parquoy
nous voyons coustumieremēt que ceux
qui ont de grandes obstructions és parties viscerales & intestines, n'ont pas
grand appetit. Mais ie craindrois, repliqua incontinent vne fesse-tonduë,

que

que ceste ligature me prouoquast à
lasciueté: car on tiét que ceux qui se serrent fort, sont plus incitez & enclins à
luxure: dôt il en y a qui defendét aux filles & femmes de se serrer si fort pour ne
sentir les aiguillons de la chair, & aussi
pour euiter d'estre bossuës & côtrefaites
mais ie vo² diray, adiousta-il, Venus est
mal aggreable à ceux qui endurêt grãd
faim. Que si ceux du iourd'hui, qui ne se
serrent point, & ne contraignent point
leur panse, le font pour ceste occasion,
i'approuue leur maniere de s'habiller
auec leur cotton. Aucuns ont dit, disoit
il encores, comme Turnebus, que le fromage de iument pouuoit nourrir dix ou
douze iours, sans manger autre chose:
mais ils ne disent rien de nouueau, car
les Scytes la plus part du temps ne viuent d'autre chose. Les autres asseurent
que pour se passer long temps sans mãger, qu'il n'a rien meilleur que de boire
oleum violaceum, meslé auec vn peu de
gresse, ou de l'huile d'amandres, ou bien
manger du beurre. Autres afferment
que le papier masché estanche la soif, aussi
bien que de tenir des boules de fer en

la

la bouche, côme il se trouue en l'histoire
des Portugais. Et si ie n'en puis trouuer
de fer, repliqua vn des nostres, prenez en
de merde, luy respôd Franc-à-tripe. Celuy qui auoit esté affiné, ne laissa en riât
à dire qu'il auoit experimenté, estant à
la guerre que ce q dit Pline du Pouliot
estoit vray, & qu'il égardoit d'auoir soif
ausi bié que les graines de Halinus sauuage, tenues sous la langue: & qu'ayant
enduré la faim, il s'estoit bien trouué
puis apres de ne mâger gueres, & d'vser
de boüillons de vieilles poulailles bien
consumees, & laict de cheures, & autres
choses propres pour eslargir les boyaux
retraicts. Vn de la Seree, encores qu'il
excerçast le mestier de la guerre, ne laissa à faire vn conte d'vn de ses compagnons d'armes, lequel estoit sorty d'vne
ville assiegee. Et le commença ainsi. Vn
homme d'armes de nostre côpagnie,
ayant esté renfermé en vne ville assiegee, & pour cela luy semblant que tout
le monde luy estoit tenu, en passant par
vne ville fit quelque excés, pensant encores estre à la guerre, dont il fut re-
cerché iusques à son hostellerie: où ne

le

le trouuant point, on print son cheual
sans s'amuser à prendre la selle. Mon
compagnon de gend'arme : fasché au
possible de son cheual, menace toute la
ville, iure qu'ils s'en repentirót, & qu'il
sçauoit bien qu'il feroit. Par l'auis de la
ville, son cheual luy est rédu: les plus aduisez de la ville disans qu'il venoit d'v-
ne ville qui auoit enduré le siege long
téps, où il auoit enduré la faim, & qu'il
ne falloit iamais irriter telles gens, la
faim ayant augmété la cholere. En rendant le cheual à mon compagnon d'armes, ceux de la ville luy demandent: Et
bien Monsieur, qu'eussiez vous fait, si
on ne vous eust rédu vostre cheual? Que
i'eusse fait, mort-Dieu? Va-il respódre,
i'eusse vendu la selle. Lors ceux de la
ville cogneurent bien qu'il n'estoit pas
si grand diable qu'il estoit noir. Aussi
l'hoste adiousta celuy qui faisoit le conte, m'auoit conté que ce fendant estant
logé en son logis, vn iour se voulant
coucher, auoit demandé vn couure-
chef, & voyant que les chambrieres
faisoient les longues, il s'estoit si bien
prins à iurer & maugreer, que tous
ceux

ceux du logis ne s'osoyent trouuer deuant luy. A vne fois il disoit qu'il mettroit le feu au logis, qu'il estoit gentil-
homme de bonne part, & bien appa-
renté, que ce n'estoit pas à luy à qui on
se deuoit ioüer: que si on le voyoit mal
en ordre, qu'il venoit d'vn siege, &
qu'il auroit bien cinq & six paires d'habillemens s'il vouloit, & qu'il ne tenoit qu'à l'argent qu'il ne les eust. En
ce courroux, personne n'osoit prendre
la hardiesse de luy presenter vn couure-chef, sçachant que de l'homme
courroucé se faut escarter pour vn têps,
& de l'ennemy pour tousiours. A la fin,
son hostesse print la hardiesse, apres luy
auoir baillé vn couure-chef, de luy
demander, Et bien, monsieur, qu'eussiez vous fait, si on ne vous eust apporté vn couure-chef ? Que i'eusse fait,
sang-Dieu! va-il respondre à l'heure:
ie me susse coeffé de ma chemise. Lors
son hostesse, qui le cognoissoit, en s'excusant, luy va dire, Et vrayement, monsieur, ie ne me suis pas auancee de vous
porter vn couure-chef, car i'ay veu que
ne portiez rien en vostre teste, Ie n'y ay

aussi

aussi iamais rié porté, respõdit-il, sinon
depuis que ie suis marié. L'hostesse, en
se riant, luy va dire que son mary en
estoit ainsi. Ce conte finy, vn habile
homme de la Serée, repetãt ce qui auoit
esté dit que la cholere estoit augmétee
par la faim, en va rendre la raison : disant
que de la faim & de la soif la chaleur en
est augmétee : laquelle ne trouuãt point
ou elle agisse, la nature & l'humidité
defaillants, ne faut pas trouuer estrange si les sens se trouuans alienez, & les
esprits dissipez, les personnes sont ren-
dues non seulement farouches, mais a-
yans vne espece de rage : aussi qu'on dit,
Il enrage de faim, dont ne se faut esmerueiller si ceux qui endurent faim, font
des choses prodigieuses & cruelles en
l'extremité de la famine, là ou au parauant ils n'eussent osé penser. On dit,
aioustoit-il, que les Frãçois estãs assiegez par les Cimbres & Theutons, pres-
fez de faim, substanterent leurs vies des
corps de ceux qui pour raison de l'aage
estoient inutiles à porter les armes. Et
sans reculer arriere iusques aux cala-
mitez de Ierusalem, au mois de Iuillet
mil

mil cinq cens septante & trois il aduint à Sanxerre, que les assiegez, re-
duits à l'extremité, & côtraints de mâger cuirs, parchemins, & autres immon-
dices, qu'vne petite fille de l'aage d'enuiron trois ans, estant morte de faim à
vn pauure habitant de la ville, vne vieille, qui seruoit luy & sa femme, leur
conseilla de s'aider de leur infortune: &
de fait en mangerent les entrailles, la
faim contraignant la mere de remettre
en son ventre l'enfant qui n'en faisoit
gueres que de sortir. Mais ayans mis la
teste à cuire dans le pot, cela estant des-
couuert par les soldats, ils furét bruslez.
Les Allemans estans assiegez par les
Turcs, & ayans faute de viures, & principalement d'eau, ils tuerent des cheuaux & auec leur sang meslé auec vn
peu de farine, ils remedioient à la
soif & à la faim. Ceux de Crotte
assiegez par Mettellus, se trouuerent
en telle necessité de breuuage, qu'ils
se seruirent de l'vrine de leurs cheuaux. Mesme le cheual pressé de
faim mangera son maistre : comme
nous trouuons qu'vn cheual renfermé

auec

aueo Limone, par la sentence de son pere Hippomene de grande faim mangea
sa fille. Auenzrat dit que la famine fut si
grande en son pays, qu'on desenterroit
les corps morts, afin de succer la moëlle
des os desgarnis de muscles & de chair,
& de se paistre de leurs charongnes : de
sorte qu'on fut contraint de mettre des
gardes aux sepulchres. Apres qu'on eut
côté les effects de la faim, quelqu'vn reprenant ce qu'auoit dit le gentil-hôme
lequel estât despourueu de biés, de nature, & de fortune, les recerchoit en
ses anciens & predecesseurs, s'en moquoit, allegant ces vers:

Qui genus laudat suum: aliena laudat.
Et si disoit que Homere, quand il veut
recommáder vn bon gendarme, il mettoit l'antiquité de la noblesse la derniere, & apres toutes les autres loüanges
de celuy qu'il veut loüer : la vraye noblesse s'acquerant en viuant, & non pas
en naissant: & comme dit Euripide.

D'estre de noble sang, c'est vn tiltre ho-
norable,
Et la noblesse en croist en ceux qui ont sem-
blable.

Vertu

Vertu que leurs ayeuls.

Et apres luy le Seigneur de Pybrac:

Ce n'est pas peu naissant d'vn tige illustre,
Estre esclairé par ses antecesseurs:
Mais c'est bien plus luire à ses successeurs,
Que des ayeuls seulement prendre lustre.

Puis que vous móquez, repliqua vn autre, de ceux qui ne sont nobles que de
race, que direz vous de ceux qui se font
ennoblir? Il luy fut respondu, ce que
i'ay leu il n'y a pas long temps:

Tu dis que tu es gentil-homme
Par la faueur du parchemin:
Si vn rat le trouue en chemin,
Que seras-tu? comme vn autre homme.

Mais, demanda quelqu'vn, puis q̃nous
voyons ceux qui ne font que babiller &
causer de leur noblesse, & ceux qui se
vantent & venassent, estre plus poltrós
& coüards, que ceux qui ne disent mot,
les babillards defendás leur cause par la
langue, ne pouuás faire autre chose, les
paroles estás vaines où l'effet auec l'œuure se manifestét: qui est cause de la hardiesse d'aucuns, & de la timidité des autres? il luy fut respódu, que les animaux
qui ont le cœur grand, lasche & mol,

                              sont

sont fort craintifs, poureux, timides &
couards:&le prouua par les cerfs, lieures
& asnes, & autres bestes timides, qui
ont le cœur fort grand, ayant esgard à la
proportion des autres membres du dedans : or est-il que la chaleur n'est pas si
grande en vne grande espace qu'en vne
petite, vn mesme feu eschauffant plus
vne petite chambre qu'vne grande : ce
n'est donc pas de merueille si ces bestes
timides, n'ayans pas grande chaleur au
cœur, ont le sang froid: la hardiesse venant de la chaleur du sang. Au contraire, des animaux qui ont le cœur petit,
espois, dur & serré, comme le lion, & le
chien, lesquels sont courageux, à cause
que la chaleur se garde mieux & n'est
pas si debile en vn petit lieu qu'en vn
autre grand: l'homme tant plus qu'il est
chaud, tant plus ayant de hardiesse: tou-
testois contre la commune, qui dit d'vn
homme hardy & courageux : Il a grand
cœur : car c'est tout le contraire. Ainsi
voit-on ceux qui ne craignent rien, &
sot asseurez, auoir la voix haute & grefle, à cause de l'extréme chaleur qui est
en eux. Mais d'où vient, repliqua quelqu'vn,

qu'vn, si la chaleur cause la hardiesse,
que i'ay veu de braues soldats & hardis qui trembloient quand ce venoit à
ioüer des couteaux, la chaleur se retirât
au dedās, & delaissant les membres ex-
terieurs froids, semblans le Franc-archer de Bagnolet, qui trembloit de hardiesse? Il fut respondu, que cōbien que
la Loy *Tresentas* ait esté ainsi dicte, comme estant faite contre ceux qui trem-
blent, qu'il ne s'ensuiuoit pas qu'on ne
trouuast des personnes vaillātes & har-
dies, qui tremblét & muent de couleur,
encores qu'elles n'ayent nulle peur, &
soiét des plus courageuses. Cela se faisant, disoient-ils, de ce que leur corps
n'est pas eschaufté d'vne mesme chaleur
quand ce viēt aux distributions ma-
nuelles, & que par l'impetuosité de la
chaleur boüillante, qui les surprend, il
se fait vn mouuement inegal en toutes
les parties de leur corps, qui cause ce
tremblemét tumultueux par trop grāde abondance d'esprits & de sang: dont
aduiét que ceux-ci, en vn bon affaire, se
frappét de leurs mains, afin qu'ils soient
eschauffez en tous leurs membres d'vne

Liu. iij.   C

mefme chaleur, qui fera ceffer ce tremblement à l'imitation du Lyon, qui fe
bat de fa queuë, pour s'efchauffer & entrer en colere. Ie croy, va dire vn maiftre és arts, & en toute archipedenterie,
qui eftoit en cefte Seree, que ie n'aurois
pas fi grand peur, & ne tremblerois pas
tant, fi ie me battois moy-mefme, que fi
d'autres me frappoiët : mais ie me doute bien, difoit-il que tous mes batte-
mês ne m'empefcheroient d'auoir peur,
& de trembler s'il me falloit deffendre
ou affaillir : veu ꝗ toutes les fentinelles
corps de garde patroüilles, ródes, qu'on
m'a fait faire durant les troubles, ne
m'ont fceu rendre plus hardy, & fi n'ont
peu m'engarder de trembler, feulement
quand il falloit demander à vn fallot,
ou à vne lanterne, Qui va là? Ma grand'
mere aufsi m'a fouuent dit, que quãd ie
vins au monde, il fe fit vn tremblement
de terre, mefme qu'à l'heure que ie naf-
qui il tonna bien fort, & qu'elle auoit
ouy dire autresfois à mon grand pere,
fon mary, qui eftoit maiftre és arts cóme moy, que ceux qui naiffent l'annee
que la terre tremble, ou le iour qu'il
tonne

tonnè, font naturellement craintifs &
timides. Et aufsi que ce grād pere, regar
dāt mes bras cours, me difoit que ie ferois fort coüard & peureux: la longueur
& grandeur des bras eftāt figne de chaleur, cóme les cours de froideur, & que
de la chaleur procede la hardiefse, & de
la froideur la crainte. Et ay bien cogneu
depuis, que mon grand pere difoit vray
& ceux qui faifoient la fentinelle auec
moy, fentirent bien vne nuiɗ, qu'on
nous bailla vn faux alarme, que i'eftois
des plus timides: comme aufsi fit la rô-
de vne autrefois, laquelle monta en
vne tour, ou i'eftois en fétinelle, qui me
vouloit tuer, parce qu'en pafsant, &
appellant fentinelle, ie n'auois rien refpondu, & difoit que ie dormois. Ie
luy dy, que ie ne luy auois veritablemēt
rien dit, pource que ie n'auois pas nom
fentinelle: mais qu'on m'appelloit maiftre Ieā. Et n'eufse iamais penfé, fans cela, difoit noftre maiftre és Arts, que la
peur feruift d'apothicaire, & de cliftere,
& ne voulois pas croire la recepte que
pratiquoit Mefsire Pantolfe de la Caf-
fine, Sienois, quand il eftoit cóftipé, ne

C 2

que les armoiries de Frãce mifes és priuez des Anglois leur feruiffent de quelque chofe. Mais maintenant ie fçay par
experience, que les fymptomes & accidens de la peur feruent de faire ouurir le
guichet du ferrail, auquel à temps la
matiere fecale eft retenuë: à caufe que
la chaleur naturelle qui eft en nous, &
quafi comme noftre vie, fuyant ce qui
luy eft contraire, & qu'elle craint venant du dehors, fe retirant au dedans,
vient à efmouuoir & fondre noftre ventre & la veſsie: & auſsi que la peur faisãt
retourner le fang & la chaleur au cœur,
& au dedãs, fait que la vertu retentiue
du ventre perd fa force. Que fi le fiege
de la ville ou i'eftois renfermé, adiouftoit noftre maiftre Iean, euft duré plus
long temps, i'auois deliberé de porter
deschauffes à la martĩgalle, ou à pôt-le-
uis. Quand noftre maiftre és Arts s'apperçeut qu'on fe mocquoit de luy, il va
dire. Encores que cela ne foit aduenu, &
que ie ne fois des plus hardis, ie ne m'en
eftime pas moins, aiant leu en mon Ariftote, que la prudence confifte en froideur, & le courage & vaillance en chaleur,

leur, pourquoy i'ayme mieux, disoit-il,
estre *prudes miles*, q̃ *Gallicus miles*, qui est
à dire *temerarius* : & ces deux qualitez
estas contraire & repugnantes, il est impossible qu'vn homme soit courageux
& prudent.

Quelqu'vn de la Seree, estant bon
François, demanda à nostre maistre és
Arts: appellez-vous temerité se mettre
en bien combatant és perils de la guerre auec vn cœur inuincible? Pẽsez vous
deshonorer les François, quãd vous les
nõmez, *Gallicus miles*, veu qu'on dit que
& gaillard & gaillardise viennẽt à *Galli-
ca audacia*, & que ceux sont apellez gaillards, qui courageusemẽt entreprennẽt
quelque chose, tant auantureuse soit elle? Pourtant, repliqua maistre Iean, Cesar dit qu'il ne desiroit moins en l'homme de guerre la sagesse, la modestie, &
l'obeissance, que la prouesse & grãdeur
de courage: & Polybe le cõfirmãt escrit
ainsi. Les Romains ne desirẽt pas tant la
hardiesse, ne le contenement de la mort
en leurs Capitaines, comme la cõduite,
constance, & bon conseil. Et Valere dit,
adioustoit-il, que Clearque, Capitaine

Lacedemonié, fouloit à touspropos ra-
menteuoir à fes foldats, qu'il fait que
l'hôme de guerre craignift plus fon Capitaine que l'ennemi, & que le Cleâdre
du Sieur de Preffac dit aufique n'auoir
pas aprehéfion du dâger, n'eft pas eftre
vaillât, dautant qu'eftre vaillât eft propre à l'homme, & le non auoir d'appre-
henfion tient de la befte. Dauâtage, difoit-il encores, lavaillâce n'eftant autre
chofe que le mefpris des dangers, celuy
ne les mefprife qui ne les côçoit pas. Et
de fait ceux qui courent au danger, fans
fe l'eftre reprefenté, dés aufi toft qu'ils
fe trouuent, tant foit peu engagez, def-
couurent clairemét le peu d'affeurance
qu'ils y apporte, en ce qu'ils en retour-
nent pluftoft qu'ils n'y font allez. Là ou
pour bien faire, au commencement il
faut iuger du peril, puis refoudre d'a-
cheuer l'entreprinfe ou la vie : Thucy-
dide difantque l'ignorance fait les hardis, & la confideration les craintifs : la
hardieffe eftant entre la crainte & la temerité : car ceux qui craignent tout
font coüards, & ceux qui ne craignent
rien, font temeraires. Vn Franc-a-trippe

va dire à noſtre maiſtre és arts, que ſans
auoir eſgard à tout cela, il l'empeſche-
roit d'auoir peur, & ſi le garantiroit de
tous dágers belliques, qui peuuent ſur-
uenir au corps: ou luy baillât la chemiſe de neceſsité, qu'on a accouſtumé veſtir quand on va à la guerre, laquelle eſt
faite de lin filé la nuict de Noel par des
filles chaſtes, au nom du diable: ou bien
luy donneroit vn breuet tout plein de
lettres ſignees & eſcrites par les preſtres
de Turquie, qu'on nomme *Talaſmans*,
qui appellent ces lettres *Haymachy*: ce
breuet preſeruât celuy qui le porte à la
guerre, d'eſtre bleſſé, ne par couteau, ne
par fleſche, ne par harquebuze, ne par
autre bouche à feu: ou bien luy feroit
preſent d'vne pierre qui s'appelle *Ale-*
ctoria, qui ſe trouue au ventre du coq:
laquelle portee ſur ſoy, fait que celuy
qui la porte ſera touſiours victorieux: à
ceſte cauſe le coq eſt l'oiſeau de Mars, &
par lettres hierogliphiques le coq ſignifie la vailláce: parquoy les Sybarites
effeminez defendoiét de tenir le coq en
leur ville: ou bien l'armeroit d'vn cor-
ſelet & morion qui ſeroiét à l'eſpreuue

de toutes armes offensiues : car il en y a
qui consacrent des armes vsans de force croix, force noms de Dieu prins des
Hebrieux, auec force prieres & exorcis-
mes. Et de fait, disoit-il, pour vous
monstrer que ce n'est pas du iourd'huy
que telle magie s'exerce, nous trouuons qu au temps de nos peres François, toutes telles forges & trempes
d'armes faites par consecration, estoiét
reputées inuentiós du diable, & estoiét
deffenduës à ceux qui entroiét en cháp
clos, & mesmes ils iuroient au prealab-
ble, auant que combattre, que les armes qu'ils portoient n'estoient for-
gees par les arts de l'ennemy, ne par in-
uocations d'esprits malins : celuy qui
demandoit le cóbat requerant le Con-
nestable que sur ce il fist iurer le deffen-
deur : ou bien pour n'auoir point de
mal, il luy apprendroit à dire vn mot,
lequel estant dit tout haut, si vous
combattez contre les Sauromates, il ne
vous feront nul mal, ce mot est *Zirin*:
ou bien pour n'auoir point de peur, &
pour estre resolu, il faut faire ce que firent les Numantins : lesquels voulans
faire

faire vne saillie pour combattre, se remplirent de viandes, comme ayans fait le
festin de leurs funérailles & si se saoule-
rent de chair demy cruë, & d'vn certain
breuuage fait de froment: que ceux du
païs appellent *Cælia*. Puis nostre Franc-
à-tripe, s'addressant encores à nostre
maistre Iean, luy va dire nonobstãt que
la peur du faux alarme, & de celuy qui
faisoit la ronde. vous ayent mis bien
presde la mort, si s'en trouue-il de plus
craintifs que vous, car pour moins i'en
ay veu mourir: à cause qu'en ces peurs,
les esprits nous voulãss'aider, s'assem-
blét tous au cœur comme à la forteres-
se de nostre vie, afin que le cœur ne def-
faille en ce grand peril: & pource que
ces esprits y vont sans ordre, & tumul-
tuairement, & auec grande foule, ils
nous peuuent suffoquer par ceste trop
grande hastiueté, dont s'ensuit la mort.
Le maistre és Arts lors luy respõd, qu'il
s'esbahissoit si on meurt de peur, comment il estoit en vie, veu qu'il ne sçauoit homme au monde plus poltron &
timide que luy: que s'il s'en trouuoit vn
plus couard, il se pendroit. Il luy fut

C 5

repliqué par le mesme Fràc-à-tripe, va
donc te pendre, car tu es plus hardy que
moy, qui n'aurois pas le courage de me
tuer & pendre. Ce maistre és Arts va
encores demander, cóme luy estoit venu ce flux de ventre : veu qu'vn mois
auát ceste alarme il n'auoit guere mangé, & si ne pouuoit manger à cause de la
peur : que si tous eufsét esté de ma complexion, disoit-il, la ville n'eust pas esté
de lóg temps affamee : On luy repliqua,
que les poltrons & coüards gardiens de
places imprenables, les font prenables,
& que pour garder bien qu'il y faudroit
mettre des plus vaillans gens & honnestes que luy : & qu'il estoit si vilain qu'ó
le receuroit bien en l'administrationde
quelques Republiques, ou il faut estre
vilain, pour le mois, de trois lignees, &
qu'on trouuoit estráge dequoy il estoit
encores si poltron, & qu'il deuoit estre
venu vaillant, ayant esté ce siege auec
des plus courageux de toute la France :
se faisát beaucoup de choses esmeruell-
lables par vne certaine similitude & fre-
quétation : à cause que celuy qui hátera
le hardi, le sera, s'il hante le coüard, il le
sera,

sera. Lors noſtre maiſtre Iean va tres-
bié repliquer que les vices qui ſont naturels ou en l'eſprit, ou au corps, ne ſe
peuuent du tout effacer par aucune in-
duſtrie, ce qui eſt né auec nous pouuant
bien eſtre adoucy & corrigé par art,
mais non du tout ſurmonté & arraché.
Parquoy ie penſe, diſoit noſtre maiſtre
és Arts, que pour laſcheté de cœur vn
ſoldat ne doit eſtre puny de mort: ayant
vne grande difference entre les fautes
qui viennent de noſtre nature, & celles
qui procedent de noſtre malice: de maniere que pluſieurs ont penſé qu'on ne
ſe pouuoit prédre à nous, que de ce que
nous faiſons contre noſtre conſcience:
& ſur ceſte reigle aucuns ont fondé, ce
dit de Montagne, leur opinion de ne
punir par mort les heretiques. Et quád
i'euſſe eſté le plus hardy du móde, diſoit
il, ie n'euſſe iamais ſuiuy les armes, la
condition de la guerre eſtát tres desfrai-
ſonnable, là où vn chacun veut auoir
l'honneur de ce qui eſt bien fait, & vn
ſeul eſt chargé des fautes. Vn de la Seree
qui eſtoit dans la ville aſsiegee auec noſtre maiſtre és Arts, nous va conter vn

C 6

plaifant conter de luy, & deuant luy. Vn
iour, cómença-il à dire on parloit qu'il
deuoit venir des Reiftres & Lanfque-
nets, & que s'ils eftoient venus, qu'on
feroit bien leuer le fiege: mais qu'ils ne
pouuoient eftre icy de deux mois. Noftre maiftre Iean, ici prefét, bié ioyeux,
va dire à des Capitaines, meffieurs, il ne
faudroit que les faire venir tous en po-
fte, ils feroient en huit iours dans le
pays, prefts à cóbattre. Ceux de la Seree
ayans ris auffi bien que le maiftre des
Arts, quelqu'vn reprenant les premiers
propos, va parler ainfi: Ie croy qu'il faut
long temps auoir pratiqué les armes
auát qu'eftre affeuré foldat & bon Capitaine: les Romains tenans ceux pour
nouices qui n'auoient efté à la guerre
que huit ans: auiourd'huy s'ils ont feulement efté vn mois, ils vous rompront
la tefte de leur vaillantife, lefquelles on
ne peut pas toufiours endurer: cóme il
arriua à vn foldat à la douzaine, qui fe
vantoit d'auoir entré des premiers à
S. Lo, & à Quarantan, qu'il n'y auoit
homme qui peuplaft mieux les ceme-
tieres que luy, ne qui fift plus gagner
les

les Chirurgiens. Vn soldat accort estāt
fasché de son babil, & de ses vanteries,
luy va dire: Puis que tu es si bon soldat,
comme tu dis, met le nez à mon cul, &
crie ville gagnee. Ce babillard faisant
semblāt d'entrer en colere, va dire à celuy qui se moquoit de sa vaillātise: Si tu
me fasche, ie t'accoustreray si bien qu'il
ne te faudra Medecin ne Barbier. Ie le
croy bien, luy replique ce soldat: car tu
ne me feras point de mal, tu es trop
bon. Ce Trasonesque luy va dire qu'il
le feroit aussi aisément qu'il aualleroit
vn verre de vin, mais qu'il craignoit
qu'il ne fust pas confessé: & par là on
cogneust bien, disoit celuy qui auoit
commencé le conte, que les paroles
estoient femelles, & les effets masles,
& pourtant si l'eussiez-vous prins pour
vn vaillant homme, tant il iuroit entrant en colere: mais ie ne m'arresteray
iamais à ces Picorcholes, qui se cole-
rent pour peu de chose: car, comme dit
Seneque, l'ire & la colere ne rendent
point l'homme de guerre, ni autre, plus
hardy: la vertu se côtentant d'elle mesme, sans auoir besoin d'vn vice, qui

est la colere. Et me souuient, adioustoit
il encores, auoir entendu d'vn vieil soldat, qu' vn sien compagnon de guerre,
arriuant au logis, cassoit les bouteilles à
vin-aigre & faisoit mille insolences: du
rapport desquelles son Capitaine assa-
uanté, le gardoit pour combler le fossé
à quelque raisonnable bresche. L'heure
qu'il attendoit venuë, voulât faire marcher son homme à la premiere pointe
d'vn assaut, qui se donnoit à Vezelay, il
le trouua tout autre qu'il n'estoit mangeant le cul des poulles sur le bon homme: car tremblant de hardiesse, pria son
Capitaine auoir pitié de luy, disât pour
toute raison qu'il estoit si chaud & temeraire, qu'il se feroit tuer incôtinent,
si ôn l'enuoyoit en lieu si dâgereux. Vn
autre pour soulager cestuy-cy qui en
auoit assez côté, luy va dire, ie vous prie
mettez mon soldat auec le vostre: lequel
faisant bien le quant à moy en vne querelle, & voyât que sa partie aduerse s'en
venoit à luy, se referma en vn logis, son
ennemy luy criant, sort poltron, sort si
tu es homme de bien: le soldat renfermé
mettât le nez à la fenestre, luy demâde,
Et

Et si i'y allois que me ferois-tu? Que ie
te ferois, repliqua celuy qui vouloit rô-
pre la porte, ie t'asseure que ie te coupe-
rois la gorge. Le soldat réfermé lors luy
va dire, Pardieu ie n'y vois donc pas. Et
quand il luy disoit, Tu n'as donc point
enuie de te batre? Il respôdoit que non,
& qu'il s'aimoit trop. Que si ces deux
soldats, adiousta-il encores, eussent esté
entre les pauures Scythes, on les eust
bié empesché de communiquer à leurs
ceremonies: estant deffendu à celuy qui
n'auoit tué personne en guerre, d'entrer
en leurs temples, & moins leur eust esté
permis de faire vn sacrifice, que les
Grecs appeloient *Hecatomphonia*, lequel
n'estoit permis qu'a ceux qui auoient
tué cent hommes en guerre. Et ne sem-
bloient pas ces deux soldats, le Lacede-
monien, qui auoit son honneur en si
grande recommandation, que estans
tombé en terre, il pria son ennemy de le
tuer par le deuant, honteux de mourir
estant blessé par le derriere, afin que les
siens n'eussent point de des-honneur le
voyant mort: l'homme genereux estimant plus l'honneur vniuersel des
siens,

fiens, & de fa race, que fa vie particuliere. Le Seigneur de Montagne à ce propos a laiffé par efcrit, que le Capitaine Bayard eftât bleffé d'vne harquebufade, & contrainct de fe retirer de la meflee, commanda à vn fien gentil-hôme de le coucher au pied d'vn arbre, mais que ce fuft en façon qu'il mouruft le vifage tourné vers l'ennemy: afin qu'on ne pēfaft qu'il euft tourné le dos à l'ennemy. Que fi ces gens là auoient fouci de l'eftime qu'ō auroit d'eux apres leur mort, quel foucy penfez vous qu'ils euffent de leur honneur eftans en vie? Ce qui leur eftoit toute exaction & pillerie allans à la guerre, car tāt plus qu'ils eftoient gēs de bien, tant plus on les eftimoit vaillans & hardis, l'hōme de guerre mauuais & mefchant, & auec cela vaillant & courageux, eftant à comparer à vn mauuais chien, qui fait bien la guerre aux loups, & toutesfois eftrāgle les brebis: ceux qui fōt profeffiō des armes doiuent eftre femblables aux bons chiens de garde, qui font mauuais côtre ceux qui viennent du dehors pour mal faire, & au contraire, doux à ceux qui

font

sont au dedans. Vous voudriez dóc, luy
fut il repliqué que les gés de guerre suf-
sent cóme le gentil-hóme, lequel estát
à la guerre ne frappoit l'ennemy que du
plat de son espee, dont estant reprins, il
disoit qu'il auoit peur de le tuer, le voulant prendre tout vif:cóme faisoient les
Gladiateurs, ą les Romains nómoient
Retiarios. Et voicy le nó & l'epitaphe de
ce bon hóme de guerre:Cy gist Froisin,
soldat, hóme de bien, qui ne tira iamais
espee, & ne blessa personne, n'entrant
iamais en colere, & si ne pilloit point
ses suiets. Son espee donc, répliqua
vne fesse-tonduë, deuoit auoir bi
laict, n'estant pas souuent tiree:
croy qu'il ne pilloit point ses suiets,
n'en ayát point. Que s'il eust esté Lacedemonié, il n'eust point eu d'epitaphe,
ne d'inscription sur son tombeau: estát
deff lu par la Loy de Lycure de n'escrire sur vn tombeau, si celuy là n'estoit
mort en guerre. Les Cariens ayans esté
les premiers inuenteurs de faire mettre
armoiries & signes en leur escus & pa-
uois, esquels quelques vns escriuoient
leur nom:afin qu'on peust recognoistre
                                        ceux

ceux qui auoient bien fait en guerre:
les Atheniens aussi ayans vne place à
Athenes, où estoient enterrez ceux qui
estoient morts en guerre, dicte *Piquile*,
pour la varieté des histoires y depinctes.
Estant receu de tout temps non seulement d'estendre le soin que nous auons
de nous au delà ceste vie, mais encores
de croire que bien souuent les faueurs
celestes nous accompagnent au tombeau, & continuent à nos reliques. Et
si anciennemét il n'y auoit que les vaillans qui peussent porter leurs boucliers
peints : car ceux qui n'estoiét point ex-
perimentez à la guerre, & n'auoiét fait
quelque acte vertueux, portoient leurs
rondaches toutes blanches sans peinture : *vnde est, Parmáque inglorius alba, id est,
non picto.* Et ainsi les les armoiries se doiuent seulemét attribuer à ceux qui ont
fait quelques beaux faits d'armes
seulement. Le Decameron dit : Nous
sommes nais tous esgaux, & auec es-
gale vertu : mais ceux qui furent plus
vertueux, furent appellez nobles, le reste demeurant non noble : Et Diodore dit que beaucoup de nations, &
entre

entre autres les doctes Egyptiens, n'e-
ftoient point plus nobles les vns que les
autres : & n'eftoit permis à leurs funerailles de loüer leurs parens & prede-
cefleurs. Ie n'eftime pas moins, adioufta-il, ceft homme de guerre, pour n'a-
uoir tué perfonne : car peut eftre qu'il
n'a iamais combatu que contre des gés
qui ne fe deffendoient point : eftant figne de poltronife quand on ne s'ad-
drefle qu'aux foibles & timides, imitans
les vilaines mouches, qui ne piquent iamais que les bœufs maigres, chetifs, &
defcharnez, & non de Lyon, qui afaut
pluftoft les hommes que les femmes, &
iamais les petits enfans que par famine :
Pline ayant efcrit qu'il auoit ouy dire à
vne femme de Getulie, qu'elle auoit ap-
paifé la fureur de plufieurs Lyons, fe
difant femme fugitiue & debile : en fup-
pliant le maiftre, & le plus noble des
animaux, d'auoir pitié d'elle, & qu'elle
eftoit vne proye indigne de la noblefle
de ceft animal : ce Lyon mignardant les
petits chiés & fe ioüant auec eux, & de-
uorant les grands. Et à ce propos, difoit
il, ie vous conteray vn braue acte d'vn
gentil-

gentil-homme, lequel se monstragene-
reux en vne querelle qu'il eut contre vn
sien côpagnon d'armes: car son aduerse
partie estant tombee en combatãt ne la
voulut offenser, mais au côtraire, luy va
dire, leue toy: ie t'asseure que ie ne te feray aucun mal tant que tu seras à terre.
Celuy qui estoit tombé, se fiant en sa
promesse, ne voulut iamais bouger de
couché, tãt que son ennemy fut là, quelque asseurãce qu'on luy peut faire de ne
l'offenser couché ne debout. Il me semble, commença à dire vn des plus aduisez de nostre Seree, que les Romains,
exemplaire de tout bien, n'eussent pas
fait ce que firent les Hennuiers à vne
pauure femme, comme recite Froissard,
qui escrit que le fils du Côte de Haynaut
s'en alla à grãd force pour conquerir la
Frise: mais quand ses gens voulurent
prendre terre, l'armee de ceux du pays
vint à l'encontre, sortãt vne femme ve-
stue de bleu, qui s'auança seule pour
empescher la descente de l'armee du
Comte de Haynaut, & estant à vn iect
de flesche pres de Hennuiers, leur
tourna le dos, & leuant ses draps, sa
robbe,

robbe, & sa chemise, leur monstra son
derriere, en criant, prenez là vostre bić
venuë, Messieurs. Et dit Froissard ǵ les
Hennuiers, qui estoient aux nauires, ti-
rerent apres elle flesches & viretons, qui
l'enferrerent par son derriere de plusde
cinq cens flesches, iusques à la mort. Ce
conte acheué, ceux de la Seree entrerét
en debat lequel estoit plus estimé à la
guerre, ou bié assailir, ou bien sedeffen-
dre, se trouuant vne grande contrarieté
en cela entre les Romains & les Grecs:
les Romains estimans plus le bras droit
que le gauche, l'espee que le bouclier,
l'assaillir que le deffendre: au contraire
des Grecs, qui auoient plus d'esperance
à la main gauche qu'à la droite, faisans
plus d'estime de leurs boucliers que de
leurs espees : estant deffendu par leurs
Loix à ceux qui auoient perdu leurs
boucliers à la guerré, de se trouuer en
leurs temples & sacrifices. Parquoy Ar-
chilon fut banni de Lacedemone, pour
auoir escrit qu'il valoit mieux laisser
son bouclier que la vie. Il fut dit qu'v-
ne femme de Lacedemone disoit à son
fils, en l'armant : ton pere t'a tousiours

conserué

conferué ce bouclier, auife de le garder
aufsi, ou de mourir:& les Latins ont dit
qu'elle difoit à fon fils, *aut cum hoc,*
aut in hoc redi: les Grecs voulans dire
que l'on doit pêfer premier à fe deffendre q̃ d'afsaillir. Et c'eft pourquoy Homere defcrit toufiours les plus vaillans
& hardis, les mieux armez. Aufsi qu'E-
paminondas, à demy mort, demanda fi
l'ennemi luy auoit point ofté fon bouclier en tombant, & quand on le luy euft
apporté, le va baifer en mourant, comme compagnon de fes labeurs & de fa
gloire: par cela voulant rendre tefmoi-
gnage, ce dit mefsire Francifque Lotin,
que les braues & genereux actes par luy
faits, aux affaires des guerres Thebai-
nes, auoiét efté par luy entreprins, pour
fouftenir la paix, & côferuer la Thebai-
ne liberté, & non pour faire aucune of-
fence: demonftrans les Grecs, que l'hô-
neur deu aux vaillans hommes, deuoit
eftre plutoft dôné aux deffendãs qu'aux
afsaillans, encores que celuy qui afsaut,
face demonftration d'eftre plus hardy
qne celuy qui deffend: & aufsi pour dôner à cognoiftre qu'il faut viure en paix

&

& quand ores on feroit forcé de combattre, il faut q̃ ce foit pour deffendre,
non pour offendre. A cefte caufe lesRo-
mains, encores qu'ils eftimaffét plus le
bras droiĉt que le gauche, auoient de
couftumestoutefois de mettre l'anneau
militaire à la main gauche, & non à la
droite, qui auoit manié l'efpee:pource
que la main gauche eftoit celle qui a-
uoit porté le bouclier auec lequel l'hôme fe deffed, fans en faire offenfe à perfonne, les gens de guerre ne deuans pas
tant s'aider de l'efpee, qu'ils ne fe feruent aufsi du bouclier, principalement
fi c'eft vn chef de guerre, ou capitaine,
qui doit mourir vieil, côbien qu'en vn
befoin il ne fe doiue efpargner : mais
auec fa vertu & hardieffe, qui eft fort
recômandee à vn capitaine & gendarme, n'aura pas tât d'efgard à l'honneur,
qu'il ne fe foucia de fauuer fa vie, comme fit le foldat, qui eftant bleffé & tout
plein de playes & de fang, pour auoir
bien côbattu, & qu'on luy crioit qu'il
s'allaft, ainfi fanglant comme il eftoit,
monftrera chef d'armee, leur refpond,
mais pluftoft au chirurgien, ayant fa
santé

ſanté en auſsi grandē recõmandation,
que l'hõneur de la cheualerie qu'il euſt
peu auoir. Et qu'il eſtoit meilleur de faire les cheualiers apres quelque acte vertueux que les faire auant la bataille. Les
autres diſoient que les cheualiers ſe deuoient pluſtoſt faire auant la bataille,
pour l'opinion qu'on a qu'ils en feront
meilleur deuoir, cõme fut paſſe cheualier par Baiard le grand Roy Fiançois,
auãt qu'entrer en bataille en la iournée
de Marignan; qui eſt cõtre ce qu'on demande, Le Roy eſt-il Cheualier. Qu'on
doiue donner l'ordre de Cheualerie
auant le combat, cela eſt confirmé par
l'ancienne pratique : car les François &
Anglois eſtás vn iour rangez en bataille, paſſa deuant le camp François vn
Lieure, dont ſe fit grande huée par le
derriere de l'armée, penſant que ce fuſt
commencement de la bataille, dont aucuns lors demãderent cheualerie : mais
les deux armées ne faiſans rien, furent
appellez Cheualiers du Lieure. Mais demanda vn de la Seree à celuy qui auoit
acheué ce cõte : N'aduint-il rien du depuis de ſiniſtre & mauuais aux François,
veu

veu que le Lieure est tousiours prin
pour vn mauuais presage, comme il aduint à Amurat par vn Lieure qui vint
mourir à ses pieds, cependant qu'il prenoit plaisir de voir sauter en l'eau(estãt
en lieu haut)des grecs atachez l'vn auec
l'autre deux à deux. Que le lieure soit de
mauuais presage, c'est parce qu'il est
Hermaphrodite, selon aucuns, & qu'il
muë de sexe tous les ans : & s'il est ceste
annee masle, l'autre il sera femelle.
Personne ne respondant à ceste demande, vn de la Seree va dire, Ie vo⁹ prie ne
parlons plus de la guerre, afin qu'on ne
nous reproche en parler comme clercs
d'armes,& que ne soyós mocquez comme fut vn Philosophe,lequel en Ephese
preschoit le deuoir d'vn grãd Capitaine , & comme la guerre se deuoit faire:
car Hannibal l'ayant escouté, dit auoir
veu beaucoup d'hommes vieux qui res-
uoient, & ne sçauoient qu'il disoient,
mais ꝗ cestuy les passoit en toute folie
parlant si asseurément , & en maistre,
d'vn mestier duquel il n'auoit l'experience ni l'vsage , & où il n'entendoit
rien. Toute la Seree estoit muette, de

Liu. iij.   D

peur de tomber en la moquerie du Philosophe Ephesien, quand quelqu'vn va demander pourquoy les anciens defendoient qu'on n'euft à semer ne cultiuer la menthe durant la guerre. Il luy fut respondu que la menthe rend les personnes molles & lasches, & si dissoult la semence : parquoy on deffendoit aux gens de guerre, & à ceux qui vouloient viure chastement, de flairer ni manger de la menthe : encores qu'il me semble qu'on deuoit pluftoft deffédre les femmes en temps de guerre, lefquelles rendent bien plus les hommes vains & imbeciles, que la menthe. On luy repliqua, qu'il se trouue de bons & vaillans gens d'armes, qui n'ót laissé à estre suiets aux femmes, & qui en ont mené à la guerre: Mesmes les Romains menoient parfois les leurs aux lieux où ils alloient faire la guerre, principalement quand il estoit question d'y faire vn lóg seiour, la chaleur qui rend les hómes hardis, les rendans aussi luxurieux, l'vn & l'autre procedant de chaleur : car nous voyons les nations les plus belliqueuses estre enclines aux femmes, & les aimer. Ce que les

les Poëtes ont baillé à entendre, quand
ils ont marié Mars auec Venus. Et est
ce que dit Aristote. rendant la raison
pourquoy les Lacedemoniens se laissoient gouuerner à leurs femmes: parce
que les hommes guerriers & hardis sōt
retenus volōtiers sous le ioug d'amour.
Aussi trouue l'ō qu'vn Capitaine Athenien, nommé Iphicrates, disoit que le
bō soldat deuoit estre amoureux, auaricieux & voluptueux tout ensemble, à
fin, dit-il, qu'il ne craigne point de se
hazarder aux perils, pour auoir dequoy
fournir à ses cupiditez. Que si le François estoit aussi auaricieux qu'il est
amoureux & voluptueux, ce seroit le
meilleur soldat du monde, & s'il faut
iuger le bon gendarme par ces qualitez,
l'Espagnol sera en danger de l'emporter, estant sans comparaison plus auaricieux que le François. Nous trouuons, adioustoit-il, que les Carthaginois se seruans des habitans des isles Be-
leares, qui sont auiourd'huy nommees
Maiorca & Minorca, ne leur bailloient
pour leur solde & salaire, que des femmes & du vin. Et pour monstrer que

D 2

les soldats sont addonnez aux femmes,
cela est signifié des Lacedemoniés, ayâs
mis en leur ville Venus armee, l'vn n'e-
stant sans l'autre. Il fut repliqué, que les
Lacedemoniés n'auoient pourtrait Ve-
n° armee, pour môstrer les soldats estre
suiets aux femmes, mais que les Lacedemoniens en la guerre contre les Mes-
seiens, pour n'oster leur cuirace de dessus leur dos, auoient eu affaire à leurs
femmes tous armez, dôt furent engendrez les Partheniës. Et fut adiousté, que
pour monstrer les femmes n'auoir rien
de commun auec la vaillantise, qu'on
trouuoit que les hommes sacrifians à
Venus, se vestoient en femmes, & les
femmes en hommes, comme voulans
demonstrer que quiconque s'adonne
par trop au seruice de Ven°, s'effemine.
Que si les femmes ont serui à la guerre,
ce n'est pas par leur fréquentation, mais
plustost par leur persuasion : comme il
se trouue en Tacite, qui raconte que
quelques batailles desia bien esbrálees
& prestes à tourner le dos, ont esté re-
mises sus par les femmes, moyennant
leurs prieres, lors que representans à
leurs

leurs maris le sein tout nud, leur mon-
stroient au doigt la seruitude, laquelle
pour l'amour d'elles leur deuoit estre
encores plus tollerable. Vous direz ce
que voudrez, repliqua vn de la Seree, du
mariage de Mars & Venus, si est-ce que
si i'auois à leuer des gés de guerre, ie ne
prendrois pas des effeminez & fillerets:
mais ie choisirois bien plustost des gens
rudes & rustiques, des Nomades & Pa-
stres, des Bandoliers & Montagnarts,
que i'estime sur tout les plus puissans &
hardis, & qui endurent mieux la peine.
Ceux qui habitét l'Arabie, disoit-il, l'ót
bié monstré, lesquels n'ont peu encores
estre vaincus par les Turcs leurs voisins,
combien qu'ils ayent surmóté vne gráde partie du monde esloignee d'eux. Et
c'est pourquoy Tite-Liue loüe plus la
sterilité d'vne contree, que la fertilité,
pour y auoir de bons soldats: disant que
les hómes d'vn pays gras & fertile, sont
ordinairemét poltrós & coüards: mais
qu'au contraire la sterilité & pauureté
d'vn pays, rend les hommes sobres par
necesité, & consequemment soigneux,
vaillans, vigilans, & industrieux: com-

me estoiét les Atheniens, situez en lieu
fort infertile, & comme font auiour-
d'huy les Suysses, principalement ceux
qui habitent és hautes montagnes de
Iuta, dites de sainct Claude de saincte
Brigide, & saint Godart : qui sont plus
vaillans que leurs voisins, qu'on apelle
Valesiés, à cause qu'ils habitét és valees,
n'estans si hardis que les autres Suysses
qui demeurent aux montagnes, car des
regiós molles viennent hommes mols,
parce que ce n'est le propre, de mesme
terre porter fruits delectables, & hommes vaillans à la guerre. Euripide apelle la Thrace le domicile de Mars, qui est
vn païs fort aspre & sterile, & dit qu'ils
sont si vaillans que quand il tonne, ils
tirent leurs flesches contre le Ciel, &
menacent Iupiter, ne cognoissans autre
Dieu que Mars. Ie ne prédrois pas aussi
pour bons soldats, adioustoit-il, ceux q̃
habitent les parties d'Orient, est̃ à pres-
que tous timides & lasches, & enclins
de telle sorte aux plaisirs charnels, que
peu eschappent qui n'en soyent infe-
ctez, mais ouy bien ceux des parties Se-
ptentrionales, lesquels naissans en pays
froid,

froid, sont plus forts, & mesprisans les
dangers & plaisirs, combien que plusieurs tiennēt qu'ils ont fait leurs con-
questes plus par multitude que par vertu & hardiesse. Qu'il ne faille admettre
à la guerre, disoit-il, les gens coüards &
timides, Homere l'éseigne, quād il dit,
que le Roy Agamemnon dispēsa vn riche coüard d'aller en gnerre pour vne
bonne iument qu'il luy donna. Enquoy
il eut bonne raison, pource que l'homme timide nuit beaucoup, & sert de peu
non seulement en guerre, mais en toute
bóne & vertueuse action. Langeay nous
apprēd, va repliquer vn autre, les signes
pour cognoistre les pl'idoines à la guerre, c'est qu'ils ayēt les yeux vifs & esueil-
lez, la teste droite, l'estomach esleué, les
espaules larges, les bras lógs, les doigts
forts, le ventre petit, les cuisses grosses,
les iābes gresles, & les pieds secs, pource
q̄ l'hóme ainsi taillé ne peut faillir d'e-
stre agile & fort, qui sont deux qualitez
grandemēt requises en tout bon soldat.
Aussi Caton le vieux disoit, les bons &
vaillans soldats estre ceux qui en mar-
chant ne branslēt point les bras. On de-

D 4

manda puis apres deux queſtiós: la premiere, pourquoy il ne ſe trouuoit plus
vne infinité de peuple laiſſant leur pays,
& cerchant nouuelle habitation, comme au temps paſſé. Il n'y fut point reſpondu au moins auec bonnes raiſons.
La ſeconde eſtoit, dont venoit ceſte
grande abondance d'hómes, qui vient
des pays froids, pluſtoſt que des regiós
chaudes. Il fut reſpondu, que c'eſtoit à
cauſe que l'air n'eſt gueres corrompu
au pays froid, la corruption de l'air fre-
quente és pays chauds, cauſant diminution de la chaleur naturelle, & ainſi ac-
celerant la mort. Et ſi fut adiouſté que
ceux qui habitent la partie Septentrio-
nale n'eſtoient gens hardis, mais de
gros & lourd entendement: ce qui les
fait hardis, eſt l'abondance de ſang &
d'eſprits, deſquels vient la hardieſſe:
mais la grande humidité qui fait les
grands corps, hebete l'eſprit. Il eſt au
cótraire de ceux qui habitent le Midy,
pource qu'ils ont peu de ſang, à cauſe de
la chaleur du Soleil, qui aſſeiche les veines, & conſomme les eſprits, tellement
qu'ils ſont coüards, & bien peu hardis:
mais

mais ils ont bon entendement , par
leur chaleur naturelle, laquelle bouillât
fait l'entendemét aigu & leger. Ie vous
prie, va dire vn de la Seree, que ie vous
cônte ce que i'ay leu en Osorius de la
guerre des Occidentaux contre les Meridionaux, & li cela feroit peur au peuple Septentrional. Il dit qu'vn peuple
des terres neufues fit leuer le siege aux
Portugais, pour auoir mis des ruches à
miel sur les murailles, & puis y auoir mis
le feu. Tacite aussi raconte qu'il y a vne
nation qui se fait craindre par art & fai-
son, en portant des escus noirs, & ayans
les corps teints de mesme , & pour les
batailles choisissét les plus noires nuits,
apportant vn estonnement par la façon
& crainte d'vne telle armee mortuaire:
de maniere qu'il ne se trouue aucun qui
puisse endurer la veuë d'vn si nouueau
& infernal appareil , estant certain que
les yeux sont les premiers vaincus en
tous combats. Ie vous laisse à pêser, disoit-il, si ces Montagnards & Septentrionaux, & mesmes la pluspart des gés
de guerre de nôstre Europe, ne vou-
droyent pas sçauoir si ces Farfadets,

D 5

Leuures, Larues, Genies, Manes, Lutins,
sont aussi diables qu'ils se monstrent
noirs, & s'ils auroient aussi grand peur
du báquet de Domitien, comme eurent
ceux qui y furent cóuiez, ainsi que nous
trouuons en Dion historien. Vn messer
Panthalon voyant qu'il y auoit long
temps qu'on n'auoit ris, contre la coustume des Serees, se met à parler ainsi.
Vous sçauez bien, Messieues, que durát
les troubles, il ni auoit rien qui fut plus
recommandé aux gens de guerre, que
s'accommoder, si bien qu'on ne le peut
oublier durát la paix, tant la coustume
est vn cruel tyran, & aussi que les gens
de guerre sont toursiours souffretteux,
leurs deniers & richesses venás comme
il plaist à Dieu, & s'en allans comme il
plaist au diable. Tout ira au diable tant
que vous voudrez, va repliquer son Zany, mais si en payerons-nous toursiours
la voiture. Panthalon reprenant où il
auoit finy, qu'il estoit mal aisé de laisser
vne coustume, nous va cóter qu'en vne
de nos paix, il se trouua vn gouuerneur
de ville, lequel voyant entrer vn gétil-
lóme d'assez bonne façon en la ville, ou

il.

il cōmandoit, fort bien móté, il le voulut faire prifonnier, afin de s'accommoder de fon cheual : luy difant qu'il
eſtoit de la religion pretēduë. Ce gētil-
homme bien esbahy, va demander à ce
gouuerneur, Cōment, Monfieur, auons
nous pas la paix? Le gouuerneur luy
refpond, ie croy qu'ouy, & les calices
auſsi. Ceſtuy ſçachant q̃ vouloit dire cela, pique fon cheual, & s'oſte de là. Lors
cè gouuerneur enuoye de fes foldats
apres luy, leur cōmandant expreſſémēt
de luy amener le cheual, fans offenfer
fon maiſtre. Ils fe mettēt hors en deuoir
de luy oſter fon cheual de force & iurēt
qu'ils l'auront. Le maiſtre du cheual
maugree encores plus qu'eux, qu'ils aurót pluſtoſt fa vie que fon cheual, les ar-
golets reiurent qu'ils aurót fa vie & fon
cheual. Mais le maiſtre du cheual en iu-
rāt fe deffend ſi bien d'eux, qu'ils n'eurent ne l'vn ne l'autre. Parquoy les foldats de ce gouuerneur font cōmande-
ment à ce gentil-homme Huguenot de
venir parler à leur Capitaine, & que luy,
ne les foldats, ne vouloient point de
mal aux Huguenots, & qu'ils ne vou-

D 6

loient que leur bien. Ce gentil-homme n'en voulant rien faire, ils retour-
nent comme ils estoient allez, & voyat
ce gouuerneur que ses gés n'amenoient
point le cheual, il les tance bien fort,
les appellans chelmes & poltrons. Et
lors vn soldat va dire à ce gouuerneur,
mort-dieu, mon Capitaine, qu'eussions
nous fait? Pourquoy luy eussions nous
osté son cheual: Il n'est point Huguenot, il iure & maugree encores plus fort
que nous? Vne fesse-tôduë, pour fermer
ceste Seree, & n'entrer plus auant en ces
contes tragiques, va dire qu'il ne s'es-
merueilloit si les gens de guerre estoiét
mauuais & suiets à la pince, veu qu'il
auoit remarqué qu'auiourd'huy les soldats n'appelloient celuy qui leur commande, mon Capitaine, mais mon
Cayntene : & que cela le faisoit penser
qu'ils veulent dire que ce nom est venu
de Cain, qui fut le premier Capitaine
qui suiuit la guerre, selon que trouuons
en Iosephe. Aussi, adioustoit-il, ceux
qui suiuent la guerre sont si desbordez,
tenant cela de leur premier Capitaine, que les femmes & filles ne sont
point

point plus asseurees que les autres, pour
le moins celles qui ont le bruit de se faire seruir à couuert. Et si me voulez escouter, ie vous en feray vn plaisant côte. Vous sçauez tous, disoit-il, que plusieurs ont esté contraints, pour se sauuer, de se mettre auec les trouppes, sans
auoir iamais pensé à frapper personne,
ne à estre frappé, personne ne pouuant
eschaper de leurs mains: car au Gibelin
vous serez Guelphe, au Guelphe Gibelin. Or vn matin, suiuant nostre ensei-
gne, nous arriuasmes en vne bourgade,
& de loin nous entendismes vn ieune
garçon qui crioit à pleine teste: Ma mere, ma mere, fuyez vous en, voicy les
gensdarmes qui prennét & emmeinent
toutes les putains : & sa mere luy respôdoit, Va vilain, suis ie putain? Le fils qui
aimoit sa mere, luy repliquoit: A toutes
aduentures, ma mere, fuyez vous en.
Ceste femme pourtât, qui en auoit bien
veu d'autres, tirant vn peu sur l'aage, ne
bougea de sa maison, disant par apres
qu'ils n'estoient pas si meschans qu'on
les faisoit, & pour le moins qu'ils auoiét
cela de bon, qu'il ne mesprisoient & ne

reiettoient point la vieilleſſe. Mais ces
ſoldats ayant de malheur trouué la fille
de ceſte femme cachee, penſant qu'elle
fuſt du meſtier de ſa mere, la preſſoient
fort de ſon honneur. Ce que voyant ſa
mere, ſe mettát à genoux, les prie qu'ils
luy facent tát qu'ils voudront, & qu'ils
laiſſent ſa fille. Celuy qui auoit fait le
conte, ayát laiſſé rire ceux qui en auoiét
enuie, pourſuiuant va dire. Le camp
eſtant rompu, quatre ou cinq ſoldats en
ſe retirant trouuerent vn homme qui
auoit deux ou trois cheuaux (on dit que
c'eſtoit vn Medecin,) à qui ils deman-
derent la paſſade, & aſſeurerent ce Monſieur qu'ils en auoient bien affaire. Le
Medecin leur va dire, qu'il falloit prier
Dieu & que Dieu leur aideroit: Or bien
donc, dirent les ſoldats, mettez pied
à terre, & prions Dieu tous enſemble: afin qu'il nous aide à tous. Eſtans
deſcendus, ils prient tous Dieu de leur
aider. La priere acheuee, vn des ſoldats
va dire: Or regardons à qui Dieu a le
plus aidé, Et ne trouuant en la bourſe
des ſeruiteurs de ce Medecin gueres
d'argent, le leur laiſſe, comme il fit à ſes
                                    com-

compagnons, difans que Dieu ne leur
auoit gueres aidé:mais apres auoir vifi-
té ce Medecin,&trouuant que Dieu luy
auoit plus aidé qu'à tous les autres, va
departir ce ft argent à tous également,
difant que puis qu'ils auoient prié tous
enfemble, qu'il falloit que Dieu aidaft
autât à l'vn qu'a l'autre. Ie ne veux oublier, adioufta-il encores, de ce que me
dift ce Phificien Medecin,que ie rencô-
tray vn iour ou deux apres cefte practique de communité, pource qu'il n'eft
pas hors du propos de la Seree, lequel
m'affeura que fi on frote le bout de l'ar-
quebufe d'vn oignô,& la corde de l'arc,
ou de l'arbalefte,à l'êdroit ou fe pofe la
fleche,auec du lard, que iamais le plôb
ni la flefche n'irôt droit. Et combiê que
ie fçache, difoit-il, que tout cela ferue
autant qu'vn miroir à vn aueugle,fi ne
laifferay-ie à l'effayer à la premiere cô-
modité. Le recit du Medecin& des Soldats donna quelque apprehenfiô à ceux
de la Seree, (à qui Dieu n'auoit aidé ny
efgalemêt garni les bourfes à l'vn comme à l'autre) de trouuer en leur chemin
de tels practiqueurs & de communité:
qui

qui fut cause qu'auparauant qu'il fist
plus tard, ils se retirerent en leurs maisons, apres auoir prié Dieu, non pas de
leur aider d'argent, comme les soldats,
mais leur enuoyer la paix, & la continuer, & qu'ils peussent dire ce que les
Lacedemoniens & Atheniés souloient
dire en leurs festins & assemblees, cependant qu'ils entretinrent entre eux
vne bonne & longue paix:

Soyent vos lances tortillonnees
De grandes toiles d'araignees.

Et comme dit Virgile:

Ne soyez si enclins a ces guerres cruelles,
Ne vous accoustumez aux ciuiles querelles:
Contre vostre patrie, & contre ses boyaux,
Gardez vous de tourner le fil de vos trauaux.

Et afin de ne retourner pl° en nos guerres ciuiles, il fut dit q̃ toutes les choses
passees se deuoient oublier, sans iamais
en parler, Plutarque ayãt dit qu'au tẽps
passé, on ne fourbissoit & on ne visitoit
point les despoüilles, afin que la memoire & la souuenance des guerres &
dissensions se roulist & deperist quant
& elles: entre les Grecs, ceux estás blaf-
mez qui cõmencerent à sortir & esleuer
des

des trophees de pierre dure: Seruius sur
Virgiles, difant que les anciés ont peint
le Dieu Ianus à deux vifages, pour nous
donner à entendre que dés qu'on va à
la guerre, il faut penfer à la paix.

VINGT-SIXIESME SEREE.

Des perfonnes groffes & graffes.

IE me trouuay à ce fouper & à cefte
Seree, fans toutesfois y auoir efté inuité & fans crainte d'eftre appellé mouf-
che, ou voifin miconien, cóme on homme ceux qui vont aux báquets fans eftre
conuiez, à caufe que nous pratiquions
ce que dit Socrate au Sympofe, qu'à la
table des gens fçauans & vertueux, les
doctes & gens de bien y font toufiours
les bien venus, encores qu'ils n'ayent
efté inuitez. Que fi on me replique que
ie ne fuis de ceux là, fi eft ce qu'on m'a-
uoit appris vn vers Grec de Homere, q̃
l'ayant dit en me mettát à table, i'eftois
le fort bien receu, & n'apprins iamais
chofe qui m'ait plus feruy. Le vers de
Homere veut dire (a ce qu'ó m'a dit) *Vi-*
ri boni non vocati, ad bonorum conuiuia acce-
dunt

dunt. Si on replique encores, qu'il en
peut arriuer vn inconueniét, de ce que
possible il n'y aura pas assez de viures
pour tous. Ie responds, que si les personnes qui assistent à ce banquet sont
honnestes, il y en aura assez pour tous,
s'ils sont autres, il n'y en aura que trop.
Et puis si on ne se trouue bié à la table,
& à vn festin, il est permis, sans offenser
personne, de se leuer, & de s'en aller,
estant vne sotte superstition de penser
que laisser la table auant que la nappe
soit ostee, porte-malheur, comme ont
estimé les Anciens, aussi bien comme
anciennement on trouuoit qu'estre
treize à table estoit vn mauuais augure, & qu'vn des treize ne verroit point
le bout de l'an, ce qui dure encores auiourd'huy, mesmes entre les plus gráds
qui font asseoir vn de leurs seruiteurs,
estát bien meilleur d'en oster vn de ces
treize. Outre que les doctes & vertueux
estoient bien venus en nos Serees &
soupers, nous auiós encore cela de bon,
que ceux qui y estoient conuiez ne se
faisoient attendre, estant vne chose fas-
cheuse, & qui sent trop l'homme qui
y eut

veut faire du grand, que de se faire attendre, & venir lôg temps apres les autres. A ce propos, nous lisons que les
Anciens, qui n'auoiét point de maque-
reaux horologes, quand ils conuioient
quelqu'vn à souper, leur disoyent à
quelle ombre du Soleil il falloit se trouuer, & si ils n'en disoyét rien, ceux qu'on
inuitoit leur demandoient à quelle ligne il falloit venir, afin de ne venir auât
le temps, ayant en cela incommodité
pour ceux qui appreftent le festin, ny
aufsi apres l'heure, de peur de faire attendre, & celuy qui le conuie, & les conuiez, qui communement attendent les
inuitez, côme aufsi fait celuy qui fait le
festin: car ce seroit fait en Prince à celuy
qui donne le banquet, de n'attendre
les conuiez : les Anciens ayans esté si
curieux en ces choses, qu'ils ont estimé vn grand vice de venir en vn festin
long temps apres les autres, car nous
trouuons que Policharmus rendant aux
Atheniens raison de sa vie, se vante de
ne s'estre iamais fait attendre là ou il a
esté inuité, estant vne reigle fort commune en toutes assemblees, qu'il tou-
che

che aux moindres de se trouuer tousiours les premiers à l'assignatió, dautāt
qu'il est mieux deu au plus apparent de
se faire attendre. Mais encores que
tout cela fust practiqué entre nous, si ne
peust-on faire qu'vn des conuiez ne de-
faillist : toutesfois, estāt tard, on ne laissa
à se mettre à table , sans aucune cere-
monie, comme c'estoit vne de nos bonnes coustumes. Ainsi que nous estions
aux prises, & que chacun commençoit à
máger, ie fus tout esbahi que le maistre
de la maisóva dire touthaut, Godemar,
& lors chacun cessa de manger, demeurans tous comme statuës. Qui fut estóné ce fut moy, car ie pensois à vne fois
que cela se fist pource que i'estois là venu sans estre conuié, à l'autre, ie disois
que c'estoit à cause ç ie tenois la place
des niais. A la fin, ie dis en moy mesme,
voyant que ce seul mot de Godemar les
auoit rendu immobiles, & que ce qui e-
stoit sur la table se gastoit, sans que personne y touchast , ç Godemar estoit vn
mot de magie & Sorcelerie, lequel estāt
prononcé on se trouuoit si bié enchanté qu'on ne pouuoit manger ne boire.
Nostre

Noſtre hoſte me voyant plus esbahy
que les autres, qui ſçauoient bien que
vouloit dire Godemar, me va dire que
celuy qu'on auoit tant attendu venoit,
& qu'à ceſte cauſe, afin qu'il trouuaſt à
manger, & dequoy ſouper, il auoit fait
Godemare. Ce dernier venu ayãt prins
place, ſans que perſonne bougeaſt de la
ſienne, & le Godemare eſtát leué, chacun ſe prend à ce qu'il aimoit, & à manger comme ils auoient fait à l'entree de
table. Et me ſouuiét que ce dernier venu fut faſché quand il vit que perſonne
ne mangeoit pour l'attendre, & de peur
de les faire attendre dauantage, il refuſa
l'eau qu'on luy preſenta pour lauer ſes
mains, en diſant, Ie me ſuis laué dés le
matin, penſant tout incontinent que ie
ſerois laué, me mettre à table, cóme on
faiſoit aux Saturnales. En ſoupant, ie
prie noſtre hoſte, qui eſtoit aupres de
moy, ou bien i'eſtois aupres de luy, de
m'eſclarcir dont venoit ce mot de faire
Godemare. Lequel me reſpond auoir
leu en l'hiſtoire de Bourgongne le nom
de l'vn de leurs Rois, qui auoit nõ Godemar, & que ce Roy Godemar fut

aſſailly

affailli & furprins en la ville d'Autun
par Clotaire : & qu'on n'auoit iamais
fçeu à la verité s'il fut là tué, ou s'il ef-
chappa, Gaguin affeurât qu'il fe fauua,
homme vaillant & hardi entre les François mefmes, qui le craignoient fi fort
qu'en pillant & faccageât la ville d'Autun, ou il fut furprins au premier bruit
ouy, & Godemar nommé, chacun laiffoit à piller, & tous fufpens preftoyent
l'oreille, fans ofer rien prendre ne at-
tenter. De façon, me difoit noftre hofte, que par longueur de temps, chofe fi
ferieufe eft paffee en ieu, mefmement à
la tab'e : ou fi quelqu'vn dit Godemar, &
face Godemare, tous les autres qui font
à table fe deportent de mâger & de boire iufques à ce ô le Godemare foit leué,
& eftant ofté, chacun eft mis en liberté
d'acheuer fon repas : le Haro de Normâ-
die eftant de mefme inuentiô : car quâd
deux s'entrebattêt & on crie Haro, s'ils
font puis apres quelque force, le Haro
eftant crié, c'eft affez pour leur faire
perdre la vie, eftant Haro autant à dire
comme qui diroit, ha Raoul, ou eftes
vous ? pour la grande iuftice que ce Duc
faifoit

faifoit. M'ayant acheué de conter dont
venoit faire Godemare, ce dernier venu s'excufe à ceux de la compagnie d'e-
ftre arriué apres l'heure, remerciât noftre hofte de ce qu'en fa faueur il auoit
fait Godemare, & s'accufant foy-mef-
me, va mettre en auant qu'il feroit bon
de faire payer l'amende à celuy qui par
cy apres, eftant inuité, viendroit le dernier au conuoy, non point de punition
corporelle, difoit-il, comme faifoient
les François à celuy qui fe trouuoit le
dernier en leurs affemblees publiques,
mais de quelque améde pecuniaire, ap-
plicable à la bucolique, & au mafquaret.
Il fut repliqué à cela, que ce n'eftoit pas
la raifon que celuy qui venoit apres les
autres fuft taxé, mais qu'il faudroit
pluftoft mulcter les premiers venus au
foupper, comme les plus friands, &
courans viftement à la fouppe, ayant
grand peur de ne trouuer rien, lefquels
font féblables aux parafites, qui ne fon-
gét qu'à l'ombre folaire pour le moins
de dix pieds, tant ils ont grand peur de
faillir au banquet. Il fut refpondu tout
le côtraire, & que le dernier venu eftoit

I

bien plus fuiet à fa bouche, que celuy
qui vient des premiers, le dernier venu
ayant des affaires, qui le retardoient,
oubliant tout ne laiſſe pour cela à y venir, & eſtant tard, il s'auance & court
plus à la ſouppe, que celuy qui vient le
premier, lequel ne laiſſant point ſes affaires, y viẽt à loiſir: ayant ceſt aduantage le premier venu, de ſe mettre à table
où bon luy ſemblera, d'autãt qu'il s'ob-
ſeruoit en nos Serées & feſtins, q̃ chacun prenoit ſa place à la table, ſans cere-
monie, & ſans attẽdre le *nomen clator* des
Latins, ne ſon roolle: n'y ayant rien en
nos banquets qui oſtaſt plus la cõfuſion
& deſordre, que ce bon ordre: l'amy qui
nous bailloit à ſoupper, receuant tous
les amis eſgallement, & les faiſant tous
pareils, ſi ce n'eſtoit qu'vn Sophiſte ſe
voulant mettre aupres d'vn autre: car
le maiſtre du feſtin n'enduroit iamais
deux Sophiſtes ſe mettre à table l'vn cõtre l'autre, à l'imitatiõ des ançiẽs. Toutesfois, encores q̃ le maiſtre de la maiſon n'euſt point l'ennuy de bailler les
places aux conuiez ſelon leurs qualitez,
il ne laiſſoit pourtant à reſpecter les
                              eſtran

eſtrangers ſur tout, les gẽs vieux, mala-
difs, & mal-aiſez, & les femmes groſſes,
qu'on mettoit en la place la plus com-
mode, comme noſtre hoſte fit en ceſte
Seree a l'ẽdroit d'vne femme enceinte,
à laquelle on eut eſgard, ainſi qu'entendrez, l'ayant ſceu, vous iugerez la cauſe
pour laquelle on parla en ceſte Seree des
perſonnes groſſes & graſſes, deſquelles
eſtoit noſtre hoſte. Or ſçachez que dés
le commencement du ſoupper noſtre
hoſte aduiſa qu'vne femme groſſe n'e-
ſtoit guéres à ſon aiſe aſſiſe à la table,
qui eſtoit trop haute, parquoy cómanda
à vn de ſes gẽs d'apporter vn tabouret,
pour mettre ſous les pieds de ceſte femme groſſe, noſtre hoſte eſtimát la moitié du repas eſtre aſſis bien à table à ſon
aiſe. Ce ſeruiteur faiſant du bon valet,
& cõmé le ſeruiteur du diable, qui fait
plus qu'on ne luy commande, apporte
deux tabourets, & en met l'vn ſous les
pieds de ſon maiſtre, & l'autre ſous les
pieds de la féme enceinte. Son maiſtre
lors luy dit, ce n'eſt pas pour moy, c'eſt
pour ceſte femme groſſe que ie demãde
vn tabouret. Pardónez moy, va dire ſon

Liu. iij.   E

seruiteur, vous en auez plus de besoin
qu'elle n'a, car vous auez le ventre plus
grand. La femme grosse alors se print
tant à rire, que nous auiós grand peur,
encores plus nostre hoste, que de force
de rire la chaleur estant augmentee, ne
dilatast tous les conduits, & desserrast
tous les cotyledons. Les tables leuees
selon ce qu'en dit Sulpicius, qui ne veut
pas qu'on laisse les tables, ains qu'on les
leue, on ne parla q̃ des personnes grosses & grasles. Le premier qui en parla, disoit q̃ les personnes chargees de graisse
& fort grosses estoient gens de bien,
monstrans à tout le mónde bon visage,
aymans à rire & faire bóne chere, con-
uertissás tout ce qu'ils mãgent en sang,
qui est la vraye pasture de ioyeuleté,
tesmoin le Roy Loys onziéme, lequel
festoya les Anglois à Amiens, à l'aide de
ie ne sçay combien de gros hommes
choisis, qui beuuoient sous la porte,
festoyans les estrangers, & leur tenans
table ronde & ouuerte à toutes fins, en
leur portant fort bon visage. Que les
egras soient bonnes gens, cela est confirmé par vn Consul de village, lequel
estant

estant delegué par ceux du bourg pour
aller choisir vn bon prescheur, homme
de bié, & sçauát, luy qui estoit boucher,
monstra que les gras, à son aduis estoiét
les meilleurs & plus doctes, comme i'ay
trouué en vn petit liure :

Vn boucher Consul de village
Fut enuoyé loing pour cercher
Vn prescheur, docte personnage,
Qui vient en Caresme prescher
On en fit de luy approcher
Demy douzaine, en vn conuent.
Le plus gras fut prins du boucher
Cuidant qu'il fust le plus sçauant,

L'autre qui parla des personnes grosses
& grasses, en dit encores plus de bien,
soustenant telles gens estre sans aucune
auarice & enuie, n'aians point vne chose en la bouche, & l'autre au cœur, comme ont les maigres, asseichez, baza-
nez, & melancholique : Erasme appellant en ses Chiliades vn homme de
bien *Quadratus homo.* Ce que Cesar donna bien à entédre, disoit cestui-cy, quád
il dit qu'il ne craignoit point ni Antoine, ni Dolabella, lesquels estoient gros
& gras. mais ouy bien Casse & Brute,

E 2

maigres & defnuez de chair & graſſe,
à ceſte cauſe les Gordiens eſliſoient
pour leur Roy, le plus gros & le plus
gras qui ſe pouuoit trouuer entr'eux,
iugeans par le dehors ce qui peut eſtre
dedans. Lors quelqu'vn de la Serée va
demander, Ne ſeroit-ce point la cauſe
pour laquelle les Allemans & Suyſſes,
côme autresfois les Scythes & Thraces
ſont appellez pour la garde des Rois &
Princes? Non que ces Princes ſe defient
de la fidelité de leurs ſubiets, non plus
que de leur force & hardieſſe: mais parce qu'ils voyent qu'en ceſte groſſe &
grande maſſe de chair, il n'y a pas beaucoup de malice & de fineſſe, n'ayant pas
grand eſprit pour conduire vne meſ-
châceté & trahiſon, à cauſe que la groſ-
ſeur du corps diminuë & oppprime beaucoup l'eſprit des perſonnes groſſes &
graſſes, les Philoſophes ayâs eſcrit, que
pinguis venter non generat ſenſum tenuem, &
auſſi qu'Ariſtote dit, qu'il y a moins de
chair en la teſte de l'homme (ou toute la
force du iugemêt & de la raiſon eſt) que
en la teſte de tous les autres animaux,
faiſant proportiô geometrique de l'vne
à l'au-

à l'autre : tout cela eſtất cõfirmé par Pline, qui dit que les gẽs gras ſont de lourd
eſprit, mais auſſi qu'ils ſõt plus aperts &
moins ſimulez que les chiches-faces, &
chie-froidure de mingrelins & alſechez
de malice. Vn Franc-à-tripe alors nous
va faire ſouuenir de la mort d'vn de ſes
voiſins, des plus gras & caillez de ſa ruë,
& auſſi le meilleur & plus ioyeux, qui
ſeruoit beaucoup à toute noſtre ville à
enſeigner liberalement ou eſtoit le bon
vin, & ou il faiſoit ſeur, parquoy eſtant
regretté de tous les gens de bien, ils furent contraints de dire que l'horologe
ne leur eſtoit pas ſi neceſſaire que ceſt
homme de bien, qui leur enſeignoit ou
demeuroit cet hõme qu'ils cerchoyẽt,
ſans que perſonne y fuſt trõpé. Parquoy
il fut honoré d'vn pitaphe fort gaillard:
mais il ne me ſouuient que des deux
derniers verſets, ou il y a:

Marris en furent ſes voiſins,
Car il enſeignoit les bons vins.

Vn Medecin qui eſtoit en ceſte Seree,
au lieu que nous penſions qu'il deuſt
rendre raiſon pourquoy les perſonnes
groſſes & graſſes ſe plaiſent plus à eſtre

E 3

foldats & gens-d'armes qu'a commander, & estre grands seigneurs, estās fide-
les & sans fard, va commencer à discourir dont venoit la graisse des gens gras:
en disant qu'elle estoit faite de la plus
grosse partie onctueuse du sang, comme de cause materielle, & que l'efficiē-
te estoit la froideur, qui cailloit ceste
onctuosité de sang, estāt sortie hors des
vases. Vn Phisiciē, lequel aussi estoit en
ceste Sere, luy va demander, dont vient
dōc qu'au cœur, là ou est le principal de
nostre chaleur, il s'engēdre de la graisse:
Nostre Medecin luy va respondre, que
cela se faisoit pour la froideur de l'air q̄
nous attirōs pour rafraischir les esprits
vitaux qui sōt en nous, & pour moder̄r
la chaleur de nostre cœur. Lors nostre
Phisicien luy repliqua, Ie vous prie ne
vous couurir d'vn sac mouillé, de peur
de vous morfondre, & respondre à ce q̄
dit Monsieur Ioubert cōtre Galien, &
contre toute vostre eschole de Medecine, que la graisse ne vient pas de froid,
ou par faute de chaleur: mais que plu-
stoste'est la chaleur qui separe la portiō
aërée & huileuse du sang, & la mouue
&trans-

& transporte çà & là en forme d'vne
grosse & espoisse vapeur, iusques à tant
qu'elle s'arreste & espoississe en la dési-
té des membranes, & non pas que de
leur froideur elle se concree & forme
en graisse, les parties spermatiques ayás
beaucoup plus de chaleur que les san-
guines, ce dit Monsieur Ioubert, cõtre
la commune. Le Medecin demeurant
court, cela n'estát point en son *Vade me-
cum*, & n'ayans iamais veu recepte où il
entrast de telles drogues & marchandises, en lieu de respondre, il va dire qu'il
ne falloit pas si aisément reprendre les
Anciens, & vne cõmune opinion sou-
stenuë par gens doctes & scauans. Ce
q̃ bailla, disoit-il, à cognoistre Ciceron,
qui aima beaucoup mieux qu'õ mist au
téple de Pompee, Tert. Consul, ou I.I.I.
Consul, que Tertium Consul, de peur
de condamner toute l'antiquité, &
beaucoup des plus doctes de Rome, qui
auoient tousiours dit Tertio Consul.
Nostre medecin pésant honestement se
retirer, fut interrogé s'il sçauoit point
que c'estoit que *gladiatoria sagina*, mais
il demanda terme pour en venir, & ius-

ques à ce qu'il euſt veu Lipſius en ſes ſa-
turnáles: Il y auoit en ceſte Serée des fémes qui s'endormoiét, né prenás point
de plaiſir à ces diſputes, n'y entendans
rien, parquoy on fut contraint, pour les
eſueiller, de mettre en auant des vieux
contes de la Cigoigne, qui parloiét des
groſses & graſses perſonnes, leſquels ſe-
ront nouueaux, pour le moins, à ceux
qui ne les ſçauent : car qui eſt celuy qui
ſçache tout? M'amie, commence à dire
quelqu'vn, il y auoit vne fóis vn moyne
bien gros & gras, y eſtans ſuiets à cauſe
qu'ils viuent oiſeux : ie croy bien,
m'amie, que quand il alloit par la ville,
les femmes eſtans touſiours apres luy,
demandoient à ce fratre: Et bien beau-
pere, quand accoucherez vous? Et il
leur reſpondoit, Quand i'auray trouué
vne ſage femme. Or il arriua, adiouſtoit-il, que ce meſme ventre omnipo-
tent ſe met à piſſer en belle ruë : mais
parce qu'à cauſe de ſon ventre il n'approchoit gueres de la muraille, il mon-
ſtroit tout ce qu'il portoit, & auſsi que
ne voyant point ſon cas, il penſoit que
perſonne ne l'euſt ſceu voir. Les fem-

mes.

mes le voyant ainsi pisser, ne se pouuoient tenir de rire, & de luy dire, vous
serez tantost ou vous voulez aller, car
vo° auez prins le plus court. L'autre luy
disoit, Beau-pere, puis que vous auez, &
tenez du menu, ie vous prie me bailler
se change d'vn escu. Ce gros ventru se
doutant bien qui les faisoit ainsi rire, se
tournant vers ces femmes, leur va dire,
recommandez moy bien à luy, il y a desia long téps que ie ne le vy, que le grand
diable qui vous fait rire, vous puisse entrer dedás le corps. Mais entre ces femmes qui regardoiét pisser ce beau pere
il s'en trouua vne moins folle que les autres, qui luy va dire, Hé! Monsieur ca-
chez vostre pauurette. Et de vray elle ne
mentoit point: car ces gens gros & gras
en sont bien paiures. Celuy qui auoit
fait ce conte, voulant rendre la raison
pourquoy les personnes grosses & grasses sont mal amanchees, fut empesché
par les Dames qui estoiét en ceste Seree,
qui iurerent leur grand serment de s'en
aller, si on parloit d'autre chose; se con-
tentat de dire, que suiuat le racourcisse-
ment ou'alongissement du nombril, le

E 5

membre tãt de l'homme que de la femme deuiét long ou court. Lors vne femme de la Seree, sage & bien apprise, faisant semblent de n'auoir rien ouy, & re-
uenãt à ce beau-pere, qui pissoiten belle ruë, va dire q̃ cela n'estoit point hon-
neste ne beau de pisser par les ruës, &
que les Tucrs le trouuoient scandaleux,
& en estoient honteux, si de force il leur
arriuoit, & que mesmes les Romains,
exemplaires de toutes bonnes choses.
auoient certains lieux, ou il y auoit des
vaisseaux és carrefours des ruës, pour y
apprester à pisser aux passans, sans estre
veus, là ou ils deslachoiét à couuert co-
me les pistoles de Brunsuich. Et si ceste
femme nous apprint, que pour refaire,
& r'accoustrer ces vaisseaux, Vespasian
mit vne dace & vn tribut surRome, nõ
pas, disoit-elle, cõme plusieurs ont dit,
que ce fust sur l'vrine. Vne Fesse-tõduë
s'addressant à ceste femme, luy va dire,
qu'il y auoit des femmes aussi grosses &
grasses que des hommes, & qui aiment
aussi bien à rire, & a dire le mot, & respondre aussi gaillardement qu'ils sçau-
roient faire. Qu'il soit ainsi, disoit-il,
                                    escou-

escoutez, qu'il n'y a pas long te mps que
ie rencontray vne femme si grasse, & si
pleine, que ie ne me peux contenir,
voyant qu'elle me portoit si bon visage, de luy demander, combien il y auoit
qu'elle n'auoit veu son noc, me doutant
bien que ie ne serois pas sans response,
ces personnes fraisches & caillez estant
paillards & iouailles. Ceste femme se
doutant bien que ie voulois rire, me va
dire: Par mon ame, monsieur mon amy,
il y a plus de six ans que ie ne l'ay veu: Ie
vo° prie, luy dis-ie, quãd vous le verrez,
de me recommander bien à luy. Ouy en
bonne foy, me respondit-elle, ie ne feray faute à vous y recommander, & à
son voisin par le marché. On m'a dit depuis, adioustoit il encores, qu'elle estoit
mariee à vn homme assez vieux, & aussi
gras qu'elle, & que tous les iours, sans
consideration quelconque, il disoit à
sa femme, que leur clerc estoit bon à
aller sur la mer, estant bien enuitaillé. Il
luy disoit si souuent qu'elle eut vn iour
enuie d'en sçauoir la verité, pesant que
son mary fust allé aux champs: mais se
doutant de sa femme qui le pressoit si

fort d'y aller, il se cacha en sa maison, où
il veid que sa femme força le clerc de
luy monstrer son aiguille, qui estoit sur
le midy, ce qu'il fit, à la condition que sa
maistresse luy monstreroit son quadran.
Le clerc va lors dire à madame : Ie vous
prie que les facions baiser l'vn l'autre.
Le mary qui s'estoit caché, ayant veu &
ouy tout cela, en sortant va dire, c'est assez de se voir, sans faire autre approche.
Ayant chassé son clerc, & sa femme estãt
asseuree de ce que son mary luy auoit
tant de fois dit sans aucune raison, on
ne laissa à dire, que ce maistre, encores
qu'il fust gros & gras, ne laissoit à auoir
vn beau membre, mais que son clerc le
portoit. Le maistre de la maison qui
estoit des plus gras, & pour ceste cause
on le nommoit l'enfant caillé, va demander à son Medecin Rondibilis, aussi gras & caillé que luy, s'il y auoit point
moyen de le pouuoir amaigrir, tant
parce que les femmes n'aiment gueres
ces ventrus, côme n'estans gueres aptes
à la generation, pour auoir le membre petit, & par faute d'esprits & de
semence : Aristote disant que tout animal

mal qui est fort gras a peu de semences,
que pour estre plus suiets à maladie,
que les autres, car n'ayás ces personnes
grasses gueres de sang, elles sont plus
molestes & de chaleur & de froideur,
que ceux qui sont maigres : & par côse-
quêt de moindre vie, mesmes qu'on les
voit mourir subitemêt dés leur ieunesse, à cause que ces grassets & douillets
ont les arteres tellement estroites &
resserrees par la graisse, que l'air & l'esprit n'y peuuent librement passer, dont
il aduient que la chaleur naturelle, n'a-
yât aucune reffrigeratiõ de l'air, par force s'auortit & esteint. Rôdibilis baillât
bon courage à nostre hoste luy respôd,
qu'il estoit biê plus facile d'amaigrir vn
corps gras, q d'en engraisser yn maigre,
moyennant que ce corps soit maigre de
chaleur & siccité naturelle, parce que
nous pouuons facillemêt oster quelque
chose a nature, estant bien plus difficile
d'y adiouster, & si faut beaucoup plus de
temps à humecter qu'à dessecher. Alots
svn de la Seree demâda a Rondibilis s'il
voudroit entreprendre d'oster la graisse
à nostre hoste, veu que la graisse n'a au-

E 7

cun sentiment en quelque animal que
ce soit, n'ayant ni veines ni arteres, Le
Medecin se prenant à rire, va dire qu'il
n'entreprendroit pas vne telle chose,
mais qu'il luy diroit bien pourquoy il
estoit plus gras au vétre qu'en autre part
du corps , à cause que le ventre est plus
voisin de l'estomac où se fait la digestió.
Si est-ce, fut-il repliqué, que nous trouuons qu'vn Lucius Apronius, ayant vn
fils si gras qu'il ne pouuoit bouger d'vn
lieu, tant estoit pesant de graisse, luy fit
descharger le corps, & luy fit seulemēt
laisse r la graisse qui luy estoit necessaire
pour viure, Rondibilis n'en voulât rien
croire, va s'adresser à nostre hoste, quõ
appelloit l'enfant caillé , & luy va dire,
puis qu'estes marié, il est bon qu'ayez
souuēt affaire à vostre femme, n'y ayant
chose qui desseche & amegraisse plus que
cela, ô si elle est maigre encores mieux,
car elle attirera toute vostre graisse,
tout au contraire de la perdris qui s'en-
graisse à couurir la femelle. Et me doute
bien, disoit-il encores à nostre hoste, ñ
si vostre fēme veut dire verité, elle dira
que si vous l'eussiez voulu croire, vous
ne

ne fuſsiez pas la moitié ſi gras que vous
eſtes,& luy conſeille, ſi elle vous aime,
& voſtre ſanté,de mettre péine que par
ce moyen vous puiſsiez laiſſer de voſtre
graiſſe,n'eſtant pas la premiere recepte
que i'ay baillee aux femmes qui auoiét
leurs maris outrez de gréſſe,qu'elles ót
bien retenue, & fait pratiquer à leurs
maris,au moins celles qui les aimoient
bié fort,diſans à leursmaris,ſçauez vous
pas bien que le Medecin à dit? Penſez
vous,diſét-elles à leurs maris,qu'ő vous
cőſeille cela pour noſtre plaiſir? no° n°
ſoucions bien d'vne telle beſongne. Si
vous ne voulez nous croire, vous vous
en trouuerez mal,& nous auſsi:car vous
deuiédrez ſi gras&replets,que lagraiſſe
vous eſtouffera,& Dieu ſçait,diſent-el-
les à leurs maris en pleurant,ſi ie viuray
long temps apres vous. Noſtre hoſte
toutefois,à qui on parloit,ſe defendoit
de l'ordonnance de Solon,qui n'oblige
le mari d'aller voir ſa femme que trois
fois le mois. Ceſte ſçauante femme qui
s'eſtoit meſlee de reprédre ceux qui tő-
bent de l'eau en la rue deuát tout le mő-
de,va repliquer au maiſtre de la maiſon
qui

qui s'excusoit par la Loy de Solō, qu'elle
ne s'entendoit pour la volupté, & qu'on
n'en sçauroit dōner de reigle: mais qu'il
vouloit que trois fois le mois on renou-
uelast l'alliance des nopces par les propos que l'ons'entretient en telle caresse
& visitation, ainsi comme les villes re-
nouuellent par interualles de temps les
alliāce qu'elles ont les vnes auec les autres. Celuy ou estoit la Seree ne pouuāt
riē repliquer à cela, va dire haut & clair
qu'on ne luy en parlast plus, & que s'il
deuoit creuer de craisse, il ne sçauoit le
faire dauantage. Rondibilis continua
son premier propos, va dire qu'il falloit
marier les enfans gras & caillez bien
ieunes, si l'on auoit peur qu'ils deuinssē
trop gros, l'embrassement des femmes
les rēdās maigres, & aussi que le souci,
qui le plus souuent est compagnō de
mariage, desseche le corps, & empesche
le dormir, le veiller corrompāt la nature du corps par froideur & siccité, &
s'engendre la cholere qui desseche fort.
Et sur tout de peur d'egraisser, il se faut
garder de dormir la grasse matinee: car
il ni a rien qui nourrisse plus la graisse à
cause

cause q̃ le dormir fauorit plus la ſeconde coction (qui eſt generatiue du ſang,
duquel prouient la graiſſe, qui ſe fait au
matin) q̃ la premiere , qui ſe fait au ſoir
ſóbien que s'aller coucher ſur ſa viande , & la digerer en dormant , engraiſſe
fort. Il faut auſſi, diſoit noſtre Medecin,
que ceux qui ont peur d'egraiſſer man-
gét des viâdes où ils ne prenét pas grád
appetit: car ce qu'on mange ſans gouſt,
ne nourriſſant gueres, deſſeche: comme
auſſi fait ce qu'on mange qui engendre
gros ſang , & tout ce qui eſt chaud, &
ſec, toutes ces viâdes deſſechans les humeurs, ſi on endure tãt que l'on pourra
la ſoif, car les choſes graſſes & douces,
eſquelles on prend plaiſir, & boire ſouuent, engraiſſent bien fort. Aucuns ont
dit adiouſtoit-il, que le fourmage vieil
& ſalé en maigriſſoit la perſonne, auſſi
bien que les fueilles de freſche , ſi elles
ſont broyez & prinſes en vin. Les autres
ont aſſeuré que tout ce qui eſt laxatif &
prouoque les vrines, eſtãt chaud & ſec,
deſſeche grandement, rendans les gras,
maigres , auſſi bien que la medecine
laxatiue ſouuent repetee , qui diminuë

nuë la digeſtiõ. Il en y a, diſoit il encore,
qui afferment qu'il n'y a rien plus ſouuerain pour empeſcher la graiſſe, que
l'exercice fait en trauail, & au Soleil, &
en têps chaud, ayant grãd faim & grand
ſoif, le corps ſe deſſechant par la grande
exaltation des eſprits: ce que fait l'huile
de noix, ſi on s'en frotte auec des linges
qui auront recueilli la roſee: car cela
reſtraindra & reſerrera la trop de char-
nure & corpulence: cóme auſſi il peut
eſtre que prédre tous les iours chemiſe
blanche amaigriſt bien fort. Ceux de la
Serce alors ſe prindrent à rire de noſtre
Medecin, lequel ſuiuát Epicurus, auoit
touſiours ſon, on dit, ſon, il peut eſtre
ſans rien aſſeurer. Ce qui fut cauſe qu'il
parla autrement & prenant Carthem
pour garãt, và dire qu'il auoit laiſſé par
eſcrit, qu'vn Roy d'Eſpagne eſtãt ſi gras
qu'il ſe faſchoit de viure, appella vn medecin Africain, lequel le guarit auec la
ſemence de *lingua canis* cóme il luy ſemble. Et puis alleguant Ioubert, il mit en
auant que le ris augmétoit la graiſſe, &
que ceux qui craignent de deuenir trop
replets ſe doiuent garder de rire, tant
qu'ils

qu'ils pourront, le ris dilatant les pores,
& eschauffant le corps, rarefie toute sa
masse, & par cela le sang estant attenué
& fondu, il est aisement resolu en grosse
vapeur, dôt vient la graisse : & aussi que
le ris excessif est plus dômageable aux
gras qu'aux maigres, à cause qu'il fait
degast & dissipation d'esprits, desquels
les gras ont petite prouision, & ainsi facilement la chaleur naturelle & les esprits peuuent estre suffoquez & estouf-
fez par vne compression & surcharge.
Mais demanda nostre hoste, qui estoit
amplissimus vir, quand i'auray fait vne
partie de ces receptes (car ie ne sçaurois
dauantage pratiquer celle qui dit qu'il
est bon d'auoir souuent affaire à ma féme) & que par icelles ie deuienne maigre, y aura-il point en moy mutation
d'humeur & de complexiô? Au lieu que
i'ayme à me tenir ioyeux & dehet, & que
ie prés le meilleur ieu q̃ ie me puis donner, deuiendray-ie point chagrin, fa-
cheux, auaricieux & melácholique? Au
lieu que mes cômpagnies me font viure,
mourray-ie point tout seul en les fuiât?
Que si l'esprit & temperature se muë
                                    auec

auec le corps, mes cõplexions se chan-
geans à leur contraire, i'aimemieux demeurer ainsi que ie suis, & faire bonne
vie & courte, que de lãguir & viure lõg-
temps. Et qu'on se mocque, tant qu'on
voudra de moy & de ma pance, ie me
tiendray tant que ie pourray gaillard &
ioyeux, n'y ayant rien qui tant excite la
chaleur naturelle, ne qui tant tempere
les esprits & les purifie, ne qui tant cor-
robore la vertu, que la ioye, Ce n'est pas
de maintenant, repliqua quelqu'vn,
qu'on se raille des personnes grosses &
grasses, car nous trouuons, & cela est assez commun, qu'il se presenta au tribu-
nal des harangues vn fort gros & grãd
homme, pour persuader aux Atheniens
la paix & concorde entr'eux: mais quãd
ils virent ce gros bouffare, & trompette
du iugement en chaire, ils se prindrent
tãt à rire qu'il ne pouuoit estre escouté.
Prenant son argument de ce dequoy ils
rioyent, il commença à leur dire. I'ay
chez nous ma femme, qui est encore
plus grosse & grasse que moy, si vous l'a-
uiez veuë, il y auroit bien à rire d'auantage, mais ie vo° dirai, quãd elle & moy
                                    sommes

sommes d'accord,& en bône paix,nous
nous rangeons bien en mesme lit,que si
nous sommes en noise & debat,nous ne
pouuons nous ranger & demeurer en
vne mesme maison : les Atheniens entendirent bien ce que ce gros homme
vouloit dire, & iugerent de luy que la
graisse ne luy auoit aucunement suffo-
qué son esprit. Vn de la Seree va dire
que les gens gras estoient cômunement
io yeux,prenans en bonne part ce qu'on
dit d'eux, estans auec cela raillards, mo-
queurs, & gaudisseurs, si on s'adresse à
eux, ne pouuans gueres faire autre chose. Qu'il soit ainsi, disoit-il, regardez
le Courtisan, la replique d'vn gros hôme,auquel on dit estant à cheual,en entrant en vne ville,vous faites au côtraire de tous les autres, vous portez vostre
malle par le deuât,quâd il leur respond,
on fait ainsi en la terre des larrôs Notez
aussi la response que fit le confesseur du
Roy Loys douxiéme à vn Legat, lequel
voyât ce confesseur s'endormir,va dire
au Roy, Sire, regardez comme vostre
pourceau prend ses aises. Le confesseur,
encores qu'il fust bien gras,ne dormoit
pas

pas si ferme qu'il ne repliquast, l'ayme
mieux estre pourceau qu'asne. Quelque
autre de la Seree assez gras, prenant la
parole, & defendant son party, disoit
qu'estre gras de bonne sorte denotoit la
vie assez longue, pour autant que nature n'engendroit point la graisse sinon
apres qu'elle auoit restauré & nourri les
autres membres, n'estant la graisse que
vne superfluité de son propre nourrisse-
ment, & aussi que les gens maigres sont
facilement offensez par le chaud & par
le froid, leurs membres n'estans guere
couuerts cōtre les iniures externes, que
s'il se trouue des persōnes grasses & pleines qui craignent le froid (combié que
toute gresse soit chaude) cela procede
de ce que les mēbres externes sont bien
esloignez de la chaleur du dedās, à cause
de l'espesseur de ce gros corps: & encor
adioustoit-il, que les gros & gras soient
plus suiets aux causes & maladies inter-
nes que les maigres, comme aux fieures,
aux opilations, aux defluxiōs, catharres
& aposthumes, à cause des conduits qui
sont oppilez & estoupez, toutefois, encores fait-il beaucoup mieux voir vn
chai

chair grasse & fraische, qu'vne deschar-
nbe, au moins ce dit vn grãd maraut de
guieux, qui est en ceste ville quasi tout
nud, lequel aime mieux tout manger &
boire, & se tenir frais & caillé, & en bõ
point, que de se vestir, q̃ si on le reprend
de cela, il respond, puis que Dieu veũt
que ie monstre ainsi le cul & les fesses,
i'ayme mieux qu'on les voye grasses &
refaites, que maigres & assechees. Vne
fesse tõduë de peur de s'endormir nous
va asseurer d'auoir veu vn homme si
gras que iamais on ne le peut faire entrer en la prison par la porte, toutesfois
il ne fut pas si pesant qu'il ne s'ostast du
chemin, cependant qu'on disputoit s'il
falloit demolir deux ou trois portes de
la prison pour le faire entrer: & comme
cestui ci, adioutoit il, ne pouuoit entrer
en la prison par les portes, i'en ay veu vn
autre qui y estoit bien entré, mais estãt
là dedãs prisonnier, estoit deuenu si gros
& si gras, qu'on ne le sceut iamais faire
sortir de la prisõ par la porte dũ'il estoit
entré. Et combien que les prisonniers
n'ayẽt point la peine & de soucy de fermer les portes, on ne las fermoit point à

　　　　　　　　　　cestuy

cestuy-cy, sa prison demeurant iour &
nuit ouuerte : la dispute estant grande,
luy estât eslargy, aux despens de qui on
romproit les portes pour le faire sortir.
Dâs les histoires prodigieuses, il se trouue vn grand Tyran, lequel deuint si gros
& monstrueux qu'il n'osoit se manife-
ster au peuple, de peur d'estre moqué &
demeurât ainsi reclus, il enfla si bien de
graisse qu'il estoit côtraint iour & nuit
se faire appliquer des sangsues sur les
membres, pour luy tirer l'humeur qui le
rendoit si gras, autremêt il eust estouffé.
Galien escrit le semblable d'vn Nicho-
machus Smyrnien, lequel deuint si gras,
qu'il ne se pouuoit remuer. On dit aussi
que Maximin Empereur fut si chargé de
cuisine, qu'il eust bien fait tourner vn
moulin à vent de force de souffler, &
qu'il auoit coustumieremêt deux hommes deuant luy pour luy porter le ventre, & deuindrent auec le têps ses membres si chargez de graisse, que les brace-
lets de sa femme luy seruoient d'anneaux à ses doigts. I'ay vn mien voisin,
va dire vn drolle, qu'on nôme l'enfant
caillé, lequel comme ou luy reprochoit

vn iour qu'il eſtoit trop gras, va reſpódre, q̃ ſeroit-ce donc ſi ie couchois tout
ſeul? mais il luy fut repliqué, tu ne ſerois
pas ſi gras, car tu mourrois de faim, d'autát qu'il auoit eſpouſé vne vieille femme qui le nourriſſoit & l'étretenoit ainſi en bon poinct, à ceſte cauſe quád ceſt
enfát caillé ſe maria, on ne diſoit point,
vn tel c'eſt marié, mais on diſoit-il s'eſt
mis à nourrice. Si eſt-ce, luy fut il repliqué, que les vieilles fémes & ſeiches ne
s'adreſſent gueres à ces grands ventres,
qui ſont flaſches & mols, & pleins de
vents, ce qui me fait esbahir de ce que
les hómes qui veulent apparoiſtre gaillards, & ſe veulent marier, embourrent
leur vétre de cinq ou ſix liures de cotó,
veu que les femmes n'aiment pas ces
groſſes páces, & que nous móſtrons par
nos veſtemens que nous ne ſommes ni
bons ſoldats de Mars ne de Venus, de-
faillát en nous tous les ſignes qu'ó cerche pour eſtre propre à ces guerres. Et ſi
auec cela, nous sómes deſceints, & ſans
ceinture, & d'ancienneté ceux qui n'e-
ſtoient point ceinturez eſtoient repu-
tez mols, laſches & coüards, & ceux

Liu. iiij.

qui eſtoiét bien ſerrez & ceints, eſtoiét
eſtimez courageux & gens de guerre, la
ceinture eſtát priſe pour la force & vertu, parce que celuy qui eſt ceint, eſt
mieux appoinćt & libre pour faire
quelque choſe, que le deſceint. Regardez, ie vous prie, adiouſtoit-il combien nous ſommes veritables & incon-
ſtans, veu qu'au vieux temps des Gaulois, leurs Magiſtrats auoient vne ceinture, que ſi elle ne pouuoit ceinturer
quelqu'vn, celuy là eſtoit deietté &
meſpriſé de tous. Et Ceſar dit en ſes Có-
mentaires, que les Gaulois portoiét les
accouſtremés vnis & preſſez ſur le corps,
rapportans la proportion & beauté des
mébres au contraire des Allemans, quí
portoient leurs habillemens amples &
larges. Et maintenát c'eſt toute la grace
d'eſtre bien vétru, tant ſoyós nous ieunes. Encores s'il y auoit quelque commodité en s'habillát en ceſte ſorte, ie le
trouuerois bon, mais ie ne ſçay comme
l'Eſté ils peuuét durer, eſtás enuelopez
entre du coton, qu'ils ne ſoient cuits &
ſuffoquez par trop gráde chaleur. Que
ſi nous regardons cóme les Grecs ſe gou-
uer-

uernoient,les Lacedemoniens haiſſoiét
tant ces groſſes bedaines,qu'ils firét des
loix côtre ceux qui auoiét le corps trop
gros & gras,car il falloit que ceux qu'ó
appelloit *Ephebi*,c'eſt a dire adoleſcés,ſe
monſtraſſent tous nuds,leuât les Epho-
res,que ſi on les trouuoit par trop bône
chere & oiſiueté trop chargez de graiſſe
on les puniſſoit,auſſi bien que faiſoient
les Romains,leſquels priuoient de cheual l'homme d'armes trop gras. Vn autre de la Seree,s'accordant auec ceſtuy-
cy,commença à dire:Ie me ſuis ſouuent
esbahy comme la plus grand' part des
François,& des plus nobles, & des plus
riches,& des pauures, à peu endurer &
porter ſi grand charge & embourremét
ſur leurs vétres,& qu'ils ne ſe ſoiét pluſtoſt enbaſtez & embourrez par derrie-
re&ſur l'eſchine,comme font les autres
beſtes,que ſi toutes les béſtes,&tous les
aſnes portoiét charges,ie m'aſſure qu'il
n'y auroit perſonne d'entr'eux qui ne
s'embourraſt bien plutoſt le dos,que le
ventre, ou bien il y en auroit à qui l'eſchine ſeroit bien eſcorchee.Et me ſemble,diſoit-ll encores,que les femmes en

F 2

cela ont esté mieux auisees que les hômes, lesquelles ont mieux aimé auoir vn
gros derriere qu'vn gros deuât, & s'em-
bourrer le cul que le vétre. Est-ce point,
demanda vn Franc-à-tripe, que les femmes ayant froid en ceste partie, à cause
du vent de bise, qui le plus souuét souffle là? Et encores que ce gros cul empesche les femmes qui le portent si est-ce
que quâd elles veulent, elles le laissent,
& le prennét, & en ay veu plusieurs qui
disoient, apportez moy mó cul, i'ay laissé mon cul à la maison, & me suis tant
aduancee que ie suis icy venuë sans mó
cul. Mais, repliqua vn drolle, si les femmes pouuoient laisser leur cul naturel
aussi bien que l'artificiel, ie les trouuerois bien plus à mon gré honnestes &
gentiles, encores qu'elles pésent le gros
cul estre plus beau que le plat, & ie croy
que c'est pource qu'ó dit, c'est vn cul de
mesnage, il y a à boire & à manger, &
qu'elles pensent que tât plus leur culse-
rà gros & ample, qu'il y aura plus à mâger & à boire là. I'ay veu des femmes,
repliqua Messer Panthaló, qui estoiét si
fessuës, que vo⁹ n'eussiez sçeu dire si elles

les auoient deux culs ou non, fi vous
n'eufsiez mis voftre nez dedãs, & lors il
euft efté aifé à fentirque pour le moins,
tant mincesfoient-elles,qu'elles en ont
vn, & que c'eft autant que fi elles en
auoient vn cent. Vn des plus aduifez de
la Seree, va dire, Ne voulons nous point
monftrer par ces embourremés de ventre, que portent les hommes,& par ces
penaillans de reuefche,dequoy les femmes grofsiffent leur cul, mettant vn cul
dãs vn autre(ou il ni en auroit que trop
d'vn)qu'il ni a point de malice ne de fi-
neffe en nous,non plus qu'és perfonnes
qui fõt grofses & grafses,lefquelles cõ-
munément ne font doubles ne diffimu-
lees, ne malicieufes & mefchantes? Ie
n'en fçay rien,refpõdit quelqu'vn,mais
ie fçaybien que nos prefcheurs ne trouuent pas bon cet accouftrement de cul,
& qu'à ce dernier Carefme vn predicateur reprenant,& à bon droit,la fuper-
fluité,lafciueté & puantife des gros culs
des femmes, leur difoit : Mes Dames,
vous fçauez qu'il ni a que deux chemins
ou il faut tous aller,l'vn eft large qui eft
celuy de damnation & d'enfer, l'autre

F 3

eſt eſtroit,qui eſt celuy de ſaluation,&
de Paradis,auquel vous ne ſçauriez paſſer,à cauſe qu'auez le cul trop gros. Parquoy,ie vous conſeille , diſoit ce preſcheur aux femmes, laiſſer vos gros culs,
car ne pouuás paſſer par le ſětier & chemin eſtroit,dōnez vo° garde d'aller par
le grand & large chemin,qui eſt de per-
ditiō. Puis leur diſoit,vos gros culs ainſi enflez,ſemblent aux paniers des chaſ-
ſes-marees,& prouiſeurs,qui ſōt braue-
mēt couuerts de couuertures de liuree,
mais par le deſſous vous n'y trouuerez
que de vieilles rayes puantes,de la maigre ou de la ſeche , ſentant bien fort ſa
maree, Mais eſtant tard , & qu'on ne
pouuoit en matiere de gros culs dōner
ſentēce qui rien valuſt, la Seree ſur cela
ſe departit,apres qu'vne Dame d'icelle
eut retiré des vers qu'elle auoit appris
des œuures d'vn de vos modernes,& ce
pour reſpondre à ceux qui veulēt refor-
mer les habits des femmes & des filles,
auec leurs gros culs,diſant qu'en matiere d'habits,on eſtimera touſiours ſot &
lourdaut celuy qui ne s'accouſtre à la
de qui court.

Hommes

Hommes ingrats, vn iour le temps sera
Que vostre orgueil sa recompense aura,
Et qui voudra bien peser vostre affaire
Vostre conseil à vous mesmes est contraire:
Si nous taschons nous vestir proprement,
Et à nos corps donner quelque ornement
Est ce pour nous que prenons ceste peine
Afin qu'à nous le plaisir en remienne?
Certes nenny c'est pour vous plaire mieux,
Et seulement pour contenter vos yeux.
Diminuans doncques en ceste sorte
Les beaux atours que nostre sexe porte,
Pour seulement rendre l'homme contant,
Vostre plaisir diminuë d'autant.
Voila comme le meschant, quand il pense
Nuire à autruy, luy-mesme il s'offense,
Tombant luy-mesme au fossé qu'il a fait,
Et reuangeant luy-mesme son forfait.

F 4

VINGT-SEPTIESME SEREE.

Des barbiers, & du mal des dents.

CEste Seree fut faite en la maison
d'vn de nostre compagnie qui nous
auoit conuié à soupper, pour solenniser
sa Natiuité, laquelle estoit à ce iour là,
cóme c'estoit entre nous la coustume.
Or il arriua que celuy qui faisoit la feste
auoit ce soir grand mal aux dents, comme nous voyons qu'à chasque bout de
champ, il y a le plus souuent trois lieux
de torse, & de mal-aisé, que si vne fortune nous rit, l'autre nous menace,
comme a bien escrit Plaute, disant;

----Ita Diis placitum
Voluptati vt mœror comes consequatur,

Dont l'on pourroit bien à bon droit
dire cecy, qui est aux Tragedies:

Plusieurs cas y a de fortune
Ce dont n'as esperance aucune,
C'est ce que les Dieux font souuent:
Mais ce qu'on pense estre à la veuë,
Et dont l'esperance est conceuë,
Se met à fin bien rarement.

Au cómencement de ce festin natal, on
ne:

ne se faisoit que rire du mal de nostre
hoste, & luy disoit-on que si les déts luy
faisoient mal, que se deuoient estre les
nostres, qui officioient si bien, & nó pas
les siennes. Mais voyant que durant le
soupper il ne pouuoit manger, & nous
faire bonne chere, comme il auoit de
bonne coustume, & sçauoit bien faire,
chacun le comméça à plaindre, & à ordonner des remedes, tout le móde estát
Medecin au mal des dents, ainsi que
l'esprouua Gonelle bouffon du Duc de
Ferrare. Aucuns ordonnoient des receptes pour les auoir practiquees en eux
mesmes, les autres, plus heureux, pour
les auoir ouy dire, ou les auoir leuës és
liures, les vns & les autres plaignás tant
nostre hoste, qu'ils dirent que Pline
auoit escrit qu'vn homme s'estoit ietté
par vne fenestre en bas, pour la rage des
dents. Vn Drolle, qui à mon aduis n'a-
uoit iamais eu mal aux dents luy bailla vne vieille & commune recepte,
C'est, dit-il à nostre hoste qu'il faut par
l'espace de neuf iours dire tous les matins vn *Pater noster*, & vn *Aue Maria*, &
chacû de ses iours bailler vne aumosne

E 5

à vn pauure, selon vostre puissáce & faculté, & au bout des nœuf iours, disoit il
à nostre malade des dents, vous ferez le
signe de la croix sur la doublure du sayó
ou casaque de ce pauure, en baisãt ceste
doubleure par trois fois. Et si son saye,
repliqua nostre hoste, n'est poit doublé
ou qu'il n'en ait point, ou le baiserai-ie?
Baisez le au cul, luy respond le Drolle.
Tous ceux de la Seree se prenans à rire
se leuerent de table. Les tables leuees,
pour soulager nostre hoste de son mal,
qui rioit encores de ce qu'on l'auoit affiné, on se print à parler du mal des déts
& des Barbiers qui les arrache. D'en-
trée de ieu, quelqu'vn va cóter, pour es-
iouïr nostre hoste, & le faire penser à
autre chose qu'à son mal, qu'vn iour
estant en la boutique d'vn Barbier il vit
arriuer vn homme des cháps, qui pria le
seruiteur de luy arracher vne dent, qui
le faisoit courir les champs, le priaut de
le traicter doucement. Le Barbier men-
tant comme vn arracheur de dents, luy
promet de l'arracher sans aucun mal,
mais arriua que cest apprentif au lieu
de luy arracher vne dent, il luy en oste
trois,

trois, auec vn inftrument qu'on nomme Polican. Ce pauure homme vòyant
qu'on luy auoit arraché trois dents en
lieu d'vne, deux defquellesne luy auòiét
iamais fait de mal, n'eftás point gaftees
fe plaint fort, en appellant ce barbier
bourreau, qu'il n'entendoit point fon
eftat, qu'il s'é plaindroit à fon maiftre,
& en auroit la raifon par Iuftice. Ce
cópagnon de boutique, cognoiffant fa
faute, luy va dire, taifez vꝰ de par tous
les grands diables, fi mon maiftre vous
entēd, il vous fera payer l'arracheure de
trois dents. Le maiftre fe doutant bien
du fait, ayát ouy ce bruit, vient à la boutique, demandant que c'eftoit, ce pauure edété luy va dire, c'eft voftre feruiteur qui m'a arraché vne dét. Quoy vne
dent, repliqua le maiftre, ay-ie pas ouy
parler de trois? Non, monfieur, réfpond
le villageois, il ne m'é a arraché qu'vne,
tenez voila ce qu'ils vous faut. Noftre
hofte ne laiffa à rire aufsi bié que les autres, & nous afferma que ce conte luy
auoit allegé fon mal, les efprits qui dónent le fentimét eftás diuertis ailleurs,
priant celuy qui auoitacheué fon conte

de continuer, ce qu'il fit en ceste sorte.
Ce maistre Chirurgien accompagnant
ceste gentillesse d'vne autre, & ayāt vne
femme qui luy pesoit sur les espaules, il
fut contraint, comme estant le dernier
maistre, d'aller l'hospital des pestiferez,
ce qu'il accorda, à la condition que sa
femme iroit à la sanité auec luy, pour le
traiter si d'auenture il tomboit malade:
Il fut ordonné que sa femme iroit auec
luy encores qu'elle remonstrast que son
mary n'en vouloit que la despesche, &
qu'il mettoit sa vie en danger pour la
faire mourir: Ce qui arriua, car tantost
apres elle mourut de la contagion: Le
mary voyant qu'il auoit perdu ce qu'il
vouloit perdre, fit tant enuers messieurs de la ville, qu'il en fut mis vn autre en son lieu, & ainsi se mit à son aise
assez honnestement: toutesfois ce barbier ne peut euiter le mauuais bruit
que luy donna tout le peuple, car communément il aduient, ce dit Plutarque,
que les fautes que l'on commet contre
les femmes, sont plus diuulguees parmy
le móde, que celles que font les femmes.
Ce barbier mesme, acheua-il de dire, en
fut:

fut puny, mais non pas comme il meri-
toit, car se trouuant en vne foire, il rencontra vn homme, qui luy dit : Vois tu
pas bien celuy là qui dort la bouche ouuerte, appuyé sur son sac, c'est vn mien
parent qui enrage du mal des dents,
arrache luy ceste grosse que tu vois entre les autres, tien voila vn tiers d'escu,
asseure toy que quand il sera esueillé,
qu'il t'en payera bien, prés cela par ad-
uance. Ce barbier prenant l'argent, luy
arrache ceste dent dextrement. Le bon
homme sentant la douleur par la perte
de sa dent se met si bien à le battre, qu'il
eut ce que les Barbiers demandent,
playes & bosses, nonobstant que cest arracheur de dents luy dit, qu'il luy auoit
arraché ceste dent par le cõmandement
d'vn sien parét, & qu'il crioit ainsi, afin
de ne le payer point d'vn chef d'œuure
qu'il auoit fait, de luy auoir arraché vne
dent en dormãt. Depuis on m'a dit que
ce drolle vouloit mal à ce dormeur, &
au barbier, & qu'il s'estoit vengé en vn
coup & de l'vn & de l'autre. Ces contes
acheuez, quelque autre cõmença à dire, On dit en cõmun prouerbe, Il ment

côme vn arracheur de dents , or les chirurgiens & barbiers communément les
arrachent, ils sont donc grãd menteurs,
or adioustez qu'ils sont aussi grãds causeurs & babillards, le babil & le menter
s'entresuiuans, côme le Roy Archelaus
nous a enseigné , reprenãt le babil d'vn
barbier, qui luy demãda, Sire, Commet
voulez vous que ie vous face la barbe?
quand il luy respõdit, Sans dire mot. Et
n'est sans occasiõ, ce dit Plutarque, que
les barbiers sont ordinairement grands
babillards & causeurs, pource que cou-
stumierement les faineants d'vne ville,
& les plus grands causeurs se trouuent
& se viennent asseoir aux boutiques des
barbiers, & de ceste accoustumance de
les ouyr caqueter, ils s'apprennent à trop
parler, ce q̃ pourrez entẽdre par vne histoire de Plutarque. Vn barbier, dit-il,
lequel auoit son ouuroir de barberie sur
le port de Pite, en la ville d'Athenes, entendit de là par vn esclaue qui s'é estoit
fuy , la desconfiture des Atheniens en
Sicile, lors ce barbier prenant sa course
s'é vint à la ville apporter ceste deffaite,
Soudain le peuple estant estonné, com-
man-

manda qu'on ſçeuſt qui auoit ſemé ce
bruit, le Barbier fut amené, qui ne peut
dire le non de qui auoit entendu ceſte
nouuelle: Le peuple ſe mutine, & commence à crier, qu'il ait là gehenné, qu'ó
le torture, il a menty, il a controuué cecy, qu'on apporte vne rouë, là ou il fut
iuſqu'au ſoir que le bourreau le vint delier, & encores ce Barbier ne ſe peuſt tenir de demãder à celuy qui le detachoit
comme leur capitaine Nicias auoit eſté
tué, tant ce vice de parler par accouſtu-
mance deuient incorrigible. Et la raiſó
que baille Plutarque pourquoy ce Barbier fut mis ſur la roë eſt, que tout ainſi
que ceux qui prennent medecine, naiſ-
ſét puis apres les gobelets ou ils les ont
beuës, auſſi ceux qui aportent mauuaiſes nouuelles, ſót couſtumieremét mal
voulus de ceux à qui ils les apportent,
voyez, replica vn de la Seree, par ce cóte de Plutarque, que les premieres nouuelles ne ſont gueres vaines, & n'eſt ſans
propos ce qu'on dit, *vox populi, vox Dei*:
ce qui eſt confirmé par ces deux vers.

Iamais en vain publique renommée
Ne ſe trouua auoir eſté ſemee.

I I

Il y auoit en cefte Seree vn Medecin, lequel n'eftât point chiche de fes drogues
laiſſât les Barbiers, & retournât au mal
des dents, va dire que pour bien guerir
ce mal, & en ofter la cauſe, il falloit ſçauoir fi la fluxió eſtoit chaude ou froide
l'vn & l'autre eſtât la cauſe du mal. Que
fi la fluxion, diſoit-il eſt chaude, venant
ſouuent du cerueau, elle fera vn tumeur
à la racine de la dét, & fi la douleur fera
fort aiguë, le lieu fera rouge, l'eau froide
mife en bouche federa la douleur, dautant *contraria contrarijs curantur*. Au contraire fi la fluxion eſt froide elle ne fera
point de tumeur, la douleur ne fera pas
forte, les chofes chaudes qu'on y appli-
quera, feront ceſſer la douleur. Ayant
cogneu, diſoit noſtre Medecin, par ces
chofes, l'humeur qui peche, & fa qualité
il faut diuerfifier les remedes, enquoy
tout le peuple qui eſt medecin pour les
dents, & meſmes mes compagnós, fail-
lent ordinairement, ne baillant qu'vn
remede tât pour la fluxion chaude, que
pour la froide. C'eſt vn grâd cas, repliqua quelqu'vn, qu'encores que les déts
feules refiſtent au feu, & ne fe bruſlent
auec.

auec le reste du corps quád on le brusle,
que neantmoins vne simple distilation
de rheume ou de caterre les cósume , &
pourrit ? On m'a dit autrefois pourtant
que les Indiens nouuellement descou-
uerts , auoiét vne certaine drogue pour
conseruer leurs dents , & les empescher
de pourriture & corrosion, & d'y auoir
aucun mal , laquelle ils fót de coquilles
d'huistres , de celles qui produisent les
perles, qu'ils font brusler, mais aussi, disoit-il, les déts leur deuiénent aussi noires que charbon, & si ces barbares, entre
autres les Cumanois, font gráde gloire
d'auoir leurs dents noires, comme nous
faisons de les auoir bien blanches , appellans femmes & effeminez ceux qui
les ont blanches , & bestes ceux qui ont
de la barbe. Pleust à Dieu, va repliquer
nostre hoste , sçauoir ceste cóposition,
à la peine d'auoir les dents aussi noires
que les mores les ont blanches, & qu'on
en eust plustost apporté de ce pays là,
parauát incogneu, ce bon remede, & de
bonnes receptes , pour les maladies de
nostre Europe, que d'autres maladies de
quoy on n'auoit iamais ouy parler par de
ça.

ça, qui toutefois leur sont cõmunes. Et
possible, va dire vn autre de la Seree à
nostre hoste, que la recepte des Indiens
que demandez, est celle que met Pline,
quand il dit que la cendre faite des es-
cailles des huitres fait blanchir & nettoyer les dents, estans frottees de ceste
cendre calcinee:mais ie me doute bien,
adioustoit-il, que la recepte de Pline ne
fait que blanchir les dents, & que celle
des sauuages,que vous souhaitez, guerit
le mal, en empeschãt la cause du mal &
deffendant les dents de toute mauuaise
fluxiõ.Ie me firois plus,repliqua nostre
hoste,en la cõposition des Negres & des
Indiẽs, qu'aux billets & paroles diabo-
liques qu'on baille auiourd'huy contre
le mal des dents, où il y a escrit, Galbes,
galbat, glades, gladat: & qu'en ce sot
dictum & breuet qu'on pend au col, où
le trouue escrit, *Strigiles, falcésque dentatæ,*
*dẽtium dolorem personante,*encores que Au-
ger Ferrier en face vn grãd cas:& qu'en
ces paroles pronõcees durant la Messe,
qui sont *os non comminuetis ex eo,* & qu'en
l'applicatiõ d'Apollonius,qui dit que le
mal des dents est guery, si on sacrifie les
genci-

genciues auec la dent d'vn homme qui
aura esté tué. Vne fesse-tõduë, à propos
des oraisons & des mots qui font guerir
le mal des dents, nous va côter vne gaillarde histoire d'vne nouuelle mariee, q̃
ne laissa d'auoir mal aux dents le soir &
la nuit de ses nopces, encores qu'on die
en commun prouerbe, rage de cul passe
le mal des dents, si grand mal, di-ie, que
ceste pauure mariee perdoit toute patience, mesme alors qu'elle fut couchee
le soir de ses nopces auec son mary, lequel se voulant approcher d'elle, & se
iouer, elle le pria d'attendre vn peu iusques à ce qu'elle eust dit quelques certains mots, & quelques oraisons qu'elle
auoit acoustumé de dire toutes les fois
que le mal des dents luy prenoit, & que
les ayãs dites, son mal la laissoit incontinent: ayant apprins ces breboriõs de
sa grand mere, fort subiette, aussi bien
qu'elle, à la rage des dents. Son mari ne
luy voulant refuser ceste premiere requeste, laisse dire ces audinos: mais ce-
pendãt qu'elle les disoit, le marié qui a-
uoit esté de la feste, s'endort. La mariee
qui n'estoit point endormie, tãt pour la

rage

rage des dents que du cul, ayant acheué
sa vernede, & estant allegee de son mal,
va dire à son mari, Michau, i'ay dit, Michau, i'ay fait, Voyāt la mariee que Michau ne faisoit rien, & qu'il ne s'approchoit point d'elle comme il auoit fait
d'entree, en le poussant va crier encores
plus haut, Michau, i'ay fait, Michau, i'ay
dit, Michau, mó ami i'ay acheué: mais il
dormoit si fort, & auoit si bien bridé les
puces que ceste pauure mariee ne le
peut iamais resuciller, les sentinelles
ayant rapporté que Michau ne s'eueil-
la qu'au matin, combien que sa femme
toute la nuit n'eust fait autre chose que
le pousser, & luy crier, Michau, i'ay
fait, Michau, i'ay dit, & si ceste mariee
confessa le lendemain à ceux qui auoiét
fait la sentinelle, & à ceux qui les auoiét
leuez, & à la ronde, qui en se raillant luy
disoient, Michau, o l'est fait. Michau,
o l'est dit, qu'elle auoit enduré plus de
mal ceste nuict, que les dents ne luy en
firent iamais, Nostre hoste se sentát vn
peu allegé par l'esmotion de rire de ce
Michau i'ay fait, nous va demander si
les dents & les os auoient sentiment, &
si

ſi c'eſt bien parlé quãd on dit, les dents
me ſont mal. Les vns ſouſtenoient l'o-
pinion de Galien, qui dit que les dents
n'ont point de ſentiment quãd à la partie qui eſt d'os, mais ouy bien quant à
leur racine, où eſt le nerf ſéſitif. Les autres tenoient, auec Ancienne, & ſelon
les Phyſiciens, que les os, encores qu'ils
n'ayent nul nerf, ne ſont pas ſans ſentiment du chaud & du froid, d'autant, di-
ſoient-ils, que les eſprits qui penetrent
par les pores des os, & des dents, peu-
üent bailler ſentimét. Et à ce propos vn
habile homme de la Seree va demander
à noſtre Medecin, pourquoy c'eſtoit q̃
les dents, qui ſont plus ſolides que la
chair, ſentent pluſtoſt le froid que la
chair, qui eſt rare, veu que ce qui eſt rare
deuoit pluſtoſt eſtre offencé, que ce qui
eſt ſolide. Ou pource que le Medecin &
le Phiſicien ce ſont deux en ce temps, &
ne deuoient eſtre qu'vn, comme au téps
paſſé, noſtre Medecin penſant eſchap-
per, ſe met ſur les diſtinguo, mais parce
qu'ils n'eſtoient à propos, le Phyſicien
fut contraint de faire le preſtre Martin,
& de ſe reſpondre luy meſme, diſant les

                                    dents

dens sont plus offensees du froid que la
chair, parcequ'elles sont enracinees dās
les conduits & pores qui sont si petits
qu'il n'y peut auoir là grāde chaleur, laquelle estant petite, est facilement sur-
mótee par la froideur, qui cause la douleur, au contraire la chair sent plustost
la chaleur que la froidure, & en est plutost offensee, parce que la chair, cōsistāt
en vn temperament mediocre, a plus de
chaleur que de froideur, qui est cause
qu'elle n'est point si tost offencee de la
froideur que la dent, laquelle à plus de
froideur q̄ de chaleur. Nostre hoste in-
terrompāt ceste difficulté, va dire qu'il
ne se soucioit point si le froid faisoit pl'
de mal aux dēts qu'à la chair, mais seulement il les prioit de le guerir, ou pour le
moins de faire cesser la douleur. Le Medecin va respondre, qu'il n'approuuoit
point les receptes communes qui sont
anodines, ne faisans qu'appaiser la douleur, mais qu'il vaudroit beaucoup
mieux en oster la cause, estant biē meilleur de monter sur la maison pour empescher de pleuuoir dās le logis, & rabiller la goutiere, que se contēter de mettre

tre vn vaiſſeau deſſous, Puis noſtre medecin ayāt regardé au mal de noſtre hoſte, le va aſſeurer que le mal qu'il enduroit ne venoit point d'vne grande fluxion, mais d'vne humeur acre & pourry
qui luy rōgeoit les dents:parquoy il luy
cōſeille, afin d'euiter ceſte eroſion,que
tous les matins il prēne ſur la lāgue du
ſel,& quād il ſera fondu, qu'il en frotte
ſes dents, ou qu'il ſe laue tous les moys
vne fois ou deux de vin ou de vinaigre,
eſquels ait boüilly des racines de thiti-
male, paſſees & coulees en vn linge. Or
parce que tout le mōde eſt medecin au
mal de dents,comme il a eſté dit cy deſſus,& confirmé parGonelle bouffon du
Duc de ferrare,chacun ſe met àvouloir
ordonner des receptes, les vns pour le
mal des dents, les autres, pour cōplaire
aux femmes, pour les auoir blanches,
belles,& ſans corroſion, n'ayāt rien qui
enlaidiſſe plus que d'auoir les dents ga-
ſtees & noires. Le premier qui cōmen-
ça à ordonner des receptes, nous va aſſeurer qu'il n'y auoit riē plus ſouuerain
au mal des dents, que de prendre vne
gouſſe d'ail vn peu cuite ſous la cendre,

&

& l'appliquer sur la dent, & dâs l'oreille
la plus chaude qu'on pourra endurer.
Que si cela n'y fait rien, mettez sur l'artere du téple au dessus du mal, vne em-
plastre faite de poix resine, meslé auec
de la poudre d'alun, & noix de galle, la
portât la nuit & le iour. Le secôd approchant de la recepte du premier, va dire
que trois testes d'aulx broyez en vin-aigre, allegeoient la rage des dents, côme
aussi faisoit leur decoction faite en eau,
en s'en lauant la bouche. Le tiers nou
dônoit tous aux diables, & non pas luy,
que si on dechaussoit les dents auec la
racine de panais, ou se lauant la bouche
du ius tiré de la racine d'asperge, ou
prendre des capres cuites en vin-aigre,
ou mascher sa racine, ou mettre en la
bouche du ius tité de *laparhum* sauuage
cuit en vinaigre, qu'ô se trouuoit allegé
du mal des dents, autât en fait la graine
iaune dessechee des roses, si on en frotte
les dents, & le laict du figuier sauuage
appliqué auec de la laine sur la dent, ou
dedans, & sa racine boüillie en vin. Le
quart Medecin n'estât pas si sage que le
precedent, se donnoit à tous les diables

fi le

si le dedãs de la galle masché ne guerissoit le mal des dents, l'ayant essayé aussi
bien que la decoction des fueilles de ta-
maris, & celle de la racine de ronce, en
s'en lauant les dents, & la racine de ius-
quiame machee auec du vinaigre, &
celle du plãtain& de ses fueilles, la mas-
chant, ou se lauãt la bouche de leur decoction, apres l'auoir fait boüillir en vin
aigre. Le quart medecin des dents vouloit gager q̃ la racine de veruaine mas-
chee, ou bien la mettãt boüillir en vin,
ou en se lauant la bouche de ceste decoction, infailliblement appaisoit& se-
doit la douleur tãt poignante fust-elle,
les racines de quinte-fueille cuites en
vin, ou vin-aigre, iusques à la consom-
ptiõ de la tierce partie, en faisant autãt
si on les laue d'eau salee auant que les
mettre au feu, tenant longuement ceste
decoction en la bouche, ou bien se frotter les dents de cedres de quinte-fueille bruslee. Le quint medecin asseure,
apres Pline, que la poudre de coloquinte, meslee auec sel & aluine guerissoit le
mal des dẽts, & que son ius attiedy auec
vinaigre, affermoit les dẽts qui brãslent

Liu. iij. **G**

la racine de boüillon cuite en vin ou vn
laué-dent d'hissope, & de ius de pence-
danum, auec de l'opiũ, faisant ausi cesser toute douleur des dents. Le sixiéme,
attribuát toutes les guerisós à vne laté-
te & occulte faculté des simples, main-
tenoit qu'il n'y auoit riẽ plus souueraiŋ
pour ceste rage que la racine du muguet
blanc, bouillie en vinaigre, coupee en
rouelles, se lauãt la bouche de ceste decoction tiede : & qu'autant en faisoit la
racine de l'esclaire, broyee en vinaigre,
& tenue en la bouche, & l'ellebore noir
mis en la dent creuse, ou bien prendre
la racine de l'arrestebœuf, dite des Grecs
Anonis, cuite en eau & vinaigre, s'en lauant la bouche. Le septiéme medecin
de Rondibilis va dire en louant ses remedes, que si on frotte les déts quelque
temps de sang de tortüe, qu'on n'y aura
iamais mal non plus que si vous prenez
de la vieille tounine bien lauee, puis
broyee, & s'en frotter les dents: mesmes
disoit, que si de tous poissós salez, vous
en prenez les arestes & espines, & que
les faciez brusler & calciner, en vous en
frottant la dent, on en sera totalement

ment guery, aufsi bien que fi appliquez
fus la dent toutes fortes de bitumes
ou des fueilles de laictues de cheures,
qui font laictues ameres, broiees en vin-
aigre, s'en lauant la bouche deux fois le
mois. Le huitiéme va dire que fa grand
mere guerilloit tout le móde auec de la
poudre de coloquinte, meflee auec fel &
aluine, ou bien en prenant la racine de
molue qui ne iette qu'vn tige, & en fca-
rifier la dét, & cófeilloit de fe lauer fouuent la bouche de vin-aigre, & tous les
matins prédre vn grain de fel, pour em-
pefcher toute erofion & putrefaction:
que fi les dents vous font mal, pour fe-
der la douleur, il faut lauer fa bouche de
nitre & de vin, y adiouftant vn peu de
poiure. Noftre Medecin reiettant tous
les remedes qui ne fótqu'anodins, nous
va dire que le plus fouuerain, pour em-
pefcher que le mal ne retournaft, eftoit
de faire arracher la dent, & que cela fe
feroit sás douleur fi vous mettez au pertuis de la dent creufe de la cendre des
vers de terre calcinez. Frác-à-tripe lors
nous va conter qu'il y auoit vn maref-
chal en fon pays, qui arrachoit les dents

G 2

sans vous toucher ne faire force, mesme
que le patient se l'arrachera luy-mesme. Il prenoit, disoit-il, vn filet, qu'il
mettoit en deux ou trois doubles, & en
lioit la dét. & lautre bout il l'attachoit
a son éclume, puis il mettoit en sa forge
vn fer, & toutes les fois qu'il faisoit sou-
fler ses soufflets, ce mareschal disoit ga-
mara. Quãd ce fer fut bié chaud, & tout
ardant, il le tire de la forge, puis va dire
au patient qui estoit attaché à l'enclume
par sa dent, ouure la bouche bien grande, & faisant semblant de luy mettre ce
fer ardant en la bouche, Dieu sçait s'il se
fit prier à s'oster de là, & s'arracher luy
mesme la dent, le mareschal luy criant,
disois-ie pas bien que vous arracheriez
vostre meschante dent de vous mesme?
Ce forgeron en vsoit autrement pour
luy, car se voulãt arracher vne dent, qui
luy faisoit mal, il bãdoit son arbaleste, &
attachoit à la corde de l'arbaleste vn filet
bien fort qu'il lioit par l'autre bout à sa
dent, puis débandoit son arbaleste, & si
disoit que cela se faisoit si subtilemem
qu'il n'enduroit nul mal. Quand on eut
vn peu ry, les Dames qui estoient en co-
ste Seree,

ste Seree, prierent ces medecins de dêts
de leur donner des remedes pour auoir
les dents belles & blanches. Le premier
va dire qu'il falloit auoir vn *dentifricium*
(qui se nomme ainsi en Latin) de miel
meslé auec du charbô deuigne qui n'aura iamais porté de raisins, si mieux on ne
veut prendre la cédre de corne de bœuf,
l'vn & l'autre rendans les dents blâches
& polies, soit en vous en frottant les
dents ou en vous lauant la bouche. Vn
autre asseura auoir approuué qu'il n'y
auoit rien meilleur pour blanchir les
dents, que se les frotter auec de la cendre du talô d'vn pied de bœuf, auec myrrhe, les os d'vn onglon de pourceau en
faisant autant, combien qu'aucuns pre-
ferent à tout cela les cédres d'orge bruslé, incorporees en miel auec vn peu de
sel, ce qui sert aussi à faire bonne haleï-
ne. Apres ces deux, le tiers ne reiettant
pas du tout ces remedes, mais estimant
beaucoup les siens pour les auoir apris
du Medecin d'vne grâd'Princesse, va dire, qu'il n'y auoit rien plus souuerain, ne
qui gaste moins les dents, ne qui les blâ-
chisse mieux & nettoye, que la cendre

des coques d'œufs calcinee en oftant la
pellicule de dedans, autant en faifant la
cendre de nitre calciné, & la poudre
d'yuoire. Que fi nous auions, difoit-il,
la compofition d'vn onguent, que les
Anciens appelloient *Odonftimma*, il n'en
faudroit point cercher d'autre, mais en
fon lieu nous pouuonsvfer d'vn onguét
qu'on appelloit *Omphacium*, lequel entretient les dents en leur blãcheur, fi
on le tient en la bouche, eftant auffi fort
bon pour affermir les genciues & les
dents tremblantes, fi ordinairement on
fe cure les dents apres le repas auec du
bois de lentifque, ou du myrrhe, & de
tout autre bois aftringét. Sur tout il defendoit les réforts, comme gaftans fort
les dents, que fi on en veut mãger, il faut
apres en auoir mãgé, vfer de poudre d'i-
uoire. Que fi vous auez les dẽts agacees
(adiouftoit-il) que les Latins appellent
dentium ftuporem, & les Grecs, ainfi qu'on
m'a dit, *Ernodiam*, il ne faut que manger
du creffon. Ceux de la Seree s'ennuyans
de tãt de remedes, & fi longs, fentãs plus
fon Medecin, & fa medecine, que toute
autre chofe, ne l'ofoiét dire, à caufe que
noftre

noſtre hoſte, qui ne demãdoit que gueriſon, diſoit qu'il eſtoit bon ſçauoir diuers remedes, d'autãt qu'vne recepte en
pourra guerir vn, qui ne guerira pas l'autre, à cauſe des complexions & humeurs
qui ſont diuerſes. Sur la fin de ces receptes, quelqu'vn va dire qu'il n'y auoit
rien plus dangereux pour les dents, que
mãger ſouuẽt du laict, car le laict, diſoit
il, rend les genciues ſi humides que les
dents en ſont plus ſuiettes à eroſion &
putrefaction. Que ſi on aime le laict, il
faut ſe nettoyer & lauer la bouche, apres
qu'on en aura mãgé, auec du vin pur, &
encores ſera meilleur, ſi on meſle vn peu
de miel parmy le vin, meſmes on dit que
le laict d'aneſſe eſt fort bon ſi on s'en
laue les dents, & qu'on les frotte puis
apres auec beurre & miel meſlez enſemble. Eſt-ce point le laict, luy demãda vn
autre, que tetent les petits enfans, qui
leur cauſe ſi grand mal quand les dents,
leur percent? Non, va dire noſtre medecin, c'eſt vne matiere aigue & chaude qui
vient deuãt que la dent ſorte, & auſsi la
ſolution de cõtinuité, qui cauſe la douleur aux petits enfans quand les dents

G 4

leur viennét à percer, à ceste cause nous
voyons que les enfans ne sont pas si malades des dêts en hiuer qu'en esté, parce
qu'en hiuer la matiere n'est pas si aiguë
qu'en esté, & bien souuent si les dents
viennent l'esté aux enfançós, ils sont en
danger de leur vie. Les femmes de la
Seree lors vont prier le medecin de leur
donner quelques remedes pour empescher le tourment que ce percement de
dents dóne à ces petits innocés. Lequel
leur va cóseiller de faire la recepte có-
mune, c'est de leur frotter les genciues
auec ceruelle de lieure ou de cónils, cóbien que Pline le face auec ceruelle de
mouton. Vn drolle lors va promettre à
ces femmes vn remede asseuré, & experimenté, & sur sa vie l'affermoit, lequel
garantissoit les petits enfans du mal de
dents & de la teigne. Les femmes le
prierent à iointes mains, voyant qu'il
eniuroit, de leur enseigner ceste recepte.
Mes dames, commença-il à dire, si vous
voulez que vos enfans soiët exempts du
mal des dents, & de la teigne, incótinent
qu'ils serót nais, prenez les, & les passez
dans le pertuis de la rouë où passe l'es-

ueil

fueil de la charette. Ces bonnes femmes, y allans à la bonne foy vont luy repliquer, Et comment, ils n'y ſçauroient
entrer? Alors ce bon compagnon, ſe
prenant à rire: Que diable voſtre cas eſt
donc large. C'eſt bien, diſoit-il, contre aucuns qui vous appellent auares &
reſſerrees, mais à ce que ie voy, vo° eſtes
bien liberales & larges. Noſtre hoſte
apres auoir ris, nous aſſeura que ſon
mal eſtoit allegé de la moitié. Et pour
nous le monſtrer va deſcouurir que
ceux qui naiſſent auec les dents, ſont
heureux, comme il s'en eſt trouu-: mais
plus heureux, diſoit-il, ceux qui n'en
ont point du tout, à cauſe de la rage que
font les dents à pluſieurs : car encores
que vous auez les dents dés voſtre naiſ-
ſance, auſſi les perdrez vous bien toſt,
d'autant que nature faiſant quelque
choſe pluſtoſt qu'il ne faut, & auec
plus de matiere, ſur la fin elle n'a rien
que fournir pour entretenir, ce qu'elle
a trop auancé. Comme ceux qui naiſſent auec les dents, repliqua vn de la
Seree, ſont mieux fortunez que les autres, ſi nous croyons les anciens &

G 5

l'experiéce, le contraire eſt des filles qui
naiſſent endétees, leſquelles portent vn
treſmauuais preſage, auſsi biéque celles
qui viennent au monde auec du poil au
deſſus de leur cas , comme m'a aſſeuré
vn gentil-homme, qui dit auoir veu &
tenu vne fille, laquelle au ſortir du ventre de ſa mere auoit ſa motte tertree &
chargee de poil. Qui fait, demanda vn
autre, qu'on a touſiours obſerué que les
enfans nais durát la peſte, ont deux déts
moins que les autres, & ſi ſont plus debiles? Le medecin eſtant hors de ſon Ca-
tholicon, laiſſa parler le Phiſicien, qui
va reſpondre par vne autre interroga-
tion, en demandant, ne ſeroit-ce point à
cauſe de la debilité des produiſans, pro-
cedee d'humeur ardantes, qui regnent
en temps de peſte, & ont conſumé l'humidité radicale, dót vient que les enfans
nais en temps de peſte ont deux dents
moins, & ſont debiles? Et delà vient
qu'on tient auec Ariſtote, que ceux qui
n'ont gueres de dents, & les ont claires,
les doigts fort longs, la couleur plom-
bine, & ont pluſieurs lignes en la main,
qui ſont interrompues, ne viuent pas
lon-

longuement. Ce qui eſt confirmé, quãd
aux dents, de ce que nous voyons que
les beſtes tãt plus elles ont de dents, tãt
plus eſt longue leur vie : parce qu'elles
abondent en hũ neur radicale. Et de là
vient auſsi, que les hommes viuent plus
que les femmes, d'autãt qu'ils ont deux
dents dauantage, pour auoir plus d'humeur radicale, & plus de ſang & de chaleur, & auſsi que les hommes qui ont
trête deux dẽts viuẽt plus que ceux qui
en ont moins. Pline auſsi dit, adiouſtoit
il, que les femmes qui ont les dẽts œil-
leres de deſſus doubles du coſté droiƈt,
que ce leur eſt ſigne de bonne fortune,
ainſi qu'apparut en Agripina, q̃ ſi elles
ſõt doubles du coſté gauche, c'eſt preſage d'infortune. Ie ſuis cõtent, repliqua
quelqu'vn, de croire cela pour voˢ faire
plaiſir, mais ie ne puis croire ce que dit
voſtre meſme autheur, que les miroüers
ſe terniſſent de la veuë des dents d'aucuns hómes, les pigeõneaux ſans plume
en mourans auſsi. Ie croy de ma part, va
dire noſtre medecin, que quand on dit
que ceux qui ont les dents claires ne viuẽt gueres, que c'eſt parce que ceux qui

maschét mal , font mauuaise digestion,
la premiere digestió se faisant en man-
geát, & aussi que ceux qui ont les dents
clair semees, sont de debile cóplexion,
mesmes en leur generatió, que s'ils eussent esté de bonne & forte disposition,
ils n'eussent pas eu les dents ainsi claires. Monsieur de Montagne dit que
on a veu de son temps à Constantino-
ple vn homme qui auoit les dents si
bonnes & fortes , lequel seulement des
dents bridoit & harnachoit son cheual. Encores que les déts, fut-il repliqué
seruent à la digestion des viandes , si en
ay-ie veu qui se les faisoient arracher,
encores qu'elles fussent bonnes: les vns
pour auoir la voix plus molle, grasse, &
mignarde , les autres pour les arranger
en meilleur ordre, les autres pour iouer
mieux de la flute. Ie ne sçay, repliqua vn
de la Seree, pourquoy il en y a qui se
font arracher les dents , veu que le son
de la voix se rompt par les dents , comme le son de l'instrument par les cordes, car les dents sont les cordes, & la
langue est le plectre ou archet auec lequel se rompt le soufflement & la voix
qui

qui sort dehors, & s'en forme la parole.
I'ay veu aussi vne ieune Dame, qui se fit
arracher vne dét, ou parce qu'elle estoit
gastee, ou mal situee, puis s'en fit remettre vne autre, qu'elle fit arracher à vne
sienne Damoiselle, laquelle reprit, &
seruit comme les autres, estát vne grande beauté à vne femme que d'auoir les
dents luisantes, tout ainsi que l'iuoire
d'Homere freschement coupé, & que
les vnes ne surpassent point les autres
en largesse, ni en hauteur, sans cheuaucher les vnes sur les autres, les dents
ayant esgalité par tout, mesme couleur,
mesme grandeur, & mesme raing. Vn de
la Seree, va dire qu'il croyoit bien qu'v-
ne femme, pour estre belle, se pourroit
faire arracher vne dent, veu qu'vne
dame de Paris se fit escorcher pour seulement en acquerir le teint plus frais
d'vne nouuelle peau. Mais demanda vn
autre, cóme est-il possible que les dents
nous durent tant, estás si souuent frois-
fees l'vne contre l'autre? Il faut bien dire, luy fut-il respondu, que les dents ne
font pas faites de mesme matiere que
les os, & qu'encores qu'elles soient de

matiere plus dure, si est-ce qu'il faut
confesser necessairement que la matiere dont elles sont faites croist tousiours, ce que ne fait la matiere des
autres os, autrement par le frequent
mascher elles seroient conuerties en
rié, & auec le temps il n'en demeureroit
rien, mais les dents estans engendrees
de l'humeur motif, qui croist de iour
en iour, cela fait qu'elles reuiennent,
& non pas les autres os, lesquels sont
engendrez & faits d'humeur naturelle
au ventre de la mere. Ainsi les dents
reçoiuent accroissemét sans cesse, pour
supleer à leur charge, qui est mascher la
viande. Vray est qu'ils semblét demeurer en mesme estat, mais l'acroist suit le
decroist d'iceux par le moyen de la chaleur & nourriture continuelle qu'iceux
reçoiuent. Croissent les dents, va repliquer vn drolle, ou ne croissent point,
se corrompent ou non, i'en ay assez
pour manger tout mon bien, mais que
Dieu me garde celle que i'ay. On demáda à nostre hoste s'il sentoit tousiours
douleur aux dents. Ayant respondu
que sa douleur en partie estoit cessee,
Lors

Lors quelqu'vn luy va dire, qu'il luy cõ-
seilloit, pour estre du tout guery, d'aller
chez le barbier qu'il sçauoit, & qu'il luy
feroit faire telle diete qu'il ne craidroit
aucune fluxion: & qu'il ni auoit pas lõg
temps que ce barbier auoit fait faire telle diete à vn de ses pigeonniers, que de
faim il auoit mangé ses emplastres, & de
soif il auoit beu ses vrines, l'estomach
vuide appetant & demandant la nourriture du dehors, & qu'õ le remplisse. Nostre hoste luy respond que iamais il n'a-
uoit eu la grãde verolle, mais bien qu'õ
l'auoit accoustré comme vn homme qui
l'auoit, m'en restant cest aduantage, disoit-il, que i'ay vn Almanach perpetuel,
qui me durera toute ma vie, mais que ie
fois bon mesnager, qui me sert, & à tous
ceux de la ruë pour sçauoir quand il fait
bon faire la lessiue. La dessus on se mit à
disputer si l'argent vif faisoit dommage
au corps, cõme plusieurs en ont eu opinion. Ce qu'ont affermé les Medecins
imperits, qui le deffendoient aux riches
& grands Seigneurs, & le conseilloient
aux pauures. Et pour conclusion, il fust
arresté que la substance de l'argent vif
                                    n'entroit

n'entroit point au corps, mais seulemét
sa qualité & action pource qu'aux em-
plaſtres on le trouue en la meſme quantité à la fin de l'operatió, que quand il a
eſté premierement appliqué, auſsi qu'il
n'a nul venin, pluſieurs en ayans auallé
ſans aucune leſion: comme en l'iliaque
paſsió beaucoup en vſent, ſans eſtre of-
fenſez, ſa pónderoſité deſtournát l'inte-
ſtin, qui eſt entortillé, en pouſſát da matiere fecale en bas, l'argent viſ eſtant
chaud par ſes operatiós, car il inciſe, at-
tenuë, penetre, & reſoult, & outre tout
cela, par la vertu occulte, il eſt du tout
contraire au venin de la groſſe verole,
quelque choſe qu'on en ait voulu dire:
Dieu tout bon en dónant des maladies
aux hommes, que le plus ſouuent eux
meſmes ſe pourchaſſent, produit auſsi
des remedes neceſſaires à leur ſanté &
conſeruation. Le Phyſicien prenant la
parole va dire: puis que c'eſt vn venin
cauſé de l'influence du ciel, n'y a pas encores long téps, il me ſemble qu'il pren-
dra fin: auſsi voit-on qu'auec le temps
ce venin s'adouciſt, tant à cauſe des remedes, qu'à cauſe de l'influence du ciel
                                    & de

& de l'air : tellement que ceste maladie
se perdra auec les annees, comme fit la
mentagre, luy ressemblant, qui affligea
Rome du regne de Tybere, & la lyche-
ne qui sous Claude, molesta toute l'Europe : si en appaisant lire de Dieu (qui
a enuoyé ceste maladie pour punition)
nous corrigeós nos paillardises & mes-
chancetez. Vne fesse-tonduë, pour faire
oublier le mal de nostre hoste, commença à nous conter vn plaisant conte
d'vn pigeon fuyart, qui estoit n'y a pas
long téps au colombier d'vn sien voisin
de barbier. Ce pigeon dedié au seruice
de Venus, estát en ce colóbier tenu fort
chaudemét, il arriua qu'vn deces matins
il entendit qu'en la ruë on crioit, à mes
beaux choux gelez, qui dit, qui en veut,
à mes bós choux gelez. Luy tout esbahy
va dire, ie ne sçay en quel païs demeurét
ces gens qui vendent des choux gelez,
ne là où ils croissent, & où ils se cueillét
si ne fu-ie iamais en pays ne lieu où il
fist si grand chaud qu'il fait icy. Ce soldat aduantureux se faisant penser honnestement de ce coup de fauconeau, disoit à ceux qui estoient de la chábree, Ie
feray

feray bien mentir celle qui eſt cauſe de
quoy ie ſuis icy : car oncques puis ie ne
l'ay veuë qu'elle me diſoit que ie la laiſ-
ſerois là apres m'auoir fait plaiſir, &
qu'il ne me ſouuiendroit point d'elle,
mais ie vous aſſeure q̃ ie ne l'oublieray
iamais, & qu'il m'en ſouuient bien, &
m'en ſouuiendra toute ma vie. On n'a-
uoit pas acheué de rire, quãd quelqu'vn
ſe mit à conter qu'vn gentil-hõme auãt
que ſe vouloir mettre en penſion en ce
pigeonnier, aſſembla les plus fameux
Aduocats de Poictiers, pour faire vne
conſultation, leur propoſant vn doute,
aſſauoir mõ ſi la verolle l'auoit prins, ou
s'il l'auoit prinſe, y faiſant grande difficulté: car, leur diſoit-il, ſi ie l'ay prinſe,
ie la laiſſeray quãd ie voudray: ſi elle m'a
prins, ie ne ſçay quand elle me laiſſera.
Les Aduocats voyans la moquerie, ſor-
tẽt hors, encores qu'õ les vouluſt payer
s'ils euſſent dit leur aduis, Noſtre hoſte
ſe print ſi fort à rire de ces contes qu'il
ne parla plus de faire arracher ſa dẽt, &
auſsi que noſtre Phyſicien luy auoit dit,
qu'encor que la dent fuſt arrachee, qu'il
ne laiſſeroit d'auoir mal en ceſte partie.
Qu'il

Qu'il soit ainsi, disoit-il, vous trouuerez
des persónes à qui on a coupé vn membre, qui dirót sétir mal à la partie qu'ils
n'ont point : car ils se plaindront d'a-
uoir mal au talon ou à la cheuille, encores qu'ils n'ayent point de iambes. Le
Medecin, auec ceux de la Seree, ne pouuans comprendre cela, prierent le Phy-
ficien d'en dire quelque raison. Qui va
parler ainsi, comme n'en estant pas as-
feuré. Est ce point que le patiét par imagination, & regrettant le membre qui
luy a esté coupé, pése tousiours à iceluy.
estât la vraye douleur en ce qui reste du
membre, ou par froideur, ou chaleur, ou
tension? Ou bien, adioustoit-il, sera-ce
point l'esprit sensitif, lequel discourant
par les nerfs represente le sentiment des
parties retranchees, ausquelles il souloit
influer ou s'estédre? Et ores qu'il ni puisse paruenir, il fait vne reflexion à l'endroit du retranchement, comme en vn
miroir : & là se fait certaine represen-
tation des parties retrâchee, ausquelles
on attribue la douleur; le sens commun
alors s'accordant auec l'imagination de
la chose qu'on à perduë, l'opinion faisât
                                    certitude

certitude & asseurance de ce qu'ils ont
imaginé. Seroit-ce point plutost, disoit
il encores, q̃ si on plaint le poulce qu'on
a perdu, qu'õ ait veritablement la douleur au bout couppé des muscles, des
nerfs, ou ligaments sensibles, qui souloient paruenir à la particule du mébre
que l'on plaint? Ce qui fit sortir le Phisicien vn peu hors de la Seree, fust nostre
hoste, qui ne pouuoit comprendre de
plaindre vn mébre qu'on n'a point. Parquoy en se remettant en leur premier
sentier, vn de la Seree va commencer
ainsi : Nous estions vn iour en la bou-
que d'vn barbier, & ne craindra point à
le confesser, encores q̃ ce soit le lieu ou
les personnes plus abiects se trouuent
pour deuiser comme les plus honnestes
vertueux, & doctes chez les Imprimeurs
& Libraires. Estans en ceste boutique
(Theophrate appellant les boutiques
des barbiers, bãquets sans vin) voici arriuer vn Franc-à-tripe, qui se fait penser
vne meschãte main de gorre qu'il auõit.
Or parce que tous le cognoissions, on
ne se peust tenir de rire & moquer de sa
vilaine main, tant elle estoit crouste-le-
uee &

uee & vlceree. Ce chiragre nous voyans
rire & moquer de sa main, la monstrant
encores d'auantage, va dire, vous riez de
ceste main? ie vay gager au plus hardy,
qu'il y en a à la cõpagnie vne autre plus
meschante, plus cicatricee, & gangrenée
que n'est ceste-ci. Vn de la troupe vaga-
ger que non, & ie gardois les gages. Lors
chacun de nous monstre ses mains, sans
comparaison plus belles, nettes & saines que celle qu'il auoit fait penser,
& monstree à tous. Ainsi tous iugerent
que ce Franc-à-tripe auoit perdu, ne
se trouuant point en ceste compagnie
vne main plus vilaine que la siéne, quãd
en exhibát son autre main, va dire, ceste
cy est elle pas plus gaste, & meschante
que l'autre que ie vous ay monstré premierement? Il fut lors assez long temps
disputé qui auoit gaigné : car celuy qui
auoit gagé qu'õ ne trouueroit point de
si vilaine main en toute ceste troupe, disoit qu'il s'entendoit d'vne autre main
que des siennes. Le Franc-à-tripe au cõ-
traire repliquoit, ῇ la main qu'il auoit
mõstré la derniere n'estoit pas celle qu'il
auoit mõstré la premiere, & qu'on auoit
                              pensé,

pensé,& que c'estoiét deux mains,l'vne
droité, l'autre gauche, & que la main
droite n'estoit pas la gauche. Ie ne sçay
adioustoit celuy qui auoit fait le conte,
qu'il en sera dit, cependant ie garderay
les gages,& ne m'en deferay pas si aise-
mét. Vn de la Seree,en repliquát, va dire, si i'estois en quelque republique bié
policee,la gageure seroit appliquee aux
pauures,ou au public, à cause q̃ les Romains reiettoiét toutes gageures, qu'ils
appelloiét *ludere in pecuniam*, si elles n'e-
stoient faites, ou pour la course,ou pour
saulter,ou pour luiter, ou à qui ietteroit
mieux le dard, Mais cependant,ie vous
prie, disoit-il à celuy qui gardoit les gages de ne iuger de ce different iusques à
ce que ie vous aye fait vn autre conte,
qui arriua en la mesme boutique,chez le
mesme barbier,où il y a aussi de la difficulté? puis auec ceux de la Seree ,iugez
du tout,encor que ce soit le vôtre plein:
car i'ay trouué en la Ciuile conuersation
que le prouerbe ancien dit,que le meilleur côseil sort & procede du ventre qui
est plein,nonobstát que l'esprit de l'hôme soit plus prôpt & deliure, & plus es-

leué

leué à faire quelque chose spirituelle,
où il faut de l'entédemét, quád le corps
est à ieun, que quand il est remply. Et là
vo' trouuerez les deux estre veritables,
c'est à sçauoir l'esprit estre plus prompt
& à deliure lors que le corps est vuide,
& le conseil meilleur apres le repas, s'il
vient de personnes iustes, equitables, &
remplies de vertu. Pource, dit la Ciuile
cóuersation, qu'estans à ieun, & voulás
faire quelque mal, nous y procedons
auec plus de malice, mais apres le repas
aussi s'appesantit la subtilité de nostre
esprit, & s'appaise en partie la volóté de
mal faire estans plus ioyeux ayans prins
nostre repas, & respódans plus gracieu-
sement à ceux qui parlét à nous. Caton
Vtique le confirmant, quand il dit, que
Cesar alla estát sobre à la ruine de l'estat
de la Rep. Rom. entendát par ces mots,
que iamais vn hóme saoul n'eust esté si
cruel & inhumain, que de faire cest en-
treprise. Ne differez donc, va-il dire à
ceux de la Seree, encores qu'ayez le ventre plein, de decider ces deux doubtes.
Vous auez ouy le premier, escoutez le
secód. I'estois vn de ces iours, cómença
il à

il à dire, en la boutique de ce maistre
barbier, ou il arriua vn hôme d'assez bône façon, pour faire sa barbe, ou pour la
deffaire, lequel vous voudrez. Elle n'e-
stoit que demy faite, que voicy arriuer
vn chicaneur auec ses sergens, & ses records, qui luy mettét la main sur le collet, pour le mener loger au logis des gés
de pied, là ou lon n'a point la peine de
fermer les portes. Celuy qui faisoit la
barbe, se voyant surprins, il demanda
ce chicaneur, qui estoit sa partie, s'il luy
vouloit bailler quelque terme: lequel
luy repliqua, quel terme voulez vo°? Le
debteur luy respond, ie ne demáde que
vne licuë de terme, Les Sergens voyans
qu'il vouloit rire, le vouloient enslever
de la boutique, n'eust esté q ce debteur
obligé à secoudet pria son crediteur de
luy bailler terme de payer, iusques à ce
qu'il eust acheué de faire raser toute sa
barbe, qui n'estoit qu'a demy coupee. Ce
qui luy fut accordé par monsieur le chiquaneur, qui sortát de la boutique l'at-
téd auec ses suposts, iusques à ce qu'il ait
acheué de faire sa barbe. Ce debteur lors
prie só barbier de laisser ainsi sa barbe à
demy

demy rasee, & le prie comme si elle eust
esté toute faite & abbattuë : le barbier
pésant qu'il ne faisoit faire sa barbe que
d'vn costé, afin de n'auoir occasion de
sortir dehors, & par ce moyen estudier,
comme faisoit Demosthene. Cestuy
n'ayant de la barbe que d'vn costé , & à
demi faite, sort en la ruë: le peuple se met
tout autour de luy , cóme par vne grande nouueauté, le voyāt ainsi bigarré par
le visage. Le chiquaneur & les sergents
le voulant prendre, & mener en mariee,
il se deffēd fort & ferme, & dit à sa partie,
qu'elle luy a baillé respit de payer ius-
que à ce q̃ sa barbe fust acheuee de faire, & qu'elle ne l'estoit pas, & qu'il n'y en
auoit encores que la moitié de faite : en
nous appellāt tous à tesmoins si son aduerse partie ne l'auoit pas ainsi promis.
Le peuple là assemblé, qui n'aime la chi-
quanerie, ne les chiquaneurs, s'oppose à
sa capture, & à force de gorrettes, & de
coups orbes, font lascher la prinse à ces
preneurs, leur baillās des nopces de Bas-
ché, tellemēt que le sergent, la partie, &
les chiquaneurs furēt bien battus en la
présence de leurs records: protestās tou-

Liu. iij.   H

tesfois de la force qu'ó faisoit à la Iustice,& de tous leurs despens, dómages &
interest soufferts & à souffrir, le tout en
adherant, & les prenans à partie en leur
propre & priué nom, cóme d'atentat,&
intimation au cas appartenant. Et de
fait, adioustoit celuy qui faisoit ce cóte,
il en fut fait information,& me souuiét
qu'vn des records estât ouy en iugemét
de ceste force & batterie, disoit au iuge,
monsieur, ie ne receu iamais vn si beau
soufflet à mon gré, que celuy que me
bailla vn de ceux qui nous empescherét
de mettre en prison celuy qui n'auoit
la barbe que d'vn cósté. Vous me faites
souuenir va dire quelqu'autre, en parlant de cestuy cy qui n'auoit la barbe q
d'vn costé, de plusieurs nations qui ont
fait vn grand cas des barbes, comme les
Indiens qui celebroient vne feste le
iour que leur Roy faisoit faire sa barbe.
Nous trouuons escrit que les Anciens
par ignominie faisoient razer les cheueux & la barbe à ceux à qui ils vouloiét
mal ou qui les auoient offensez, comme fit Hanon aux messagers de Dauid.
Les Argiens ayans esté vaincus par les
Lace-

Lacedemoniens, se firent tous raire, côme fit Varro apres la bataille perduë côtre Hannibal. C'est dôc à dire, repliqua
vn de la Seree que de ce temps là les Romains portoiét la barbe longue, mais ie
ne sçay qu'il la leur rôgnoit: car il n'eurent à Rome de barbiers que quatre cês
cinquante quatre ans apres qu'elle fut
edifiee, & si ne sçay, quand ils eurét des
barbiers, pourquoy la Loy des douze tables defend aux femmes de faire la barbe aux hommes auec des rasoirs, si nous
adioustons foy au traducteur de Pline,
non plus que ie ne sçay pas la raison des
electiôs de iours, & pourquoi il fait meil
leur coupper ses cheueux, faire sa barbe, & rongner ses ongles en vn temps
qu'à l'autre, ce qu'à obserué l'Empereur
Tybere, qui ne faisoit iamais faire ou
defaire les cheueux, ni la barbe, que la
Lune ne fust en conionction auec le Soleil: aussi que Marcus Varro disoit, que
pour garder de tôber les cheueux, qu'il
les falloit tousiours coupper apres la
pleine Lune: & de là les faiseurs d'Alma-
nachs ont remarqué en leurs Diaires les
iours ausquels il fait bon se faire tôdre,

H 2

de faire sa barbe, & rongner les ongles,
la pluspart n'y touchant qu'a ces iours
là. Mesme i'en ay veu de si superstitieux
qu'ils n'eussent iamais rongné leurs ongles à iour de foire, ou de marché, & su
faisoient grande conscience de parler
quand ils se rongnoient les ongles, ou
quand on leur rongnoit, commençans
tousiours par vne grande obseruation à
se les rongner au premier doigt, laissant
le poulce le dernier, ce qu'ils disoient
auoir apprins des anciens par vne certaine caballe, que s'ils eussent fait autrement, ils auoient en opinion que
cela leur eustapporté quelque malheur.
Et aussi, adioustoit-il, i'en ay veu plusieurs qui adioustoient foy à vn vers ancien, qui est sans autheur, & se gouuer-
noient selon iceluy, ce vers nous apprenant à quel iour il faut faire sa barbe,
couper ses cheueux, & rongner ses ongles. Môsieur de l'Escale contre ce vers,
ou il y a:

Vngues Mercurio, barbam Ioue, Cypride
  crines,

Et le reprenant, a mis en ses Scholies sur
Ausonne ces huict vers:

Mercu-

Mercurius furti probat vngues semper acutes.
Articulisque aciem non sinit imminui.
Barba Ioui, crines Veneri decor: ergo necesse est
Vt nollent demi quo sibi vterque placet.
Mauors imberbes, & caluos Luna adamasti,
Non prohibent comi tum caput atq; genas.
Sol & Saturnus nihil obstant vnguibus : ergo
Non placitum Diuis, tolle monostichium.

Lors s'esleuát yne Fesse-tonduë, va dire,
Il s'en va tard, & seroit meshuy temps de
nous retirer. mais ie vous prie auant que
partir d'ici, d'oüir ce qu'à escrit S. Augu
stin des cheueux, puis ie vous feray vn
conte de la barbe. S. Augustin, cómença
il a dire, nous asseure auoir veu vn homme, lequel sans remuer la teste, & sans y
toucher des mains, sousleuoit tous ses
cheueux, & les iettoit sur sa face, puis les
releuoit & retournoit derriere son chef.
Voila pour vous esmerueiller, & voicy
pour vo' resueiller, & faire rire. La coustume a esté disoit-il, de porter les barbe
toutes rases, ce qui a duré vn lóg temps.
Et lors que les plus gaillards comméce-
rent à vouloir porter la barbe lógue, &
contreuenir à ceste coustume, commá-
demens furent faits à cri public à toutes

H 3

persónes de faire raire leurs barbes. Sur
quoy fut presenté requeste par vn bon
Drolle, tendant afin qu'on luy interpre-
tast de quelle barbe s'entendoit le cry,
& que vouloit dire le criard, parce qu'ē
se voulant raire vne autre barbe que celle du mentō, il s'estoit blessé iusques an
sang. Il faut biē, adiousta-il, qu'il y ait en
la barbe quelq̃ dignité & mystere, puis
qu'aucuns la permettent, les autres la
defendent, aussi que i'ay leu en Antoine
Ientrison, Anglois, en sa description
nouuelle de Moscouie & Tartarie, que
les Medes & les persans, encores qu'ils
soyent Mahumetans aussi bien que les
Turcs & Tartares, ne laissent à se faire la
guerre les vns côtre les autres, tāt à cause de leurs ceremonies diuerses & differentes, que principalemēt parce que les
Medes & Persans ne veulent pas se faire
raser la moustache, comme font les Tartares & les Turcs. Qui ne sçait, va dire
quelqu'vn qu'il ni a pas lōng temps que
les grands cheueux estoient l'ancienne
marque de beauté & de noblesse, mesme
estant deffendu aux roturiers de porter
les cheueux longs? Toutefois depuis on
s'est

s'eſt moqué des grands cheueux. Ce qui
arriua de ce que le grand Roy François
ſe fit tondre pour guerir vne playe qu'il
auoit en la teſte, & ſoudain tout le peuple fut tondu, tant nous ſommes imita-
teurs de ce que font nos Princes.

Vingt-huictieſme Seree.

Des Peintres & Peintures.

IL ſe trouuoit en nos Serees vne de
noſtre ville, lequel encores qu'il fuſt
hoſte n'auoit laiſſé à eſtudier & hanter
les gens ſçauans, outre ce qu'il eſtoit
gaillard & ioyeux, aymát cópagnies re-
creatiues & facetieuſes : & ne faut s'eſ-
bahir de ce qu'aux plaiſantes aſſemblez,
qui ſe font pour recreation, & pour s'eſ-
baudir, & reſtaurer des trauaux & ennuis paſſez, on fuit les perſonnes faſ-
cheuſes, rioteuſes & difficiles, & qu'on
s'accompagne d'hommes gaillards, eſ-
ueillez, rians, & pleins de gayeté, pource
que l'eſprit de tout homme eſt grandement recreé, oyant & voyát choſe plaiſante & aggreable à l'oreille & à l'œil,

à raison qu'il y a bien grande difference
entre l'assemblee & conuersation qui se
fait pour le plaisir, & celle qui est faite pour traitter & capituler affaires
d'importance. Que si quelqu'vn, comme dit Promothee à Mercure dans Lucian, reiettoit les ioyeusetez des banquets, à sçauoir la tromperie, les bro-
cards, les moqueries & risees, seulement
resteroit l'iurongnerie, la gourmādise,
le silence, tristesses, absurditez, & choses qui ne conuiennent en aucune maniere aux repas. Parquoy ne faut s'émer-
ueiller si nous allions souuent soupper
chez cest hoste, qui estoit fort recreatif,
& de bōne compagnie. Or vn iour d'hiuer estans entrez en sa salle pour soupper, & nous approchans du feu, nous
voyons au manteau de la cheminee vne
femme en peinture, bien belle, & bien
elabouree, qui sembloit dire, Ma chambriere est par le derriere, laquelle est
plus belle sans comparaison que moy.
Vn des nostres ne faillit pas incōtinent
d'aller regarder dās la cheminee, & sans
crainte du feu, va voir si la chambriere
estoit plus belle q̃ la maistresse, y estant
bien

bien regardé, se print à rire, & nous va
asseurer que la maistresse disoit vray. La
pluspart de nous voulans voir ce qui en
estoit. Au lieu de ceste belle seruäte, on
trouua escrit en grosse lettre : Sotart, tu
brusles tes chausses. Aussi à la verité, c'e-
stoient bien de grands badins de penser
voir en vn lieu si fumeux vne belle peinture. Il est vray que i'y fus comme les autres, mais c'estoit pour n'estre veu mespriser nostre hoste, à qui son inuention
plaisoit. De là, on print occasion de parler des peintures, & des peintres, & de la
pourtraicture, apres auoir ry de ces so-
tars, mais non pas beaucoup, parce que
celuy qui auoit fait ceste pourtraiture &
peinture estoit decedé il ni auoit pas lóg
temps, lequel viuant nous tenoit bonne
compagnie en nos Serees, homme aimá-
ble & singulier en beaucoup de choses,
encores qu'il ne beust q̃ de l'eau. Et diray sans mentir, qu'il entendoit fort bié
le blason des armoiries, l'ayant veu reprendre les peintre du Roy, & les peintres de l'ordre, és armoiries d'Espagne,
lors que le Roy Henry tenoit son ord e
de S. Michel à Poictiers. Ce peintre auoit

cela de bô, qu'il ne flattoit point les hômes en sa peinture, ne les pourtrayant
plus beaux qu'ils n'estoiét, car il se trouue des personnes qui prennét plaisir d'e-
stre flatees & deceuës, mesme en la peinture, aimans les peintres lesquels les ont
peints vn peu plus beaux qu'ils ne sont,
& si en y a beaucoup q cômandent à tels
ouurièrs qu'ils ostent quelque deformi-
té de leur face, ou grandeur & petitesse
de leurs nez, desirás qu'ô adiouste quelque chose à leur beauté, ou qu'ô les face
grâds s'ils sót petits. Ce q n'est pas mesmes permis aux vainqueurs des Olym-
piades, ausquels est defédu de faire dresser des statuës pl° grâds que leurs corps
ne sont, car en ces ieux, il y a des cômis-
faires qui ont charge & soin de recercher
qu'il ni ait aucun qui temerairemét excede la verité, & procurent que la statue
qui est erigee à l'honneur du vainqueur
soit exactemét correspôdáte à l'histoire
du combat de chacun luteur, & à la mesure de son corps. Parquoy il faut regarder que nous ne preniôs occasiô de mé-
tir en la mesure, & en la beauté, & en la
proportiô des mêbres, de peur que puis
apres

apres les Surindendans & Preuofts ren-
uerfent noftre ftatuë. Pourvousmôftrer
que ce peintre eftoit accort & d'efprit,
deux de fes rencôtres vo° en affeurerôt.
La 1. eft d'vne religieufe & deuotieufe
fille, laquelle ayât deuotion à vn faint,
commanda à ce peintre de luy faire vn
tableau, où il y euft vn S. Ierofme, deuât lequel elle feroit à genoux, les mains
iointes, côme vierge & pucelle. Le pourtrait acheué, il fut apporté à cefte ieune
fille, lequel elle trouua bien fait, eftant
là bié reprefentee au vif, hors mis qu'elle trouua cefte fille pucelle, qui eftoit au
tableau, & qui la deuoit reprefeter, trop
petite, & qu'elle eftoit plus grande que
l'effigie qui la reprefentoit dâs la peinture. Le peintre lors va dire à cefte de-
uote fille, q̃ puis qu'elle vouloit qu'il re-
prefentaft deuant ce faint vne vierge &
pucelle qu'on n'en trouuoit point en ce
temps, qui ne fuft bien petite & auffi
ieune, & en l'aage & grandeur qu'il l'a-
uoit pourtraite, q̃ s'il euft fait cefte fille
plus grande, & de mefme grandeur que
elle eftoit, & de mefme aage, on n'euft
iamais penfé qu'elle euft efté vierge &

H 6

pucelle, comme il vouloit estre repre-
sentee. Ce qui côtenta ceste deuotieuse
fille, qui recôpensa le peintre de son labeur. Ceux de la Seree eussent ri dauantage, n'eust esté la souuenáce de la mort
de celuy qui auoit fait la peinture, & la
rencontre, qu'il fallut pourtant encores
renoüueller, pour conter qu'vn autrefois il peignit les armoiries, d'vn vilain
nouuellement annobly, où il y a tousiours à mettre & à oster, car on dit que
les armoiries d'vn vilain, sont faites à
plaisir. Si bien qu'en peignát ces armoiries, ce vilain, pour qui elles estoient, ne
se contentát iamais, le peintre fut contraint de luy dire, Ie ne suis iamais plus
empesché que quát ie fay les armoiries
d'vn vilain, il y a tousiours à redire. Vne
fesse tonduë, pour nous oster la memoire de ce peintre, q'vn chacun regretoit
nous va conter q'il auoit veu ioüer la
passió à Saulmur, où il y a encore quelque reste de theatre ancien, & qu'entre
autres choses fort singulieres qu'il auoit
remarquees en ces ieux, c'estoit que le
Paradis estoit si beau, à cause de l'excel-
lëce de la peinture, que celuy qui l'auoit
fait,

fait, se vantant de son ouurage, disoit à
tous ceux qui admiroiét ce Paradis, voi-
là bien le plus beau Paradis que vous
vistes iamais ne que vous verrez. Puis
no' va côter côme ce bon peintre auoit
amené là deux de ses enfás, qui n'estoiét
gueres beaux, & si estoient fort petits,
flouets & minces, & que quelqu'vn luy
ayant demádé pourquoy il les faisoit si
laids, & si chetifs, veu qu'il auoit fait en
ce Paradis de si beaux images, & belles
creatures, qu'il auoit respódu, Ie fay mes
images de beau iour, & mes enfans de
nuit, s'ils sót maigres & chetifs aussi suis
ie seul à les faire. Ie ne sçay, va dire quelqu'vn, si les peintres anciés & statuaires
faisoient leurs ouurages de iour ou de
nuit, ou s'ils les fabriquoient sans aide,
mais il me séble, à ce qui en reste, qu'ils
trauailloient bien lourdement, estans
leurs statures & peintures plus grádes &
grosses, q̃ le naturel, sans garder les pro-
portiós du corps, car il se trouue que les
statuaires & sculpteurs d'Egypte, estoiét
si adextres à mesurer vn corps humain,
que par vne dimention certaine, encore
qu'ils fussét en diuers lieux, ils formoiét

H 7

les mébres d'vne statuë de diuersespier-
res, & chacun faisoit le sien, sans comu-
niquer les vns auec les autres, & puis
les mettoient ensemble, & estoit chose
si bien faite, qu'il sembloit qu'elle fust
toute d'vne piece, & d'vn seul ouurier.
Il fut repliqué, que les anciens ne faisoient ces statuës & pourtraitures ainsi
à l'aduenture, ou par ignorance, ou par
negligence, mais auec raison. Que si les
peintres , sculpteurs & statuaires du
vieux temps ont fait les hommes plus
grands & gros en ce temps là , que nous
ne sommes maintenant , & qu'on ne les
peint pour le iourd'huy, c'est parce que
ils estoient plus grands & puissans que
nous ne sommes maintenát, d'autát, disoit-il, que de temps en temps, & d'aage
en aage nos corps diminuent. Ce qui est
tout clair, si nous faisons comparaison
des ossemens de nos maieurs, que nous
trouuons tous les iours , & tirons de
terre, aux nostres, & à ceux de ce temps,
se faisant la diminution de nos corps,
de la chaleur bruslante, qui consomme
& desseiche l'affluéce de nostre semence. Vn autre rendant vne autre raison,

son, disoit qu'anciennement on repre-
sentoit les personnes grandes, non que
elles fussent telles, mais pour monstrer
qu'elles auoient fait quelque grand cas
plus que les autres: afin que ceste pourtraicture grande denotast que ceux qui
ont merité quelque loüäge & honneur
deuoient exceder en grandeur tous les
autres. Ainsi les Anciens, pour denoter
à l'aduenir leurs Republiques auoir esté
bien grandes, bastissoient de grands
Colosses, qui estoient statuës de deme-
suree hauteur, dressee par eux en l'honneur de leurs Dieux. Et aussi faisoient
cela, pour demonstrer que leurs Dieux
estoient grands, comme à Rhodes ils
bastirent vn Colosse du Soleil, si gräd &
superbe, & de tel artifice, qu'il fut re-
nommé entre les sept merueilles du
monde. Voila pourquoy, disoit-il, les
Romains, suiuant les Grecs plustost
que les Egyptiens, faisoient leurs peintures, statuës, portraits, images, idoles,
& semblances, grandes, selon qu'ils esti-
moient que leurs faits fussent grands, &
selon qu'ils auoient merité de la Rep.
De là est venu, adioustoit-il, ce q̃ disoit
Ciceron

Ciceron de son frere Quintus, le voyant
portrait en la prouince qu'il auoit gou-
uernee, seulement iusques à la ceinture,
Mon frere n'estant que demy, est plus
grand que tout entier : estant Quint. de
petite stature. Vn autre parlât pour l'â-
tiquité, disoit si nous voyons les images
& statues des Anciens si grandes & longues, que c'estoit comme il auoit leu en
Bodin, que nos predecesseurs ont estimé
les visages plus longs, les plus beaux, &
qu'à ceste cause les sages-femmes de ce
temps là, reduisoient les visages des enfans recentement nais, à la plus grande
longueur qu'ils pouuoient, comme les
Perses faisoient du nez. Or ayant le visage ainsi lóg, il falloit que les autres mébres fussent proportionnez à leur visage
long, non pas qu'ils les eussent naturellement si longs. Ie ne croy pas, va repliquer vne ioyeuse féme de la Seree, qu'on
puisse ainsi allóger les membres des petits enfâs qui ne font que de naistre, car
si cela se pouuoit faire, les femmes du
iourd'huy allongeroient bien plustost
quelque autre chose, & n'eussent pas
laissé les membres comme ils sôt. Encores

res que toute la cópagnie se print à rire, aussi bié que ceste gaillarde dame, si
est-ce qne le propos se continua, quelqu'vn cómençát à dire, l'ayveu d'autres
peintures & statues fort deliees & longuettes, ie ne sçay à quelle fin veu q̃ les
personnes du téps passé, non plus que de
cestuy-cy, n'estoient pas ainsi lógues &
minces. Il luy fut respondu, que les Anciés ne faisoiét pas sans raisó les images
longuettes & gresles, n'ayans gueres de
corps, mais que c'estoit pour demóstrer
q̃ la Diuinité n'estoit point vne chose
corporelle & qu'à ceste cause les Egiptiés
(qui de tout téps ont eu en grande recommandation vne Diuinité) ont fa-
briqué leurs statues & images non grosses & amples, ayans bien peu de corps,
voulans demonstrer par là, que la Diuinité est vne chose spirituelle , & non
point materielle ne corporelle. Vn de
la Seree se meslant parmy ceste dispute,
nous va dire, qu'il falloit regarder de
quel pays ont esté les artisans, qui ont
peint les images & statues , & quels
peuples ils ont voulu peindre & contrefaire , auant que les reprendre des
pro-

proportions, que nous penfons auoir
efté mal gardez & obferuez, eftant vne
chofe certaine que le vifage des hommes fe varie, & que la grandeur & peti-
teffe des autres membres eft diuerfe felon la fituation dont ils font, & la region qu'ils habitét: aufsi bien que nous
voyons les beftes d'vn pays differentes
de celles d'vne autre contree, encóres
qu'elles foient de mefme efpece. Et feroit vn mauuais ouurier, difoit-il, qui
feroit le vifage des hómes de pays lointain, de mefme groffeur, grandeur &
largeur que ceux de noftre Europe. Car
fi les peintures & ftatuaires veulét bien
reprefenter & pourtraire vn habitant
d'Afie, il faut luy faire la tefte longue,
cóme ils l'ont, non pas naturellement,
mais artificilement, pource qu'ils efti-
ment cela beau, & eftre figne de bon efprit, comme aux Perfans le nez aquilin.
A cefte caufe les Grecs appelloient ces
gens là *Macrocephaly*, cóme on m'a fait à
croire. Que fi les bons ouuriers veulent
contrefaire vn Indien, ils ne doiuent
garder les proportions communes des
autres peuples: ayans ceux cy le vifage
plus

plus long, & la face plus platte naturellement: que s'ils veulent representer
vn More, il faudroit de mesme le faire
plus camus qu'vn de ce païs, & pl⁰ noir,
ayant les leures grosses, & les dents plus
b'aches, auec les cheueux frisez & recoquillez. Que si vous estiez, adioustoit-il
encor, en la terre des Negres, vous verriez qu'ils peignent ordinairement les
personnes qu'ils veulent representer
les plus belles, les plus camuses & noires qu'il leur est possible: comme nous
les pourtraions blanches, sans estre camuses, Pour ceste raison, les Mores font
& peignent leurs Anges noirs, comme
ils sont, disans qu'il s'apparoissent à eux
tousiours noirs, & font les diables blâcs
comme nous sommes, & disent qu'ils se
monstrêt: & aparoissent à eux tousiours
blancs, côtre Môsieur Bodin qui dit en
sa Demonomanie, que les diables sont
noirs: car les diables aparoissent blancs
aux noirs, & se presentent à nous, qui
sommes blancs, tous noirs: & celuy seroit mauuais peintre & sculpteur, qui
representeroitvn Ange Ethiopien blâc
& vn diable Ethyopien noir. Que
quand

quãd monſieur Bodin dit que Leon d'a-
frique eſcrit, que les ſorciers & Magi-
ciens de ſon païs inuoquent les demons
blancs, ie croy qu'il veut dire qu'ils
appellent les mauuais demons, les
diables, parce que les Affriquains les
peignẽt blancs, comme nous les repre-
ſentons noirs. Et ne s'enſuit pas que les
Affriquains n'appellent les diables en
leur Magie & Nigromance, auſſi bien
que les enchanteurs de pardeça, encores qu'on die qu'ils n'vſent que de la
Magie blanche, & qu'il n'y a que la noire deffenduë, dautant qu'ils nommẽt
ceſte Magie blãche, non pas qu'elle ſoit
permiſe & bonne, mais parce que ceux
de qui ils s'aident ſont blancs : toute
Magie, ſoit blanche ou noire, eſtant
contre Dieu, & plẽine d'impieté. Mais
pourquoy, demanda vn de la Serée, eſt-
ce, que les peintres font les diables,
ſoient noirs, ſoiẽt blãncs, ſi horribles &
cõtrefaits? Seroit-ce poſr, luy fut-il reſpõdu, qu'ils ont perdu ceſte beauté, qui
fit monter Lucibel en ſi grand orgueil?
Puis fut demandé, reuenant à la grandeur des images, pourquoy ẽs voultes
des

des Eglises l'on trouuoit assis en vne
chaire vn homme en peinture si grand
& si gros,que ceux qui entrent és Eglises ont peur qu'il se leue debout, pou-
uät en se redressant ruiner toute la vou-
te. Il fut dit que cela n'estoit point ainsi
pourtraict sans cause, les peintres & les
imagers s'accommodans tousiours au
simple peuple : comme pour monstrer.
sans legendes,que Saint Sebastien a esté
martirisé auec des flesches, & que celuy
qui en est lardé par tout le corps , est S.
Sebastien ,il est peint ayant de traicts
par tout son corps : & en y a beaucoup
qui ne cognoissent pas vn Saint, simon
aux marques que les peintres & statuaires leur donnent. Vn Franc-a-tripe voiant qu'on auoit esté longtemps sans rire,toutesfois sans sortir hors du propos
de la Seree, nous va conter vne histoire
d'vn peintre & de la peinture. I'ay cogneu vn peintre,comméça-il à dire, lequel ayant peur qu'on luy aydast à faire
ses images viues, s'en voulant aller aux
cháps pour faire quelque besongne en-
treprise , se doubtant de sa femme, &
qu'vn autre ouurier vint besongner à
                                    son

vint beſongner à ſon haſtelier luy va
peindre ſur le vétre vn aſne, luy diſant, ie
cognoiſtray bien ſi tu fais la folle, & ſi
on frotte ſon lard contre le tien: car ſi
voue ioüez à ce ieu, ie trouueray toute la
peinture effacee & barbouillee, & cognoiſtray bié ſi vn autre y a mis la main,
tant excellent ouurier & parfait maiſtre puiſse-il eſtre. Ce peintre, qui s'aſ-
feuroit qu'ó n'euſt ſçeu refeire ceſt aſne
qu'il ne l'euſt cogneu, s'en eſtát allé, vn
autre, pria la femme de ce peintre, de le
laiſser beſongner à ſon haſtelier, & l'aſ-
feuroit que ſon mary ne beſóngnoit pas
ſi bien que luy. Elle luy reſpond, puis
qu'il eſtoit ſi bó ouurier, qu'elle le voudroit bien : mais, luy diſoit-elle, mon
mari auát que s'en aller, m'a fait, peint,
& portrait vn aſne ſur le ventre, qui s'ef-
faceroit, encores qu'il ſoit à huile, & par
là il cognoiſtroit que nous aurions
ioüé à ventre contre ventre: car il eſt ſi
excellent en ſon art, qu'on ne ſçauroit
imiter ſon ouurage qu'il ne le cognoiſſe. Ne te ſoucie, va repliquer ceſtuy qui
diſoit en ſçauoir autant que le mary,
Monſtre moy ton ventre, & que ie voye

cc

ce maiſtre aſne : ie m'aſſeure, lorsque
ton mary deura reuenir, de t'en faire vn
auſsi bien fait, & auſsi au naturel, & ſi
ſemblable au ſien, qu'il penſera que ce
ſera celuy meſme. Ayant veu l'aſne, il
euſt ſi grand' enuie de monter deſſus,&
cheuaucher l'aſne, qu'il ne regarda pas
s'il eſtoit baſté ou non. Parquoy, eſtant
l'aſne tout eſſacé & barboüillé, & le mary eſtát preſt à reuenir, quád il fut queſtion de refaire l'aſne qu'ils auoient de-
peinturé, en lieu qu'il n'eſtoit point baſté, ce bó maiſtre ſans y ſonger va baſter
& ſangler celuy-là qu'il luy fit, en meſme lieu où eſtoit l'autre : la féme le trouuant ſi bien fait, & ſi ſemblable à l'aſne
de ſon mary, qu'elle s'aſſeuroit que ſon
mary n'y cognoiſtroit rien. Lequel eſtát
reuenu, voulut ſçauoir, auát toutes choſes, ſi l'aſne eſtoit en ſon entier, auec ſa
peinture : mais voyát qu'il auoit vn baſt
& qu'il eſtoit ſanglé, il va dire tout haut,
A tous les diables l'aſne, & celuy qui
l'a baſté, & voila dont eſt venu le prouerbe François, A tous les diables l'aſne, & qui me l'a baſté auiourd'huy.

Ce

Ce conte acheué, quelqu'vn va demander vne chose, à quoy possible beaucoup
n'ót pas pésé: c'est pourquoy il y a à l'entour des excellés ouurages, & bien ela-
bourez tableaux, des chainettes. Il fut
respódu, q quád ces bons maistres vouloient monstrer vne piece estre parfaite,
& exquise, & là où il ne falloit plus mettre la main, qu'ils mettoient à l'entour
de ces diuins ouurages, des chainetes &
liens, pour donner à entendre aux plus
spirituels, que ce tableau estoit fait de
tel artifice & industrie, que s'il n'estoit
retenu & enchainé, il pourroit s'en aller : cóme s'ils eussent voulu empescher
ceux qui estoient auiez en ce tableau de
bouger de là. Ce que faisoient aussi, ad-
ioustoient-ils, les Atheniens, au simula-
cre de victoire, & si la peignoiét encores qu'elle fut enchainee, sás aisles, crai-
gnás qu'elle s'en volast aux autres, & ils
la vouloient retenir pour eux, mesmé
les Tiriens, estant leur ville assiegee, en-
chainerét les images de leurs Dieux, de
peur qu'ils s'en allassét. I'ay veu, va dire
quelqu'vn, vne fois en ma vie vn tableau
où il y auoit, comme vous dites, des
liens

liens & chainôs à l'entour de la peinture, là où il me semble qu'il n'en failloit
point, d'autant que dans ce tableau il y
auoit vne femme qui se mouroit, dont
on ne deuoit craindre qu'elle s'en allast,
non plus que son fils, à qui elle donnoit
du laict de sa poitrine. Ce tableau, disoit-il, estoit si bien fait qu'il re presen-
toit vn enfant prenant la mammelle de
sa mere, laquelle sembloit mourir d'vn
coup d'épee qu'elle auoit receu en la te-
tine, que ce petit enfant succoit, mais
vous eusiez dit q̃ ceste mere sembloit
sentir & craindre que son enfant ne suc-
çast son sang, quãd son laict se mouroit
auec elle, vous asseurãt que ceux qui virent ce tableau, auec moy, furent si es-
meus de pitié, que pour rien du monde
ils n'eussent voulu le retenir en leurs
maisons, tant ceste peinture attristoit
ceux qui la regardoient, encores qu'ils
n'y eust au mõde vne telle piece, & quãd
on me la donneroit, disoit-il, i'osterois
ces liens & chainettes qui semblent les
retenir, afin que ceste mere, qui semble
auoir vn peu de vie, emportant son fils
s'enfuit de deuant mes yeux, tant i'auois

grande pitié & de l'vn & de l'autre. Et
ne faut, adiouſtoit il, trouuer ce tableau
eſtrãge, veu qu'en Syracuſe il y auoit vn
tableau, où eſtoit pεint vn boiteux, qui
ſembloit auoir ſi grãd mal aux iambes,
que tous ceux qui le regardoient ſem-
bloient endurer partie de ſon mal. I'ay
veu auſsi, va dire vn autre, vn tableau de
Medee tue enfant, non moins elabouré,
ayant des liens à l'entour, qui eſtoit ſi
bien fait, qu'il ſembloit que Medee
(combien qu'elle fuſt bien furieuſe de
tuer ſes propres enfans) craigniſt de les
occire, & qu'elle ne les tuoit qu'à regret,
& comme forcee : ſon viſage ſemblant
enfurié & pitoyable tout enſemble. Et
y auoit deſſous ce tableau ces quatre
vers, que i'ay laiſſé Latins, parce qu'on
ne les ſçauroit ſi bien mettre en François:

Quod natos feritur aferox Medea, moratur,
   Preſtitit hoc magis dextera Timonachi.
Tardat amor facinus, ſtrictum dolor incitat
   enſem,
   Vult, non vult, natos perdere & ipſa ſuos.

Et au deſſous des vers Latins, il y en
auoit quatre François, de meſme ſuiet

Voicy

Voicy la face de Medee
De deux passions agitee,
On le cognoist bien à ses yeux,
L'vn est doux, l'autre est furieux.

Et moy disoit vn autre, i'ay veu Venus
au vif endormie, qu'vn chacũ craignoit
de la resueiller, aussi le peintre auoit mis
au pied du tableau:

Puis qu'endormie icy, Apelle,
Tu m'as faite, ie dormiray:
Ou autrement ie sortiray
De ton tableau, si l'on m'esueille.

Ce n'est rien de vostre Medee, repliqua vn de la Seree, ny de vostre Venus
endormie, au prix d'vn Dauphin, que
portoit Arion, estãt ce Dauphin si bien
fait qu'on pouuoit iuger qu'il prenoit
plaisir au son de l'instrumẽt d'Arion, &
qu'a regret ce Dauphin arriuoit au port
de Grece, & qu'il eust voulu estre plus
loing du riuage, pour iouyr plus long
temps de ceste armonie, ce tableau ayãt
appendu ces quatre vers de du Bartas:

Le Dauphin descouurãt le bord tant souhaitté,
Se tourmente à part soy de s'estre tant basté,
Et pour plus longuement humer ceste harmonie
Voudroit cent fois plus loin sçauoir sa Laconie

I'ay vn tableau en ma maifon, nous va
dire quelque autre, qui eft fi bien pourtrait, que i'y ay fait mette des liens tout
à l'entour, de peur qu'vn homme qui eft
dedans s'en allaft, & laiffaft le tableau
vuide, combiē que ceft hóme eft fi bleffé qu'on le void tirer à la mort, mais eft
fait auec tel artifice, qu'on y peut remarquer combien de fouffle il a encores
au corps, & le temps qu'il a à viure. Ces
diuins tableaux, repliqua vn de la Seree,
font faits ou de la main de maiftre Si-
mō, qui fit la pourtraicture de Madame
Laure, q Petrarque portoit par tout ou
il alloit, ou bien de la main de celuy que
enuoya le feigneur de Rimino en Arezo
pour peindre Petrarque, ou bié de celle
de meffer Raphael d'Vrbin, qui a peint
le banquet des Dieux, ou de la main de
Michel l'Ange, qui s'eft rendu admira-
ble en la peinture de fon iugement, ou
dè cèlle d'André de la Mótagne, qui eft
fi excellent en fa Triomphe. Ma raifon
eft, adioufta-il, parceque ces tableaux &
beaux ouurages, que vo' auec nommez
cy deffus, ne peuuert eftre faits du pinceau de Polignot, lequel peignit gratui-
tement

tement de Portique d'Athenes, dit Pœ-
cile, ou les Stoïques demeuroient tout
le iour ne de Pausanias, qui representa
son amie Glicera bouquetiere, si bien
attifee de guirlandes & chappeaux de
fleurs, que l'art combatoit auec la nature, ne de celuy de Protogenes, lequel peignit la figure de Ialysus, ou il fut 7. ans
dessus, ne d'Apelles, qui fit vn tableau
ou estoit peinte Venus sortât de la mer,
lequel fut mis par Octauian au temple
de Iules Cesar, & estant gasté, en vn endroit, il ne se trouua iamais homme qui
eust la hardiesse d'y mettre la main pour
le racoustrer : encores moins d'acheuer
le pourtraict d'vne autre Venus par luy
commencé, & non acheué. desesperans
de le rendre conforme à son commencement, ne du pinceau de Timanthe,
qui peignit Iphigenie preste à sacrifier,
rendant les afsistans & regardans si tristes & troublez, qu'on ne l'osoit regarder, & qui fit aufsi la pourtraicture d'A-
gamemnon la teste enueloppee en son
manteau, sa main ne pouuant suffisam-
ment representer la desolation pater-
nelle, ne de celuy de Zeuse, qui presenta

I 3

vn tableau, ou eſtoient deux raiſins, qui
trompoient les oiſeaux, ne de la boutique de Parrhaſe, lequel trompa auec ſõ
rideau, le meſme ouurier qui auoit trõpé les oiſeaux, ne de la main d'Ephranor.
qui peignit le viſage de Paris, auquel en
vn temps, & tout à la fois, il aparoiſſoit
iuge des Deeſſes, amant d'Heleine, &
meurtrier d'Achille. Ie dy donc, adiouſ-
ſta-il, que ces beaux tableaux qu'õ a nõmez cy deſſus par excellence, ne peuuent eſtre du pinceau ne de la main de
ces diuins peintres, dautant qu'il y a
long temps que leurs tableaux ſont ga-
ſtez, pourris, & vermoulus. Vn de la Seree repliquant, va dire: Et pourquoy les
tableaux de ces grãds maiſtres ne pourroient auoir duré iuſques en ce temps,
eſtans ſi curieuſement gardez, à cauſe
de leur excellẽce, de l'eau, du feu, de l'air
& du vent? Nous trouuons les Pyrami-
des d'Egypte eſtre encore preſque en
leur entier, combien qu'il y ait trois mil
ans qu'elles ont eſté faites. Et puis on
dit que le buis, le cedres, l'ebene, l'if,
le geneure, dequoy eſtoyent faits ces
tableaux n'enuieilliſſent iamais, & n'e-
ſtre

ſtre ſuiets à quelconque pourriture ne
vermoliſſure, les arbres amers n'eſtans
iamais mangez de vers, comme le cipres, ni ceux qui ſont durs, comme le
buis, & ſur tout on eſtime le cipres pour
ſa duree, ne ſentant iamais la vieilleſſe.
A ceſte cauſe Platon dit que les Loix
s'engrauoiët en tables de cipres. Et que
les peintres apprennent, adiouſtoit-il,
que tous ces bois ſe doiuent coupper,
pour durer à iamais, lors qu'ils ſont en
ſeue, & qu'ils cōmencent à ietter, quãd
on veut vſer de leur rõd, ſans les fendre
ou eſquarrer, les autres bois qu'on eſ-
quarre, ſe doiuët couper entre Decem-
bre & Feurier, quand le vent fueillu cō-
mëce à regner. Et qui perpetue encores
plus, diſoit-il, les matieres dont on fait
les tableaux, les ſtatuës, & autres choſes,
c'eſt vne eſpece de bitumen, que ſi vous
en frottez quelque choſe que ce ſoit, le
feu, ne l'eau, ne la vermoliſſure, ne la
roüille, ne la ſçauroiët iamais empirer,
gaſter ne cōſommer. Et de fait, il y en a
beaucoup qui diſent qu'ō trouue encores des armes des Amaſones, gardez par
ce bitume, & auſſi que de noſtre temps

I 4

on a trouué aux ruines de Rome vne
statue d'artifice tant accomply, qu'il est
estimé diuin par les excellés sculpteurs.
Et ne doute-on point q̃ ceste statue ne
soit de Praxitelle, parce que nous lisons
en Pausanias, & és harãgues de Cicerõ,
& en Pline, q̃ Praxitelle fit trois statues
de Cupidon, & celle qui s'est trouuee, le
represente dormãt en vn berceau doré,
sur vne peau de Lion, nud, auec l'arc & la
trousse au costé, vn peu charnu, en l'aage
de dixhuit mois. Nostre Messier Pátha-
lon, ayant noté ce qu'on auoit dit, commença à nous dire, Vous auez dit Michel l'Ange entre en les meilleurs peintres des modernes, comme à la verité il
est, toutesfois si l'ay-ie veu reprendre
en vne sienne image & pourtraiture de
la vierge Marie, qui estoit au Vatican,
tenant son fils mort entre ses bras, parce
qu'elle est là trop ieune, l'aage qu'elle
semble auoir ne respondant aux ans de
son fils. Ne vous amusez pas en si petites
choses, repliqua quelqu'vn, veu que
nous trouuós que tous les peintres ont
bien pourtraict les estoiles à cinq rayés
& pointes, encores qu'elle soient ron-
des,

des, que s'ils les ont peintes ainsi pour
demôstrer leur brilláte lueur, si est-ce q̃
la plus grand part des estoiles ne brillêt
& n'estincelent pas. Et attendu la suffi-
sance des anciens peintres, ie ne croy
pas qu'ils ayent peint le Pelican auecvn
bec aigu, comme font ceux de ce temps,
parce qu'il l'a mousse & plat, ce que mô-
stre son nom, qui est Grec, & qui signifie vne ache & doloire, comme on m'a
dit. Toutesfois, adiousta-il, ce n'est pas
du iourd'huy qu'on dit:

Tousiours égal pouuoir & hardiesse ont eu
Le poëte & le peintre en ce qu'ils ont voulu.

Encores qu'on ait mis en ces deux vers,
va dire vn de la Seree, & le Poëte & le
peintre ensemble, cause que Simonides
dit la portraiture estre vne poësie muette, & la poësie vne peinture parlar̃t,
si est-ce que l'vn à biẽ eu tousiours plus
de sçauoir que l'autre, car on ne sçauroit
nier que les peintres de ce temps ne res-
semblent la monnoye rongnee, estans
sans lettres. Ce qu'ô peut cognoistre lisant ce qu'ils mettent sur les sepulchres
& aux pieds des tableaux, les tableaux
mesmes estans si mal faits, qu'on ne re-

cognoist pointceux qu'õ à voulu pourtraire au vif, comme s'est voulu ioüer
quelqu'vn par deux quadrins:

    Quand le peintre eut fait ce tableau,
Pour recognoistre ta figure,
Il deuoit en vn escriteau
Mettre que c'estoit ta peinture,
Si le peintre n'eust pas escrit
Que c'estoit ici ta peinture,
Asseure toy que l'on eust dit
Que c'estoit vne autre figure.

Ie me doubte bien, repliqua vn autre,
que les anciens peintres & statuaires
ont esté plus sçauans en leur art, que
ceux de nostre temps, mais non pas tous
& y en auoit d'ignares, car nous trouuons qu'Alexandre n'a souffert que son
image fustiettee en bróze parautre, que
par Lisippe, tiree auec le pinceau d'autre que d'Apelles, grauee en marbre &
burinee d'autre que de Pirgotele. Que si
à l'imitation d'Alexandre, dit Equicola
d'Alueto, Amour n'eust esté depeint q̃
par bons maistres, qui eussent ensuiuy
les doctes, on ne luy verroit pas le bandeau deuant les yeux. Qu'il ne soit point
aueugle, dit Equicola, on le sçait de ce
                  qu'en

qu'en la proclamation, & cry de Venus,
au poëme de Moscus, où elle propose
loyer à celuy qui trouueroit Cupidon
perdu, en descriuant son fils, il n'est fait
aucune mention qu'il soit aueugle, & le
prouerbe porte aussi, qu'Amour naist
de voir, & si Platon & Aphrodisee ne luy
donnent aucun bandeau, & ne le font
nullement aueugle. Que si Virgile, dit
Equicola, & Catule appellent Amour
aueugle, ils entendent caché & secret, &
que l'amour aueugle le iugemét, & non
point que Cupidó soit priué de la veuë.
Que s'il eust esté aueugle, tous ces anciens, & bons peintres, & tous les excellés statuaires ne l'eussent pas oublié:
car ils ne laissoient rien à exprimer tant
petit fut-il : Car Lysippus faisant la statuë d'Alexandre, n'oublia point à luy
tourner la face vers le ciel, comme il
auoit accoustumé de regarder tournant
vn petit le col ; dont il fit son profit, y
mettant ces quatre vers :

Ce bronze estant d'Alexandre l'image
Iettant à mont les yeux & le visage,
A Iupiter semble dire : Pour toy
Retiens le ciel, car la terre est pour moy.

I 6

I'ay veu va dire vn autre, vne statue antique de bronze, d'vn enfant, qui estoit
si bié fait, que vous eussiez dit qu'il s'o-
stoit vne espine du pied, & faisoit pitié à
ceux qui le regardoiét, parquoy le peintre auoit mis au pied de cest enfant:

Si cest enfant te fait pitié
A cause de sa triste mine,
Helas oste luy ceste espine,
Qui le pique dans le pied,
Et apres il t'en rendra grace
Auec vne riante face.

Vous trouuerez, adioustoit-il, qu'vn
Publius peintre, peignit si bien sa chate,
que Martial dit:

Aut vtramque putabis esse veram,
Aut vtramque putabis esse pictam.

Lequel artifice, repliqua vn de la Seree,
estoit faite la vache de Miron, qui trô-
poit & les hômes & les bestes, encores
qu'elle ne fust q̃ d'airain, si approchan-
te du naturel, que les taureaux, couroient contre pour l'assaillir? Ce qui n'a
pas esté oublié, ne des Grecs, ne des Latins, ne des François, côme vous trou-
uerrez en Ronsard, & ailleurs, & ne
sçay par cœur que ces quatre vers:

Vn

Vn tan, en voyant la figure
De cefte vache, fut mocqué:
Ie n'ay iamais (dit-il) picqué
Vache qui euft la peau fi dure.

On faifoit, va adioufter quelqu'vn côme i'ay apprins de Henry Eftienne, fi
grâde eftime des ouurages antiques, &
principalement de ceux des peintres &
fculpteurs, que quand on parloit d'vn
tableau ou d'vne ftatuë d'ouurage antique, on entendoit d'vn ouurage exquis
& par confequét qu'on tenoit fort cher,
& qui eftoit de grand prix, fi bien qu'on
dit *Nihil antiquius habui*, c'eft à dîre, ie
n'ay eu rié en plus grâde recómádation,
& plus cher: Voulás dire que des chofes
antiques font mieux faites que celles de
ce temps, & auffi on voit qu'on les cerche, & qu'on les achapte bien cheres, &
pource qu'elles fót antiques, on les nó-
me antiquailles: & dit-on, Il a de belles
& cheres antiquailles. Apres q̃ chacun
fe fut efforcé de loüer les beaux ouurages de la peinture, & de l'art ftatuaire,
on fe met à dire l'hónefteté & pudicité
des peintres, & des fculpteurs, vn de la
cópagnie comença à dire, Nous trou-

7

uons que les peintres, qui s'entendent
aux blasons & peintures d'armoiries, en
les blasonnans ne diront iamais vne parole dissoluë. Car s'ils veulét dire, porte
du sinople à vn Lion d'argent, sans mébre & testicules, dirót ainsi, porte de sinople à vn Lion d'argent, sans vilennie.
Aussi trouuós nous disoit-il, que Martia, fille de Varro, excellente en l'art de
peinture, fut si pudique & honteuse que
elle ne voulut iamais peindre homme
ne femme nuds, de peur que l'ouurage
demeurast imparfait, aussi que la pluspart des peintures & statues des Romains estoient vestues, pour ne monstrer les parties hôteuses, signifiás tousiours quelque mistere, cóme celles des
Grecs estoient toutes nues. Ce qui est
cófirmé par Aphrodisee, qui écrit qu'anciennemét les images, peintures, & statues des dieux, des Rois, & des Graces,
furent souuét faites nues, pour demonstrer que la puissáce d'iceux est ouuerte
& manifeste à chacun, estás nuds & nón
couuerts de dol & fraude. Que s'ils ont
peint Venus toute nue, & fait sa statue
sás robe, ce n'est pour inciter & prouo-

q 1 :

quer a lasciueté ceux qui la regarderôt,
ny pour signifier que le plaisir de Venus
s'augmente entre ceux qui sont nuds:
mais c'est pour nous enseigner que l'effect de la luxure n'est iamais celé ne caché. Si faut-il bien, repliqua vn de la Seree, que Zeuzis, ce bô peintre, eust peint
& pourtrait la vieille toute nuë, qui le
fit si enormement esclater de rire, que
l'exercice de la ratelle luy tollit toute res
piration, & subitement mourut, pour
auoir regardé la pourtraicture de ceste
vieille, qui luy mesme auoit faite, ce dit
M. Verrius Flaccus: car estant couuerte
ie ne voy rien qui le deust faire mourir
de trop rire : mais ce bon ouurier apres
l'auoir acheuee, la voyant nuë & vieille,
il y trouua la mort par le derriere, aussi
bié qu'Acteô voyât la Deesse chasseresse
nuë se baigner en vne fontaine. Et puis
dites que les peintres & sculpteurs sont
si hónestes? veu que nous trouuôs qu'vn
Pyericus, excellét peintre, au contraire
de Martia, ne se plaisoit qu'a peindre les
parties les plus sales & cachees, & sur
tout les parties casuelles des femmes:&
à ceste cause on l'appella *Rhyparographus*.

Et si

Et si ni à pas lóg temps, adioustā-il, que
vn bon peintre entreprit de peindre au
vif le cul d'vne tresbelle damoiselle, mais
iamais il n'en peut venir à bout ni à son
honneur : & pour toute excuse va dire à
la damoiselle, luy rendant ses arres, qu'il
ne pouuoit faire au vif ce qui estoit
mort. Celuy qui soustenoit les peintres,
va repliquer qu'il ne croioit point qu'õ
peust trouuer de bons peintres & statuaires, qui voulussent mettre en euidē-
ce & veuë les parties que nature à cachees: & aussi que les peintures lasciues
corrompent l'esprit & les yeux. Dequoy
fait clair tesmoignage ceste Venus Gnidienne, ouurage de Praxitelle, desloree,
& la statue de Fortune, laquelle comme
escrit Elian, fut si ardamment aimee par
vn ieune Athenien, qu'il mourut auprés
d'elle, pour ne l'auoir peu auoir par argent. Ie vous prie, repliqua quelqu'vn,
que ie vous die des quatrains qui ont
esté faits de ceste Venª Gnidienne, parce que ie les trouue bien faits, monstrás
l'excellence de celuy qui l'a fabriquee:
voici ce qu'ils en ont dit & experimé en
plusieurs sortes.

Venus

Venus dit, voyant ce pourtraict,
Qui la represente si belle:
Pour faire vn tableau parfait
En quel lieu me vit Praxitelle.

Puisque personne ne m'a veu,
Pourquoy me fais-tu cest ouurage,
D'asseurer que quelqu'vn ait peu
Bien representer mon image?

Anchises, Adonis, & Paris
M'ont veuenue, mais Praxitelle:
Iamais nue tu ne me veis?
Comment m'as-tu graué si belle?

Il faut croire que Praxitelle
Iadis ce marbre figuroit
Selon quelqu'vne qu'il aimoit,
Car ie suis mille fois plus belle.

Venus voyant ceste Venus,
Dit d'admiration rauie,
Le peuple ne me priroit plus,
Si ceste Venus auoit vie.

Venus dit, ayant apperceu
Venus sur l'autel de Gnidie,
Imageur, dy moy, ie te prie,
En quel endroit tu m'auois veu.

Quand Iunon & Minerue virent
Ceste belle image, elles dirent,
A grand tort nous auons repris
Le iugement que fit Paris.

Celuy qui parloit pour les peintres &
statuaires, en reprenant ce qu'on auoit
dit de leur honnesteté, parla pour eux
ainsi : Encores qu'il se soit trouué quelques vns qui ayent pourtrait des choses deshonnestes, cóme on dit que Che-
reqhanes contrefit des lascifs & impudiques embrassemés d'hommes & de femmes: ce n'est pas qu'ó loüe le fait en soy,
& ce dequoy on fait la presentation,
mais on admire l'artifice de celuy qui l'a
peu si ingenieusemét representer: comme quand nous voyons vn Singe, ou la
face de Thersites, bié peints, nous y prenons plaisir, & loüons à merueilles, non
comme chose belle de soy, mais comme
bien contrefaite apres le naturel. Vous
en direz ce que vous voudrez, repliqua
vn autre, si est-ce que ceux qui prennét
plaisir à prendre ces parties honteuses,
ou à les voir, monstrent leur naturel. Et
comme pour iuger de la Ioute & frian-
dises des viádes, le plus apte est celuy qui
les aime le pl'. On dit aussi, adiousta-il,
que quand Androcydes le peintre peí-
gnit le goulphe de Scylla & Charibdis,
qu'il ne fit rien de si bien fait q̃ les pois-
sons

fons d'alentour , lefquels il auoit fait
auec plus d'affection, & mieux au vif &
naturel que tout le demeurant, pource
qu'il en eftoit friand. Comme pourrez
vo⁹ fauuer Zeuzis d'impudicité,& qu'il
n'aimaft les femmes. Nous trouuõs, difoit-il, que ce Zeuzis voulant faire vn
tableau, impetra des Agrigétins de voir
leurs femmes nues,&que de toutes il en
choifit cinq, qui luy fembloient les plus
belles,& les mieux formées de tous mébres,&tirant de chacunes d'elles la partie qui luy fembloit la plus belle, il en
forma cefte excellente peinture, de laquelle il fe contenta en telle forte, qu'il
mit deffous, Il fera plus facile à celuy
qui verra cecy d'en auoir enuie, que de
l'imiter. Celuy qui parloit pour les peitres va dire qu'il n'en croyoit rié,parce
que les Grecques de cefte ville là n'e-
ftoient point fi deshontees & barbares,
fuffent-elles publiques, de fe laiffer voir
nues aux hommes: d'autant, comme dit
Gyges en Herodote, que la femme ayãt
defpouillé fa chemife,fe deuet pareille-
ment de hôte & modeftie:& S Cyprian
efcrit que l'honneur du corps & la ver-
gongne

gongne ſont mis enſemble auec la couuerture de la robbe, trouuant mauuais
aux femmes de ſe deſpoüiller nues
entrans dans les baings & eſtuues. A
ce propos, adiouſtoit-il, Balde dit, que
la crainte de la hôte, bien prouuee, ſuffit
à faire reſcinder vn côtract, iaçoit qu'il
ni ait crainte de mort ou de tourment:
comme ſi quelqu'vn deſpoüilloit vne
femme, la menaçant de la ietter dehors
toute nue. Meſmes, pour monſtrer que
Zeuzis ne fit point ce beau pourtrait ſur
les femmes Agrigentiues, nous trouuons en Plutarque, que les vierges Mili-
ſiennes, qui par vne folie ſe pendoient
& eſtrangloyent, furent retirees de ſe
ſe tuer par vn Edit, par lequel il fut dit,
que ſi pas vne d'être elles ſe pédoit plus,
qu'elle ſeroit deſpoüillee toute nue, &
portee ainſi au beau milieu de la place,
pour eſtre veue de tout le monde: les filles prenans de cela vne ſi grande frayeur
que l'humeur qui cauſoit en elles l'éuie
de mourir, ceſſa tout à coup, craignans
plus le deshonneur & l'infamie, que la
mort & la douleur, ne pouuans ſes filles
ſupporter vne imagination de villennie
&

& hontes, qu'elles ne deuoient encores
receuoir sinô apres estre mortes. Et aussi il est escrit que Lais, combien qu'elle
fust courtisanne, ne se laissoit point voir
toute nue, disant Athenee, qu'elle estoit
doüee d'vne beauté si parfaite, que les
excellents peintres venoient expres la
voir à Corinthe, pour contretirer seulement & prendre vn patron & dessein
de son visage, de ses tetins, & estomach.
Et de ceste Lais, les Corinthiens s'esti-
moiét emporter beaucoup de gloire, &
en estre grandement honorez, laissant
par escrit qu'elle estoit nee en leur pays.
Celuy qui aimoit les peitres, adioustoit
qu'il ne s'esbahissoit pas si les peintres
ont esté si honnestes, veu que ce loüable
exercice de pourtraiture a esté si recommandé des anciens, qu'il n'y auoit que
les nobles qui le peussent exercer. Que si
quelques vns s'y adonnoient sans auoir
ce tiltre de noblesse, cela leur faisoit obtenir ce priuilege d'estre mis au rág des
gentils-hómes: estant permis aux Grecs
de mettre la peinture au nóbre des arts
liberaux, & defendue par Edict public
aux seruiteurs & esclaues. La peinture,
mesmes

mefmes de noftre temps, a efté en fi grãde eftime, qu'il ne s'en fallut gueres que
le Pape Leon, qui crea pour vn coup trẽ-
te Cardinaux, ne fit, auec les autres, Raphael d'Vrbin Cardinal, peintre excellent, l'an 1517. Et pour monftrer l'exel-
lence de la peinture, difoit-il, les bons
peintres ne prenoiét point de difciples
à moindre prix que de fix cens efcus, &
fi Zeuzis eftimoit tant ceft art, qu'il aymoit mieux bailler pour rien fes tableaux, que d'en prendre petit prix, difant
qu'ils ne fe pouuoient achepter à prix
quelcóque. Ce que móftra bien le peintre de monfieur Pafquier, qui ne voulut
iamais le peindre fans mains, pour demonftrer qu'on ne fçauroit trop dóner
pour tels ouurages, & que s'il eut peint
mófieur Pafquier fansmains, qu'il eftoit
en grãd dãger de n'en pouuoir iamais
rien auoir. Quãt à la nobleffe des peintres, adiouftoit-il, elle eft affez aprouuee
en ce que fi ceux qni peignent les vitre-
aux, & font des figures, ont mangé des
aulx ou des oignons (qui eft la viande
du bas peuple) la peinture ne tiendra
nullement fur le verre, non plus que
s ils

s'ils encençoient, & euffent le nez ou
l'haleine puante, cela n'eftant pas plus
eftráge, que ce que l'on tient pour tout
affeuré, qui eft: que l'aimant frotté d'vn
ail perd fa vertu, & que fi les mariniers
ont mangé des aulx, que cela empefche
d'obferuer la route de leur nauigation.
Pline a tát eftimé la pourtraiture, va dire vn de la Seree, pour confirmer ce qui
auoit efté dit, qu'il a laiffé par efcrit,
qu'Apelle auoit cela de fingulier de faire fes pourtraits fi pres du naturel, qu'vn
certain phifiognomifte, & difeur de bône fortune, iugeoit au vray de la vie &
de la mort, de la fanté ou maladie, de la
pauureté & richeffe, tát du paffé que de
l'aduenir, de plufieurs qu'il auoit veu
peint de la main d'Appelles. Quand ce-
ftuy-cy vit qu'on rioit de ce qu'il auoit
dit, va dire qu'il auoit a prins d'Ariftote
que quád on veut faire à croire aux hômes vne chofe vraye, qui leur féble incroyable, qu'il en faut mettre en auant
vne autre, laquelle femblablemét au parauant qu'on euft eu certain aduis de la
verité, fembloit incroyable, & neantmoins depuis auoit efté trouuee veritable.

ble. Et ayant veu les aduis de Lotin, recita qu'vn Athenien, ayāt dit au conseil
d'Athenes, que les Loix auoient besoin
de Loix, fut incontinent moqué, & que
cest Athenien auoit repliqué à ceste ri-
sée: Auant que vous eussiez sçeu & cogneu par experiéce, que le poisson de la
mer en le cuisant demande plus de sel
que celuy d'eau douce: & que les oliues,
desquelles on fait l'huile, ont besoin de
ce mesme huile, pour estre au goust plus
aggreables, vo° en fussiez aussi bié moquez: Neantmoins, sachāt ores qu'ainsi
est, vous ne vous en esbahissez ne moquez. Vn de la Seree, voyant que cestui-
ci entroit quasi en cholere, en loüant
l'excellence de la peinture, nous va conter que plusieurs grands seigneurs ont
esté si excellens en la peinture qu'ils en
ont prins le surnó, cóme Fabius, qui fut
appellé Fabius Pictor, & Iean d'Augio,
fils de Rainero, Roy de Prouéce, depei-
gnit toute vne sale de sa main, que Iules
Cesar auoit achapté des tableaux faits
par Aristide quaráte mille escus, & que
le Roy Candaules achata de Bularchus,
au prix de l'or, vn tableau de moyenne
gran-

grandeur, & que Demetrius ayāt prins
Rhodes, ne voulut permettre qu'elle
fust bruslee, pour sauuer vn tableau de
Protogene, ou Ialesius estoit peint, &
qu'Aratus fut empesché par vn de ses
amis de brusler vn tableau exquis d'Appelle, ou estoit representé Aristote, parce qu'il auoit esté tiran, combien qu'il
aimast fort la peinture, toutefois il hais-
soit tant les tirans qu'il fut en delibera-
tion de le faire brusler : n'eust esté que
cest amy, pleurant ce bel ouurage, luy
eust dit, qu'il falloit faire la guerre aux
tirans, & non pas à leurs images. Nous
trouuons aussi en Lucian, adiousta-il, q̄
Etion bon peintre, porta aux Olympies
vn tableau, ayant en iceluy dépeint les
nopces de Roxane & Alexandre, de sorte que Proxenis (lequel les Grecs auoiét
lors constitué pour Preuost des ieux) se
delectāt à l'excelléce de l'art, print Etiō
pour son gendre. Puis nous va conter la
ruze d'vne Courtisanne, qu'aimoit Praxitelle, pour sçauoir lequel de ses tableaux estoit le plus exquis & le meilleur
ce qu'il disoit auoir leu en Crinitus Praxitelle, cōmença-il à dire, estant amou-

Liu. iiij.   **K**

reux de Phrymé, luy baillal'vn de ses tableaux, à son chois. Ceste femme prie
son amy de Praxitelle de luy bailler la
meilleure piece, de tant qu'il l'aimoit.
Ce qu'il ne voulut faire. Que fait-elle?
Elle suscite quelqu'vn qui va dire à ce
peintre, que le feu estoit prins à sa boutique. Lors Praxitelle, émeu de ce mes-
sage, luy demâde, si son Cupidon estoit
sauué. Et par ceste finesse elle sceust bien
lequel tableau estoit le meilleur, & le
plus elabouré. Vn drolle va lors repliquer, puis que les peintures & les peintres sont ensi grâd'estime, pourquoy est
ce qu'ô ne met les tableaux, & ces beaux
ouurages, és sales ou les Magistrats &
Iuges rendêt la Iustice, tout deuant les
yeux des Presidents, Lieutenans & Conseillers, pour les auertir d'auoir Dieu, &
la Iustice en recômandation? Il fut ré-
spondu qu'on mettoit ces peintres derriere le dos des Iuges, & nôn par le deuant, afin qu'ils ne fussent rauis par ces
pourtraits, & que les peintures ne vin-
sent à desrober l'esprit des magistrats, en
s'amusant à les côtempler, & fussêt parla empeschez d'entendre le differêt des
par-

parties, & ce par l'inftitution de Lycur-
gus, qui deffendit expreffément qu'on
n'euft à mettre aucune image ou peinture aux lieux qui eftoient deftinez à
rendre Iuftice, de peur que les Iuges
fuffet diuertis ailleurs. Par là, difoit noftre drolle, vous fçauez bien pourquoy
nos Iuges n'ont Dieu deuant les yeux,
ni fes faints, mais par le derriere. Sur
la fin de la Seree, vn d'icelle nous va côter qu'on mit au marché le tableau d'vn
vieillard, qui fe fouftenoit d'vn bafton,
fi bien fait, que quand on demanda à
vn ruftique, qui le regardoit, combié il
eftimoit ce vieillard, & s'il ne le voudroit pas bien auoir en fa maifon, lequel
refpondit qu'il n'en voudroit point de
tel en vie, encores qu'on luy donnaft
pour rien : femblant le marguillier d'v-
ne parroiffe, qui fe fafcha d'vn imager,
qui luy auoit fait vn Saint en vie pour
fa parroiffe, ce fabriqueur penfant que
ceft' image fuft enuie, tant eftoit fait au
vif, toutesfois fe reprenant, va dire au
peitre que c'eftoit tout vn, car fi les par-
roifsiens, luy difoit-il, l'aiment mieux
mort, il ne faudra que le tuer. Vn plus

K

grand Seigneur que ce villageois, mais
non pas plus aduisé, cómáda vn tableau
à vn peintre, luy disát, peignez moi auec
vne belle contenance, & me faites lire
tout haut en vn liure que i'aurai en mai
& me mettez en vn coing de tableau,
afin qu'on ne me voye point, & que ie
voye tout le mõde. Et celui q auoit conté ces contes, voulant acheuer la Seree,
nous va encores côter l'excellence d'A-
pelles, qui auoit dela de bon sur Protogenes, qu'il se sçauoit bien oster de dessus sa besongne, & Protogenes n'é pouuoit bouger : qui est vn mot fort consi-
derable, ce dit Pline, pour monstrer que
la trop grãde diligence & curiosité nuit
quelquefois : cõbié toutesfois, disoit-il,
que nous trouuons que Phidias fit bien,
quand premierement il mist l'image de
Iupiter en la ruë, pour le faire voir aux
Heliens : & estát caché derriere la porte
de sa boutique, escoutoit ce qu'vn chacun des regardans y loüeroit ou repren-
droit : cependant qu'vn reprenoit possible le nez, comme qui estoit plus gros
que de raisõ, l'autre le visage, pour estre
trop long, & quelqu'autre reprenoit ou
tout

tournoit à vice quelqu'autre chofe. Puis
apres cela, quand les regardans s'en
eftoiét allez, Phidias s'enfermant au dedás, corrigeoit & racouftroit ce tableau
& l'image à l'opinió & iugemét du peuple, n'eftimant pas qu'il fallut mefprifer
le confeil d'vn grand nombre : mais il
s'eftoit perfuade, que neceffairemétplu-
fieurs verroient toufiours mieux que
non pas vn feul, encore qu'il n'ignoroit
pas qu'il ne fut Phidias foymefme. Il ad-
ioufta que Pline auoit efcrit que Turpi-
lius feul s'eftoit trouué peignant de la
main gauche, Puis nous va dire, qu'il ne
fçauoit pourquoy les derniers ouurages
des artifans, encores qu'ils foiét imparfaits , principalement és peintures &
ftatuës, fót en plus grád eftimeque ceux
qui font paracheuez. A qui il fut refpondu, que fi les ouurages imparfaits font
commencez par de bons peintres, qu'ils
font plus eftimez que les pourtraits par-
faits des peintres groffiers, demeurans
ces beaux tableaux imparfaits, à caufe
de l'excellence de ce qui eft commencé
& parce Ciceron dit, que P. Rutilius
auoit ouy dire à Pænetius qu'il ne s'e-

ſtoit point trouué de peintre qui oſaſt
paracheuer le pourtraict qu'Appelles
auoit commencé de Venus, la beauté de
ſa bouche oſtant toute eſperáce aux autres peintres, d'y pouuoir faire reſpódre
toutes les autres parties q̃ n'eſtoient pas
faites ni commécees. Lors vn de la Seree
des plus endormis, va dire, ie ſuis d'auis
que ſuiuant ceſte metode, nous laiſsiós
nos diſcours en l'eſtat qu'ils ſont, ſans
autrement les acheuer, afin qu'on les
trouue meilleurs, car peut eſtre qu'en y
adiouſtant nous gaſterions tout.

Vingt-neufieſme Seree.

Des Mores, des Negres, & des Noirs.

E N toute ceſte Seree on ne parla
que des Noirs, que nous appellons
Mores, & les autres Negres d'autát qu'vn
de la compagnie nous conta ce qu'il
auoit veu ce meſme iour, & ce qui s'e-
ſtoit paſſé entre vn More & des gens des
champs, leſquels rencontrans ce More
par la ruë, du temps que le Roy eſtoit
à Poictiers, s'eſtoiét arreſtez tout court
deuant

deuant ce Noir, s'esmerueillans de ce
qu'ils n'auoient iamais veu, tellement
que quelque part qu'allast ce Negre, ils
le suiuoient, ne se pouuans saouler de le
regarder, tant il leur estoit estrange.
L'vn de ces villageois à vne fois disoit,
qu'il falloit bien que cest homme noir
fust mareschal, ou bien serrurier, puis
se reprenant, asseuroit qu'il estoit bien
plustost faiseur de poudre à canon, ou
serieur de noir à noircir, où teinturier,
ou bien charbonnier. Son compagnon
vouloit gager que c'estoit vn ramon-
neur de cheminee du pays d'Auuer-
gne, ou bien que c'estoit quelqu'vn qui
auoit ioüé à S. Cosme ie te viens adorer.
Vn autre villageois, lequel estoit d'aupres de S. Maixant, tenoit pour certain
que c'estoit encores vn diable de la diablerie de son pays (car monsieur Bodin
dit q̃ les diables sont noirs) qui auoient
si bien accoustré le beau pere Secretain,
pour n'auoir pas voulu prester vne
chappe du Conuent à celuy qui ioüoit
Dieu le pere à la passion de S. Maizant,
à qui les entrepreneurs, en faisant la
monstre, auoient dit, ô que vous ioüe-

rez bié, meſsieurs les diables. Il ſe trouua auec ces ruſtiques quelqu'vn, lequel
ayant voyagé, leur diſoit, ſe moquát de
eux, que l'hóme qu'ils admiroient tant,
auoit paſſé ſous l'Equateur, & que pour
en faire ſouuenir, (pource que c'eſt le
plus grand & perilleux nauiguáge que
l'on ſçauroit iamais faire) les mariniers
l'auoient ainſi noircy, comme ils ont de
couſtume. Vn de ces champeſtres va dire à ce More, barboüillé, il eſt téps q̃ tu
faces la leſſiue, car tu n'as rien de blanc.
Ce villageois voyant que ce More ne
ſonnoit mot, va dire à ſes cópagnons, il
faut bié que ce ſoit quelque porteur de
maſquarade & de moumô, qui s'eſt ainſi noircy & chaforré, puis qu'il ne parle
point. Ce More, qui entendoit autát le
Poiteuin que le François, ſe faſchát d'e-
ſtre ainſi regardé & ſuiuy de ceſte báde
ruſtique, les reculoit le plus qu'il pouuoit d'auprès de luy, ce nonobſtát le pl⁹
hardy d'entr'eux ne laiſſa à s'approcher
de peu à peu de ce More, & en le frappát
ſur l'eſpaule, luy va demander en ſon
Poiteuin: dy moy, petit, és tu naſquu
itau? Le More lors entrant en cholere
com-

comme ils le font tous) fe vint fi bien à
cholerer, que celuy qui nous faifoit le
côte nous dit qu'il euft fans luy outragé
ces pauures gens. Tous ceux de la Seree
trouuerent fi bonne cefte interrogatiõ,
es tu nafquu itau? qu'il ni euft celuy lequel n'excufaft la fimplicité & curiofité
de ces pauures Poicteuins, quelqu'ũ des
plus aduifez de la ville s'y trompãs auffi
bien qu'eux, péfant que ce fuft quelque
Abolomeni des Grecs, qui fe barbouïl-
loient de fuye. La rifee de ce conte ceffa
par la difpute de deux de la Seree, lefquels commencerent à s'attaquer, pour
fçauoir la raifon de ceque les Mores, encores qu'ils foient en vn autre pays que
le leur, ne laiffent à engendrer des enfãs
noirs, & femblables à eux. Celuy qui at-
tribuoit la caufe des Mores à la chaleur,
& au Soleil, pluftoft qu'à leur feméce, le
prouuoit ainfi. Le Soleil norcit vn homme & blanchit le linge, l'aptitude de la
matiere eftant caufe de cecy : or les matieres de noftre corps efchauffees, difoit
il, font noircir le cuir & la peau : dont il
aduiet que les Negres, tant à caufe de la
chaleur du Soleil, ou ils fe tiennent, que

K 5

par la disposition chaleureuse de leur
corps, font & engendrent les enfans
noirs, dautant que la semece de leur generation est chaude en eux, estat aussi la
matrice des femmes Mores tres-chaude
& seiche, & qui est cause que la semence conceuë en eux, estant digeree par
vne violente côception, le sang du fruit
qui est formé deuient aduste & bruslé,
l'humide subtil estant mis hors, & lors
ce sang bruslé teint leur chair, qui rend
aussi leur peau noirastre, ayant mesme
raisõ de la chaleur du Soleil à la chaleur
du feu, pour noircir vne personne. Plus
pour prouuer que le Soleil & sa chaleur
font les Mores ainsi noirs, & non pas la
semence, il disoit encores, si les Negres,
Mores, & Ethyopiens muent & changent d'air & de pays, leurs enfans
auec le temps muent & changent de
couleur, & deuiennent blancs en Europe, ou la chaleur n'est pas tant vehemente. Celuy qui tenoit le contraire,
repliquoit que la semence faisoit en cela beaucoup plus que le Soleil & la chaleur, & que sa disposition faisoit les
Mores, parce, disoit-il, que les Noirs
qui

qui habitent en ce pays d'Europe, ou
le Soleil n'est point ardant, font & engendrent aussi bien des Mores comme
eux, & quelque part qu'ils habitent, ils
font tousiours noirs, eux & leurs enfans, & au contraire, les blancs font les
enfans blancs, nonobstât qu'ils demeurêt en Ethyopie:encores que les Mores
eussent vne femme blanche, & demeu-
rassent ici, & les blâcs eussent vne More
demeurans en Ethyopie. Si est-ce, repli-
quà vn tiers, que nature a voulu qu'il y
eust deux semences en la generation de
l'hóme, lesquelles meslees la plus puis-
sante formast, & l'autre seruist d'entre-
tenement & nourriture. Ce qui appert
estre veritable, de ce que l'homme noir
engrossant vne femme blanche, ou vn
homme blanc vne femme noire, la crea-
ture tiendra de l'vn & de l'autre, & sera
de couleur brune: ou bien elle sera de
deux couleurs, comme il se trouue en
Lucian, ále fils de Lagus presenta aux
Egyptiens en plein theatre vn homme
de deux couleurs, si que la moitié de son
corps égalemét diuisee, estoit parfaite-
ment noire, & l'autre blâche outre me-

sure. Parquoy, adiouſtoit il, encores que
la ſeméce ia diſpoſee y puiſſe beaucoup
(non pas qu'elle ſoit noire, comme dit
Herodote) ſi eſt-ce que la ſemence reçoit ſes dernieres impreſſions par l'ardeur du Soleil, receuãs ceux qui ſont au
Soleil grãde alteration de leur couleur,
qui fait q̃ nous voyons les peuples eſtre
plus noirs, ou moins, ſelon qu'ils ſont
pres des grandes ardeurs, ou plus loin.
Celuy qui ſembleroit que la diſpoſition
de la ſemence faiſoit les Negres & les
Mores, & non pas l'ardeur du Soleil, va
repliquer ainſi. Si la chaleur du Soleil
faiſoit les Mores, ceux qui demeurent
ſous l'Equateur, là où le Soleil eſt pres
d'eux, & directemẽt ſur leur teſte, l'ayãt
pour leur Zenith, deuroient donc eſtre
plus noirs que ceux qui habitent ſous le
Tropique, où eſt l'Ethyopie: toutesfois
qu'en Ethyopie ſoient les vrais Mores,
ceux qui demeurẽt ſous l'Equateur n'e-
ſtans que bazannez. Son aduerſaire luy
va reſpondre, que la chaleur eſtoit plus
grãde en Ethyopie, qui eſt ſous le Tropique, qu'elle n'eſt pas ſous l'Equateur,
combien qu'ils ſoiẽt pres du Soleil, parce,

ce, diſoit-il, que ſous l'Equateur ou les
rayons ſont perpendiculaires, le Zodiac
eſt droit, & non oblique, qui fait que le
Soleil deſcend pluſtoſt deſſous leurs
pieds, le Soleil n'y faiſant pas tãt de demeure, le pays n'y eſt pas ſi chaud, dont
viẽt que ceux qui y habitẽt ne ſont que
bazannez. Au contraire, diſoit-il, ſous
le Tropique, où ſont les vrais Mores, le
Soleil y fait plus de demeure, à cauſe de
la tortuoſité & obliquité, & par ce les
iours d'eſté y ſont plus long, le Soleil ne
deſcendant pas ſi toſt, ce qui fait que la
chaleur y eſt plus grande, & par conſequent les habitans y ſont plus noirs : &
ceux là ſont les vrais mores. Et auſſi que
le Soleil nous eſchauffe plus par la reflexion de ſes rais, que non pas par ſon ap-
prochement : car quãd le Soleil eſt eſle-
ué au Cancre, qui eſt le ſigne plus eſloi-
gné de nous, ſes rais qui ſont dardez noⁱ
eſchauffent plus viuement, renforcez
par la reflexiõ, que quãd il eſt au Capricorne, encores qu'il ſoit plus pres de
nous. Diodore eſcriuant qu'en Egypte,
aux fins des Troglodytes, le Soleil y eſt
ſi chaud ſur le midy, qu'ils font cuire les

K 7

viandes, les mettans auec de l'eau en
vn pot, sans autre feu. Si cela est vray,
fut-il repliqué, que là où est la grande
chaleur (soit par la prochaineté du Soleil, ou par sa reflexion, ou pour le téps
qu'il demeure sur nous) les gens y soiét
plus noirs, pourquoy est-ce qu'en la
seule Affrique on trouue des Mores,
que nous appellós Ethiopiens, veu qu'il
y a des autres terres & regions aussi
chaudes qu'est Affrique? On se regardoit l'vn l'autre, quád quelqu'vn va dire, q cela procedoit de la seule qualité
& condition de la terre, & selon qu'elle
est pleine, seiche, montueuse ou crasse,
& selon les vents qui y regnent, se faisoiét les Mores, les habitás du mót Me-
geza en Affrique estás blancs, & ceux de
la plaine petits. A ceste cause, disoit-il,
d'autant que la Libie est vne terre toute
vnie & plaine, sans mótagnes, areneuse,
& sans eaux, elle conçoit & retient vne
grande chaleur, qui eschauffe merueil-
leusement l'air à l'entour, & fait que la
complexion des hommes, qui y habitent, est tellement muee, qu'ils font les
personnes noires, que nous appellons
Ethio-

Ethyopiens, Mores, Negres, & Noirs.
Lors vn de la Seree va dire, que la plus
part de ce qui auoit esté dit de la cause
des Mores, luy sembloit vne vraye chi-
quanerie, & côme dit l'adage, c'est percer vn grain de millet d'vn tairiere: parquoy, l'opinion de Theuet luy semblant
pl° sincere & veritable, souftenoit auec
luy, que ce n'estoit ne la semence ne la
chaleur qui faisoit les enfans noirs en
Ethiopie, mais que c'estoit le sag chaud
& aduste qui causoit la noircisseure.
Quelqu'vn contrariant à ceste proposi-
tion, va repliquer. Si est-ce que si la chaleur de ceste terre Lybique peut causer
la frizure & crespeleure de ces Mores,
ayans le poil ride & replié par vne siccité
& chaleur efficiente, pourquoy donc ne
pourra la chaleur noircir, Et ne sert de
rien à dire que la frizzure des cheueux
vient de la tortuosité des pores: car tant
plus que l'exhalation qui fait le poil est
fumeuse, de tant plus le poil sera reco-
quillé & crespé par chaleur & siccité, ce
qui est terrestre & humide voulant descendre & s'abbaisser, & ce qui est chaud
& sec voulant monter: & pource que
les

les Mores n'ont pas grande humidité, le poil desseché par la chaleur se retire aisément, comme il se retireroit par le feu, la crespeleure de cheueux n'estant qu'vne conuulsion & retirement à faute d'humeur qui se fait par la chaleur de l'air qui nous enuirône. Et cela se preuue de ce que les cheueux crespez & frisez sont plus durs que ceux qui sont droits, les choses seches estans dures. De là vient, que ceux qui abondent en humeur, ou demeurent en vn air humide, n'ont point les cheueux crespelus, mais ouy bien ceux qui habitent és regions chaudes, comme les Ethiopiés pour autant que leur cerueau, & l'air qui les enuironne, sont chauds. Ceste chaleur fait aussi, adiousta-il encores, que les Mores sont fort camus, & diriez qu'on leur a coupé le nez sur le billot : cela procédant de la grande chaleur, qui ne permet pas que les os & les cartilages croissent beaucoup, comme venás d'vne matiere inutile & vacante : les petits enfans le confirmét bien, lesquels estás chauds, sont camus, ayans en leur ieunesse le nez fort court. Et faut noter que les

Mores,

Mores, & tous ceux qui sont camus,
sont choleres; & qu'au contraire, les
grands nez sont plus patiens & prudés,
& qu'en la Bible quád on dit que quelqu'vn à grand nez, les interpretes tour-
nent patient: ce qui demonstre qu'en la
Phisionomie y a quelque diminutió de
cóplexion. Ie m'esbahy, repliqua quelque autre, que nos mignós qui trauaillent tant à se frizer, ne mettent aussi
peine à se rendre camus cóme sont les
Mores, & à prendre leur teinct & couleur, pourtant qu'entre les Mores, la
camuserie, la couleur noire, & auoir les
cheueux recoquillez & frisez, leur est
autát d'estime & de beauté, que d'estre
grand nez, nostre couleur blanche, &
nos cheueux lógs. Qu'il soit ainsi, disoit
il, les Ethiopiens peignent leurs Anges
noirs, camus, & ayans leur cheuelure
crespee cóme ils sont, & non pas blács,
auec le nez assez grand, & les cheueux
longs & vnis, cóme nous peignons nos
Anges, tout ainsi que nous sommes, &
que nous pésons ceux estre beaux entre
nous qui ont tout cela, principalement
la France ne trouue pas beau d'estre camus,

mus, car au lieu que les Ameriquains
font côfifter la beauté de leurs enfans à
eftre bien camus, au côtraire nous trou-
uions nos enfans plus beaux ayãs vn peu
le nez long, & comme les fages-femmes
de leur pays efcrafent & enfoncent le
nez de leurs petits enfans auec le poulce, tout aufsi toft qu'ils font nais, comme on fait en France, aux petits chiens,
nos mattrones à l'oppofite, tirẽt le nez
à la naiffance de leurs enfans, l'allon-
geant de peur qu'ils foient camus, & de
peur qu'ils reffemblent aux Mores du
nez, Plutarque difant que celuy qui a le
nez Aquilin, eft Royal, & celuy qui a le
nez court, gentil, plaifant & aggreable.
Mais qui fait, demanda quelqu'vn que
les Ethiopiens ont les leures groffes? A
qui il fut refpondu, que cela procedoit
de la chaleur, aufsi bié que leur camufe-
rie, à caufe de l'air d'Affrique, qui eft ex-
trememẽt chaud : lequel par refolution
de la portion la plus fubtile, efpoifsit les
humeurs attirez en l'extremité de leurs
leures, la mefme chaleur caufant aufsi
aux Mores Ethiopiens & Abifsins leurs
pieds gauches, & iãbes annelees, comme

me la chaleur peut gauchir le bois, elle
peut aufsi difformer & corrópre le corps
des animaux aufsi bien qu'elle fait le
poil de la tefte, la gráde chaleur bruflát
la fubftance des membres, & les faifant
griller, comme le feu fait le cuir, par
mefme raifon les Egyptiens eftans fort
podagreux, aiás les articles & pieds fort
enflez, combien qu'aucuns difent cela
venir de ce que le pied du Taureau, figne
celefte, fort de leur region, s'eftendant
fur l'Ethiopie, parquoy en leurs lettres
hieroglyphiques, par le pied de bœuf ils
fignifioient l'homme podagre, parce
que le bœuf y eft fort fubiet. Et non feulement, fut-il aioufté, cefte chaleur agit
au corps, mais qui eft bié plus, elle gou-
uerne les actions, dautant que nous
voyons tous ceux qui habitent vn pays
trop chaud, ou trop froid, eftre barbares, & auoir leurs humeurs brutales &
leur regard hideux, la bonne temperature de l'air profitant & feruát non feulement és corps des hommes, mais aufsi
aux actions de l'efprit & de l'ame : Ariftote affermant les trauaillez de chaleur
ou de froidure eftre Barbares, d'autant,
                                    dit-il,

dit-il, que la bonne temperature de l'air
rend les mœurs & entendemens meilleurs, & aussi que la nourriture des Egyptiens fait beaucoup à les rendre barbares: car Solin dit qu'ils se nourrissoiét
de locustes, ce qui est confirmé par saint
Hierosme, si le mot Grec ne signifie pas
aussi que autre chose que des sauterel-
les. Ie pense, repliqua vn autre qu'il faudroit beaucoup d'annees aux Mores &
Negres, encores qu'ils habitassent en
nostre regió, pour leur faire perdre leur
barbarie & brutalité, & muer leur complexion en la nostre, aussi bien qu'à
changer leur couleur, tant la force de la
semence humaine est grande, quand elle a receu en soy quelque qualité bien
enracinee: la vertu de la generation ayát
si grande puissance, qu'apres beaucoup
de generations diuerses elle peut retourner, tellement que vous verrez, adioustoit-il, que d'vn Ethiopien demeurant en Europe, & ayant vne femme
blanche, que possible il n'en viendra
point vn More, mais que de sa fille, qui
sera blanche, encores qu'elle soit mariee
auec vn blanc, il en pourra venir vn
Negre;

Negre: comme l'on dit de Niceus Poëte
Grec, lequel apres trois generatiós naf-
quit tout noir, parce que son aieule s'e-
ftoit accouplee a vn Ethiopien: & comme nous trouuons qu'vne femme blanche de l'Europe, ayant enfanté vn More
de son mari qui eftoit blanc, fuft accufee
par luy d'auoir eu à faire à vn Negre:
mais à la fin il se trouua qu'elle eftoit en
la quatriéme lignee descenduë d'vn
More: Et auffi nous trouuons que Hip-
pocrates fauua vne Princeffe acufee d'a-
dultere, parce qu'elle auoit enfanté vn
enfát noir comme vn Ethiopien, à caufe du pourtraict d'vn More femblable à
l'enfant lequel couftumierement eftoit
attaché à fon lict. Poffible, va repliquer
vne Feffe-tonduë, que cefte femme blá-
che, qui accoucha d'vn noir, eftoit Sor-
ciere, & que quelque diable, auffi noir
pour le moins qu'vn More l'auoit en-
groffee: car monfieur Bodin tient que
les Sorcieres peuuent conceuoir d'vn
diable, & qu'elles difent que les Diables ont leur femence froide & noire,
comme Herodote affeure que les Ethiopiens l'ont auffi noire, & pource il dit
qu'ils

qu'ils font leurs enfans noirs. Il fut repliqué, qu'il eſtoit mal aiſé à croire, encores que Bodin l'ait dit, que les diables
puiſſent auoir affaire à vne femme ſorciere, & que ſi cela auoit lieu, qu'il y
auroit bié de la diablerie par les cháps,
combien qu'il ſemble que Lactáce Fir-
mian ait creu que les demons eſtoyent
capables de generation, meſmes qu'ils
auoient engendré, Agrippe & Cardan
ſemblans auoir ſuiuy ceſte opiniõ. Laiſſant là ces diables pour tant qu'ils valét,
quelqu'vn commença à faire vn conte
d'vne femme qui ſe fit engroſſer à vn
More, pour ſçauoir s'il eſtoit meilleur
maſle que ſon mary, qui eſtoit blanc.
Les ſages-femmes eſtans bien empeſ-
chees pour ſauuer l'honneur de l'accou-
chee, le mari ne s'en pouuant contenter,
l'appaiſerent en luy demandant, Auez
vous pas ſouuent mon bon cópere, prié
Dieu qu'il vous donnaſt vn hoir maſle?
eſt-il pas vray? Le mary ne le pouuant
nier, & confeſſant qu'ouy: on luy repliqua, qu'il auoit ce qu'il demandoit, &
que c'eſtoit vn hoir maſle que ſa femme
luy auoit fait, & en deuoit pluſtoſt re-
mercier

mercier Dieu, qui l'auoit exaucé, que dé
s'en faſcher. Le mary lors ſatisfait & cô-
tent prend ce petit more entre ces bras,
& le mignardât & le baiſant l'appelloit
ſon petit Moriquaut, ſon petit noir maſ-
ſle, de ſi bonne grace que l'accouchée &
les matrones ne ſe pouuoient tenir de
rire. Ceſtuy qui auoit recité ce conte, &
ceſte farce, voyant qu'on ne rioit point,
va dire à ceux de la Seree , riez ſi vous
voulez, ie ne ſuis badin ni fariné , & ſi
ne laiſſeray à vous demander comment
vous pourriez tirer au blanc contre vn
More. Ceux de la Seree ſans rire encores,
luy vont reſpôdre qu'on ne pouuoit tirer du blanc ou il n'y auoit que du noir.
Il va lors repliquer, que pour tirer au
blanc contre vn More, qu'il ne faudroit
que luy mettre vne coque au cul. Quelqu'vn alors ne ſe pouuant tenir de rire,
luy va demander, pourquoy c'eſtoit que
les Mores ont pour le moins les dents
blanches, & tout le reſte ſi noir, meſmes
les ongles, qui deuoiêt reſiſter à la chaleur auſſi bien que les dents. Il va reſpôdre que les mores auoient les dents blâches à cauſe de leur fermeté , qui reſiſte
à la

à la chaleur du Soleil, là ou la peau n'e-
ſtant point dure, elle ſe fait noire, & par
conſequent les ongles, qui viennent de
la peau. On demáda auſsi qui cauſoit la
timidité aux Mores. On va dire, que la
chaleur ardáte qui eſt en leur region, les
bruſle de telle ſorte ǧ la chaleur interne ſe diſsipe aiſémét, trouuant les conduits oruerts par la chaleur externe,
tellement que le dedás demeure ſi froid
que les Ethyopiens ont touſiours eſté
trouuez craintifs: au contraire des Septentrionaux, qui ſe trouuent hardis &
vaillás par la froidure de l'air, qui reſer-
re leur chaleur interne au dedans, dont
ils ſont rédus courageux: cóbien qu'aucuns Aſtrologues, fut-il dit rapportent
la timidité des Meridionaux & Mores à
Saturne, lequel domine en leur contree,
comme ils font l'ardeur belliqueuſe des
Septentrionaux à la Planette de Mars,
ſur leſquels elle a grádepuiſſance. Que
la chaleur du Soleil bruſle les Ethyopiés,
fut-il adiouſté, il appert par cé que dit
Aſclepiades, qu'ils veillaſſent bien toſt
& dés l'aage de 30. ans, & qu'en Angleterre, qui eſt vn pays froid, les hómes
vieil-

vieilliſſent iuſques à ſix vingts ans, le
froid faiſant contenir au dedans la chaleur naturelle, & leurs corps eſtans plus
ſerrez ils viuent plus long téps, au contraire des Etiopiens, qui ont les corps
pl' rares, parce qu'ils ſont laſches par la
chaleur du Soleil. Il fut auſſi recité, que
la grande chaleur faiſoit q̃ les Mores, &
ceux qui habitét és pays chauds, auoiét
le teſt & crane fort dur, auec peu de fu-
tures, & que ceux qui demeuroiét és regiós froides l'auoiét plus mol, parquoy
la bleſſure faite au crane qui eſt mol, eſt
plus dangereuſe que la playe & contu-
ſion du teſt qui eſt dur, à cauſe qu'il faut
plus dé temps à pourrir & alterer le teſt
dur que le mol, & par le teſt dur & mol,
furent recogneus les teſtes des Egiptiés
d'entre celle des Perſans, ayans eſté &
des vns & des autres tuez en vne bataille, ce dit Herodote. Ce ne ſera hors de
propos, va dire vn de la Seree, ſi en parlant des Mores, ie vous enſeigne cóme
ils chaſtrent & ſeccent leur beſtail, qui
pourra poſſible ſeruir à noſtre païs. C'eſt
que quan dils veulét chaſtrer leurs animaux, ils ne font que leur couper les ve-

nes qui font fous les temples, lefquelles
eftans couppees, il ne peut defcédre aucune humeur de leur cerueau, & par ce
moyé toute generation eft retranchee.
Et me fuis fouuent esbahy, difoit-il, que
cefte practique n'en eft venuë iufques à
nous, veu les accidens qui arriuent de
nos chaftrures. Quelqu'autre va demā-
der, fi la rencontre d'vn More eft vne
chofe malheureufe, & fi elle fignifie ql-
que malencontre, comme il aduint à
Brutus, & à Seuere l'Empereur, Elien
Spartian difant en la vie de Seuerus, que
la rencótre d'vn homme laid preiugea
la mort à ceft Empereur. Il fut refpódu
que beaucoup de chofes fe difent fans
raifon, qui ne font pas veritables, cela
pouuant arriuer à deux ou à trois, qui
n'aduiendra pas à cent, n'y ayant rien de
certain, là ou l'on ne peut dóner de raifon: mais, ie vous prie, difoit-il, qu'elle
raifon fçauroit-on donner de ce qu'on
dit que c'eft vn bon heur de trouuer en
premiere rencótre vne belle femme, &
vn mauuais d'en trouuer vne laide? La
rencótre d'vn More, va refpondre quelqu'vn, denote malheur pour ce que plufieurs

fieurs de ce païs deuiennent fecs & ethi-
ques pour toucher feulement à la fueur
d'vn More, & difent qu'il en peut autát
aduenir à fa rencótre. Mais repliqua vn
de la Serée, qui font les vrais Mores, de
qui la rencontre & la fueur nous menace de quelque finiftre euenement ? Car
difoit-il, nous apellós More tout homme qui eft noir, comme les Ethyopiens,
& les Indiens de la Zone chaude, & autres terres nouuellement trouuees, ores
que les Mores de la Moritanie ne foient
communément gueres plus bruns que
les Efpagnols qui font leurs voifins, fe-
parez d'eux feulemét par vne mer, qui
n'a pas trois lieuës de large, tel endroit
y a, & fi abufons auiourd'huy, adiouftoit
il, de ce mot de More, car les anciés Latins appelloiét iadis *Africa*, ce que nous
appellós maintenát Barbarie, & la partie de cefte Barbarie, ou eft le coin que
fait la mer Mediterranee auec l'Ocean,
s'apelloit *Mauritania*, & l'homme de ce
pays-là *Maurus*, On va demander à ceftuy qui auoit tant demandé, fi on n'appelloit pas vn hóme barbare, lequel n'a
point d'efprit, qui eft inciuil, & qui n'a

L 2

nulle vertu & honnesté, de ce que ceux
de Barbarie sont totalement priuez de
toutes ciuilitez & gracieusetez, & plains
de tous vices & cruautez. Quand cestuy-
cy eut confessé qu'ouy, & que tous ceux
qui habitent les pays trop chauds ont
leurs mœurs brutales, aussi bien que
ceux qui demeurent en vne region trop
froide, la temperature de l'air seruant
autant à l'esprit qu'au corps, il luy va demander, si ceux-là que nous appellons
Barbares, ne pourrõt pas auec le temps
laisser leur Barbarie & se ciuiliser cóme
nous le pensons estre, estant maintenãt
leur pais peuplé & frequenté, qui ne deuoit plus à ceste cause estre appellé Barbarie, ne eux Barbares. le mot barbar en
leur langue ne signifiãt que desert. Ie ne
demãde pas cela, adioustoit-il, sans raison; car le temps peut amẽder ou empirer vne natió, comme il fait les metaux,
les Romains ayans appellé beaucoup de
peuples Barbares, qui auiourd'huy sont
plus vertueux, honnestes, accords, & ci-
uilisez, qu'ils n'estoient de leur temps,
cest aage icy produisant les esprits plus
excellens & meilleurs qu'il n'a fait par
le

le paſſé: Et non ſeulement diſoit-il encores, la nourriture & les couſtumes ont
puiſſance de changer le naturel de quelques particuliers, mais auſſi de tout vn
peuple, comme l'hiſtoire nous le fait
voir de la pluſpart des nations du móde
meſmement des peuples d'Allemagne,
qui n'auoient du téps de Tacite, ni loix.
ni religió, ni ſcience, ni forme de Republique, & maintenát ils ne cedét à autres
quelcóques en bóne inſtitution de toutes choſes, combien que du temps de
Ceſar les Germains, gés robuſtes & bel-
liqueux, viuoient ſeulemét de laict, fromage & chair, ne ſçachás que c'eſtoit ni
de bled, ni de vin, ni de labourer, ni de
ſemer, & à ceſte heure, il ni a pas vne nation qui les ſurpaſſe en toutes ces choſes. Vn de la Seree apres tout ce diſcours
va dire, Ie croy vne choſe quant à moy,
que l'excellence des vertus, & la grádeur
des eſprits, a eſté touſiours vne, & de
meſme ſorte dans le contenu de ce móde, & que leur ſemence a eſté miſe icy
quant & les hommes, & que le temps ne
produit point d'autres eſprits & d'autres
vertus, que celles qui ſont veuës aux

L 3

hommes de tout temps, & que le temps
ne les empire ni améde, mais bien qu'il
peut faire qu'elles paſſent d'vn lieu en
l'autre, & qu'vne natió qui aura eſté par
le paſſé inciuile, ſauuage & barbare, peu
à peu puiſſe changer ſa ſtupidité, & barbarie, en ciuilité, prudéce, & dexterité.
Le temps inſtruiſant & informant par-
ticulierement l'eſprit & la raiſon d'vn
chacun, & tranſportant les grandesver-
tus de pays en pays. A quoy rien ne fut
repliqué par ceux de la Seree, mais tous
l'ayans approuué s'en allerent en ceſte
opinion.

Trentieſme Seree.

Des Pauures & Mendians.

CEſte Seree ne fut pas ſi ioyeuſe que
la precedente, à cauſe qu'aucuns
d'icelle, vn iour d'Hyuer qu'il faiſoit
fort grand froid en venans ſoupper,
auoient trouué vn pauure malade, quaſi tout nud, couché de ſon long ſus
vn perron de boutique, ce qui les auoit
eſmeus à ſi grande pitié que durant le
ſoupper,

foupper, & encores apres, ils s'eſtoient
monſtrez plus triſtes que de couſtume:
cóbien qu'ils luy euſſent aſſez largemét
diſtribué de leurs biens, & mis ordre à
ſon coucher, ſçachans bien ǫ ce n'eſt pas
aſſez de bailler le viure aux indigens,
mais qu'ils les faut veſtir & loger. Et
m'esbahis que le Magiſtrat ne côtraint
les riches, meſmemét les gens d'Egliſe,
de leur bailler leurs neceſsitez : les Canons diſans que le bien d'Egliſe ſe doit
mettre en 3. parties, la premiere pour
les pauures, la ſecóde pour les paſteurs,
la tierce pour entretenir les baſtimés de
leurs Egliſes, des hoſpitaux & de leurs
maiſons. Les gés d'Egliſe ſe deuás contenter du peu: cóme font les quatre Pa-
triarches de l'Orient, auſquels obeyſſét
tous les Chreſtiens du Leuát, qui n'ont
ǫ chacun deux cens ducats par an, encores qu'ils ayent de grandes charges.
Car au Patriarche de Conſtantinople
obeyt toute la Grece, Macedoine, la
Thrace, Epire, & tous ceux qui ſont ſuiets à ceſt Empire, voire les Moſcoui-
tes. Le ſecond Patriarche, qui demeure
au Caire, a ſous luy l'Egypte & Arabie.

Le tiers cõmande ſur la Iudee , Damas,
Barut & Tripoli,& tiét ſon ſiege en Ie-
ruſalem. Le quatriéme demeure en An-
tioche, & a puiſſance ſur les Grecs de la
Sirie. Si bien que la richeſſe des Egliſes
Occidentales eſt ſi mal diſpenſee, eu eſgard à l'Egliſe primitiue , & aux grands
biens de maintenãt qu'on ne peut oſter
de la bouche la plus grand' part:

Au temps paſſé en l'aage d'or,
Croſſe de bois, Eueſque d'or:
En ce temps ſont autres les loix
Croſſe d'or, Eueſque de bois.

Les Iuifs encores qu'ils ſoient bãnis de
leurs pays,pauures & eſpandus par tout
le monde , menans vne vie miſerable, ſi
ne laiſſent-ils à s'aider l'vn l'autre, ſi biẽ
qu'à peine trouuerez vous vn Iuif qui
mendie. Les Goths, peuple barbare,
auoiét accouſtumé de bruſler le logis de
celuy qui ne vouloit loger les pauures
eſtrangers, eſtimãs celuy iuſtemét eſtre
priué de ſa maiſon, qui la denie aux autres. Ceux qui ont eſté en Turquie, ſçauent bien que nous deurions mourir de
honte, & rougir autãt de fois que nous
voyõs de pauures endurer & la faim, &
le

le froid, gifans toute la nuit & tout l'hyuer fur le paué, fi mal veftus qu'ils font, d'autant qu'il n'y a nulle comparaifon entre noftre charité & leur pieté, fi nous regardons à l'inftitutiõ de leurs hofpitaux, & aumofneries, à l'ordre qui y eft obferué, & au traitement que reçoiuent là les pauures, foient Chreftiẽs ou Iuifs, foient riches ou pauures, tous y font receus, mefmes que les Seigneurs, Bachats & Ambaffadeurs, s'y logent, à caufe que vous y eftes logez comme en vn Palais, & fi les riches prennent leur portion aufsi bien que les pauures : les paffans pouuans y feiourner trois iours & nourris & hebergez. De Montagne recite q̃ deux Sauuages furent amenez au Roy Charles neufiefme, & qu'ils auoient apperçeu qu'il y auõit parmy nous des hommes pleins, gorgez & bien faouls de toutes fortes de commodité, & que les autres eftoient mendiãs à leurs portes, defcharnez de faim & de pauureté, & trouuoient eftrange comme ces pauures necefsiteux pouuoient fouffrir vne telle iniuftice, qu'ils ne prifẽt les riches à la gorge, ou miffent le feu à leurs mai-

L 5

sons. Ils sont si pitoiablesque leur compassion & humanité ne s'estend pas seulement entr'eux, mais aussi ils ont com-
miseration des bestes brutes, acheptans
des oiseaux renfermez dans des cages,
ausquels ils donnent liberté pourl'honneur de Dieu, comme ils baillét du pain
aux chiens qui n'ont point de maistres,
Ce que confirme de Montagne, disant
n'y auoir pas long temps qu'il se trouua
vn Turc à Venise (la ville la plus riche de
la Chrestienté) lequel rachepta tous les
oiseaux de leurs caiots, leur baillant liberté pour l'amour de Dieu, & de la pitié que luy faisoient ces pauures prisonniers parlans & chantás, les Turcs ayás
des aumosnes & hospitaux pour les bestes. Nous deuons, selon de Montagne,
vn general deuoir non aux bestes seulement, mais aux arbres mesmes & aux
plantes, & comme il dit, nous deuons la
iustiee aux hommes, & la grace & beni-
gnité auxautrescreatures, qui en peuuét
estre capables, y aiant quelque cómerce
entre elles & nous, & quelque obliga-
tió mutuelle. On lit aussi que Pithago-
re estoit si pitoyable que son humanité
s'est

s'eſtendoit iuſquesaux beſtes brutes:en
priāt les oiſeleurs, apres auoir prins des
oiſeaux, de les laiſſer alle r, & quand il ſe
rencõtroit entre les peſcheurs, il achap-
ptoit les traits de leurs rets, & faiſoit par
apres reietter tous les poiſſons dedās la
mer. La plus grande iniure qu'vn Athenien euſt peu dire à ſon voiſin & citoyé,
eſtoit de luy reprocher, q̃ iamais il n'e-
ſtoit entré dans le temple de miſericorde, auquel perſóne n'entroit s'il n'eſtoit
benin & ſecourable, encores eſtoit ce par
permiſſió du Senat, q̃ iugeoit s'il eſtoit
tel. Entre les Romains il y auoit vne loy
gardee inuiolablement, que nul n'euſt
oſé faire feſte en public, s'il n'auoit
pourueu auparauāt à to⁹ les pauures de
ſon quartier & voiſinage. Meſme les ſorciers & ſorcieres confeſſent que celuy
qui eſt aumoſnier & miſericordieux, ne
peut eſtre offécé de leurs ſortileges, encores q̃ d'ailleurs il ſoit vicieux. Monſieur Bodin dit, que ſi vn Sorcier demā-
de l'aumoſne à vn qui a le moyen de la
donner, & il ſoit refuſé, celuy qui n'aura
ꝛien baillé à ce pauure Sorcier, ſera en
danger d'eſtre charmé, moyennant que

L 6

celuy à qui on demáde l'aumofne igno-
re que celuy qu'il efcôduit foit forcier.
Et fi eftoit aufsi pour nous inciter à
eftre aumofniers & charitables aux
pauures, que la fainte Efcriture dit donnez iuftice, en lieu que nous difons,
Donnez l'aumofne, comme eftant l'yne
des chofes qui iuftifie plus le mefchant.
Et aufsi ce que nous donnons aux pauures, s'appelle des Grecs (côme on dit)
Eleemofyna, c'eft à dire, mifericorde,
Agape, qui eft à dire charité & dile-
ction, encores auiourd'huy les pauures nous prient de leur faire charité.
Voicy qu'vn grand en dit aux grands?

A l'indigent monftre toy fecourable
Luy faifant part de tes biens à foifon:
Car Dieu benit & accroift la maifon
Qui a pitié du pauure miferable.
Lasl que te fert tant d'or dedans la bourfe,
Au cabinet maint riche veftement:
Dans les greniers tant d'orge & de froment,
Et de bon vin en ta caue vne fource?
Si cependant le pauure nud friffonne
Deuant ton huis, & languiffant de faim,
Pour tout en fin n'a qu'vn morceau de pain
Ou s'en reua fans que rien on luy donne.

Has th

Has tu, cruel, le cœur de telle sorte
De mespriser le pauure infortuné,
Qui, comme toy, est en ce monde né,
Et, comme toy, de Dieu l'image porte?

Et afin que les pauures de Grece fuſſent
bien toſt ſecourus, ſans les faire attédre
tout vn iour à vne porte, comme le plus
ſouuent nous faiſons, ils portoient des
cloches allás par les rues, dont eſtoient
appellez *Mithagiotæ*, & tout incontinent
on leur enuoyoit l'aumoſne, tát ils crai-
gnoiét ce que diſoit Vliſſe dans Homere, eſtát en habit de pauure, *Dij ſunt men-*
dicorum vindices. Et combien que par
l'Euangile, & par Homere, la plus gráde
demeure des pauures, & où ils eſtoient
le plus, c'eſtoit à l'entree des portes: ſi
trouuós no⁹ des natiós, entre autres les
Celtes, qui ont eſté ſi miſericordieuſes
& pitoyables, qu'ils ne fermoiét iamais
la porte aux pauures, & ſi leur permet-
toient d'entrer iuſques à la table des
conuiues, & là ils demandoient de chacun l'aumoſne, & l'ayant receue, ils re-
tournoient aux portes dont ils eſtoient
venus. Et à ce propos Nicolas dit en ſon
traicté des mœurs des Gentils, que les

Egiptiens n'eurent iamais de portes à leurs logis, & nous qui nous disōs Chreſtiens, la premiere choſe que nous commādons à nos ſeruiteurs, c'eſt de ne laiſſer approcher de nous pas vn pauure, mais de les chaſſer. Et dit auſſi le meſme autheur, qu'anciennement il n'y auoit point d'hoſtelleries, parquoy les hoſtes ſe donnoiét des preſens, & pour ſe recognoiſtre ſe bailloient des marques coupees en deux, qui ſe rapportoient comme nos tailles, & telles marques s'appelloit *hoſpitalis teſſera*, & en Grec *Zenia*, (ainſi qu'on m'a fait à croire) comme q̄ diroit *hoſpitalitaté*, l'hoſpitalité tenuë par les anciens en grande reuerence, & eſtimee ſainte & inuiolable, ne plus ne moins que la foy. Ceſte pitoyable rencótre de ce pauure fut cauſe qu'vne de la Seree, voyant la cópagnie plus triſte que de couſtume, mit en doubte, ſi la pitié & miſericorde auoit lieu en l'hóme ſage : car, diſoit-il, pitié & compaſſion eſt vne maladie de l'ame & de l'eſprit, de la miſere d'autruy, eſmouuant les pitoyables. Or les Stoïciens tiennét que l'hóme ſage n'eſt iamais eſmeu ne
trou-

troublé en son esprit pour quelque chose qu'il voye, ou qu'il luy arriue: cóment
donc, disoit-il, seroit esmeu & fasché
l'homme sage du mal d'autruy, puis que
du sien mesme il ne s'en passionne nullement? Parquoy il concluoit, selon les
Stoyciens, qui tiennent que ces esmo-
tions viennent de nostre vouloir, qu'en
l'homme sage ne pouuoit tomber pitié
& compassion, d'autant, adioustoit-il,
que qui est prudent & sage est constant,
qui est cóstant il n'est point troublé, qui
n'est point troublé il est sans tristesse. Et
parce à bonne raison Socrate à reprins
Homere, qui feint Achilles, fils d'vne
Deesse, esleué & instruit par le sage
Chiron, se ietter par terre, & de telle
sorte se lamenter, qu'vne chetiue femme ne pourroit faire vn plus grád dueil.
Thales aussi à bó droit blasma Solon, vn
des Sages de Grece, pour s'estre mónstré
trop desesperé & contristé de la mort
feinte de son fils, que Thales luy auoit
dit estre mort, pour esprouuer la constance de Solon, qu'on pensoit estre des
plus sages & vertueux: cela nous demó-
strant qu'en ces choses, les sages sont les
plus

plus fols,& les plus tourmentez de paſ-
ſions & triſteſſe. Il s'en trouua vn autre
de contraire opinion, tenant fort& ferme que les ſages n'eſtoient hors de paſſion non plus que les autres: & approuuant l'opinion des Paripatetiques , qui
diſent que les affections & eſmotions
procedent de noſtre nature, tenoit qu'entre le vice & la vertu il y au oit des choſes neutres & moyennes , comme la miſericorde & la pitié par leſquelles l'hôme ſage peut eſtre eſmeu, troublé& paſ-
ſionné. Les Platoniciens & Peripateti-
ciens, diſoit-il, n'oſtent pas les affectiós
& ne deffendent pas la ioye , ou la com-
miſeration, mais temperent, & les ioyes
& les miſeres: là ou les Stoyciés reprouuent toutes les affections, & approuuét
leur *apathie*, c'eſt à dire n'eſtre point eſmeu , rendans les hommes ſtupides&
inſenſibles, ne ſentans rien de l'homme,
ce que reprent ſaint Auguſtin, & ſaint
Hieroſme : les Stoyciens voulans, ce diſent-ils, oſter ce qui eſt de nature& naiſt
auec nous, & qui n'eſt pas volontaire:
n'entédans pas qu'en oſtás les vices des
hommes, ils oſtent auſſila vertu Puisce
Peripate.

Peripateticien s'addreſſant à celuy qui
ſouſtenoit que l'hóme ſage n'eſtoit iamais émeu ne paſsionné plus à vne fois
qu'à l'autre, luy va demander, s'il voudroit maintenir que ceux qui auoient
trouué ce pauure malade ſur le paué, qui
les auoit eſmeus a pitié, ne fuſſent pas
ſages. Car ie ſouſtiés diſoit il, & eſt vray,
que la pitié & compaſsion peut émou-
uoir les ſages, non pas comme les femmes, qui de cómiſeration & pitié ſe mettét incontinét à crier & pleurer, & qui
ſe paſsionnét là où il ne faudroit pas, &
là où l'homme ſage & prudent ne ſeroit
en rien troublé ne eſmeu. Et meſmes
nous voyons que la miſericorde cauſee
& pouſſee de l'imaginatió de voir ſouffrir autruy, fait bien ſouuent plus eſ-
mouuoir & changer la perſonne qui l'i-
magine, tát ſage ſoit elle, que le patient
ainſi ḡ l'on cógnoiſt en ceux qui ſe paſ-
ment pluſtoſt en voyát ſaigner ou penſer vne playe, que le patient meſme. Il
fut ſouſtenu par l'aduerſe partie, qui
eſtoit de l'opinió de Langius cótre Lipſius, que pitié eſtoit vne maladie & vn
vice d'vn eſprit petit & chetif, ſuccom-
bant

bant à la veuë du mal d'autruy: non pas,
difoit-il, que ne foyons flechis & efmeus
à la douleur & mal d'autruy, mais pour
aider, non pour fe douloir, permettant
bien la mifericorde, & non pas la com-
miferation, appellant mifericorde vne
inclinatió d'éprit, pour foulager la paut
ureté ou la douleur d'autruy, & ce mife-
ricordieux, encore qu'il ne pleure point
& ne foit émeu, il confortera la miferable à fon pouuoir, & l'aidera liberalemēt
& fera plus benignement qu'il ne dira,
& baillera pluftoft les mains que les paroles au neceffiteux & tombé: ioint que
la pitié nous eft tāt naturelle, que celuy
q̃ n'a pitié de ceux qu'il voit en aduer-
fité, ne fe fouuient point qu'il eft hôme,
& par confequent fuiet à toutes infir-
mitez humaines, defquelles aucun ne fe
peut dire exempt. Si eft-ce luy fut-il repliqué, q̃ le pleurer de pitié n'eft point
à blafmer, & qu'il y auoit vn vieux dictum Grec, qui difoit, q̃ les gens de bien
& vertueux eftoient prompts & fuiets
aux larmes, & pleuroiét facilemēt: les
larmes naiffantes aux yeux par la douleur du cœur, car par la douleur fe fer-

rans

rans les pores, & comprimáts l'humeur
qui y est enclos, il aduient que cest humeur s'escoule dehors par les yeux. Mais
ie vous diray, adiousta-il, ceux qui ont
pitié des pauures ; pleurant ou ne pleurant pas, meritét d'estre apellez pitoyables, & ne leur peut-on donner vn plus
beau nom, nó plus qu'à ceux de Catane,
lesquels ayans sauué leur peres & meres
du feu, ne peurent estre honorez de plus
grand honneur de leurs citoiens, que de
les nómer les pitoyables, estant vn grád
recófort aux affligez, de trouuer aucuns
qui ayent compalsió de leur mal. Quelqu'vn de la Seree s'interposant en ceste
dispute, va dire qu'il auoit veu des pauures si bien haranguer, & faisans si bien
les calamiteux & miserables, qu'il ne
sçauoit si graue Stoïcien, qui n'eust par
eux esté incité a pitié & compassion, &
ne leur eust eslargy de ses biens, encores
qu'il n'eust eu que cela, la necessité leur
ayant enseigné à vser de ces artifices, &
apprins ceste Rhetorique, nous estans si
peu charitables, si auaricieux, si subiets
à nos biens, si peu craignans & aymans
Dieu, & gardans ses commandemens
qu'en

qu'encores ne peuuét ces pauures miserables, en monstrans leurs vlceres & playes, arracher vn pauure double rouge de
nos mains: estans contraints, tant estro-
piez, cadauereux, chancreux & deffigu-
rez qu'ils soient, se trouuer aux Eglises,
afin que la saincteté du lieu incite & es-
guillonne ceux qui les voient, à donner
l'aumosne, comme la reuerence du temple admonestoit les Platoniciés & Stoyciens de ne faire & dire aucune chose,
qui ne fust vertueuse & digne du lieu ou
il estoient, & pour ceste cause ne bou-
goient gueres du paruis ou portique du
temple. Là ou au temps passé, on n'eust
pas enduré les pauures, ainsi tombás en
pieces se presenter en public, y ayás des
personnes deputees pour leur subuenir.
Que s'ils demandoient, c'estoit assez de
dire, il me faudroit bien du pain, i'aurois bien besoin d'vne robbe. Tertulian
dit, nous baillons plus d'aumosnes, &
despendós plus à bailler par les rues aux
pauures, que vous ne dependez en vos
maisons: monstrant par là la charité des
premiers Chrestiens. Mais auiourd'huy
la charité est morte sans heriter, la pitié
est

est passee de ceste vie sás faire testamét.
Si cela auoit lieu, repliqua vn autre, veu
le siecle ou nous sommes, & la malice
des hommes pauures, tout le monde se
diroit pauure, afin de viure sans trauailler, à son aise & sans soucy. Car encores
que la charité soit bien refroidie, & que
chacun s'excuse sur les guerres ciuiles, si
ne laisse-il de se trouuer des persónes saines & valides, qui mangent & desrobent
le bien des malades & des pauures. Et si
faut bien aduiser en cuidant se compor-
ter charitablement enuers les indigens,
de dóner nourriture à la paresse de plusieurs faineants, qui se confians aux aumosnes, ne veulent rien faire, lesquels
outre ce qu'ils delaissent leur mestier, ils
priuent encores les vrais pauures des
subuentions qu'on leur feroit plus auá-
tageuses. Mais pour esmouuoir le peuple à plus gráde pitié, disoit-il, deuinez
que ces gueux & calins font? Ils contrefont les malades de saint Iean, ayans la
bouche pleine d'escume : ce qu'ils font
facilement en machát la racine d'herbe
à foulon, ou feront les demoniacles se
faisans manoter: vous les iugerez hidro-
piques,

piques, se faisans souffler au cul : ils ne
serót iamais sans vne iambe gangrenee,
estiomenee, sphacellee, fistuleuse, chan-
creuse, qu'ils nomment vne iambe de
Dieu, accoustrans ainsi ceste iambe auec
vne ratte de bœuf posee dessus, réplie de
sang & de lait. S'ils n'ont vne iambe, adiouftoit-il, ils auront vn bras de pendu,
lequel ils monstreront pour le leur, si
bien que ceux qui ne le verront le sentiront. S'ils ne peuuent rien gagner estans
en vie, ils contreferont le mort, parce
qu'il y a des personnes qui ont plus de
pitié des morts que des viuans. Ce que
i'apperceu vne fois passát en vn chemin
car en allant ie trouuay deux malotrus
qui demandoiét l'aumosne aux passans
au retour, l'vn des deux estoit estendu
sur la terre, qui faisoit si bien le mortq́
tous les passans y furent trompez : & son
compagnon estoit aupres de luy, qui
amassoit les aumosnes pour le faire en-
terrer, se disoit-il. A ceste cause, plusieurs ont voulu dire que les pauures ót
esté appellez des Latins *Mendici*, *à men-
tiendo*, à cause qu'ils mentent. Encores
que ces gueux rous abusent, repliqua
quel-

quelqu'vn, si ne faut-il pas laisser pour
leur imposture, d'aider à ceux q en ont
besoin, de peur que les bons n'enduret
pour les mauuais, n'estát pas raison que
la faute de peu soit chastiee par la peine
de tous & faut laisser au Magistrat à descouurir & punir les affrontemés de ces
belistres & maraux, Que s'ils estoient,
disoit il, aussi bien agencez comme i'en
vis accoustrer vn, n'y a pas long téps, ils
craindroient à se moquer de Dieu &
dumonde, ce gueux de l'hostiere con-
fessant auoir fait l'hidropique plus de
vingt ans, allât auec sa suitte de ville en
ville, interrogé comme il se faisoit ainsi
enfler, il respondit que tous les matins
ses compagnons, qui auoient part à la
queste, luy souffloiét au cul, & l'enfloiét
tout ainsi qu'on fait vne vessie de pourceau, puis luy estoupoient le fondemét
auec des estoupes poissees & gommees
& qu'au soir estans retirez, luy desbou-
choient son bourdonneau, & q toute la
nuit, il ne faisoit autre chose que souffler, cependant que ces compagnons de
cagnardiers ioüoient des doigts,& que
les autres amassoiét des brousilles, tous

se

se sentãs de la queste, & de ce qu'il auoit
amassé, Le maistre de la maison bien aise de ce qu'on commençoit à oublier la
triste rencontre qu'on auoit fait en venant souper chez luy, nous va côter que
ce iour mesme il auoit trouué vn gueux,
qui luy demanda l'aumosne, lequel faisoit si bien le rompu, l'estropiat, le boiteux, & le manchot, & contournant les
bras & les iãbes de tel artifice & industrie, qu'il pensa le prendre pour vn autre, encores que deux ou trois iours deuant l'eust veu dispos & droict: & nous
contoit qu'ayant enuisagé ce pauure, il
luy disoit, & mon amy, pourquoy vas tu
ainsi, pourquoy reuire tu ainsi les bras?
quelle conuulsion t'a prins? pourquoy
prens tu tant de peine? T'ay-ie pas veu,
n'y a pas long têps, t'ayder aussi bien de
tes membres côme ie fay des miens? Et
q̃ ce gueux ne le pouuant nier, luy auoit
respõdu, helas! monsieur, puis que vous
voyez que ie trauaille tant à aller ainsi,
& contourner mes bras, tãt plus deuez
vous estre incité à me donner quelque
chose, & auoir pitié de moy, veu la peine que ie prens. Lors ie ne me peu tenir
de

derire,& de luy mettre de l'argent en ſa
main,qu'il ſerabien auec ſa conuulſion.
Vn de la Seree venant à reprédre noſtre
hoſte,luy vadire qu'il ne falloit pasbail-
ler l'aumoſne aux valides, qui ont le
corps ſain & diſpos pour trauailler, &
qu'en leur baillant on les entretient en
leurs impoſtures & meſchácetez,& que
en leur donnant ainſi aiſément,cela les
accoquine,car celuy qui facilement im-
petre,ſe rend plus hardi àdemander.Ce
n'eſt pas la premiere fois,va reſpódre le
maiſtre de la maiſó,que i'ay eſtéreprins
de bailler où il ne falloit pas,car il me
ſouuient qu'vn de mes voiſins me tanſa
de ce que durant le cher temps, i'auois
baillé l'aumoſne à vne fille, encore que
elle euſt la poche & le baſton, me diſant
qu'as tu affaire de bailler rien à ceſte
grád'fille?Ie t'aſſeure qu'ellebeſongne-
roit mieux que toy ne que moy. Ne ſçachant s'il vouloit rire, ou quoy, ie luy
reſpóds,i'aimerois mieux bailler à deux
ou trois valides,encores qu'ils n'en euſſent nul beſoing que d'en laiſſer vn qui
en auroit neceſſité,pour le mois,diſoit-
il, ie ne refuſeray iamais pauure qui me

Liu. iij.   M

demandera du pain, tel qui soit : car celuy n'est pas homme qui denie du pain à
l'homme : que si on trouue du pain à terre, en le baisant on le releue, parquoy les
Grecs souuent l'appellent *sacerpanis* : &
le vieux prouerbe Grec parlant des calins, & de ceux qui mendient sans besoing commande pour le moins de leur
bailler du pain, & pour toutes autres
viandes, des coups de poing, à fin de leur
faire laisser ceste faço de viure sans trauailler, & de les empescher de manger
le pain des impotens & malades, qui ne
peuuét gaigner leur vie. Mais ie ne voudrois pas faire, adiousta nostre hoste,
côme fit vn Cardinal, lequel en voulant
chasser les valides d'vn hospital, enchas-
sa aussi les malades & impotens & voicy
comme il s'y porta. A Verseil il y à vn
fort bel hospital, & de grâd reuenu, duquel l'oeconome & dispensateur estoit
vn Cardinal, fort fasché de n'en réceuoir
pas grand profit, á cause de la multitude
des pauures à hospitalez péséz, & nourris. Ce Cardinal pour remedier à cela,
faict habiller vn sien seruiteur en Medecin, l'enuoyant à ceste Aumosnerie pour
vISI

viſiter les malades, faiſant ſemblant de
les vouloir guerir, bien inſtruit de ſon
maiſtre de ce qu'il deuoit faire. Les ayās
veus & viſitez, il leur va dire, qu'il y auoit
bien moyen de les guerir tous, mo en-
nant qu'vn d'entr'eux fut roſti tout vif,
& que de la greſſe qu'il rédoit les autres
fuſſent oingts & engraiſſez par deux ou
trois matins, & que ſur ſa vie ils ſeroiét
tous remis en bône ſanté & diſpoſition.
Puis auec grand ſerment il leur promet
de retourner le lendemain, & que celuy
là ſur qui arriueroit le ſort, ſeroit roſty
tout vif, & qu'ainſi auoit eſtoit ordóné
par le Magiſtrat, & par tous ceux de la
ville. Ce fut aſſez dit, il n'eſtoit quaſi pas
hors de ceſte Maiſon-Dieu, que tous les
habitás d'icelle, vont ſonger comme ils
pourroient ſortir, non ſeulement hors
de l'aumoſnerie, mais auſſi de la ville, tát
ils auoient grand peur, les vns de guerir
& eſtre contraints de trauailler, les autres craignans que le ſort tóbaſt ſur eux.
Que voulez vous plus. Ie vous aſſeure
que le lendemain que le Medecin retourna à l'oſpital, il n'en trouua pas vn
& ſi en y auoit beaucoup qui eſtoient a-

M 2

litez, & n'auoient bougé du lict il auoit
plus d'vn an, estans desechez comme
momies, ne restans dans leurs corps que
des os enfilez ensembles. Si me voulez
escouter va dire vn autre, ie vous feray
quasi vn mesme conte. Il y auoit en vne
ville, commença-il à dire, si grand nombre de pauures malades, qu'ô ne les pou
uoit nourir & entretenir, & si craignoit
on bien fort qu'ils ne missent la peste en
ce lieu là. Le Côseil de la ville assemblé,
fait amener deuant eux tous les mala-
dés & impotens, & les fait visiter par
leurs Medecins & Chirurgiens, lesquels
dirent à ces pauures malades que iamais
ne gueriroient s'ils ne changeoiét d'air,
& que l'air de ceste ville n'estoit pas bô,
mais tout contraire à leur santé, leur re-
monstrât qu'il y auoit des maladies qui
ne se guerissent iamais en vn pays, ou biê
en vn autre, comme à Rome on ne peut
guerir du mal de iambe, & à Naples du
mal de teste. Parquoy fut ordonné, pour
leur grand bien, qu'ils sortiroient de la
ville, pour iouyr d'vn meilleur air, & pl⁹
sain. Mais le bon fut d'vn de la ville, lequel sçachât qu'vn des malades, à qui
on

on faifoit changer d'air, auoit des efcus
coufus en fa robbe (tellement Petacee &
defchiree qu'on l'euftprins pourvn pre-
ftre de Proferpine) s'offre de luy bailler
vne robbe toute neufue, fous ombre de
pitié & d'aumofne, afin d'empoigner cefte vieille robbe, qu'il difoit vouloir vn
peu faire rabiller, pour la baillera vn autre. Ce pauure prie le Magiftrat de n'e-
ftre point contrainct de prendre cefte
robbe neufue, & laiffer la fienne, qu'il y
auoit d'autres pauures qui en auoient
plus grand befoin que luy, qu'il auoit
moyen d'auoir vne autre robbe, parce
qu'on luy auoit dit qu'il y auoit vn Cordelier qui vouloit laiffer fon habit, qu'il
eftoit fi foible que les couftures d'vne
robbe neufue luy feroient mal. Ce bon
aumofnier affeuroit le Magiftrat que ce
pauure ne vouloit prendre vn bon habit, afin de gaigner plus d'argent, & efmouuoir d'autant plus le peuple à luy
donner, le voiant endurer fi grand froid
en ce mefchant habillement. La ville ne
fçachant ou tendoit la charité de ce ci-
toyen, eftoit bien empefchee, encores
qu'vn de la ville pour la decifion de ce-

M 3

ste cause euft mis en auāt ce qui fe trouue en Xenophon, qui eft affez commun.
C'eft, qu'Aftiages demanda vn iour à
Cirus conte de fa derniere leçon, lequel
refpond qu'il y auoit vn grand garçon
en leur efcole, qui auoit vn petit faye,
qu'il donna à vn de fes compagnons de
plus petite taille que luy, & luy ofta fon
faye, qui eftoit plus grand que le fien.
Mon precepteur, difoit Cyrus, m'ayant
fait iuge de ce different, ie iugeay que
l'vn & l'autre fembloit mieux eftre ac-
commodé en ce point. Surquoy mon
maiftre me remōftra auoir mal iugé, car
i'auois confideré la bien-feance, & nōn
pas la iuftice, à laquelle premierement
falloit auoir efgard. Laiffant ce propos
indecis, parce qu'on ne voit gueres les
pauures refufer vne chofe qu'il leur eft
neceffaire, on fe va mettre à dire que les
pauures encores qu'ils trouuent à manger & à boire, endurēt beaucoup par la
vermine qui les mange, pour ne muer
point d'habillemēs, quelqu'vn de la Seree nous cōntant ǭ ces calins ne laiffent
pour eftre tous coufus de poux de rire
& de fe moquer, comme fit vn ces iours
passez,

passez, lequel mettant la main à son collet va dire,

O mon Dieu que suis heureux,
Pensant prendre vn pouil, i'en prens deux.

Ie vous prie, va dire messer Panthalon,
de croire que si voulez bailler du linge à
ces pauures, qu'il n'y à rien meilleur que
de leur faire des chemises qui soient de
lin, pour les garetir de ceste vermine de
pouils. Voyant qu'on ne le vouloit pas
croire, il va dire que Pline asseuroit que
le lin ne engendroit point de pouils, &
qu'il ne parloit iamais *sine Plinio, Plutar-*
cho, Platone, & Varrone, ne faisant iamais
la ronde que sur leur mot de guet. Dy tu
pas luy repliqua vne fesse-tonduë que tu
ne dis rié si n'as le pot & le verre au nez?
Lors il va respondre, qu'il ne faisoit pas
comme D. Montagne, qui dit qu'il n'al-
legue point le plus souuent ses autheurs
où il prend ce qu'il dit, afin que ses re-
preneurs s'eschaudent, & que le pensans
reprendre, ils reprenent Platon, ou Aristote, ou quelque autre bon autheur.
Mais quand à moy, disoit-il, ie ne veux
point que personne s'eschaude, & aussi
ie ne veux point me brusler s'il m'est

possible, & suis bien content qu'on ne se
prenne à moy de ce q̃ ie mets en auant,
parquoy ie nomme toussiours mes autheurs, afin que s'il y a de la faute en ce
qu'ils ont escrit, qu'on s'adresse à eux, &
non pas à moy, qui ne les recite qu'apres
eux. Retournás à la misere des pauures,
quelqu'vn de la Serce commença à dire,
ie m'esbahis cóme les pauures, mesmes
les plus miserables & cadauereux, craignent tant à mourir, veu le mal qu'ils
endurent, là où pour sortir hors de toutes miseres, ils deuroiét plutost souhait-
ter la mort que la vie, & comme dit vn
Poëte, celuy la n'est iamais miserable, q̃
ne craint point de mourir, & comme dit
vn autre, la mort est le repos des maux,
& la fin des trauaux, ioinct l'esperance
asseuree que doiuent auoir les pauures
d'estre bien heureux apres leur mort,
s'ils prennent leurs afflictions & leur
pauureté en patience, & toutes fois ils
ont aussi grand peur de mourir que les
plus riches, & bien fortunez. Voyla de
belles remóstráces, fut-il repliqué, que
plusieurs aiment mieux faire aux pauures persecutez de tát de pauuretez, que
leur

leur donner vn double rouge. Mais, disoit-il, ils ne sçauét pas qu'il n'y a chose
tant pesante que la pauureté, & qu'il est
bien plus aisé de la loüer que de l'endurer, & qu'en matiere d'aumosne, il faut
fermer la bouche, & ouurir la bourse,
chacun excusant bien, ce dit Seneque,
& plaignant celuy qui est appauury sans
qu'il y ait de sa faute, mais nul ne luy
dóne secours. Toutesfois, adioustoit-il,
la crainte que ie voy qu'ont ces pauures
miserables de mourir. m'asseure qu'ils
n'ont pastant de mal comme l'on pourroit penser, combié qu'ils deussent plustost souhaiter de mourir que de viure,
les dieux n'ayans rien donné de meilleur aux hommes que la vie brefue, si
nous regardós à ce qui est escrit dans les
Poëtes, qu'Agamedes & Triphonius a-
pres auoiredifié le téple de Pithus Apol-
lo, ils luy firent oraison que son plaisir
fust de leur donner la meilleure chose q
puisse aduenir à l'homme. Leur oraison
finie, la mort les saisit en s'endormant.
Et comme dit vn Poëte:

O que les Dieux ont donné diuers cours:
Cours miserable, aux habitans du monde.

Car soient leurs iours lõgs moyens ou fort ceurts.
Rien que misere en leur vie il n'abonde.

Et ailleurs,

Quiconque soit en ce monde venu,
Ou raisonnable, ou brutal animal,
Deuant qu'il soit à sa fin paruenu:
Il est certain qu'il n'aura rien que mal.

Dit en outre ce mesme Poëte de l'Estat
d'Amphiaraus.

Extréme amour luy portoit Iupiter,
Et Appollo l'aimoit autant ou plus:
Que firent-ils pour vers luy s'acquiter
De cest amour? ils firent au surplus
(Et de bien, l'homme est souuent forclus)
Qu'en ces bas lieux bresue fut sa demeure.
Et par cela sans doubte ie conclus,
Que nul n'a bien, iusques à ce qu'il meure:

Et en vn autre lieu il dit aussi:

Pleurer peut bien celuy qui vient à naistre,
Veu que tousiours en misere il doit estre.

Homere apelle aussi en toutes occasiõs
les hommes miserables, lequel imité de
Mexandre, dit qu'il suffit pour nom de
malheur, d'estre homme. Le mesme Homere en vn autre lieu, dit ainsi: Entre
tous les animaux terrestres, aquatiques
& volatiles, il n'é y a point de si miserable:

ble que l'homme. Menandre dit que la
douleur & lavie sont parents. Plautedit
qu'il est beaucoup meilleur d'auoir vescu que de viure, Silenus & Pline, auec le
prouerbe Latin, & beaucoup des áciens
disentque c'est vngrand bien de ne naistre point. Que les pauures, adioustoit-
il, encores n'ayent pas tát de mal q̃ nous
estimons, & plus que les autres: L'experience nous apprend que no˙ nous per-
dõns d'impatience, les maux ayans leur
vie, & leurs bornes, il leur faut donner
passage. & s'arrestans moins chez ceux
qui les laissent faire, laissõs faire à nature, elle entend mieux ses affaires q̃ nous.
Mais vn tel en mourut, si ferez-vous biẽ
vous, sinõ de ce mal d'vn autre, & combien d'autres qui auoiẽt trois Medecins
à leur costé. Il faut souffrir doucement
les loix de nostre condition, nous sommes pour affoiblir, pour mourir, pour
estre malades en despit de toute medecine, C'est la première leçon q̃les Mexi-
cans font à leurs enfans:Enfans, disent-
ils, le saluant au partir duventre desme-
res, tu es venu au monde pour endurer,
endure, souffre, & tais-toy. Et puis c'est

M· 6

iniuſtice de ſe douloir qu'il ſoit aduenu
à quelqu'ũ ce que peut aduenir à chacũ,
il faut apprendre à ſouffrir ce qu'on ne
peut euiter.

Premierement, le pauure tant miſerable ſoit-il, eſt ſéblable la moitié du téps
au riche, c'eſt quand il dort, car ne la riche, ne la pauure, quand ils dorment, ne
font rien : or ſans action il n'y à félicite
ne miſere : Secódement, le malheur n'eſt
pas touſiours à la porte des pauures &
miſerables : car comme dit quelqu'vn,

    Il n'eſt malheur, douleur, ne mal ſi ferme,
    Qui quelque iour ne prenne fin & terme.

Que ſi la douleur eſt grande, diſoit
Epicure, elle ſera breſue, ſi elle eſt lógue
elle ne ſera pas grande. Plus les pauures
ne pouuans mourir de faim, la poiſon ne
leur peut nuire, pource qu'ils mangent
l'oignon & l'eſchalote auant le repas,
d'auantage, les pauures ne ſont point
ſubjects à vne infinité de maladies, (qui
tourmentent les riches) pour les dietes
qu'ils font ſans ordonnance de Medecin. Et ne s'eſt-il pas trouué, adiouſta-
il encores, des perſonnes qui ont eſtably
leur ſouuerain bien à viure ſans gloire, &
                        inco

incogneus, à estre pauures, à despriser les
richesses, à aller par le monde de maison
en maison cherchans du pain, à aller des-
chaussez & nuds, à dormir dans des ton-
neaux, à se chaufer au Soleil , estimans
chose indifferente d'auoir du bien ou de
n'é auoir point? Soyez asseurez, disoit-il,
qu'il y à des incommoditez aussi bié en
richesse qu'en pauureté, & que tout endroit à son enuers, & qu'on faict autant
de mal d'arracher le poil à celuy qui à
beaucoup de cheueux, comme on fait à
vn qui n'en à gueres, Plus, ce qui aide
aux pauures à porter le mal , c'est que
beaucoup d'étr'eux ont accoustumé dés
leur ieunesse à estre souffreteux, & auoir
du mal, & celuy est bien heureux, disoit
Denis l'ancien, qui à apprins dés sa ieunesse à estre malheureux, & souffreteux,
& qui à prins naissace entre la pauureté,
& est esleué entre les miseres. Les miseres de ce mond estás comme le feu, que,
lors qu'il est plus ardent, affine d'auátage l'or qui brusle, ainsi tádis que l'homme endure plus de miseres, d'autát plus
il se fait parfaict, Mais, par ce que ie voy
bien, adioustoit-il, que persóne ne m'en

M 7

croira, & encores moins voudra essayer
la pauureté, si est-ce que les pauures auront plus gráde delectation que nó pas
les riches, si dauéture il leur arriue quelque bien, la volupté & delectation estás
en quelque sens, & tout sés est auec mutation, & la mutation est en choses cou-
traires, or la mutation est ou du mal en
bien, & ceci est la ioye, ou du bié en mal,
& cecy est la tristesse, doucquespourfai-
re la volupté & delectation, il est necessaire que le mal soit proposé, & tant plus
le mal est grand, tant plus le plaisir sera
grand venát apres le mal: Mesmes en la
tristesse ily à ólque allege de plaisir, les
peintres aussi tiennent que les mouuemens & plis de visage, qui seruent aux
pleurs, seruent aussi au rire, l'extremité
du rire aussi se meslant aux larmes. Pensez-vous, disoit-il écore, le plaisir qu'ót
eu les pauures qui sont deuenus riches
durant nos guerres ciuiles, & qu'elle tristesse ont enduré les riches estans deuenus pauures? Quelqu'autre de la Seree
va repliquer, que les pauures n'estoient
pas si miserables qu'on les faisoit, parce
disoit-il, qu'ils ne craignét poit à se marier,

rier, & à faire force enfans : ce qu'ils ne
feroient pas s'ils penſoiét que leurs enfans fuſſent ſi malheureux qu'on eſtime
les pauures. Vous ne ſçauez, fut-il repliqué, pourquoy les pauures ſont ſi hardis
à ſe marier, & ne ſe ſoucient d'auoir & de
faire beaucoup d'enfás? C'eſt qu'ils ſca-
uent bien qu'ils ne les nourriront pas, &
pour remedier à cela, il y a vn pays ou le
nombre d'enfans eſt preſcrit ſelon les
facultez. Nous trouuons en Herodote,
qu'il n'eſtoit permis aux perſónages de
petite qualité de ſe marier, & que par les
loix eſtablies par Solon aux Atheniens,
eſtoit preſcrit la forme de mariages, au
menu peuple de volonté, & aux nobles,
& autres tenans rang en la Republique,
de neceſsité. Auſsi que c'eſt vne grande
folie de ſe marier auāt qu'auoir ſongé le
moyen de nourrir & entretenir ſes enfans & ſa famille : car nous trouuons dás
Geneſe, que Dieu ne bailla point de féme à Adá, iuſques à ce qu'il euſt impo-
ſé le nõ à toutes les beſtes, & miſes en ſa
poſſeſsion. Vne choſe, diſoit-il, recõfor-
te les pauures & miſerables, c'eſt qu'il ni
a ſi infortuné, ne ſi mal adiſ & impotent

qui

qui n'en trouue vn plus mal-heureux,
plus pauure, plus persecuté de mal que
luy, tellement qu'il se repute heureux
aupres de ceux cy, ne sçachant pas ceux
qui se contristent tant de leurs fortunes
& se pensent des plus mal-heureux, le
mal des autres. Et n'i a rien qui plus soulage les affligez, que penser au mal d'autruy, estant vn grãd reconfort aux choses tristes, de considerer les infortunes
des autres: & comme disoit Democrite,
Si tu veux euiter la tristesse de ta misere, contemple la vie des affligez, & par la
comparaison d'icelle auec la tienne, tu
verras auoir occasion de t'estimer bien
heureux, & cóme dit le gētil Alamanni.

Deux vrays conforts s'offrent aux malheu-
    reux,

  L'vn du passé auoir la souuenance:
  L'autre est de voir plus grande la souffrãce
  D'autre, qui soit plus qu'iceux souffreteux.

Et cela a esté cause, disoit-il, qu'aucuns
ont voulu dire, que si to° les maux & fa-
cheries du monde estoient ensemble en
vn monceau, pour estre egal'ement de-
parties, qu'il n'y a celuy qui ne reprint
son mal, pour n'auoir part en l'autruy:
                    estant

estant le monde gouuerné de telle forte
que le mal est compensé auec le bien, &
departy à vn chacun selon sa charge, par
droite & esgalle proportió. Mais ce qui
nous gaste, c'est que le naturel de l'hóme est tousiours enclin à regarder plutost à son mal qu'à son bien, lequel facilemét il oublie, & au cótraire, est própt
à considerer le bien apparent d'autruy,
sans songer au mal caché qu'il ne veoit:
ce q dit monsieur Pybrac en ceste sorte:

Nostre heur pour grand qu'il soit nous sem-
   ble moindre,
Les seps d'autruy portent plus de raisins:
Mais quant aux maux que souffrent nos
   vosins,
C'est moins que rien, ils ont tort de s'en plain-
   dre.

Or, pource, commença à dire vn autre,
que pour adoucir les peines iamais ne
manquent Orateurs: escoutez les raisons
& sencences que ie voudrois que tous les
pauures & infortunez eussent bié impri-
mée en leurs memoires. La premiere,
qu'il ne se faut point facher des choses
qui nous aduiennent, lesquelles ne se
peuuent euiter par aucun conseil & sa-
                                    gesse,

gesse, car es maux où il n'y à point de remede, le meilleur est de ne point cher-
cher: La secóde est, que nous deuons apprédre par ce qui arriue à plusieurs, que
rié ne nous surprend de nouueau, & qui
ne soit commun à lacódition humaine.
Tiercemét, qu'il ne se faut contrister de
ce qui arriue à tout le monde, car se sou-
uenant de la Loy commune à tous, cela
doit aleger le mal. Et croy, disoit-il, que
la plus gráde misere de toutes, est de ne
pouuoir porter la misere, la misere resi-
dant volontiers auec ceux qui la nour-
rissent, disoit Bias: & comme disoit Diogene, il n'y à que ceux qui sont pauures
maugré eux, qui deussent auoir hóte de
l'estre: car celuy qui se comporte bien
auec la pauureté, de dit Seneque, est riche, celuy qui à peu n'estát pauure, mais
celuy qui desire d'auátage. Si dit-on có-
munement, va repliquer vn de la Seree,
qu'en pauureté n'y à point de fiance, &
Laërce dit, les Spartiates auoir tousiours
estimé les pauures estre meschás, Clau-
dian appellát la pauureté inique, & Virgile deshonneste, la pauureté estát mauuaise gardiéne de pudicité. Encores au-
iour

iourd'huy, disoit-il, apellons nous ceux
à qui nous voulons mal, & pensonsiniu-
rier, marauts, coquins, belistres, comme
leur voulans reprocher qu'ils sont meschans & larrons, & qu'on ne se fie point
en eux, & qu'on a en haine la pauureté,
parce qu'elle occasione plusieurs a s'es-
garer du droit chemin, que quand nous
desirosquelque malediction a aucun, &
luy voulons mal, nous luy desirons sur
tout la pauureté, ce que verrez par ce
quatrain,

Ie prie à Dieu qu'il vous doint pauureté,
Hyuer sans feu, vieillesse sans maison,
Grenier sans blé en l'arriere saison,
Caue sans vin tout le long de l'Esté,

Ce qu'ont tesmoigné les Anciens, qui
estas pauures n'ont plus voulu viure, &
comme dit Theognis,

Pour pauureté fuyr & euiter,
En pleine mer se faut precipiter.

Et la Medee d'Euripide chante ces vers:

Laslie preuoy les maux que pauureté
Me fera faire outre ma volonté.

Vn franc-à-tripe ayãt bien noté tout ce
qui auoit esté dit de la pauureté, va cõ-
mencer à dire: cela me fasche tãt d'estre
appellé pour ces beaux noms, maraut,

coquin,beliſtre,grãd colin, q̃ pour ſçauoir ſi i'eſtois riche ou pauure, i'ay vẽdu tout mon biẽ, & maintenãt ie ſçauray ſi on me doit iniurier de ces iniures communes & meſchãtes, & ſi ie ſuis coquin & beliſtre. A qui il fut reſpõdu, que pauureté n'eſtoit point vice, & que combiẽ que ce ne ſoit pas vertu auſſi, ſi faut-il pluſtoſt craindre ceux qui craignent pauureté, que les pauures, plus de maux ſe faiſans pour la richeſſe que pour la pauureté, & comme dit Theognis, beaucoup plus de gens ſont peris d'eſtre trop ſaouls que de faim, les contentions & iniures ne naiſſans pas communément à cauſe de choſes neceſſaires, deſquelles aucunes ont beſoin, mais biẽ pour les ſuperfluës, ou noſtre appetit precede à vne infinité. D'auantage, il fut adiouſté que les pauures ont quelque eſpoir d'eſtre riches, & que beaucoup õt eu en recommadation la pauureté, parce qu'elle rend les perſonnes ſi vigilantes & induſtrieuſes qu'elles peuuent deuenir riches, ſi elles trœuuent des gens qui leur aident, moyennant que ces pauures à qui on aide, ne ſoient de ceux qui autrefois

trefoisont eu quelque moyen, & l'ont
despendu, car aydant à ceux la, vous
vous feriez pluftoft pauure en leur baillant, que de les rendre riches, d'autant
que celuy qui a defpendu le fien autremét qu'il ne falloit, n'employera iamais
bien ce qu'on luydône ou prefte,& n'eft
fien. Et cóme dit Seneque, de peur d'e-
ftre pauure, il faut mefnager de bonne
heure, car l'efpargne qui commence par
le fond eft tardiue, parce que non feulement le peu, mais encore le piredemeu-
aupres de la lie. A ce propos Socrates ad
moneftoit Efchines, qui eftoit pauure,
qu'il empruntaft de foy mefme, en faifant,luy difoit-il,moindre defpence. La
parcimonie fut figrâde aux anciens,que
Caton le vieuxvendit fon cheual de feruice,pour efpargner l'argent qu'il euft
couté à le ramener par mer en Italie, il
fevantoit de n'auoir iamaïs eu de robbe
qui euft couté plus de dixefous,ni auoir
enuoyé au marché plus de dix fols pour
vn iour. Il ne fut taxé à Tyberius Grac-
chus allant en commiffiô pour la chofe
publique, que cinq fols & demi, eftant
lors le premier des Romains. Le plus
grand

grãd mal qu'ait pauureté, va dire vn autre de la Seree, c'est que les pauures sont
tousiours reboutez & moquez, & qu'on
ne les conuies gueres és banquets, ny
aux nopces, & si ne trouuent iamais de
parés ne d'amis, d'autant dit Menandre,
que lë riche pense que ce parent pauure
luy doit demander quelque chose, &
nul ne confessera celuy qui a affaire d'aide luy appartenir aucunement. C'est peu
de chose que cela, fut-il repliqué, & ne
faut point auoir honte de confesser sa
pauureté, mais bien est reprochable de
ne se mettre en effort de l'euiter, disoit
Thucidide. Que les pauures adioustoit
il, soyent suiects à beaucoup de miseres,
vous verrez que s'ils ont vn meschant
logis, ils aurõt encores vn plus meschãt
lit; ils n'ont iamais repos en leur vie, ils
ne serõt auiourd'huy ou ils estoiët hier,
ni deuant ou ils estoient à ce iour, s'ils
ont des chausses, elles seront repetacees,
ou il les faudra eslargir estãs trop estroites, ou il les faudra accourcir estãs trop
longues, ou elles seront courtes, & les
conuiendra allonger, ils n'õt iamais entierement à disner, quand il y a du vin,
il n'y

il n'y aura point de pain, quand il y aura
du potage, il n'y aura point de chair, quád
ils ont vn faye, ils n'ont point de manteau, quand ils auront vn bonnet, ou vn
chapeau, ils n'auront point de fouliers &
quand ils ont des chauffes ils n'auront
point d'efguillettes. Auec tout cela, les
pauures ne peuuent trouuer de logis, car
outre la peur qu'on à d'eftre mal payé des
louäages, on adioufte foy à vn prouerbe,
qui dit, qu'il ne fait pas bó auoir vn voifin trop pauure ne trop riche. Et ie croy
que c'eft la caufe pourquoy Diogenes
habitoit dás vn tonneau, en lieu de mai-
fó, ne pouuát trouuer de logis, eftant la
plus grande pauureté & incommodité
qu'il fentit iamais, n'en ayát gueres enduré d'autre, demandant ce dequoy il
auoit affaires de telle grace & hardieffe,
qu'il n'eftoit pas fouuent refufé. A vne
fois il difoit, il vous prie me diftribuer
de vos biens, fi auez accouftumé de bailler quelque chofe, finon commencez à
moy. A l'autrefois, fi quelqu'ú cóteftoit
contre luy de ce qu'il eftoit fain & vali-
de, il luy difoit, ie vo? prie premieremét
me donner, & puis nous en difputerons.

Il demandoit deux fois autant à vn pro-
digue, & qui s'en alloit pauure, qu'à vn
bon mesnager & riche, parce qu'il esperoit à en demander & en auoir encores
du riche, là où il n'esperoit iamais rien
receuoir de celuy qui s'en alloit pauure.
Vn grand Seigneur luy voulant bailler
vn grãd don, luy demanda s'il seroit hõme de bien, s'il luy donnoit ãlque chose, il respõdqu'ouy, encores qu'il ne luy
donnast rien. Et quand il voyoit qu'en
demãdant peu, aucuns luy promettoiẽt
beaucoup, il les laissoit là, & disoit que
le promettre beaucoup à qui peu demãde, estoit vne espece de refus. De peur
d'estre esmeu & faché si on l'escondui-
soit, il s'accoustumoit à demander àdes
statues. S'il rencõtroit vn homme riche
& meschãt, il ne luy demandoit iamais
rien, disant, Si tousiours il a esté larron
du bien d'autruy, quelle esperance y a-il
qu'il dõne du sien? Voyant qu'on bailloit plutost l'aumosne aux boiteux bor-
gnes, aueugles & estropiats, qu'aux Philosophes, & gens de sçauoir, disoit que
c'estoit qu'ils craignoyẽt plutost deuenir boiteux & maleficiez que Philoso-
ques

phes & sçauans. Quandon luy remon-
stroit la peine de sa pauureté,& de tous
ses autres compagnons de Philosopher,
& qu'il pouuoit se mettre à son aise, il
crioit que la boutique du medeci estoit
l'eschole de Philosophie,où l'on accou-
roit pour la santé,nō pour la volupté &
plaisir. A propos que les Philosophes &
sçauans le plus souuent ne sont pas les
plus riches,quelqu'vn va conter la response que fit vn artisan à vn homme de
lettre, qui demandoit l'aumosne, toutesfois se vantâtestre maistre és sept arts
liberaux,luy respondant cest artisan,Et
moy, ie sçay plus que vous,car auec vn
seul art ie nourris moy,ma fēme, & mes
enfans, là où auec les sept arts tu ne te
sçaurois nourrirseulemēt. Ces vieux cō-
tes si cōmuns,& tāt de fois redits,furent
cause que chacū se vouloit retirer n'eust
esté qu'vn de la Seree nous vadire que la
pauureté le plus souuent venoit d'estre
hōme de bien, & qu'à ceste cause qu'elle logeroit plustost chez les gens debiē,
que chez les meschans & riches: car les
meschans&riches l'estiment mauuaise,
elle ne se veut mesler n'y auoir affaire

Liu. iiij.   N

auec eux. Et pour preuue de ce qu'il disoit, il nous mettoit en auāt, & deuāt les
yeux, plusieurs pauures auoir esté gēsde
bien & grands personnages: cōme Epa-
minondas, q fut mis en sepulture dupu-
blic, aussi biē que Lucius Valeri° Publi-
cola. Il recita qu'il falloit que les Athe-
niēs baillassent vne robe & des souliers à
Lemachus, toutesfois & quātes qu'ils le
faisoient Empereur & conducteur d'armee, & que Paulus Aemilus n'eust pas de
quoy rēdre le dot à sa femme. Et qui fait
disoit-il, que les meschās sont riches, &
les gens de bien pauures ? Sinon que le
monde est renuersé, & que les vertueux
sont deboutez, & les vicieux auançez.
Parquoy vn Philosophe disoit, que s'il
deuoit renaistre, il choisiroit plustost
estre tout autre espece d'animal qu'hōme, sçachant que l'hōme seul entre tout
ce qui àie, est iniustemēt recogneu & fa-
uorisé, entāt qu'vn bō cheual est mieux
pensé qu'vn pire, vn bō chien plus prisé
que celuy qui ne vaut gueres, qu'vn coq
estant genereux est plus estimé que le
coüard, & mieux nourry, là où entre les
hōmes, il ne sert presques de rien d'estre
bon

bon & vertueux, d'autát que les vicieux
& mal viuans sont plus estimez que les
bons. Si est-ce, repliqua vn autre, que
noustrouuons q̃ les Romains auec leurs
Censeurs, metoiẽt hors l'ordre & qualité de Senateurs, ceux q̃ deuenoient pauures, & que pour tenir l'Estat de Sena-
teur, il faloit auoir vaillát trois mille escus couronne, & que ceux de Carthage,
n'admettoiẽt en leurs Magistrats les gẽs
de bien, s'ils n'estoient auec cela riches,
trouuans impossible qu'vn pauure peut
exercer son office sans corruptió. Celuy
q̃ parloit tousiours pour la pauureté, ne
laissa pour tout cela à dire, que les Romains n'auoient pas la pauureté en si
grand mespris que l'on pense, ce qui est
aisé à prouuer, disoit-il, par Scipio Nasi-
ca, qui demandant l'Edilité, & prenát la
main d'vn rustique, qui auoit voix aux
Comices, & la trouuát fort rude, luy demáda s'il cheminoit des mains. Ce qu'é-
tendu & sçeu de tout le peuple Romain,
on luy refusa l'Edilité, toutes les Tributs
ayans pring en mauuaise part qu'on leur
reprochast la pauureté. Puis pour recó-
mandation la pauureté il adiousta ces

N 2

TRENTIESME

vers traduits de Palingene par vn excellent personnage de ce temps.

O bonne pauureté, present des cieux venu,
Non encores assez bien des hommes recogneu,
La garde des vertus, de chasteté l'amie,
Le frein des voluptez, l'entretien de la vie:
Tu mesprise du sort les accidens diuers,
La rage de la mer, des vents, & des Hyuers,
Allant ton petit train, sans que dessus les ondes
Tu sondes trop auant les abysmes profondes.

Vn sage Democrite, vn sage Anaxagore,
Tous renõmez au monde, & mille autres encore
Mespriserent iadis l'or, l'argent, & les biens,
Comme estant de tous maux la cause & les
    moyens:
Pourquoy sinon d'autant qu'ils auoient cognoi-
    sance
Que ce n'est le vray bien, veu que sa iuyssance
Brouille l'entendement de soucis & trauaux,
Et fait l'õme abismer en vn gouffre de maux,
Desire donc sans plus autant qu'il est besoin,
Pour maintenir ta vie, & ne va point plus
    loing.

Mais pour tout cela, ni par rime, ni par
raisõ, on ne peut retenir la compagnie,
qui se retira en diligence, cõme voulant
fuyr la pauureté.

Tren-

Trente-vniefme Seree.

Des Riches & des Auaricieux.

LA precedente Seree, ou auoit efté
parlé des pauures, ne fut point tant
caufe de difcourir des riches (bien que
deux côtraires mis l'vn pres de l'autre fe
cognoiffent mieux) que la richeffe &
chicheté d'vn de nos Serees, qui nous
bailloit ce foir à fouper. Ce qu'il faifoit
toutesfois le plus tard qu'il pouuoit, at-
tendât des viures de fes maifons, ou biê
que ceux à qui il auoit baillé de l'argent
à loüage, luy euffent fait quelque prefent, ou qu'il euft veu le gibbier à bon
marché, qui eft quand il commêce à de-
geler. Et lors afin que tout paffaft pour
vn, il conuioit tant de gés de toutes fortes, qu'on ne pouuoit commodément fe
ranger à la table, & fi ceux qui eftoient
en vn bout, ne pouuoient entêdre ceux
qui parloient à l'autre, tellement qu'il
falloit que l'vn dift á l'autre ce que l'autre difoit, comme à la guerre, ou en vn
nauire: ce qui eft contre les preceptes de
Plutarque. Vous affeurât qu'il n'affem-

N 3

bloit point tant de perſonnes pour mō-
ſtrer ſa richeſſe (eſtimant qu'elle ſeroit
ſans hōneur ſi elle n'auoit beaucoup de
teſmoins, cōme la tragedie de pluſieurs
ſpectateurs) qu'à celle fin de ne faire
gueres de bāquets, & pour ceſte cauſe, il
mettoit ſes parens & amis, & ceux qui
autresfois l'auoient conuié, & ceux des
Serees, en meſme robe. Auec cela le pis
encore eſtoit, qu'il nous traitoit ſi fa-
milierement, que ſi meſme Epaminon-
das y euſt eſté, il ne s'en fuſt pas allé ſans
ſouper: comme il fit vne fois de chez vn
ſien ami, quand il vit l'apareil plus grãd
que ſesfacultez. Parquoi ceux de la Seree
ne ſepouuoient tenir de bailler à noſtre
hoſte quelq attainte, toutefois en riant.
Vne fois on luy diſoit, mō hoſte, ie croy
que vous eſtes Medecin, car vous nous
traitez comme on fait les malades. Vn
autre loüant ce banquet, aſſeuroit qu'ō
pouuoit dire de ce cōuy comme de ceux
de Platon, qu'on s'en ſentoit encores le
lendemain, & qu'on le pouuoit apeller
le ſouper des dieux, comme fait Horace.
Vn tiers diſoit que noſtre hoſte vouloit
obeir à la loy, qui defendoit de fermer
les.

les portes quand on prenoit le repas, ny
ayant rien contre les Loix sumptuaires,
qui reigloient l'excez des conuiues &
banquets. Vn qui auoit plus grãd enuie
de mordre que de ruer, ayant veu la Demonomanie, va dire que nostre hoste
estoit pire que les sorciers, estant pour
le moins la table des sorciers si bien garnie de toutes sortes de viandes bien exquises, &en grandē quantité, toutesfois
qu'estans sortis de leur table, qu'on ne
laissoit tout incontinent d'auoir aussi
grand faim qu'à l'entree, mais à ce banquet, nous disoit-il, vous n'auez quasi
rien sur table, pour dõner, pour le mois
le plaisir q̃ceux qui soupent chez les sorciers ont en mengeant, & ne sçauriez a-
peller ce souper vn magnifique bãquet,
q̃ les Latins appellent *Cœna dubia*, quand
ily à tant de viandes, qu'on ne sçait laquelle prendre pour manger: mais c'est
bien *Cœna dubia*, ainsi que le pren Henry Estienne: car nous ne sçauons si nous
auons souppé ou non. Et voicy ses vers,
que i'ay mis en Latin,

Conuiuis dubiam dico te apponere cœnam
　Posthume, sed dubiam nomino more nouo.

N 4

Non etenim duuia est cœna, vt fuit illa Tereus
   Quam dubitat primū quem velit esse cibū.
Sed quoniam hanc dubitat quisquis cœnatus
   abiuit,
   Veré an per sommum sit data cœna tibi.

Vn Franc-à-tripe de nostre Seree, voyāt
qu'ō desseruoit, va dire à l'oreille du plus
proche de luy, qu'il ne retourneroit desī
vie souper là dedās, Cestuy-cy luy ayant
demādé, pourquoy? parce, respondit-il,
que les Graces ne sont gueres loing du
Benedicité. Il luy replique, qu'il n'y auoit
rien pire pour la santé q̄ de tenir longue
table, ni qui engēdre plus de maladies,
à causeque ce q̄ vous auez prins du con-
mencement du repas est quasi digeré,
quand long temps apres vous en prenez
d'autre parquoy ces viandes prenās diuerses cōtradictiōs, ne faut s'esmerueiller si elles nuisēt à ceux qui tiennēt longue table, à cause du discord. Puis il va
adiouster, q̄ nostre hoste auoit eu soucy
de nostre sāté, ne no° ayāt baillé des viandes si exquises & rares, ni de beaucoup
de sortes, & que tousiours les pl° simples
viandes, & qui coustēt le moins, sont les
plus salubres au corps, & aussi qu'il n'y
                  auoit

auoit rien pire que de manger de beaucoup de fortes de viádes, la diuerfité des
viandes tourmentát l'eftomach, & em-
pefchát la concoctió, l'vne viande eftát
facile á digerer, & l'autre difficile. Ie me
doutois bié, commença a dire vn autre,
qui eftoit á ce foupper, que nous ferions
mal traitez, ne voyant point de fel fur la
table, prenant de la augure que le banquet ne feroit guere magnifique ni opu-
lent, mais infortuné, eftát l'opinion des
Anciens, & fi eft bien encores la noftre,
que la table qui eft fans fel eft profane &
malheureufe, & vn vray banquet de diables, & de forciers. A cefte caufe la premiere chofe que les feruans mettent fur
la table, apres la nape, doit eftre la falie-
re, garnie de fel noir, fi c'eft pour les Pri-
ces & grands Seigneurs, le fel blanc receuant plus aifement le venin que le
noir. Que la table ne doiue eftre fans fel
le vieux prouerbe le monftre bien, quád
il dit, *Omnis menfa malè ponitur abfque fale.*
Mais, repliqua vn de la Seree, comment
eft-ce que la table fans fel eft eftimee in-
fortunee, veu bue les preftres Egiptiens
auoiét la mer en abominatió, & l'vn des

doints qu'on leur deffendoit en les ini-
tiant, c'estoit de n'vser iamais de sel à la
table? Et pour cela les prestres Egyptiés
ne saluoiét iamais les pilotes & gens de
marine, ce dit Plutarque, à cause qu'ils
estoient ordinairement sur la mer, dont
est fait le sel. Et c'est aussi, adioustoit-il,
la pricipale raisõ pourquoi ces prestres
abominoient le poisson, de sorte que
quãd ils vouloiêt escrire, le hayr & l'a-
bominer, il peignoient vn poissõ, comme en la ville de Say, à l'entree du temple de Minerue, il y auoit peint vn petit
enfãt, vn viellard, & puis vn esparuier,
& tout ioignant vn poisson, & à la finvn
cheual de riuiere, qui signifioit vouloit
dire sous ces figures, ce dit Plutarque,
O arriuans, & partans, ieunes & vieux,
Dieu hait toute violéte iniustice, representans Dieu par l'esparuier, par le poi-
son estant nourry en la mer salee, hay-
ne & abomination, & par le cheual de
riuiere, toute impudence de mal faire,
d'autant que l'on tient qu'il tue son pere, & puis se mesle par force auec sa mere. Le propos du sel acheué, celuy mesme qui auoit fait l'augure, va reciter
des

des vers qu'on dit estre de saint Gelais:

Du Chatelus donne à disner,
A six pour moins d'vn carolus:
Et Iaquelot donne à soupper
A dix pour moins que Chatelus:
De ce banquets si dissolus
I en reuiens creux comme vn fallot,
Si ie ne suis chez Chatelus
Ne me cerchez chez Iaquelot.

Ayãt recité ces vers, il nous va dire qu'il se recõpenseroit bien sur le dessert: mais voyant qu'il n'y auoit q̃ du fromage, & qu'on se rioit de luy, ne laissa à se mettre à en máger à bon escient, & disoit qu'il estoit tresbon, & que l'escole de Salerne estoit veritable, quand elle dit, *Caseꝰ ille bonus, quem dat auara manus.* Puis nous va dire, que sçauez-vous si nostre hoste ne se monstrera point plus liberal à nous donner q̃lques beaux presens q̃ les Latís appelloient *Apophoreta,* quãd nous sortirons du banquet, qu'il n'a esté en nous baillant à souper, & que l'vn recõpensera l'autre. A quoy il fut respondu qu'il ne falloit point s'y attendre, & q̃ par cy deuant il les auoit tousiours traictez en la sorte, & encore pis, plusieurs fois les

ayas conuiez à difner, contre toute couftume des Serees, faisãt cela pour beaucoup de raifons. Premieremẽt, pourn'a-
uoir pas tant de gens à fes conuis, parce
qu'on n'a pas mis fin fi toft à fes affaires,
& qu'on eft plus libre du foir. Seconde-
ment, à fin q les fémes n'y vinffent point
fçachant bien qlles ne pourroient eftre
fi toft preftes, & atifees pour ledifner, &
pour cefte caufe les Sybarites cõuioient
les femmes aux banquets quatre ou cĩq
moisdeuãt. Tiercemẽt, il les auoit beau
coup de fois cõuiez plutoft à difner qu'à
fouper, pour efpargner tant la chãdelle
que le bois, qu'il faut l'Hiuer au fouper.
Quartemẽt, qu'on fert plus de fortes de
viandes au fouper qu'on ne faict au difner, & qu'on tientplus lõgue table, eftãs
lors exempts de toutes affaires. Encores
mefouuiẽt, adiouftoit-il, qu'à l'vn defes
difners les viãdes eftoient fi mal cuites,
qu'vn de la Seree va dire à noftre hofte,
Ie croy que nous auons efté conuiez à
foupper, comme c'eft noftre couftume,
Parce qu'vn iour vous me dictes. Ie vo'
veux conuier à fouper vn de ces matins.
Mais ie me portay bien, difoit-il, encores,

res,que les viandes auoient esté seruies
ainsi crues,tant pour espargner le bois,
qu'à fin qu'on n'en mangeast pas tant,
Lors vn de ceux q̃ auoiēt esté conuiez,
qui auoit esté en Turquie, repliqua que
s'il eust esté au grand Caire , son hoste
n'y eust rien gaigné: car,disoit-il, ieusse
prins ceste chair mal cuite,&en sortant
seulement en la ruë , i'eusse trouué qui
tout incontinent me l'eust faict cuire,y
ayant en ce lieu-là enuiron douze mille cuisiniers, lesquels allans par la ville
portent de petits fouyers sur leur teste,
qui en payant font cuire & accoustrent
vos viandes,&ce à faute de bois qu'ont
ceux du Caire.Ou bien ie feray comme
les Anciens,qui se faisoiēt seruir la viā-
de sur des fouyers,qui se portoiēt sur la
table,&auoient des cuisines portatiues
dãs lesquelles tout le seruice se trainoit
apres eux,& laissoient cuire les viandes
tant qu'il leur plaisoit,pour les manger
toutes chaudes,Vn autre de la Seree,re-
uenant à nostre hoste,nous va dire qu'il
les auoit traitez comme le diable(à qui
sont tous les auaricieux) fit vne fois sa
mere,à qui il ne bailla que d'vne vieille

N 7

oye,& d'vn cochó fans moutarde.Quel
qu'vn qui tenoit de la cóplexion denô-
ftre hofte le defendant va dire, que ces
deux mots pouuoient eftre appelezviã-
des des Dieux,commeNeron loüoit les
champignons,les nómans en Prouerbe
Grec,la viande des Dieux, parce qu'en
iceux il auoit empoifonné fonpredecef-
feur Claudiᵖ, Empereur Romain.Et que
fi voulons adioufter foy à La npridius,
nous trouuerons que l'Empereur Seuerus bailloit bien des oyes aux feftinsdes
Saturnales, comme auiourd'huy nous
faifons à la S.Martin, & que Socrate en
Xenophon dit qu'il faut fuïr lesviandes
qui prouoquent ceux qui n'ont point
de faim à les manger,& les vins qui incitent à boire ceux encores qu'ils n'ayĕt
nulle foif.Puis nous difoit, approuuant
le bãquet de noftre hofte,que n'eftions
pas mal à ce fouper , fi nous regardons
à la Loy duConful Fannius,qui ordon-
na que nul des Romains n'euft à mettre à chafque repas autre oyfeau qu'vne
poulle, encores falloit-il qu'elle n'euft
efté engraiffée,&que les bãquets fuper-
flus eftoient aufsi bien à reprendre que

ccux-

ceux-là , ou il n'y a rien trop. Abraham
iaçoit que grand Roy & riche, toutesfois il n'auoit à sa table d'ordinaire, que
du pain, du beurre, & du laict pour se
nourrir. S'il faisoit quelque festin mesme aux Anges, il y adioustoit du gasteau
pour toutes delices, & quelquefois vne
piece du plus gras veau de sa bergerie,
Nostre franc-à-tripe lors luy va respondre, qu'il vaudroit mieux estre taxé en la
despece & superfluité de viures, que d'en
auoir peu ce qu'il monstra par le festin
que fit Iesus Crist, ou il y resta beaucoup
de viures apres que tous furent rassasiez.
Et aussi, disoit-il, que les anciés ont pris
pour vn mauuais presage, & grand malheur, quand on leuoit les tables vuides,
& qu'il n'y auoit rié dessus, les Romains
voulans que ce qui demeuroit du banquet fust pour les seruiteurs : cela se faisant par vne accoustumáce d'humanité
enuers eux, ses seruiteurs Romains pensans qu'en mangeant du relief de leurs
maistres, estre par cela compagnons
de table auec leurs seigneurs, si bien
qu'il se trouue des maistres, lesquels
pour se faire aimer de leurs gens, bail-
lent

lent á leurs seruiteurs de ce qui leur est
serui sur la table, sans qu'ils attendēt les
reliques & restes, mesmes Lampridius
dit qu'Alexādre, Seuere Empereur, bailloit de sa main á ceux qui le seruoient au
disner & soupper, du pain du vin, de la
chair, & de ce q̃ estoit serui sur sa table.
Ce que confirme Plutarque, quãd il dit,
que les Roys de Perse faisoiēt liuraison
des viures qu'õ leur seruoit á leur table,
non seulement a leurs amis, aux gardes
& capitaines, ains vouloient que le mãger mesmes des esclaues, voire des chiés
fut seruy sur table, puis leur sust distri-
bué, voulãt que tous ceux dont il se seruoient, fussent autant qu'il estoit possible, leurs commensaux, & vescussent de
leur maisõ, les plus sauuages bestes s'ap-
priuoisans en leur donnant á manger.
Xenophon parlant du petit Cyrus, dit
qu'il a esté le plus digne de cōmander á
la monarchie des Perses, & qu'il auoit de
coustume toutes les fois qu'il trouuoit
vne viande bonne & d'appetit, d'en enuoyer vne partie á ses amis. Ie me doute,
va repliquer quelqu'vn, q̃ ceux qui di-
stribuent aux gens de leur maison des
viandes

viandesqu'on leur à feru y fur leurtable,
le font de peur dès Parafites,q̃ mangent
le refte des tables, comme nous trouuós
en Plaute:parquoy,en toute forte, il eft
fort bon que les tables foient bien gar-
nies , & qu'il en y ait toufiours de refte,
pour donner à entendre qu'il faut garder quelques chofe de ce que nous auós
de prefent,pour l'aduenir,& fe fouuenir
auiourd'huy de demain : & qu'aufsi on
blafme,auec Plutarque, la tabled'Achilles,qui eftoit toufioursvuide&affamee,
ce dit Homere , & ledit Plutarque dit à
ce propos,que Lucius auoit ouy dire à fa
mere , que la table eftoit chofe facree &
fainfte,& qu'il n'y auoit rié de facré qui
deuft eftre vuide.Etfiles tablesn'eftoiét
biengarnies,adiouftoit-il,cómétpour-
rions nous nous traifter les gens & feruiteurs de ceux qui nous viennent voir?
Car nous auós de couftume en Fráce, q̃
quand il arriue vn gétil-homme en nos
maifons,d'eftre outre mefure entétifs à
pouruoir que fes feruiteurs foient bien
traiftez,&cecy,ou pour cótrainfte,que
comme moins fages & difcrets , & plus
difficiles , ils ne facent de mauuais rap-
ports

ports de nous là où nous sçauons bien q̃
les maistres se contenterõt de peu,& de
tout ce q̃ ferons en leur endroit,ou que
nous sçauons que les seruiteurs naturel-
lemẽt sont addonez à trop parler&nous
les traictons ainsi bien,plus en itention
qu'ils publient nostre courtoisie,que de
peur que nous ayons qu'ils blasmẽt nostre chicheté & taquinerie,ou bien que
nostre amitié n'est point entiere ny aggreable au maistre,si elle ne s'estẽd iusques à ses seruiteurs,& vous sçauez encor,qu'il y à des maistres si tendres qu'ils
aymeroient mieux la commodité &aise
de leurs seruiteurs,que la leur propre.
Reuenans tousiours à nostre festin,vne
fesse-tondue va parler ainsi?Ie sçay bien
que ie feray quand il me faudra aller à
ces conuis de Chatelus &Iaquelot,c'est
que ie souperay auant que d'y aller. On
luy repliqua que ceux des Serees ne le
trouueroient pas bon,& qu'il en seroit
reprins aussi bien q̃ ceux qui alloiẽt aux
festins publiques(que les Grecs appelloyent *Syssitia*, ce mot denottant la
grande frugalité qu'ils y gardoyent &
les Latins *Sodalitates*) le ventre plein,
estant

estant deffendu de se trouuer à ces conuis apres estre rassasié, pour autant que
ceux qui ne mangeoient là, & ne beuuoient auec les autres, estoient accusez
de gourmandise, & de ne se contenter
point de ce qu'on seruoit au commun.
Sçauez vous dóc bien que ie feray, va-il
respondre, c'est que quád ie seray de retour de ses affamez banquets, dont on
reuiens creux cóme vne laterne, ie souperay chez moy, ou bien dés que les
viandes seront seruies en ces maigresfe-
stins, ie commenceray à máger des premiers, les viandes tant chaudes soyent
elles, m'estát accoustumé à me lauer les
mains, la bouche, & la gorge d'eau chaude, afin de manger pendant que ceux du
conui ni osent seulement toucher. Lors
il luy fut repliqué, Donnez vous garde
qu'il ne vous aduienne comme il fit à vn
Seigneur estát à la table d'vn Prince, lequel mit en sa bouche vn morceau si
chaud, qu'il fut contraint de le rendre,
mais en le remettant sur son assiete, il
fit rire le Prince, & tous les assistans, eu
luy disant, Pardieu, monsieur, vn sot se
fust bruslé. Les tables de nostre Chatelus

lus leuees, vn de la Seree, que nous nom-
mions le mauuais riche, de toute autre
complexionque noſtre hoſte, commença
à blaſmer les richeſſes, & côme s'il l'euſt
voulu preſcher & admoneſter, va dire,
apres Socrate, qu'on deuoit faire conte
des richeſſes, ſi elles eſtoient conioin-
tes auec la ioye, mais qu'elles en eſtoiet
totalement eſloignees : car ſi les riches,
diſoit-il, ſe veulent ſeruir d'icelles, ils
ſe corrompent par trop grande volupté,
s'ils les veulent garder, le ſoin les ronge
& mine aux dedans, & s'ils en deſirét acquerir, ils deuiennent meſchans & mal-
heureux. Puis il adiouſta, que l'auarice
rendoit l'homme pauure toute ſa vie, a-
finqu'il ſe peut trouuer riche ſeulement
à la mort, tellement que ſi on veut mal
à vn auaricieux, il ne luy faut que de-
ſirer longue vie, car craignât de tomber
en pauureté, il vit pauurement toute ſa
vie. Puis il, diſoit que celuy qui veut deuenir riche, deuoit mettre peine non
d'accroiſtre & augméter ſa richeſſe, ains
de diminuer ſa conuoitiſe d'auoir, pour
autant que celuy qui ne met point de
bornes à ſa cupidité, eſt touſiours pauure
& in-

& indigent, & qui appete peu, ne peut auoir faute de beaucoup, celuy approchant plus pres pe Dieu, qui se passe de peu, Dieu n'ayât affaire d'aucune chose. Outre, il disoit que durât l'antique Rome on n'assignoit à vn hôme que deux arpés de terre, vn arpent contenant autât qu'ü iougde bœufs peut labourer en vn iour, qui peut côtenir deuxcensquarante pieds, mais que l'auarice croissât, il fut par apres permis de tenir iusques à cins arpens, & ğ depuis le populaire n'ê pouuoit auoir ğ sept. Ainsi, adioustoit-il, vous voyez bien ğ la Loy a bien prescrit aux sages & gens de bien, la quâtité de biens ğ leur est suffisante: mais quant aux fols & meschans, ie leur diray, apres Plutarque, ğ la Lune, vn temps fut, pria sa mere de luy faire vn petit surcot, qui luy ioignit bien au corps. Et comment est-il possible, respondit sa mere, que i'ê fisse vn qui te ioigne bien, veu que ie te voy tantost toute pleine, puis apres en croissât, & vneautrefois endecours: c'est à dire, qu'on ne sçauroit diffinir mesure aucune certaine de biens à vn fol, & à vn vicieux, à cause de ses diuerses cupiditez.

ditez. Et quant à moy, disoit ce mauuais
riche, ie tiens les pauures plus faciles à
contenter que les riches, car si vn pauure à faim, ou soif, ou froid, si vous le faites manger ou boire plus qu'il ne veut, si
vous luy donnez trop d'habillemens sur
luy, il s'en faschera, mais l'homme riche
n'a iamais trop, n'ayant toute sa vie assez
d'eau pour assouuir son hydropisie, &
comme dit Plutarque, ce n'est pas l'habillement q́ dóne la chaleur à l'homme,
mais seulement qui arreste & contient
au dedans la chaleur que l'homme rend
de soy, empeschant qu'elle ne se respáde
parmi l'air, aussi, disoit-il, pour estre en-
uironné de richesses, on ne vit pas plus
heureux, ni content, si de l'interieur de
l'ame ne procede la ioye, & le repos, cela n'estant bien qui n'a point de fin, & q́
est cómencement du desir d'auoir. Nostre hoste, à qui il sembloit que ce mauuais riche parlast de luy, va repliquer
des choses aussi singulieres qu'il en
auoit dites de communes, commençat
en ceste sorte. Si est-ce que le desir d'enrichir nous est autát naturel que cestuy
là de viure, car comme dit vn Venitien,

la

la nature ayãt pourüeu les beftes brutes
de chofes appartenantesaleursvies,elle
à inferé en l'homme pauure,nud & fub-
jeĉt à plufieurs necefsitez, le defir de richeffes,luy dõnant l'efprit &l'induftrie
pour les requerir,à fin qu'il peuft auec
ceftvnique inftrumêt,fe pourchafferles
chofes qui luy feroient neceffaires, non
feulementpour viure,comme les auaricieux font,mais à viure humainement,
la vie venãt plus agreablepar les richeffes,q fuppleentàtoutes necefsitez. Qu'õ
doiue auoirdesbiés,difoit nôftreholfe,
dõt on puiffe retirer quelque moyen de
viure,outre ceque la nature nous enfei-
gne,encores lepeut onveoir,ce dit mef-
fire Francifque Lotin, en toutes les an-
ciénes Requbliques, lefquelles on faiĉt
tout deuoir de femõdre leurs citoyens à
en auoir, & y pourueurent de fait par la
voye dela loy,ordõnans qu'aucũ ne fuft
receu ne admis au gouuernement de la
cité,s'il n'auoit autãt de biésqu'il eftoit
requispour eftre enrollé&efcrit auliure
des cés,& fuiuãt cefteforme, les citoyés
Romains croiffoient en biens & en cés.
Le mauuais riches,qui blafmoit l'auarice.

ce, va refpondre ainfi, Nous ne fom-
mespas au temps, Dieu mercy, qu'il foit
queftion de tãt loüer les richeffes, pour
doubtequ'on ait qu'ellesviennēt endef-
pris, carvrayement ceux-làfont tropcõ-
muns, qui fe les font leur vray idole, laquelle affection certainement eft engē-
drée, nõ pas d'vndefir naturel, maisd'vn
defordõné appetit, auquel nulle richeffe n'eft fuffifante de fatisfaire, parce que
tout ainfi que lanature fe cõtente qu'on
acquiere peu de chofes, & faciles; de
mefmes, nos vaines volõtez nous tiennent toufiourspauures&neceffiteux, ce
pendant que vainément nous formons
diuerfes neceffitez, par lefquelles il no'
femble qu'auons affaire prefque dechofe-
fes infinies, qui eftcaufe denous expofer
libremẽt à la mer, & à tous perils, neant-
moinsque les pauures viuent auffi bien
que les riches, &les riches meurēt comme les pauures, mais àplufieurs pauures
la vie eft plus ioyeufe, & la moit moins
amere, qu'à beaucoup de riches, la pauureté ayant ce feul bien par deffus la richeffe, qu'elle n'a foucy de rien, le Poëte
Theognis eftant de bas & lafche courage,

ge, quand il dit;

Pour pauureté fuyr & euiter:

Dedans la mer se faut precipiter.

Que si aucun, adioustoit-il, se contente
en son auarice, il se cóntéte, par ce qu'il
n'a experimenté autre cótentement, cóme
l'oiseau qui à esté nourry & esleué en
la cage, lequel ne sçait voler quád on le
met dehors. Et le malheur encores est,
que nous sommes plus auaricieux lors
que nous ne pouuons vser de nos richesses,
qui est en la vieillesse, & la cause en
est, à mon aduis, par ce que les gés vieux
peuuent beaucoup de fois auoir enduré
ayans peur q le bien leur defaille, ou bié
que deuenans timides & craintifs, ont le
sang froid, & muás de complexion font
comme si vn hóme tant moins il auroit
affaire de chemin, de tantplus il se fournissoit de viures ou d'argét pourparfaire
son voyage, si bien que vous verrez ces
vieux auaricieux garder leurs biens cóme estás à eux, en chassant les coqs comme l'Euclio de Plaute, mais il n'en osent
vser, comme s'il appartenoient à d'autres, & qu'ils ne fussent pas à eux, l'auarice contraignát l'auaricieux d'aquerir

Liu.iij.

des biens auec peine.&trauail,&luy defendant d'en ioüir,&lui en oftant l'vfa-
ge,elle le priue de tout bien,car ce qui
ne nous fert ne peut eftre appellé bien,
pour noftre regard. Ce que les Grecs
ont tresbien entendu,appellans en leur
langage tous les bienstemporels vfages
pour fignifier qu'vn bien ne doit point
eftre reputé tel finõ feulement qu'il fert
& qu'on en vfe.Gardant auec grãd foin
ce qu'il à gaigné auec fueur,& qu'il conuient laiffer auec douleur,femblant à la
femme groffe,prenant plaifir à amaffer
des threfors , puis il a grand fafcherie
quand il les faut mettre dehors,&com-
me dit le Poëte Satyrique:

De viure en pauureté,à fin de mourir riche.

A la fin noftre mauuais riche, ayant ad-
mõnefté noftre hofte,& le fien,par raifon luy veut remonftrer par rime à fuïr
l'auarice,par des vers de Ronfard, qu'il
recita ainfi,

Quand tu tiendrois des Arabes heureux,
Ou des Indois les threfors plantureux
Voire & des Rois d'Affyrie la pompe
Tu n'es point riche,& ton argent te trompe.
Ie parle à toy qui erres

Apres

Apres l'or par les terres,
Puis d'elles t'ennuyant
La voile au mast tu guindes,
Et voles iusqu'aux Indes
La pauureté fuyant.
Le soin meurtrier pourtant ne laisse pas
D'accompagner tes miserables pas,
Bien que par toy mainte grand nef chargee
De lingots d'or, sende la mer Egee.
Le soin qui te tourmente
Suit le bien qui s'augmente,
Guidant deça de là
Parmy les eaux ta peine,
Qui moins de biens est pleine
Quand plus de biens elle a.
De peu de rente on vit honnestement,
Le vray thresor est le contentement,
Non les grands biens, qui n'attrainet qu'enuie
Biens, non pas biens, mais malheurs de la vie.
Ton mal est incurable,
Auare miserable:
Car le soin d'acquerir,
Qui sans repos t'enflame,
Engarde que ton ame
Ne se puisse guarir.
Et Ronsard en vn autre lieu:
Faut-il tant qu'on se greue

O 2

D'amaſſer & d'auoir:
Matin le iour ſe leue
Pour mourir ſur le ſoir.

Puis va reciter vn quatrain de monſieur
de Pybrac, ou il dit ainſi:

De peu de biens nature ſe contente,
Et peu ſuffit pour viure honneſtement:
L'homme ennemy de ſon contentement
Plus a, & plus auoir ſe tourmente.

Et ne s'en eſt trouué, adiouſta-il encor,
qu'vn ou deux qui en ayēt eu plus qu'ils
ne demandoient, à ſçauoir Midas, & le
Romain Aquilius. Vn autre de la Seree
voulā t ſoulager ce mauuais riche, q̃ en
auoit tant conté, nous va reciter ce qui
eſtoit arriué entre deux de ſes voiſins,
dont l'vn eſtoit riche & chiche, & l'autre
n'eſtoit ne riche ne chiche. Or ces deux
ſe rencontrans à la poiſſonnerie (ni ayāt
lieu ou l'on cognoiſſe mieux les auaricieux de ceux qui ne le ſont point) le riche auaricieux voiāt que ſon voiſin, qui
n'eſtoit pas de beaucoup ſi plein de biés
que lui, ne laiſſoit pour la cherté d'acheter du poiſſõ, ne ſe peut tenir de luy dire,
Optimũ veſtigal parcimonia, & que la fria-
diſe & gourmandiſe, auec grāde deſpen-
ce,

te,appauuriſſoient bien les maiſons, &
qu'il falloit bien noter la reſpóce que fit
vn gentil-hóme à vn Roy de France, lequel contéplát lá maiſon d'vn ſien maiſtre d'hoſtel,& le Roy luy diſant que la
cuiſine luy ſembloit bié petite & eſtroi-
te à la proportion du logis, le maiſtre
d'hoſtel luy auoit reſpódu, que la petite
cuiſine auoit fait grande la maiſon. Lors
celuy qui auoit achepté le poiſſon bien
cher, demãda à ceſte chiche face, qu'on
appelloit Chie-froidure, ſi la darne de
megre, ne couſtoit que cinq ſols, ne l'a-
cheterois-tu das? Ayãt reſpódu qu'ony,
il va dire, ie ne ſuis donc pas plus friand
que toy: mais c'eſt que tu es plus auaricieux, & aimes mieux l'argent que moy.
Ce cóte acheué, chacun cómença à col-
liger tous les vieux contes qu'on trouue
des auaricieux, afin que noſtre hoſte ſe
corrigeaſt,& nous traitaſt vne autrefois
mieux. Le premier fut d'vn auaricieux &
vſurier qui s'eſtant pendu de ce que le
bled eſtoit amédé, voulut faire payer la
corde à celuy q̃ l'auoit coupee, pour luy
ſauuer la vie, ſe voulant repēdre ſi vne
autre corde ne luy eut rien couſté, pen-

O 3

fant vne autrefois mourir à meilleur
marché. Le second, d'vn auaricieux si
miserable, quevenât à guerir d'vne longue maladie, & voyant que son Medecin, & ses medecines payees, il ne luy
restoit rié, il aima mieux se laisser mourir, que de viure pauure. La tiers conte
fut de Crassus, le plus riche de Rome,
duquel le bien fut estimé par les Cêseurs
six million d'escuscouronne, qui pleura
vne lamproye, laquelle estoit morte en
son viuier ou gardoüer. Le quart fut de
celuyqni mourut de despit d'auoir trop
acheté son sepulchre. Le quint, de deux
voisins bien riches, qui s'accusoiëtde ce
qu'ils estoiét les plus fachez, l'vn repro-
chât à l'autrequ'il vendoit ses vieuxsou-
liers, & ce vendeur luy repliquoit, & toy
tu les acheptes parce que les souliers de
velours deuiennent de satin, quand ils
font vieux & pelez. Le sixiéme fut d'vn
Romain, nómé Cassius Licinius, si miserable, q̃ conuaincu de plusieurs crimes,
q̃ toutefois ne meritoient que confisca-
tionde ses biens, s'estrangla en la prison
(n'ayât iamaisfait rien de bon que cela)
afin de sauuer ses biés à ses enfans, estât
mort

mort auant q̃ la sentence fut prononcee
contre luy, ne semblant pas cestuy-cy à
ceux qui donnent estãs malades tout ce
qu'ils peuuét, ce qu'ils ne seroient estãs
sains, & me semble que lors ils font largesse du bié d'autruy, & non pas du leur
car ils dónent ce dont ils ne peuuét plus
se seruir. Le septiesme fut d'vn si auaricieux qu'il ne voulut iamais payer ceux
qui auoient enterré sa femme, & quand
le Curé, les coultres, & le fossoyeur luy
demãdoient de l'argent pour l'enterrage, il leur disoit en se faschant, Voulez
vous auoir le corps & les biens? Le huitiesme fut d'vn qui mourãt s'institua soi
mesme heritier de ses biens. Le neufies-
me, d'vn si extrememét auaricieux qu'il
ne faisoit iamais ses cheueux, ne sa barbe, qu'au descroit de la Lune, tenãt pour
certain que la barbe & les cheueux cou-
pez au descroissant de la Lune, recroisse
sent bien tard, & si auec cela ceux q̃ font
couper leurs cheueux à la fin de la Lune
deuiennent chauues, ce qui estoit cause
qu'il ne payoit les barbier qu'à moitié,
Que si on disoit à cét auare, que c'estoit
peu de chose, & qui coustoit peu d'argẽt

Q 4

à se tondre &à deffaire sa barbe, il disoit
que Clenard auoit mis au chapitre de
despése, pour faire sa barbe en Portugal,
quinze ducats par an. Le dixiesme fut
d'vn marchand lequel vendant de bon
vin, alloit cercher par tout du vin-aigre
& du vin esuenté pour son disner, & son
seruiteur estant interrogé que son maistre faisoit, respond, mon maistre ayant
beaucoup de bien, cerche du mal. L'on-
zielme fut d'ũ riche taquin, qui de nuict
fut trouué bruslât ses pourceaux: car les
voisins, voyans si grand flamme par les
fenestres de sa maison, vôt crier au feu,
& rompans la porte, trouuent ce tacroux qui brusloit ses pourceaux en sa
cheminee, de peur d'en bailler des ril-
lees. Le dernier fut d'vn vsurier lequel
auoit des prescheurs à gages pour blasmer les vsures & les vsuriers, àfin d'estre
seul de son mestier, & quand quelques
vns qui n'estoient pas cautionnez luy
demandoient de l'argent à Jouäge, il
leur disoit, Les bons menagers & gés de
bien n'empruntent poit à vsure: mais ils
luy respondoient, les gens de bien n'en
prestét poit aussi. Le mauuais riche prenant

nant la parole, apres s'estre teu vn long
temps, va dire que puis que les vsures
estoiét permises, & qu'on fournissoit les
auaricieux & vsuriers, qu'on monteroit
bié iusques à plus haut point, quelques
moderatiós & defences que les Edits de
nos Rois en puissent faire pour lescorri-
ger, & q̃ prester à vsure estoit bien diffe-
rét des mœurs de nos predeçesseurs Fráçois, qui estoient si essoignez de ces vsures, qu'ils prestoient á leurs amis à rendre en l'autre monde, ce dit Textor, sentans les François deslors que les ames
estoient immortelles. Et les Egyptiens
quand ils auoient affaire d'argent, bailloiét en gage les corps morts de leurs pa
rens, comme asseure Herodote, & apres
luy Diodore. Puis nostre mauuais riche
blasmant ce mestier iuré, dont il y a peu
de maistres, va adiouster la difference de
nos vsures auec celles des anciens : car
entre les Grecs & les Romains, disoit-il
estoit vne loy, qui defédoit l'vsure plus
haut que d'vn denier pour cêt par an, &
l'apelloient vnciaire & l'vsurier qui ti-
toit plus de profit estoit condáné à rendre le quadruple, les Romains estimans

O 5.

l'vſurier plus meſchãt que le larron, qui
n'eſtoit tenu qu'au double, diſoit Catõ,
Et encor ceſte loy depuis fut reduite entre les Romains à demi denier pourcêt,
& apres l'vſure fut entierement inter-
dite par la Loy Genuitia, pour les ſedi-
tions qui arriuoient du meſpris des loix
vſuraires. Il fut reſpõdu'à ce mauuais riche, par vn qui eſtoit maiſtre iuré en cet
aſtat, & qui ſuiuoit l'erreur d'Accurſe, õ
Centeſimæ vſuræ, eſtoient dites ainſi de ce
que par chacun mois le centiéme denier
eſtoit payé par le debteur au creancier,
qui venoit à douze pour cent par an, &
cela s'appelloit la centieſme vſure, qui
ſe payoit toutes les Kalendes de chacun
mois. Si me cõfeſſerez vous, repliqua ce
mauuais riche, que les vſures ont quaſi
touſiours eſté odieuſes, dõmages en vne
Republique, qui rongêt le debteur iuſ-
ĉs aux os, pour ceſte cauſe les Hebrieux
apellêt l'vſure morſure, & les Gnoſiens,
ce dit Plutarque, pour les authoriſer,
auoient de couſtume que ceux qui prenoient de l'argent à vſure: le rauiſſoient
à force, n'en oſans faire contraĉt, afin
que ſiles debteurs venoient à renier la
debte,

debte, & à vouloir fruſtrer l'vſurierde ſõ
argent, il peuſt agir de volerie cõtr'eux,
& qu'ils fuſſent par ce moyen punis da-
uátage. Puis ce mauuais riche va dire que
les Chreſtiens eſtoient plus meſchans &
vicieux que les Iuifs, qui ont le bruit d'e-
ſtre les plus grands vſuriers du monde,
leſquels encore auiourd'huy ne preſtent
point à vſure à ceux de leur Loy, & Religion. Tous ceux de la Seree furent d'auis
de laiſſer ce meſtier iuré, & reuenir encores aux cótes des riches & auaricieux,
entr'autres, ils vont conter d'vn grád &
riche Seigneur, qui prenoit fort grand
plaiſir à vn plaiſant homme, lequel eſtát
pauure va dire à ce monſieur: Ie m'esbahis q̃ tu ne me donnes q̃lque choſe, puis
que ie te baille tát de paſſe-temps? Ceſt
auare n'euſt honte de luy reſpondre: Si
ce paſſe-temps que tu me donnes me
couſtoit quelque choſe, ce ne me ſeroit
plus ne plaiſir ne récreation, ſans conſi-
derer, qu'outre la pauureté de ceſtui-cy
& ſa gaillardiſe, que le plaiſir doit eſtre
eſtimé plus grand de celuy qui donne, q̃
de celuy qui reçoit le don, d'autant qu'il
ſemble que celuy-là qui baille ſe doiue

O 6

pluftoft refiouïr de fon operation ver-
tueufe, que l'autre qui iouït feulement
de la vertu d'autruy. Que fi la force de
donner eftoit bien entédue, qui eft œuure de vertu, auffi feroit-elle plus dele-
ctable que n'eft le receuoir, d'où procede q̃ nous aymons mieux les perfonnes
aufquelles nous auós fait du bien, quelles ne nous aimét. Il fut dit que ce monfieur ne prenoit iamais feruiteur qui ne
fut bien en ordre, que fi ie les habille, difoit-il, ils me laifferont, faites mieux, lui
dit quelqu'vn, accouftré les, & puis les
enuoyez, ainfi ils ne vous laifferont pas.
Ie les traicte fi bien, refpondit-il, qu'ils
s'envont d'eux mefmes, ainfi ie ne baille
iamais congé à mes feruiteurs. Et à la verité, va dire lors vn de la Seree, les François font mal feruis, á caufe des feruiteurs qui font fi corrópus, qu'à tous propos ils changent de maiftre, s'enfuyans
dés que les aurez veftus: parquoy ne vo'
émerueillez fi plufieurs maiftres ont des
feruiteurs après eux auec la deuife de
pauureté, c'eft à dire, portás l'vne iambe
nuë, & l'autre chauffée, Et auffi que le
plus fouuent, adiouftoit-il, les maiftres
                                    font

si chiches que les seruiteurs ne les veulent seruir sinon auec conditions certaines, parquoy vn de ces voisins en prenāt vn seruiteur lui promet qu'il ne boiroit point d'eau en sa maison s'il ne vouloit. Le maistre ne luy voulant bailler du vin pour boire, il interpretoit la condition pour luy, & le valet au contraire. Ce propos finy, on entre en dispute s'il n'est pas meilleur d'estre sage & sçauāt que riche nostre hoste soustenant qu'on voit les sages & sçauans frequenter & cercher plus les maisons des riches, que les riches celles des sages & sçauans, & à ce propos allegua cest Epigramme:

Dy moy amy, que vaut-il mieux auoir
Beaucoup de biens, ou beaucoup de sçauoir?
Ie n'en sçay rien: mais les sçauans ie voy
Faire la cour à ceux qui ont dequoy.

A ceste cause on demanda à nostre hoste s'il n'aimeroit pas mieux estre le Medecin q̄ le malade, ayant dit qu'oüy, on luy va dire, & toutesfois nous voyōs les Medecis aller plus souuēt chez les malades que chez les sains. Et aussi que les sages, estans communément pauures, sçauent dequoy ils ont besoin, & le cerchēt chez

Q 7

les riches,&les riches ne sçachasce qu'il
leur faut,ne le cerchét point·Sivoyons-
no°,repliqua nostre hoste,l'esbraueshô-
mes,sçauans&sages auoir approché des
riches Princes:côme Aristote q̃ à vescu
quasi continuellement auprés d'Alexádre,Platô auec Denis,Senequeauee Ne-
ron.Il luy fut respôdu que la recôpense
des richesses n'auoit point esmeu tous
ces grands persónages à suiuir ces Princes,mais que c'estoit vn desir de les in-
struire à bónes mœurs,desquels le salut
du peuple despend.Encore seroit-il bô,
va dire nostre hoste,à ces tant sages que
vousvoudrez,d'amasser desbiés,toutes-
fois auec hônestes moyés,&par le moyê
d'iceux se deliurer soy,&sa posterité,de
la seruitude des riches,pour viure en liberté,&pourcestecausePlutarque post-
pose Aristide à Marcus Cato,la fortune
accompagnát sa vertu.Cela seroit bon,
repliqua quelqu'vn,si la plusfpart des ri-
chesfes ne procedoit point des vices,les
bôns&les riches ne mágeans gueres en
vne mesme escuelle,nos yeux ne póuuás
regarder tout à la fois le ciel & la terre,
la richésse & le vice n'estans gueres l'vn
sans·

fans l'autre. Ce qui eft confirmé par le
prouerbe commun, qui dit que le riche,
ou il eft mefchant, ou heritier du mefchant, & parce que dit Menandre, l'hóme droit & bon ne peut foudainement
eftre fait riche, & par ces deux vers:
De vitiis quod diuitia cumulãtur apersũ eft,
Nomen idem vitiis diuitifque datum.
Aufsi, adiouftoit-il, ǫ Platõ dit, qu'il ne
fe peut faire que l'homme foit vrayemẽt
bon & grãdement riche tout enfemble,
feparãt toutefois le riche du chiche, difant que le chiche quelquefois n'eft pas
mefchant, mais iamais bon. Et aduient
communement que les richeffes tõbent
entre les mains des plus fols & mefchás,
& qu'elles font comme le rume, qui tõ-
be toufiours fur les parties plus debiles.
A ce propos, ie voudrois fçauoir, difoit
il, pourquoy les hómes mefchás eftoient
(pour la plufpart,) pluftoft riches ǫ les
gens de bié. Il fut dit, laiffant la folution
d'Ariftote, & fuiuát l'Anacrife, que c'e-
ftoit à caufe que les mefchás eftoiẽt fort
ingenieux, ayans vne forte imagination
pour tromper en acheptant & vendant,
fçachant amaffer le bien, & comme il en
faut

faut auoir, mais les bôs ont faute d'imagination, plusieurs desquels voulãs imiter les mauuais, en fin se sont trouuez
courts. Il fut aussi adiousté, qu'il y auoit
des gens si meschãs qui ne faisoiêt point
de conscience d'en prêdre ou ils en trouuoient disans que le bien & l'auoir de ce
monde auoit tant de fois esté desrobé,
qu'il n'auoit plus de vray maistre, ains
estoit au premier occupant. Soyent ve-
nues les richesses dont vous voudrez, va
repliquer nostre hoste, tenant toussiours
le party des siens, si apellera-on plustost
les riches en sa maison, que les pauures,
tãt gens de bien soiêt-ils, & si les riches
seront plutost admis aux Magistrats, tãt
vicieux soient-ils, que les pauures, tant
vertueux puissent-ils estre. Ne seroit-ce
point, luy fut-il respondu, parce que les
riches semblent auoir ce pourquoy les
hômes sont inuitez à mal faire, ou pource que les riches semblêt tenir le lieu des
vertueux. Quelqu'autre de la Seree ayãt
veu l'histoire de l'Amerique, no⁹ va faire vn côte, à propos de l'auarice insatia-
ble des hommes, d'vn Ameriquain, qui
demanda à vn marchand François, estãt
allé

allé au Brefil de par delà,côme il fe mettoit en fi grand danger de paffer la mer
pour aller querir de ce bois , & autre
marchandife. Le marchand luy refpond
que c'eftoit pour deuenir riche,& amaffer des biens. Mais quand tu feras riche,
repliqua ce fauuage,ne mourras tu poît
Si feray bien,luy refpond le marchand,
François,auffi bien que les autres,l'A-
meriquain luy demanda de rechef.Et
quand vous ferez mort,à qui fera tout le
bien que vous lafferez ? A mes enfans,
refpond le marchand ,fi i'en ay,finon à
mes plus proches. Vrayemét,dit lors ce
vieillard de Topinâboul, A cefte heure
ie cognois que vous autres Mayr, (c'eft
à dire François eftes de grands fols, Car
vous faut-il tant trauailler à paffer la
mer ,fur laquelle (comme vous nous
auez dit)la plufpart des voftres font peris pour amaffer richeffes,ou à vos enfâs
ou à ceux qui furuiuent apres vous. La
terre,luy difoit il, qui vous à nourris,
n'eft-elle pas affez fuffifante pour les
nourrir?Nous auons enfans & parents,
lefquels nous aimons côme vous voiez:
mais parce que nous nous affeuronsque
                                    apres

apres noſtre mort, ia terre, qui nous a
nourris, les nourrira, ſãs nous enſoucier
autrement, nous nous repoſonsſur cela.
Voila comme ceſte nation, diſoit celuy
qui auoit fait le conte ſe moque de ceux
qui en danger de leur vie paſſent la mer
pous s'enrichir, les Ameriquains attri-
buãs plus à la nature & àla fertilité de la
terre, que nous ne faiſons à la puiſſance
& prouidence de Dieu. Et puis nous les
nommons Barbares, rudes, & ſauuages,
mais ce n'eſt pour autre choſe, ſinon que
Barbar ſignifie deſert, & ne ſont pas ſi
barbaresque nous, qui eſtimãs que pauureté ſoit le dernier & plus grand mal dé
l'homme, ne pouuons auoir le cœur dé
la laiſſer à nos enfans, penſans que ce
ſoitvn tres-grãd & faſcheux mal. Que ſi
ces Ameriquains pouuoiét voir toutes
les autres entreprinſes vaines que nous
faiſons de par deça, ils nous eſtimeroiét
bien encores plus fols. Et vrayemét, adiouſtoit-il, ils auoient aũſi grãde occaſion de ſe moquer de nous, que nous
auõs à rire des petits enfãs, leſquelsauec
vne grande diligence & peine baſtiſſent
des maiſonnettes de tuiles & de paille,
car

car nous faisons des choses aussi ridicu-
les qu'eux, & comme dit quelqu'vn,

   Nous rions du soucy de nos petits enfans,
   Quand ils font des chasteaux, & bastissent
    de paille:
   He! que faites vous mieux, vous qui per-
    dez vos ans
   En toute vanité, sans rien faire qui vaille?
Ces ameriquains & Toupinanbouls, di-
soit encores celuy qui auoit fait le côte
ont aussi grâde occasiô de rire de nous,
que nous auons d'estimer fols ceux que
leurs gouuerneurs attachent d'vn nœud
de paille, ou d'vn simple filet, & neantmoins demeurêt sâs bouger de là, comme s'il fussent garrotez auec des fers, ou
dés entraues, tant est semblable leur folie, ce dit Lipsius, à nostre erreur, qui
sommes par vn lien friuole de richesse
estraints à l'auarice & conuoitise. Que si
vous voulez veoir les malheurs que l'a-
uarice & la conuoitise de l'or ont aporté
de nostre temps, lisez ce qu'a escrit l'E-
uesque de Casas, lequel fait estat de
vingt millions de pauure creatures miserables des Canibales mortes par l'auarice & tyrannie insuportable de l'Epa-
                  gnol,

'gnol, l'or & la richeſſe de leur terre eſtât
leur propre mal: Mais par permiſſiō diuine, les Eſpagnols q̃ premier les aſſail-
lirent, n'en eurent gueres meilleur marché, tant par la mer qui les a engloutis,
que par la famine qu'ils ont enduré, que
pour auoir ſerui de viande à ces Sauuages. Et outre tout cela, l'Eſpagnol par
ſon auarice, deſloiauté & cruauté a laiſſé à la poſterité le nom de Chreſtien o-
dieux à tous les peuples de ce nouueau
monde. Vne feſſe-tonduë laiſſant l'auarice des Eſpagnols, & ſe remettant ſur la
noſtre, nous va dire, Ie ne vo⁹ conterois
point l'auarice d'vn taquin & tacroux
(lequel à voulu faire ſeruir á ſon auarice vne diſcipline anciéne de l'Egliſe) ſi
la rencontre n'eſtoit auſſi ſententieuſe
que plaiſante: Ce vilain icy, qui n'auoit
que le gain deuant les yeux va faire publier á ſa parroiſſe vne excōmange pour
des naueaux qu'il diſoit auoir eſté deſ-
robez, mais a la fin, il ſe trouua que ſa
femme qui les mangeoit tous les iours,
toutes les nuicts ne faiſoit que peter &
veſir, ſans le dire, & plus q̃ de couſtume:
Le mary qui eut bon nez, s'aſſeura que
                                    c'eſtoit

c'estoit sa femme, qui auoit mangé ses
naueaux: Sur cela le mary voyât qu'il en
pourroit sortir du bruit & de la noise, s'é
vint au Curé, & en entrant en l'Eglise,
luy va crier, Monsieur le Curé, ne passez
point plus outre à publier l'excomman-
ge de mes naueaux, car pour le seur i'en
ay senti du vent. Celuy qui auoit fait ce
conte, voyant qu'on en rioit par trop,
en va faire vn aussi pitoyable d'vn autre
auaricieux, lequel il commêça ainsi: Il y
eut iadis, comme i'ay ouy dire, vn pere
chassé de sa maison par son propre fils,
pource qu'il disoit que son pere luy des-
pédoit trop, dont ce pere fut contraint
de s'en aller à l'hostel-Dieu. Deuant la
porte duquel côme il vid vn iour son fils
passer, le pria que pour l'amour de Dieu,
il luy pleust enuoyer deux linceux pour
son coucher. Le fils meu de compassion
(encores qu'il se fust senty heureux s'il
eust peu dire, *Nostre Pere qui es és Cieux*)
commanda dés qu'il fut chez soy à vn
sien petit fils, de porter à son grand pere
deux linceux à l'hospital. Ce petit galâd
ne luy en porte que l'vn, Dequoy à son
retour estant reprins par son pere, il luy
                                    dit,

dit, i'ay gardé l'autre pour le vous dôner,
mais q̃ ſoiez à l'hoſpital, eſtant paruenu
à voſtre vieilleſſe. Ce mauuais homme,
diſoit celuy qui faiſoit le conte, encores
qu'il fut bien riche & auare, ſi penſa-il à
luy meſme qu'il pourroit bien deuenir
pauure, & qu'il ſeroit meſuré par ſes enfans à la meſme meſure qu'il auoit meſuré ſon pere, luy ſouuenant que ſon fils
eſtant petit, & monté derriere luy en
coupe, luy auoit dit, mon pere, mais que
vous ſoyez mort, ne cheuaucheray-ie
pas alors en ſelle? Ceux de la Seree, ſe vôt
metre plus que iamais à faire des contes
des auaricieux, entre les autres vn va dire, que Valere le grand auois eſcrit d'vn
auare, lequel eſtát en la ville de Caſiline
aſſiegee par Hannial, prefera l'eſpoir du
gain à ſa propre vie, car il aima mieux
vendre vn rat, qu'il auoit prins, deux cês
deniers Romains, que d'en raſſaſier la
faim, dont il mourut bien toſt apres, &
l'achepteur, plus ſage que luy, ſauua ſa
vie par ceſte viande, ne ſongeant qu'au
preſent, car en tout l'eſtat du monde, on
ne ioüit que du preſent, attendu que le
paſſé n'eſt plus, & celuy qui eſt à venir,
n'eſt

n'est pas encores. Il n'y eust q̃ levendeur
va repliquer vn autre de la compagnie,
qui mourut, mais Leon d'Afrique estoit
qu'en vne grande necessité d'eau, tãt le
vendeur que l'achepteur moururent, disant qu'aux deserts d'Arabie il setrouua
tombeau en la plaine d'Azta, qui porte
tesmoignage engrãdes & grosses lettres
qu'vn marchand achepta d'vnvoiturier
vne coupe d'eau, dix milducats, & neãt-
moins que tant l'achapteur que le vendeur moururentdesoif. Iouian Pontain,
va dire quelqu'vn, raconte vne histoire
plaisante d'vnCardinal, nõmé Angelot,
lequel fut bien chastiéde son auarice Ce
Cardinal, cõme dit Pontain auoit ceste
coustume, que quand les parefreniers
auoient donné le soir l'auoine à ses cheuaux, il descendoit par vnefausse porte
en l'establc, tout seul, & sans lumiee, &
desroboitleur auoine, pourla rapporter
àson grenier, dont il auoit la clef. Et tãt
continua, qu'vn de ses parefreniers, ne
sçachãt qui estoit ce larron, se cacha dãs
l'estable, & attrapant son maistre sur le
fuit sans le cognoistre, luy donna tantde
coupsde fourche, qu'il lefallut rempor-
ter

ter demi mort, estant bien puny de sa taquinerie: côme aussi fut vn pauure Curé de son auarice, lequel lã Moria, Duc
de Milan, chastia iustement, mais trop
cruellement, pour auoir refusé le mini-
stere de son office pour l'enterrage d'vn
mort : pour ce que sa vesue n'auoit dequoy luy payer les frais des funerailles.
Car le Duc allant luy mesme au conuy
du deffunct, fit prendre & lier le prestre
auec le corps mort, & mettre tous deux
en vne mesme fosse. Pótain recite aussi,
adioustoit-il, q̃ le Pape Martin estoit si
auaricieux, qu'il auoit accoustumé d'e-
steindre les cierges qu'õ laissoit brusler
toute la nuit. és Eglises. Et disoit ce Pape
quãd on le reprenoit de si petite espargne, qu'il n'y auoit point de plus grand
móceau q̃ celuy qui se faisoit peu à peu
& souuent, & que ce n'estoit que fauori-
bole de ce qui se dit, qu'autant chie vn
bœuf que mille moucherõs, par ce qu'il
y a plus de moucherons que de bœufs.
Vn autre aussi a escrit la response que fit
vn pauure Cordelier au Pape Sixte qua-
triesme, qui du mesme ordre estoit paruenu à si grande dignité. Lequel Pape
luy

luy monſtrant ſes grandes richeſſes , diſoit à ce pauure frere mineur, ie ne puis
pas, dire comme ſainct Pierre, ie n'ay or
ni argent : Non vrayement, reſpond le
Cordelier, ni nepouuezpasdire auſſicõ-
me luy aux impotens & paralytiques,
Leuez-vous & marchez. Vous oubliez,
va dire vn de la Seree à celuy qui eſtoit
aprés les cõtes des auaricieux de reciter ce que voſtre meſme Pontain à eſcrit
de Didier Iulian Empereur , lequel fut
ſi ſubject à eſpargner , que d'vn cochon
ou leurault il en faiſoit quatre repas , &
ne luy en ſeruoit-on qu'vne piece à chacun diſner & ſouper. Quand les contes
des auaricieux & taquins furẽt acheuez
chacun ſe leue de table, & dirent entre-
eux, qu'on ne voudroit plus diſner ne
ſouper là dedans, ſans apporter dequoy
manger ; ẽncores qu'on fuſt conuié vn
iour deuant , & que ce conuy, que les
Grecs appellent *Symbolum*, & è *ſportula*,
& les Latins *Collecta* (dont eſt venuë noſtre collation) où chacũ apporte ſa portion, leurs plaiſoit plus , & ſelon Heſio-
de eſt plus libre, plus honneſte & ſainct,
ſeruant à entretenir l'amour, l'amitié &

Liu. iij. P

l'egalité entre les perfonnes bien nees&
liberales ; que le banquet magnifique,
que les Latins appellent *Cœna recta*, qui
eft appreſté aux deſpés de celuy q̃ conuie, & par ces feſtins ſont appellez des
Grecs *Afymboli*, ou chacun à ſon eſcot
franc, que les paraſites ſuiuent, leſquels
ſentent plus leurs perſonnes ſerues que
franches, ne ſeruans ces banquets qu'à
faire des amis de table. Puis les conuiues
entr'eux meſmes, vont dire que les Paraſites ne gaigneroient rié de venir aux
reliques de ce banquet, & auſsi qu'il ne
faudroit point bruſler les reſtes, comme
faiſoient les anciés en vn ſacrifice qu'ils
appelloiét *Proternia*, ou les ietter en l'eau
comme fit Sylla les reliques qui demeu-
rerent du conuy qu'il fit au peuple, ou
les bailler aux chiens, comme faiſoit vn
peuple, ce dit Atheneus, ou les couurir
de terre, ce que pratiquoient les Boruſ-
ſiés, ce dit Miletus, ou les laiſſer aux cor-
neilles, cóme font les preſtres dé Cale-
cuts, q̃ leur dónent tout ce qui reſte de
la table du Roy, ſi nous voulons croire
Ludouicus Romanus. Ils dirent encores
en ſortant de table, qu'en ce banquet on
n'a

n'auoit point côtreuenu au symbole de
Pythagore, qui dit, N'amasse point ce q̃
cheoit de la table, q̃ les Grecs & Latins
appellent *Analecta*, estant defendu aux
Anciés d'amasser les miettes de pain, &
autres choses qui tóboient sous la table,
estans ces restes consacrees aux morts,
mesme qu'il y a des peuples, lesquels par
vne grande superstition iettent dessous
la table de chasque chose qui est seruie,
pour les ames de ceux qui n'ont ne parés
ni amis qui les reçoiuent en leurs banquets. Vn de la Seree qui approchoit de
lo complexiõ de nostre hoste, oyant ces
discours, nous va dire, vos seriez esmer-
ueillez de la fascherie & de l'ennemy qui
viét à l'homme pour cause de sa nourriture, la volupté du manger durant peu
de temps au corps de l'hóme, l'occupa-
tion & sollicitude de les apprester estãt
pleine de peine, & comme dit Plutarque, nous deuons prendre la nourriture
comme vne medecine pour guerir de la
faim, non comme plaisir agreable, mais
necessaire à la nature: & aussi tous ceux
qui boiuent & mangent, & se nourris-
sent, disent qu'ils se pensent & se rĩcstent,

P 2

Et à ce propos, loüant le banquet de
nostre hoste, qui estoit sans superfluité,
nous va alleguer des vers du plaisir du
gentilhomme champestre, ou il y a,

Et pour plaisir, il assemble
　Ses meilleurs voisins d'alentour,
　Qui amassent leur mente ensemble,
　Et comme bon à chacun semble
　Se vont visiter tour à tour.

Pour eux à la ville il n'enuoye
　Cercher du plus exquis gibier,
　Mais priuement il les festoye
　D'vn cochon, d'vn chapon, d'vne oye,
　Et des pigeons du colombier.

Là ne se parle que de rire,
　Et de gosser en liberté,
　On n'y out point d'autruy mesdire,
　On n'y veut à personne nuyre
　Ny d'effect, ny de volonté.

Leur repas est libre & modeste
　D'herbes & de fruits meslangé,
　N'engendrant vn hoquet moleste,
　Qui volontiers aux banquets reste
　Apres que l'on à trop mangé.

Aussi ne leur faut-il point faire
　Tant de despens en Medecin,
　Ny en drogue d'Apoticaire

Aussi

Aussi personne à leur affaire·
Ne vient espier le bassin.

Apres que cestui-ci eut soustenu nostre
hoste en raison & en rime, ayans print
congé de la cópagnie, on se mit à parler
de luy, vn de la Seree ayāt remarqué, que
tout le temps qu'il auoit parlé à nous, il
auoit eu les doigts serrez contre la main
sans iamais les estédre, & que par les sacrees lettres hieroglyphiques des Egyptiens, la main senestre serrāt les doigts
estoit vne marque d'auarice, cóme auoir
la main ouuerte signe de liberalité : &
qu'à ce propos Diogene disoit, qu'il ne
falloit pas bailler les mains pliees aux
amis. Et disoit outre qu'il estoit si auaricieux, qu'il ne se pouuoit contenir de
souhaiter des richesses, ce qu'il monstra en faisant vn Epitaphe, ou il y auoit
aiasi :

Cy gist & se repose en somme
Le feu Euesque de Luçon,
Qui d'or auoit vne grand' somme,
Pleust au bon Dieu que ie l'eusson.

Puis il adioustoit, que plusieurs fois il
auoit trouué ce deffenseur de nostre hoste, estant seul, parlant à luy mesme, & q̃

c'estoit vn argument vrgent d'estre auare, & subiet aux biens, que de parler à
soy-mesmes, & qu'vne fois luy ayant
demandé à qui il parloit, m'ayant respondu qu'il parloit à son mesme, ie luy
dy, Garde toy de parler à vn auaricieux
& mauuais homme. Vous cognoistrez
aussi, adiousta vn autre auaricieux à son
cousteau, il n'aura iamais de cousteau
qui coupe bien, ne le faisant aguiser de
peur qu'il se gaste par trop, là ou le bon
compagnon ne sçauroit durer si le sien
ne coupe comme feu, sans auoir esgard
s'il durera long téps, ou non. Vn Franc-
à-tripe voyant qu'on se vouloit retirer,
appellant nostre hoste, luy va dire qu'il
n'auoit gardé la coustume des Anciens
qu'on pratique encores auiourd'huy en
Angleterre, lesquels le banquet finy,
apres auoir baillé à lauer les mains, ap-
portoiét vn calice plein de vin, & disoiét
Cape hanc sanitatis metanipridem: voulant
prouuer par bonnes raisons tãt naturel-
les que medicinales qu'il estoit fort bõ,
& mesme seruoit à la santé, de finir le repas par boire, nonobstant le commun q̃
dit, *Sit tibi postremus sẽper in ore cibus*. Puis
luy

luy va demander, s'il ne s'estoit poīt apperceu que plsisieurs conuy n'auoient
point beu en mangeant, non point voulant imiter les Orientaux, lesquels ne
boiuent iamais iusques à ce qu'ils ayent
prins leur refection, mais que c'estoit
que voyant l'appareil de ce banquet si
maigre, ils n'auoient pas eu le loisir de
boire, aiant peur qu'en demandât à boire, à mettre de l'eau dans le vin, à rendre
le verre, de ne trouuer plus rien q̃ manger aprés auoir beu. Nostre hoste se prenant a rire, & entendant bien q̃ vouloit
dire tout cest auāt-ieu, cōmanda qu'on
allast tirer du vin. Le vin venu, nostre
Frac-à-trīpe nous prouoque a boire, en
nous disant, imitant les Anciens, Viuōs,
il faut mourir: combiē qu'a tous ne plaisoit ceste façonde conuier ainsi a boire.
Nostre hoste ayāt beu, nostre Drolle luy
va demander si en beuuāt on remuoit la
langue, luy n'en sçachāt rien aucuns disoient à leur aduis que si, & pour s'en
asseurer demandoient du vin, les autres
iuroient que non, & pour en estre plus
asseurez, beuuoiēt deux ou trois fois encores. Nostre hoste voyant que son vin

s'en alloit, fans refolutiõfi en beuuãt on
remuoit la la ngue ou non, fe cõtrarians
les vns eux autres , & la plus grand'part
demandans à boire inceffamment pour
en fçauoir la verité leur va dire, que ce
doubte fe refoudroit mieux en particulier, & que l'effay s'é feroit mieux & plus
affeurément chacun en fa maifon, qu'en
fi grand bruit & tumulte, & qu'à la prochaine Seree chacun enpourroit apporter fon opinion, & tous enfemble, & à la
pluralité des voix, on en feroit vn axiome , & reigle affeuree. Ce franc-à-tripe
fçachant bien la maladie, aprés auoir mis
le verre à la bouche, baillale refte au garçon qui leur mettoit à boire, le priant de
boire ce qui reftoit de vin. Mais le garçõ
tout honteux n'en voulant rien faire, ce
Franc-à-tripe s'addreffant à nous, va dire, que c'eftoit vne chofe fort antique &
bonne, & que les Anciens ont penféreli-
gieufe & faincte, fi nous croyons Athenee, que de bailler à la fin du cõuyàceux
qui auoient dõné à boire, tout ce qui en
reftoit. Puis s'approchant de fon hofte,
luy va dire, comme fit Augufte à vn de
fes amis qui luy auoit faict vn banquet
frugal,

frugal. Ie ne pésois pas t'estre si familier
amy. Vne fesse-tondue voulant prendre
cógé de la compagnie, nous va dire que
le banquet de Varus, encores qu'il n'y
eust gueres de viures pour contenter le
ventre estoit bien autre que cestuy-cy:
car pour le moins il estoit magnifiq de
linge, de vaisselle d'argent, de tapisseries
& autres choses pour resiouir & repai-
stre les yeux, mais qu'en cestuy-cy il n'y
auoit rien ne pour le ventre, ne pour les
yeux. Quand nostre hoste vid qu'on se
moquoit de luy en sa presence, en beu-
nât son vin, va faire comme vn nouueau
marié, à qui la feste duroit trop, pour
honestement nous bailler congé, car sur
l'heure il fait mettre vn chauderon
d'eau sur le feu, auec de bonnes herbes,
en la mesme chambre ou ils estoient, &
dés aussi tost que l'eau fut chaude, il cria
hautement, comme fit le nouueau marié, Qui n'aura icy aucun affaire, qu'il
s'en aille, car ie me veux lauer les pieds.
Et auec ce beau cógé & honeste propos,
nostre hoste rompit la feste, & renuoya
la compagnie.

P 5

Trente-deuxiesme Seree.

De la Musique, & des ioüeurs d'instrumens.

CEste Seree deuoit estre gaillarde & belle, si elle eust continué comme le cōmencement, mais vn de nostre cōpagnie fut pressé se retirer à cause de quelque Mariage qu'il vouloit faire le lendemain, qui fut l'occasion que prismes ce suiet à propos sur celuy que nous disoit le nostre, qui s'enqueroit de quelques bōs ioüeurs d'instrumens pour faire les nopces, ce que nous proposant, vn chacun de nous luy en enseignoit, & qu'vn tel demeuroit en tel lieu, vn autre en tel autre, qu'ils estoient les meilleurs musiciens. Aucuns de nous vouloient blasmer la dance, & les autres la vouloient loüer, ainsi diuersement: Il y eust vn qui nous va dire, qu'il auoit veu vn homme marié qui sortoit hors de sō sens quand il oyoit le son des instrumés qui faisoient danser, aussi bien que lon dit que les Tigres deuiennent enragez,

&	se-

& se desmembrent au son du Tabourin,
Ce pauure mary pésant qu'il n'y eust rié
qui fit plutost sortir & apparoir les cornes que la dance, & les mouuemens, Et
ce ne sera hors de propos (disoit-il) si ie
vous dy vn Echo de de la dance :

Qui requiert fort & mesure & cadance?

Dance.

Qui faict souuent aux nopces residance?

Dance.

Qui faict encor les filles en abondance?

Dance.

Qui faict saulter soes par outrecuidance?

Dance.

Qui est le grand ennemy de prudence?

Dance.

Qui met au front cornes pour euidence?

Dance.

Qui faict les biens tomber en decadence?

Dance.

A ce propos vn va dire que qui ne préd
goust à la musique que qu'il a les esprits dis-
cordans & qu'il n'aiment point les sçie-
ces ne les Muses, car *Musica*, est dicte
à *Musis*, les Muses estant inuentrices de
la musique. Nous lisons (disoit-il encores) qu'vne bande de ieunes folastres

a prés auóir beu, s'é allerent par la ville,
aue c inſtrumens de muſique, là où eſtãs
incitez d'yne fiction d'alarme, que ſon-
nerent les ioüeurs d'inſtrumens, s'ef-
forcerent à rompre la porte d'yn logis
d'yne honneſte femme, quoy voiant Py-
thagoras, aduertit ces ioüeurs de ſonner
plus lentement, & retarder la meſure.
ce que quand ils eurent faict, la fureur
de ces ieunes gens fut ſoudain amortie,
à raiſon que la tardité de meſure leur
effemina & remollit tout le cœur. Que
la muſique n'effemine les hommes (dit
vn autre) cela eſt confirmé par Soliman
à qui le grand Roy François enuoya des
chantres & ioüeurs d'inſtrumens, des
meilleurs de France, auſquels il print
grand plaiſir : mais Soliman voyant tout
le peuple accourir pour les oüir, & vouloient apprendre ceſt art, renuoya tous
les chantres, & mit au feu tout leurs
inſtrumens, de peur d'effeminer par la
muſique, le courage de ſes ſubiects, qui
n'vſent iamais meſmes és nopces que
d'inſtrumens qui ſeruent a la guerre.
Il y eut vn drolle qui nous va dire qu'en
vn iour vne honneſte femme de ioüeur

d'in

d'inſtrumens, ce faſcha fort contre vn
qui alloit ioüer auec ſon mary, lequel
l'appelloit touſiours Sire, & luy ſe faiſoit appeller Monſieur, vn Franc-à-tripe, demandant à ce Drolle, pourquoy
ce mot de Sire, n'eſt plus en vſage, ce
Drolle luy dit: Ie croy que c'eſt à cauſe
que les femmes ne font plus ouyr leurs
maris veſsir. Par-Dieu, reſpód ce Franc-
à-tripe, ie ſuis donc Monſieur, car ie
n'ouy iamais ma femme veſsir: Mais ie
l'ay bien ſouuent ſenty. Ce Drolle dit
encores que ſi on veut que les femmes
ne crient point, qu'il les faut touſiours
faire danſer, pour les rendre effeminees,
puiſque celuy ſert tát, & qu'il s'eſtoit logé auprés d'vn ioüeur d'inſtrumét, pour
amuſer la ſienne qu'il en auoit meilleur
téps. A ce propos va dire vn autre, qu'il
voudroit donc qu'il y euſt des ioüeurs
d'inſtrumens par tout pour amuſer les
femmes, & la ſienne auſsi, qu'il auroit
auſsi bó temps que luy, & qu'elle eſtoit
ſi mauuaiſe qu'il n'en pouuoit venir à
bout, ſuiuant le quadrain qui vient ſi
bien à propos, & qu'il aimeroit autát le
feu en ſa grange, que ſa femme en feu,

P 7

comme le quadrain le dit.

Femme faschee en sa maison
Est ressemblant au sec tison
Que si au feu vous le mettez,
Il bruslera de tous costez.

Vn autre de la Seree, va dire que l'armonie de la musique est belle pour appaiser les plus faschez : mais qu'il à ouy
dire, que si vn homme porte sur soy le
cœur d'vn caille masle, & la femme d'v-
ne femelle, qu'ils n'auront aucun courroux ensemble, si on veut croire Mizal-
dus , vn autre Drolle va dire, qu'il se
trouue des femmes qui ioüent aussi bien
des instruments que les hommes, (ie dy
de musique) & qu'il y en à que si leurs
maris vôt souffler d'vn côsté, ils iouent
de l'autre. Vn de la Seree reprenant le
propos disoit qu'il estoit bon d'vser des
armonies sacrees & sainctes, tant aux
maisons qu'aux Eglises, principalemét,
& que la musique chasse les mauuais
esprits, comme Dauid auoit faict auec
sa Cythare, refrenant l'esprit malin de
Saul. Les femmes des ioueurs d'instrument (dit vn autre Drolle) ils s'en trou-

ué d'aufsi gaillardes que nul autre, &
mefmes qui ne ioüent pas des inftrumens de leurs maris, mais du leur bien
afprement, de façon qu'ils en amenent
bien meilleure pratique à leurs maisós,
& qui font mieux la conrt à leurs efco-
liers que leurs maris, ie vous afseure repliqua vn autre, il eft bien vray ce que
vous dites, car i'ay veu vn efcolier
qui eftoit entretenu par la femme de
mon maiftre, & luy faifoit tellement
l'amour qu'il ne fe pouuoit deffaire
d'elle, tandis que fa bourfe eftoit garnie
qui fut caufe à la fin de la ruine de ce
ieune homme, & tandis qu'ils eftoient
en ces bonnes fortunes, elle fe donnoit
bien du branfle du loup, excogitát tout
ce qu'elle pouuoit pour fe donner plaifir auec fon efcolier, qui au lieu de faire des poëfies, elles luy en recouuroit
des plus excellentes quelle pouuoit, par
d'autres fieurs qui la cognoifsoient aufsi
bien que fon efcolier, qui y penfoit
eftre vnique. Il y en a, dit vn autre, qui
pour s'efmouuoir cerchent des chofes propres à les efguillonner quand
ils font pres de leurs maiftresses, aufsi
                                bien

bien que la femme que difons. Vn de
la Seree nous va conter vn bon tour
qui fut fait en vn bal qui fe fit chez vn
de leurs voifins, auquel bal plufieurs
voifines y eftoyent allees pour danfer.
Au foir quelques vns de leurs maris s'a-
uiferent de s'habiller en mafque, pour
côfiderer quelle belle dance leurs femmes faifoient, & eftans lefdites mafques
entrees au logis de la dance, chacun
d'eux prend fa femme, pour danfer, fans
qu'elles fçeuffêt que ce fuft leurs maris,
& apres qu'ils eurent vn peu danfé, il
y eut vn de la mafcarade qui meine la
femme derriere vne des tapifferies de
la chambre, pour heberger fadite femme, laquelle ne fe fift gueres prier, qu'il
ne s'accommodaffent à l'apointement,
& y firent ce que vous fçauez qu'ils y
pouuoient faire : Apres que le mafque
eut fait d'elle, il la fort dehors de derriere cefte tapifferie voulant s'en aller,
Or elle defirant recognoiftre ceft homme qui l'auoit fi bien fait branler dou-
blement, elle va iufques fur la montee,
pour tafcher à remarquer ledit fup-
pliant, luy qui ne penfoit pas qu'elle le
                                    fuiuift,

suiuist, deffaict son masque pour essuyer
son visage, ayant fort chaud, ce qui fut
cause qu'elle vit que c'estoit son mary,
lors elle luy va dire : Par ma foy si ieusse
pensé que sceust esté vous, ie vous eusses bié empesché de faire cela icy, & vo°
eusse fait attendre que vous eussiez esté
à la maison, voila pas yne belle resolu-
tion de femme? qui ne se tourmentoit
pas dauantage de ceste surprise de son
mary, & vous laisse à penser qui estoit
au Gemini ou au Capricorne, du mary ou de la femme. Vn autre de la Seree
nous en va dire vn autre, qui n'estoit
moins gaillard que celuy-cy lequel
(dit il) il auoit ouy faire compte il y
auoit long-temps, d'vn quidam qui
gouuernoit la femme de son voisin,
& l'alloit voir si souuent qu'à la fin
le mary s'en apperceut, & pour bien
descouurir la verité du faict, il fist semblant vn iour d'aller aux champs, estant
d'accord auec sa chambriere, que si le
gallāt venoit qu'elle luy ouurist la porte du deuant du logis, pour les pouuoir surprendre : ce qui fut faict si à
propos, que ce homme estant sur les
mon

montees, commença à parler haut , &
dire, ouure l'huis de la chambre ma fem
me, ie n'ay esté gueres loin , le galand
qui estoit couché auec ladite Dame, fut
bien estonné, & dit que feray-ie, ceste
féme lors luy va dire, mettez vous dans
ce coffre , il ne vous cherchera pas là,
mais aiát oublié àmettre les habis aussi
au coffre, cest homme entrant dans la
chambre les a duise, & dit. O ho voila les
habits du voisin, par la mort bieu il est
ceans, est-il venu voir ma femme , i'en
auray tout à cet heure la raison, ce qu'il
fit, car il enuoia querir la femme de son
dit voisin qui estoit dans le coffre, elle
vint parler à luy tout presentement, &
que c'estoit pour vn affaire d'importéce
ceste féme incótinent s'en vint le trouuer, pensant que ce fust pour son profit,
mais elle trouua cest homme en la chá-
bre, qui estoit en furie, & qui tenoit vn
poignard, & la préd par la main, luy disant, ma voisine, faut que vous sçachiez
que vostre mary m'a faict vn tel tour, &
que i'enveux auoir ma raison, il est dans
ce coffre là éfermé & estoit couché auec
ma féme quand ie suis reuenu des cháps

ij

il faut que tout à ceste heure que ie vous
en fasse autát, ou autremét, par la mort,
par le sang (disoit-il furieusement) il ne
mourra iamais que de ma main, & tout à
ceste heure, ceste féme pour tout cela ni
vouloit pas códescendre, & disoit quans
à elle qu'elle n'en feroit rien. O, par la
mort bieu (dit-il) c'est donc à ce coup
qu'il ne mágera plus de pain. Ce qu'oyát
le pauure prisonnier, cria à sa femme, &
luy dit: Hé! ma femme, aye pitié de moy!
sauue moy la vie! quoy? (dit-elle) faut
il que ie fasse cela? c'est vne grád honte,
ce que disant, elle se laissa aller à son dit
voisin, qui la renuersa sur le mesme coffre & en prend par ce moyen la raison.
Ayát le cœur placé en meilleur lieu que
nostre zani cornetto, qui auoit fait cǫ-
gnoistre à son compagnon que la tapis-
serie estoit propre à sa femme, auec le só
des instrumés, & qu'elle n'auoit pas l'esprit discordát, aiant autresfois aprins la
musíq, nostre faiseur de nopces nous fit
la dessus cesser nos discours, estant pressé de se retirer, pour les affaires qu'il deuoit auoir le lendemain.

Tren-

Trente-troisiesme Seree.

Des gens d'Eglise.

LEs gens d'Eglise, craignans Dieu,
ayans vne bonne ame, sans estre
passionnez, lesquels desirent vne bonne
& sainte reformation selon les saints
Canons, ne trouueront iamais mauuais
d'estre admonestez, afin qu'ils soyét incitez de se corriger s'il y a quelque chose en eux à reprendre, pour se donner
garde de ne faire & ne dire rien qui ne
soit bon & saint, principalementà la
veuë du peuple, qui regarde tousiours
plus à ce que font leurs superieurs (les-
els ils doiuent ensuiure) que non pas
à ce qu'ils disent, & qu'ils sont tenus
de faire, les hommes croians mieux aux
yeux qu'aux oreilles, la voye des preceptes, ce dit Seneque, estant longue, & celle des exemples estant bien plus courte,
& ayant plus d'efficace, estant plus aisé
de dire que de faire, la vie preschant
mieux que la parole, estant chose bien à
reprendre de faire comme le mauuais
                                    musicien,

muficien, qui chante l'vn auec la bouche, & fonne l'autre auec l'inftrument.
Or pource que les citoyens, comme a
efcrit Rodian, ne font que les finges de
leurs fuperieurs,ceux qui ont charge de
nous fe doiuent bié garder de cómettre
quelques offenfes, les fautes des grands
eftans plus grandes,pour auoir trop d'i-
mitateurs, comme l'a tres-bien dit vn
Poëte:

D'autant plus que celuy qui faut, & qui
meffrend:
Se void en grand honneur, & en dignité
haute.
D'autant plus chacun voit & remarque
fa faute.

Que l'inuention de ceux de la Seree,
qui parlerent des gens d'Eglife, n'a
point efté de detraĉter de perfonne, vn
Ecclefiaftique, homme de bié & doĉte,
qui y eftoit, & s'y trouuoit bien fouuent,
le tefmoigneroit (s'il eftoit en vie)de
tout ce qui fut dit en cefte Seree, & à
quelle occafion. Or fçachất que l'ignorance & mauuaife vie du miniftre ne
vltie point la doĉtrine, chacun ne craignoit de faire fon compte, mefme
noftre

noſtre Beneficier faiſoit le ſien en ſon rang, non pas ſans rire le premier, auſsi bien de ſon compte que de celuy des autres, ſinó il defendoit ſon parti le mieux qu'il pouuoit, comme il eſtoit tenu, ce qu'il fit du commencement de la Seree, voyant qu'on faiſoit vn compte d'vn Eueſque Portatif, qu'ils appellent, lequel fut prins pour vn meſtrier & ioüeur d'inſtrumés, pour auoir les doits pleyans de pierres precieuſes, & pour auoir deuant luy ſon homme qui portoit en vn eſtuy ſa croce, qui faiſoit iuger que c'eſtoit des inſtrumens dont il s'aidoit. Et pour excuſer ceux qui auoiét prins cet Eueſque pour vn meneſtrier, & qu'il n'eſtoit pas ce qu'on euſt peu penſer, Pline fut allegué, qui dit qu'vn Iſmenias de Thebes, ſouuerain ioüeur de fluſtes, portoit ordinairement de fort belles pierreries, & que ce fut luy qui amena la couſtume, que les meneſtriers tels que luy, fuſſent eſtimez ſelon les pierreries qu'ils portoient, & de fait, adiouſte Pline, Dionyſodorus, qui auſsi eſtoit grand ioueur de fluſtes, en vſa de meſme;

mefmes, pour ne fembler moindre que
Ifmenias, & que Nicomachus, qui de
ce temps auoit grãd bruit entre les me-
neftriers, portoit aufsi force anneaux &
pierreries. Et puis fut dit, que ces exemples deuoient bien faire ceffer le caquet
à ceux qui font tant des gros, à caufe de
leurs pierreries & bagues, veu qu'anciẽ-
nement on remarquoit les bõs ioüeurs
d'inftrumens à cela, & par ce moyen difoient aufsi, que les Ecclefiaftiques, de-
diez au feruice de Dieu, ne deuoient en
façon du monde porter des anneaux &
despierresprecieufes en leursdoigts, nõ
plus que le Flamen Dial à Rome, mefme qu'on trouue vn Synode tenu à Aix
la Chappelle, en Allemagne, que fit tenir Louys debõnaire, par lequel fut de-
creté qne deffêfes eftoient faictes à tous
Euefques & Ecclefiaftiques de porter
habits fomptueux, & de mettre en leurs
doigts aucunes pierres precieufes. Le
Chanoine & homme d'Eglife pour fouftenir ceux de fa vacatiõ, & de fon eftat,
lors va dire, que ceux de fon ordre ne
portoient pas fans caufe des anneaux, &
que

que l'aneau en la saincte escriture estoit
la figure de la foy, & que du temps de
Charlemagne, & bien trois cens ans
aprés, durāt le temps de trois cens Euesa-
ques, les Roys bailloient les Eueschez,&
les abbayes,par vne verge & anneau,en
figne de dignité& preeminence, les ho-
norans &approuuans Par là, comme les
Romaispar l'anneau portoient tesmoignage de la vertu des leurs. Et aussi difoit nostre homed'Eglise, les anciensne
portoientpas l'anneau poar ornement,
mais pour figner & seeller,n'estant permis d'en auoir pl° d'vn, qu'ils portoient
au doigt libre, designé seulement par le
foycomprinse aucachet,anciennement
chacū faisoit grauer les pierres enchas-
sees és anneaux pour cachetter lettres,
coffres, le vin, & les armoiries: Ciceron
difant que sa mere en vsoit ainsi, & c'est
pourquoyle Poëte dit, Ie cognois sa lettre a la pierrefidelle, c'estàdire, à la figu-
regrauee en la pierre de l'anneau,ie cognois le cachet. Que si par aprés, adioustoit nostre Chánoine, les gens d'Eglise
ont adiouste à leurs anneaux & cachets
des pierrespre cieufes,qui sont dediuer-
ses

fes douleurs, à caufe qu'elles font engé-
drees de diuerfes exhalations c'eftpour
demonftrer que lesperfonnes deftinees
totalemét au feruice de Dieu,&de fon
Eglife,doiuent luire entre les hommes
en vertu & fçauoir, comme les pierres
precieufes reluifent & font belles par
deffus toutes chofes,& principalement
les Euefques,qui aufsi les portent aux
doigts les plus eminés,qui font les deux
plusprés dupoulce,parce qu'é l'ancien-
neEglife,les Euefques deprimás les autres doigts,en tenás ces deux to°droits
fignifioiétqu'ils vouloiétparler aupeuple,comme il fe trouue en Fulgentius,
Et encores auiourd'huy, difoit-il, les
Euefques fót ainfi pourtraits,& peints,
d'autát qu'en cefte forte,le tempspaffé,
ilsparloient aupeuple,&le beniffoiéten
vnlieu que les Latins appelloient *Salu-*
tatorium, & les Grecs (à ce qu'ó m'a dit)
Afpafticon, & mefmes en ce temps, difoit noftreChanoine,les Euefques auec
ce géfte, & les deux doigts tendus, be-
niffent bien le peuple, mais ils ne parlent pas fouuent à luy. Dauantage, qui
ne fçait,pour fuiuoit-il, que les pierres

Liu. iij.   Q

precieuse ont beaucoup de proprietez
& vertus occultes des Aftres, felon Mar-
filius, qui recreent par vne vertu laten-
te, nos efprits, & aident à noftre corps,
& chaffent les maladies; Ce qui fe faict
par noftre chaleur naturelle, laqlle incite en les portant, leur vertu cachee, &
la communique au cœur, au cerueau,
aux yeux & à tous nos membres, eftant
vne impudence extreme de vouloir ra-
porter toutes chofes à des qualitez ma-
nifeftes, eftant du tout impoffible de
rendre raifon de tous les fecrets de Nature, & cefte ignorace eft caufe q̃ le peuple, qui ne fçait rien, reprend ceux qui
portent ces pierres precieufes, comme
vne chofe fentãt pluftoft quelque fuper-
fluité & orgueil, qu'aucune faincteté,
honneur & vtilité, arguant les Ecclefiaftiques de les porter par bombance, &
vaine gloire. Et fe peut-on plaindre de
ceux-la qui font caufe qu'on diffame
vne chofe fi rare, fi belle, & fi exquife
qu'vne pierre precieufe, comme fit vn
iour Ariftupus, lequel ayant prins vn
iour grand plaifir à vn certain onguent,
va dire, Malheur foit aux effeminez, &
lafcifs,

lascifs qui ont diffamé & polué vne chose si belle, si bonne, si plaisante & aggreable. Et pense, quant à moy, disoit
nostre Ecclesiastique, qui aimoit fort
les pierreries, & en portoit ordinairement en ses anneaux, que les gens d'E-
glise portent l'Ametyste, pource qu'elle rend sobre celuy qui la porte, comme
elle en a le nom, resistant à l'ebrieté,
d'autant que ceste pierre attire les vapeurs du vin à soy, lesquelles autremét
troubleroient le cerueau, ce qui seroit
en grád scandale à la profession des Ecclesiastiques. Aussi on dit, que l'Ame-
thyste engendre les songes, & que ceux
qui veulent deuiner par les songes, la
portent, se nommans en Hebrieu *Cha-*
lan, quod est somniare. Les gens d'Eglise
n'ont pas aussi le diamát en leurs doigts
sans cause, disoit nostre Chanoine, ear
le diamant denote la constance & vertu que les pasteurs doiuent auoir en la
religion Chrestienne, laquelle doit sur-
monter & endurer toutes persecutions
pour Dieu, comme le diamant resiste à
la lime, au cizeau, au marteau, & au feu,
par vne dureté merueilleuse, & grande

Q 2

folité, ne cedant le diamant qu'au ſang
de bouc, comme ſaint Cyprian le de-
monſtre, qu'auſſi les natiós les plus barbares & vaillantes n'ont peu eſtre adou-
cies & amolies que par le ſang de Ieſus
Chriſt. Et auſsi aiouſtoit noſtre Ecleſiaſtique, on porte le diamát pource qu'il a
ceſte proprieté en ſoy, de garantir le
cœur de celuy qui le porte de toute peur
& frayeur de, l'incitát de reſiſter aux tra-
uerſes de fortune, auec cela, il ſe ternit &
s'amollit, ſi on approche pres de luy du
venin, auql les Preſtres, entr'autres, ſont
fort ſubiets, empeſchant auſsi tous ſortileges & enchantemens, les incubes &
ſuccubes: Cardan diſant auoir eſſayé,
que le diamant lié au bras ſeneſtre, en
touchant la chair, empeſchoit les crain-
tes nocturnes, ſi c'eſt vn bon diamant,
lequel ſe cognoiſt, ſi ſa preſence, là
pierre qu'on nomme Aymant perd ſa
vertu & puiſſance, eſtant le vray diamát
ennemy mortel de l'aymant, ce qu'ont
eſprouué à leur perte beaucoup de mariniers, qui portoiét le diamant en leurs
doigts, ce qu'aucuns toutesfois ne veulét croire. On dit auſsi, aiouſtoit noſtre
Eccleſia-

Ecclefiaftique, que fi vous frottez vn
traict ou vne efpée de la poudre de diamant, que facilement ils tranfperceront
toutes armures, & que pour cela & fa
beauté & vertu, le grand Roy François
achepta vn diamant foixante douze mil
efcus trebuchás: Pline efcriuant, que de
fon téps le diamát ne fe trouuoit qu'aux
cabinets des Princes, encores rarement,
combien que par les efcrits de Zacharie
& Ezechiel il en foit fait mention. Toutefois qu'aucuns ayent dit q̃ le diamant
foit veneneux beu en poudre, ou par fon
extréme frigidité, ou par la violéte erofió
qu'il fait aux boyaux, & que nonobftát
fa dureté, folidité & vertu, qu'il s'eft
trouué des hómes, lefquels ayant aper-
ceu vn diamant entre les mains d'vn la-
pidaire, & l'ayant contemplé fixement,
firent rompre ce diamát, tout fur l'heure en plufieurs pieces, tant ils auoyent
les yeux pleins d'vn puifsát charme. Noftre Ecclefiaftique continuant fon premier propos, qui eftoit de defendre les
gens d'Eglife, qui portoiét des anneaux
garnis de piertes exquifes, va dire qu'ils
ayment à porter la Hyacinthe, à caufe

Q 3

qu'elle empefche celuy là qui la porte
des efclats du tonerre, & qu'il a efté obferué que là ou le foudre eft frequent, il
ne tuë iamais ceux qui l'ont en leurs
doigts: Albert difant, qu'elle fait aufsi
dormir, & on dit que le foudre n'offece
point ceux qui dormét, mefmes Serapio
afeure les hómes eftre hors du peril du
tonnerre, s'ils portent feulement la cire ou fera la graueure de la hyacinthe.
Les gés d'Eglife, aiouftoit noftre Ecclefiaftique, ne portent pas fans caufe la
Chryfolite, qu'aucuns apellent Topaze,
parce qu'elle reprime la paillardife par
fa frigidité, que fur tout les Preftresdoi-
uent euiter : & aufsi on dit que mife fur
la lágue du fieureux, elle le defaltere, &
eftanche le fang des playes par fa frigidité. Il nous afleuroit aufsi qu'ils mettoient l'efcarboucle en leurs anneaux,
qui tient le premier lieu en cefte efpece
de pierreries, & le Balais qui va apres, &
le Rubis qui tiét le dernier lieu, pour autant qu'ils refiftent à l'air corrompu, à la
pefte, à fa poifon, & à la melancholie: &
voila pourquoy (nous dit-il) les medecins qui frequentent les lieux peftiferez
& pleins

& pleins de mauuais air, portent tou-
iours des anneaux garnis de ces pierres,
L'escarboucle, adiouſtoit-il, eſtât ainſi
appellé des anciens, à cauſe de la ſplen-
deur qu'elle à auec le charbon embraſé,
eſtant auſſi nómé *Apyros* pource qu'il
len'eſt iamais cóſommee dufeu. Ilspor-
tent, diſoit encores noſtre Chanoine, la
Sardoine & la Carchedoine, pourceque
portees elles ſeruentàla chaſteté, quieſt
bien ſeante aux Preſtres. Que s'ils portent la belle & plaiſante Emeraude, en
Latin appellee *Smaragdus*, c'eſt pour re-
creer la veuë des Eccleſiaſtiques, laqlle
ſe diminuë par leur continuel eſtude,
eſtât entre toutes les pierres precieuſes,
celle qui plus reſiouït la veuë, & recree
les yeux, tellement q̃ ſi elle eſt creuſe ou
platte, vous vous y pourrez mirer comme en vn criſtal, & auſsi pour monſtrer
leur chaſteté, l'Emeraude eſtant ſi ſain-
cte & chaſte, que par ſa viue, conſtante,
& claire verdeur, elle eſt indice de pudicité & virginité, ſe mettant en pieces
& briſant, ſi elle attouche les paillards,
& paillardes, meſmement en l'acte
Venerien, comme ayant honte

Q 4

d'estre entre les mains des impudiques,
estant la plus tendre pierre & la plus fra-
gile de toutes les autres, à cause de son
humidité, qui est si tenue que par chaleur elle se casse, la chose humide vne
fois chauffee s'euaporant facilement en
air, & en occupant plus de place, il n'est
de merueilles si elle se met en pieces, parquoy estát molle, elle est suiecte à beaucoup d'inconueniens. Que l'emeraude,
adioustoit nostre Ecclesiastique, soit
amie de chasteté, il se trouue aux histoires de Hongrie, que leur Roy, estát couché auec sa féme, ayant vne belle Emeraude en son doigt, fut estóné qu'elle se
brisa en plusieurs pieces. Et par ce, ie ne
puis croire, disoit-il, ce que dit Orpheus
au liure des Pierres, & ce qu'à escrit Pline au dernier liure, que l'Emeraude ait
vertu traictiue & cófortatiue du mébre
naturel, parce qu'elle auroit deux proprietez & vertus cótraires, mais ie penserois bien estre vray ce que dit Aristote, qu'attachee à la teste de ceux qui ont
le mal caduc, qu'elle les soulage par sa
vertu occulte, & qu'elle profire, selon
Dioscoride, aux le preux, puluerisee, &
beuë,

beuë, que si elle est mise, ce dit Sauano-
rola, sur la cuisse de la femme qui est en
mal d'enfant, elle soulagera l'enfante-
ment. Que si vous voulez sçauoir si l'E-
meraude est bonne & naifue, il ne faut
que la presenter au crapaut, car si elle
n'est point artificielle contrefaite, il
sera incontinent aueuglé, combien que
les autres espreuuent à la pierre de tou-
che, dite Lydia en Latin, y delaissant
vne macule d'airain. Il se trouue que le
Roy d'Angleterre Edoüart dóna à Erasme vne Emeraude, ayant receu vn liure
de lui, qui fut estimee apres sa mort trois
mil escus. Les Ecclesiastiques aussi, adioustoit nostre Chanoine, prenét plaisir
à auoir les doigts parez du Saphir, parce qu'il represente le Ciel azuré, duquel
ils ont les clefs, & si apres l'Emeraude, il
n'y a pierre plus plaisáte à la veuë, & qui
l'aiguise & conforte plus, reprimant, selon Galien, les excremens des yeux,
estanchant le sang par sa frigidité, laquelle le réd astringét, ce dit Auicenne,
si bien que le Saphir mis sur la langue, desaltere par sa frigidité. Et si Ar-
nault de Ville-neufue, grand Philoso-

Q 5

phe, & expert Medecin, dit que le Saphir
est vne pierre tres-dure, belle à l'œil, re-
creant la veuë, ressemblant la couleur
du Ciel tres-serain, rendant l'homme
fort constant, chaste, doux & humble,
faisant obtenir par sa vertu, la grace des
hommes, & mesmes des Rois & Princes,
& pource est dite des anciens, pierre
sainte & sacree, croissant en grand nombre au sablon du Medois, & de l'indois.
Isidore dit que le Saphir repercute le
mauuais air de celuiqui le porte en téps
pestilentieux, & qu'il en y a de couleur
rouge, & de couleur d'azur, & que céluy
qui est de couleur d'azur, comme sont
tous les Saphirs que nous auons auiour-
d'huy, s'appelle Saphir masle. Nostre
homme d'Eglise, disoit en continuant à
deffendre ceux de son ordre, qu'ils portoient la Turquoise (encores qu'elle ne
soit diaphane & transperante) parce
que portee sur soy, & qu'on tombe, elle est estimee receuoir tout le coup, se
rompant en pieces, l'homme demeurât
fain & sauue, que si celuiqui la porte deuient malade ou en langueur, ceste pierre
muera de couleur, & si deuiendra blef-
me:

me,mais reuenant en santé,vous la verrez reprendre sa naïfue couleur&beau-
té.Que si l'Onix est pēdu au col,ou por-
téen bague, il refrenera la paillardise:
& pour ceste cause les Indiens en portent partout,& disent qu'en ceste pierre on cognoist ceux qui sont lubriques,
beaucoup de bons autheurs ayans escrit
qu'il n'y à gueres de pierre , que les Latins appellent *Gemma* , qui n'endure
changement , si celuy, ou celle, qui la
porte est lubrique, & incontinent:si
bien que les paillards,adulteres,&ince-
stueux,& autre inpudiques,ne portent
iamais lespierres de leurs anneaux,net-
tes , claires , & belles,mais au côtraire,
toutes obscures & fumeuses estans vi-
tiees par vne vapeur orde, sale,& vene-
neuses,procedant de l'haleine & exala-
tion tant de l'homme que de la femme:
ce qui à esté cause,que les maris les plus
aduisez,entendans les secrets de Nature,& aussi les femmes les plus doctes
d'esprit ont desisté de porter despierre-
ries,les femmes ayans desconuert l'impudicité de leurs maris, & les maris la
paillardise de leursfemmes,en regardás

Q 6

les pierres de leurs anneaux, & les voyants obscures & sales : ce qui se peut faire, tout ainsi que les femmes ayans leur catamini peuuent obfusquer & esblouir la clarté du miroüer. Quelqu'autre dela Seree va dire à nostre Ecclesiastiq qu'il ne doutoit plus de la proprieté, & vertu des pierres, depuis qu'il auoit experimenté qu'en Escosse il y a vne pierre, laquelle ayant demeuré sur la paille elle l'allume & l'enflamme, & que la pierre nómee *Astriotes*, distincte de macules cédrees & grises, se mouue soy-mesme dedans le vin-aigre, & dans le vin, & ce à cause de son humeur subtil, qui est conuerty en vapeur, par la force du vi-aigre: parquoy ceste vapeur cerchant à sortir, & ne le trouuant, elle pousse facilement ça & là ceste pierre qui est legere. Et ce qui m'a incité à vous rendre la raison de ceste magie naturelle, c'est pour se donner garde d'aucuns qui font bien leur profit de l'occulté profité de ceste pierre, cóme aussi faisoit Orphee, sorcier & enchâteur excellét, q vsoit d'vne pierre nómee *Siderite*, de laqlle il vsoit de nuit à la chandelle, & falloit que celuy qui

qui

vouloit sçauoir quelque chose par ceste
sorte de diuination, fut bien purifié, &
eut le visage voilé, & lors il sétoit mouuoir ceste pierre quand on en aprochoit
le feu, qui luy donnoit telles responses
qu'il demãdoit. Et possible, adioustoit-
il, q̃ la pierre *Siderite*, dont nous parlons
se mouue naturellement au feu, comme
l'*Astriote* se mouue dãs le vi-aigre, & fõt
à croire à ceux qui regardent remuer ces
pierres, que quelque esprit parle à eux,
car quand nous ne pouuons rendre raison de quelque chose, & que la Nature
se peut cognoistre tout incontinent
nous iugeons y auoir en cela quelque
diuinité, ou quelque mistere, occulté,
dont on ne peut rendre raison, comme
en l'Anneau de Gyges Roy des Lydiens
auquel y auoit vne pierre, qui auoit telle
vertu que tournee vers luy, il voyoit
tout ce qu'il vouloit sans estre veu. Mais
que direz-vous, repliqua vn de la Seree,
des gens d'Eglise, qui portent des anneaux ausquels il y a des images grauees,
& lesquelles ils consacrent, en opinion
de s'en pouuoir seruir en quelques ma-
gies? Car i'ay leu qu'vn anneau, en la

Q 7

chasse duquel y auoit vne Agathe, où
estoit peint Hercules suffoquát vn Lyó,
seruoit pour guerir les coliques pasiós
& que du temps de sainct Chrysostome,
il y auoit des Chrestiens superstitieux,
qui portoiét vn ananneau, où estoit grauee l'effigie du grád Alexádre, estimás
q̃ telle effigie les faisoit heureux, & bien
venus entre le monde, mesmes qu'il en y
à qui les consacrent par mots sacrez, Ce
que reprouuent Gregoire troisiesme,
Gelasius, & le Cócille Laodicense, disás,
que ces preseruatifs & phylacteres sont
du diable, & des demons, les Iuifs aussi
bien que les Payens, ayans creu que
les demons, Empuses, Lares, Larnes,
Idoles nocturnes, Luti⁹, Lemures, Phã-
tosmes, estoiéht chassez par la vertu de
quelques pierres, le Poëte Dionysius
appellant la pierre Iaspe, ennemie des
demons, Thrasillus escriuát aussi qu'au
Nil il se trouue vne pierre, qui est fort
bône pour guerir ceux q̃ sont vexez par
les mauuais esprits, & qu'aussi tost
qu'ó la leur met au nez, q̃ le diable sort:
les Mages Chaldeans, sectateurs de Zo-
roastre, ayát faict aussi grand cas d'vne
pierre

pierre qu'ils nommoiét *Mmnefris*, qu'ils
difent chaffer les demons terreftres,
apres auoir dit quelques paroles char-
mees. Noftre Ecclefiaftique pour loüer
dauantage les pierres precieufes, qu'il
aimoit fur toutes chofes, principalemét
celles qni font diaphanes & tranfparan-
tes, nous va dire, qu'il n'y auoit rien en
ce monde qui fut fi beau, ne qui pleuft
tant à la veuë, que ce que les Latins appellent *Gemma*, les yeux fe delectans de
chofes claires, nettes, & belles, la beauté de la chofe eftant vne proportió auec
vne couleur conuenable: fi bié que tout
ainfi que les yeux corporels prennent
plaifir à la beauté corporelle, & à la lumiere fétible, en cas pareil fi les yeux de
l'efprit prennent fort grand plaifir en
leur lumiere qui eft la raifon, & en leur
beauté, qui eft la vertu? à cefte occafion
difoit-il, Platõ à efcrit que fi nous pouuions auffi bien veoir des yeux de l'efprit la beauté des vertus, comme nous
voions des yeux du corps la beauté corporelle de quelque chofe, & fur tout de
quelque pierre precieufe, que l'amour
qui nous enflammeroit a beauté &
ver-

vertu, seroit incroyable & tres-ardant.
Que si les pierres, adioustoit-il encores,
eussent esté sans vertu & efficace, Moyse n'eust pas commandé si expressément
de mettre à l'accoustremét du Pontife,
qu'on appelloit *Rationale*, douze pierres,
& les Abissins & Ethyopiens n'eussent
pas fait porter le nom à leurs Roys des
pierres precieuses, que les Latins appellent *Gemma*, nommans leurs Roys Bellugian, que nous nommons, corrompás
le mot, Pretegian ; ce mot de Bellugian
signifiant en leur langage, vne pierre
qu'on ne peut estimer, ce peuple là vou-
lat inferer leur Roy exceller tous les autres Roys ; comme ceste pierre excede
toutes les autres. Ce que veut preten-
dre le grand Seigneur de Turquie, lequel s'estime par dessus tous les Seigneurs du monde, comme il a vn diamant, qu'il porte à son turban, qui est si
demesuré qu'il excede de beaucoup de
carats tous les autres de la terre. Que si
on me dit, disoit nostre Chanoine, que
les pierres du iourd'huy n'ont pas telle
vertu & proprieté qu'anciennement, ie
les asseureray qu'elles sont donc adul-
terees

terees, falfifiees, & contrefaictes de telle
forte qu'on y peut eftre trompé, mefmes que nous trouuons que la femme
d'vn Empereur en achepta de voirre, ce
dit Cœlius, Cardan auffi difant que les
Italiens appellent les Fráçois lourdaut,
qui laiffe tromper, acheptant de luy des
pierres artificielle, les bónes fe cognoif-
fans par la veuë, par la lime, & par l'at-
touchement, les bonnes pierres eftans
plus legeres & froide que les fauffes, les
meilleures eftans mifes fur la langue
ayans plus de froideur que les autres.
Puis noftre Ecclefiaftique nous va conter qu'il fe trouuoit par efcrit, que
Clement fixiefme perdit vn Carbou-
cle de la valeur de fix mille efcus, de la
peur d'vne muraille qui tomba à Lyon
au couronnement de ce Pape, dont le
Duc de Bretagne, & plufieurs autres
moururent, le Roy Philippes en eftant
offenfé, & ã Pyrrhus auoit vne Agathe,
dedans laquelle on pouuoit voir & dif-
cerner les neuf Mufes par leurs fignes,
auffi bien qu'Apollon auec fa lire, non
par art, mais par nature. Ie me fuis fou-
uant efbahi, repliqua vn de la Seree, veu

la

a beauté, la splendeur, la clarté, la vertu
& proprieté des pierres precieuses, cōme les anciens ont faict si grand cas de
leurs perles & vnions, qui ne sont nullement diaphanes & transparents, &
n'ōt aucune vertu & proprieté, lesquelles toutesfois n'ōt laissé d'estre ensi grād
prix & estime, que les heritiers auoient
droiēt de retraiēt s'ils se vendoient cōme si c'eust esté vn heritage, & estoient
estimez immeubles, s'en estant trouué
qui pesoient vne once. Et pour confirmer l'excellence de la perle, Pline dit
qu'anciennement c'estoit le plus preci-
eux ioyau de nature, encores disons no'
en cōmun prouerbe d'vn hōme illustre,
ou d'vne chose belle par excellence, c'est
vne perle, le grand Nagus, seigneur de
cinquante Prouinces, mettant en son
titre d'honneur, Iohan Belul, qui est à
dire, perle precieuse; & si trouuons que
Cleopatra auoit deux perles du pois d'v-
ne once, qui furent estimées cinq cens
mille escus. Et Budee dit en sō Epitome
de *Asse*, que Pline recite auoir veu vne
Dame de Rome, non point en vn so-
lennel banquet, laquelle auoit autrefois
eu à mary Caligula Empereur qui s'ap-

pelloit Lollie Pauline, qui auoit le chef,
la gorge, le sein, & les mains couuertes
de perles & emeraudes, iointes ensemble & entrelacee, qui valoient vn mi-
lion d'escus couronnez, luy estans es-
cheuës par succession. Mais auiour-
d'huy à cause de l'abondance des perles, & qu'elles ne font pas si belles
& luysantes que les pierres precieuses,
elle ne font pas en si grand credit, ne si
cheres comme autrefois, ayant en vne
blaque esté mise en vne perle qui pesoit
demie once, enrichie de ciq grosses perles, & neantmoins tout le benefice ne
fut estimé que treze cens escus. Que les
pierres precieuses diaphanes ayent plus
de vertu que les perles & vnions, nous le
voyons encores de ce téps, car si les fem-
més s'apperçoiuent que leurs enfans se
trouuent subitement mal, elles n'ont
point recours aux perles, mais parfumás
d'encens leurs fils, elles leur pendent au
col quelques pierres precieuses, comme
vne hyacinthe, vn Saphir, vn Escarboucle, ce qu'elles fôt comme vn souuerain
remede contre le charme, l'aiant aprins
de Democrite Abderite, leql vsoit fouuent

uët de la pierre Catochitis, en la portât
ou la monstrant, afin de se garder des
charmes & ensorcelemens. Encoresque
ces pierres nous eussent fait choper, &
mis hors du chemin, si fusmes-nous re-
dressez par vn de la Seree, qui nous remit en nostre premierpropos, qui estoit
de parler des gens d'Eglise, qui nous
côta ce qui estoit arriué à vn Cardinal,
C'est que ce Cardinal estant monté sur
vne mule, & cheuauchant auec le Roy
Louys vnziéme, rencontra des Cordeliers sur le chemin, qui alloiét à vn chapitre general de leur ordre, ce Cardinal
voyant ces freres mineurs montez sur
des asnes, comme alors ils auoient de
coustume, leur demande, ou vont les asnes, beaux peres, ou vont les asnes? Qui
luy respôdirent, sur les mules: Monsei-
gneur, sur les mules. Le Roy voyant que
son Cardinal estoit demeurémuet comme vn poisson, luy va dire, qu'il ne se
falloit iamais moquer de ce qu'onestoit
taché. Vous me faites souuenir, va dire
vn autre d'vnEuesque, à proposd'asnes,
qui auoit aussi vne mule bien açoustree
& enharnachee de velours rouge cra-

moisi

moy, combien que ses parens & amis
luy remonstroient que l'equipage de sa
mule n'estoit pas decent, d'autant qu'il
n'y auoit pas long temps que la mere de
cest Euesque estoit morte, luy remõstrãt
que puis que sa mere estoit morte, qu'il
falloit que sa mule fust paree de noir,
aussi bié que luy. Ausquels nostre Euesque respondit, il seroit bien raisonnable que ma mule portast le dueil, si sa
mere estoit morte, mais n'estãt pas morte, pourquoy est ce q̃ sa fille sera habillee
de noir? On ne pouuoit, adioustoit-il,
faire accroire à cet Euesque, que sa mule deust porter le dueil, la mere de sa mule estant encore en vie. Nostre Ecclesiastique lors nous va conter, qu'allant en
visitation, & estant en vne paroisse, il
demanda à vn des parroissiens : viença,
mon amy, q̃i est Curé de ce lieu, & que
le paroissien luy auoit respondu, c'est vn
chetif Gentil-hõme. Puis luy ayant demãdé, la cure est elle bonne? Le paroissien luy auoit dit: Elle est meilleure que
le curé. Disent-ils au moins la Messe? Ils
en disent plus qu'on ne veut, luy respõdit ce villageois de ceste paroisse, adioustoit

ſtoit noſtre Eccleſiaſtique (Nous nous
tranſportaſmes à la viſitation d'vne abbaye, qui eſtoit à la verité bien mal entretenuë, & fort ruinee, & quand ſ'en
dit à cet Abbé en viſitant ce monaſtere,
vous n'entretenez pas bien voſtre Abbaye, elle eſt toute ruinee, ceſt Abbé luy
auoit reſpondu: Monſieur, ie n'ay pas
fait les breſches, mais ie vous aſſeure que
ie les entretiendray bien. Le vieil compte (lequel pourtát iamais n'éuieillira)
fut mis en auant, du Ruſtic qui repliqua
à l'Archeueſque. Si le diable emporte le
Comte, que deuiédra l'Archeueſque? &
qu'euſt dit auiourd'huy le Ruſtic, s'il
euſt veu aller les gens d'Egliſe à la guerre? Les Anciens n'ayans iamais voulu
que le Pontife & l'Eueſque euſſent la lágue, ny la main, ne la veuë, ne l'aureil-
le maculee de ſág humain, parquoy leur
eſtoit defendu de pourſuiure accuſatiós
capitales, d'en eſtre iuges, d'y aſſiſter,
d'aller en guerre, traitter la partie de
chirurgie, porte le Concile de Latran,
qui vſe de cauteres & d'inciſions, & ce
qui eſt en Aule Gelle & Plutarque, de
toucher fer, ni venir en vn camp ou armee preſte à cóbatre: Pacatus appellant

ceux qui souftenoient Itachius Euefque
à l'encontre de Prifcillianus, *Satellites non
Antiftites.* Et puis il va fouftenir à vn autre de la recontre que fit le Roy Louys
vnziefme à ceux qui vouloient annócer
vn Euefque leur parent, le Roy s'enque-
rant d'vn homme fçauant, & de lettres,
pour l'enuoyer Ambaffadeur à Venize.
Car quand le Roy leur euft demádé quel
homme c'eftoit, ils vont refpondre, fire,
il eft Euefque de tel lieu, Abbé d'vne
telle Abbaye, Seigneur de telle place,
Baron de telle feigneurie. Le Roy en-
nuyé de ces longs tiltres, il y à bien peu
de lettres. Le Roy voulât dire, que tant
plus il y a de tiltres, tant moins il y à de
lettres. Vn franc-à-tripe, prenant la parole, va dire : Celuy que fçauez, qui à
vendu fon Abbaye, doit dóc auoir beaucoup de lettres, n'ayant pas vn tiltre, &
n'en diray autre chofe, finon que le trouuant vn iour en vne chambre haute, où
il fumoit bien fort, ie luy dy: Monfieur,
vous ferez mieux à bas. Entendant ce
que ie voulois dire, il me va refpondre,
qu'il auoit vn bon benefice, qui valoit
bien

bien son Abbaye, c'estoit vn benefice de
ventre, qu'il ne bailleroit pas pour cinq
cens fois autant, encores qu'il n'eust ne
tiltre ne benefice. Mais, adiousta-il, ie
vous feray vn petit compte d'vn autre
Abbé, qui auoit tant de tiltres qu'il n'y
pouuoit auoir beaucoup de lettres, car
vn iour ce beneficier prenant possessió
d'vn benefice, on commença à dire en
lisant ces qualitez & tiltres, *Abbas san-*
ti, &c. *Abbas*, &c. Et lors vn des assistás
va crier, Hé! vertu-Dieu que de basts
pour vn asne, ie croy que c'est vn asne à
tous basts. Ceux de la Seree voulás rire
& du bast & de l'asne, furent empeschez
par vn Drolle, lequel nous compta que
ce mesme Abbé ayant bonne enuie de
pouruoir son Abbaye d'vn Aumosnier,
au lieu de celuy qui estoit decedé, demáda à ses moynes où il pourroit trouuer
entre ces fols de moynes vn bó Aumosnier, quád vn secód frere Iean des Enta-
meures luy va respódre: Et pourquoy ne
trouuerez-vo° entre ces fols de moynés
vn bó Aumosnier, aussi bien q̃ no° auós
trouué vn bon Abbé entre ces fols de
moynes, Ce fut à Mósieur l'Abbé, qu'ils
auoient

esleu d'entr'eux : de recognoistre que
pour estre Abbé, il n'estoit pas plus sage
que les autres. Vous me faites souuenir,
va dire vn autre, du Pape Iules *de Monte*,
qui donna le chapeau de Cardinal à vn
ieune enfãt (qui à ceste cause fut nómé
Cardinalin) lequel estoit si ieune qu'il
n'y auoit pas long temps qu'il cassoit
encores sa coque pour esclorre, sãs estre
de maison, ne d'esprit, ne de sçauoir,
bref, n'ayant rien en luy qui meritast le
chappeau. Les Cardinaux ne trouuans
pas bon cela, dirent au Pape, que tout ce
qui estoit requis pour estre mis en telle
& si grande dignité, manquoit en ce cardinalin. Le Pape lors leur replique: Et
vous autres, quelle sagesse, quelle vertu,
quel sçauoir, quelle bóté & esprit, bref,
qu'auez-vous trouué en moy pour m'a-
uoir fait Pape? Les cardinaux lors se
prenans au bout du nez, ne parlerét plus
du cardinalin. Laissant le Pape & son
cardinal, ils se remettent encores à
leur Abbé, & vont compter que durant
les grands iours derniers tenus à Poictiers, cest Abbé eust affaire à Messieurs
du Parlemét, pour quelque procez qu'il

Liu. iij.   R

auoir par deuāt eux. Or estāt bien suiuy
& habillé en Prelat, les Huissiers luy veulēt bailler place, & tout sur l'heure Monsieur le President se leue pour aller au
conseil, & les Conseillers aussi. Lors nostre Abbé pésant qu'il se leuassent pour
luy faite honneur & place, leur va dire
tout haut, Messieurs, ne bougez s'il vous
plaist de vos places, ie seray bien icy, il y
a assez de place pour moy. Messieurs se
prindrent a rire, & iugerét que cest Abbé n'auoit pas beaucoup hâté la plaidoy-
rie, & ne l'en estimerent pas moins: n'e-
stāt gueres beau de voir vn homme d'E-
glise estre grand chiquaneur & ne bouger du Palais. Il n'y auoit personne en
ceste Seree, qui n'eust des comptes a faire des Ministres de l'Eglise, a limitation
des prescheurs, qui font leurs comptes
ordinaires de la nonchalance & du peu
de scauoir de la plus part de nos Ecclesiastiques, & ce le plus souuēt, pour n'e-
stre veu tels, mais ce q'est trouué bon en
general, ne se trouue pas bō aucune fois
en particulier, ce qui les faisoit taire, &
aussi que la reuerence & honneur, que
ceux de la Seree portoiét a nostre Chanoine,

noine, les rendoit muets, de peur de luy
desplaire. Dequoy noſtre chanoine s'a-
perceuant, & pour nous inciter à paracheuer la Seree du ſubiet encommencé,
va faire luy meſme deux ou trois comptes de quelques Eccleſiaſtiques, Meſ-
ſieurs, commença-il à dire, vous ne vous
ſcandaliſerez point ſi nous deſcouurons
quelques ignorances & maluerſations
des gés d'Egliſe, ſi vous conſiderezquel-
le difference il y a des Eccleſiaſtiquesde
ce temps à ceux du temps paſſé, s'eſtant
trouué en l'Egliſe primitiue pluſieurs
perſonnes de grande ſainteté, qui n'ont
voulu eſtre Preſtres, ne ſe fians en leur
conſcience pour vn ſi grand miſtere tel
qu'eſt ceſtuy-cy, & ſe ſont couppez les
doits pour eſtre plus aſſeurez de n'eſtre
point Preſtres. Le premier de mes comptes (diſoit-il) c'eſt d'vn Ecleſiaſtique,
qui demanda à vn Predicateurqui auoit
preſché tout le Careſme, quelle matiere
il auoit traitee en iceluy, lequel luy ayāt
reſponduqu'il auoit interpretéGeneſe,
cet hôme d'Egliſe luy va dire: Voila qui
va bien, Dieu vous face la grace de con-
uertir ces meſchans heretiques. Le ſe-

R 2

cond compte que fit noſtre Chanoine,
fut du meſme Eccleſiaſtique, lequel vo-
iât vn tableau du Decalogue, ou on peît
communement Moïſe auec vne grande
barbe griſe, & au deſſous Exod.xx. eſtimant qu'Exod.fut le nom, & que xx. fut
la marque de ſon aage, va reprendre le
peintre d'auoir pourtrait Exod.ſi vieux
n'ayant encores que vingt ans. Le tiers
compte fut du meſmes Eccleſiaſtique, lequel voulât baſtir à vn ſien benefice, s'ē
alla chez vn Libraire pour auoir de liures d'Architecture, qui luy apporta vn
petit liuret intitulé *Fundamentum Logi-*
ces, l'ayât veu il va dire au Libraire, auſſi
ſçauant que luy, que c'eſtóit ce qu'il demandoit, & que le principal d'vn logis
eſtoit le fondement. Or ayant enuie d'a-
uoir d'autres liures d'architecture, qui
aprenent à baſtir, regarde ou eſtoit im-
primé ce liure, afin d'en acheter, traitás
de meſme matiere. Voyât que c'eſtoit à
Paris *Apud geminas cyppas*, demáde à ſon
Libraire ꝗlle enſeigne c'eſtoit, pour la
trouuer à Paris, mais ne le ſçachant, vn
Regent de college le va aſſeurer, que
Apud

Apud geminas cyppas, valoit autant à dire
en bon François, que si on disoit, aux
deux boules. Lors ce beneficier va respondre, ie le croy bien, car quãd on veut
bouler, & ioüer à la longue boule, auant
que la ietter on fait cinq ou six pas. Le
Regent ne se pouuant tenir de rire de la
subtilité de cet Abé, l'accompagne iusques à sa maison, ou par les chemins il
auise vn beau logis tout neuf, demandât
au maistre maçõ, apres l'auoit visité dedans & dehors, si ceste maison auoit esté
faicte en la ville, & qu'il en voudroit
bié auoir vne pareille. Ce dernier compte acheué, iuin entre les autres, ayant
laissé rire ceux qui ne sçauoiét point ceste rencontre, si la maison estoit faite en
ceste ville, commença à nous demander, si vn Curé fit bien de ne vouloir pas
prier pour la santé d'vn sien paroissien,
qui l'auoit enuoyé querir pour prier
Dieu qu'il le remit en santé? Car le Curé luy ayãt demãdé en quel téps il estoit
meilleur Chrestien, ou en santé, ou en
maladie, & le malade luy ayãt respondu
que c'estoit quand Dieu le visitoit. Il
vaut donc mieux, repliqua son curé, que

R 3

du demeures ainsi, afin que tu sois plus
homme de bien. Puis nous va compter
comme vn Predicateur ces iours passez
fut apointé par ceux d'vne ville, à cent
escus pour y prescher tout le caresme, &
que tout le peuple du commencement se
contétoit fort bien de ses sermons, estāt
sçauant & eloquent ce qui se peut. Mais
auec le temps on s'apperçeut que sa vie
ne respondoit point à sa doctrine, & à ce
qu'il preschoit, & que ce sont deux choses de dire & de faire. A ceste cause la
ville deputa quelquesvns, pour remon-
strer à ce Predicateur, le scandale qu'il
faisoit de ne viure comme il enseignoit,
& que sa vie faisoit beaucoup plus de
mal & de scandale que celle d'vne personne priuee: car combien, luy disoient
les deputez de la ville, qu'éners Dieu les
vices ne soiét point plus grands aux pasteurs & ministres de l'Eglise, qu'aux autres: si est-ce que leur office & dignité,
fait que leurs pechez sont plus scandaleux, manifestes & remarquez, qu'aux
personnes priuees, aussi qu'il est plus aisé
de dire que de faire, & que la vie deuoit
prescher la premiere, attirant plus du
monde

mode a bien viure que la doctrine, côme le chef de guerre, qui accompagne
sesparolles auec l'effect,esmeut plus les
soldats a bien faire.Ce Prescheur,ayant
le tout entédu par les commis de la ville , & comme ils se contentoient fort
bien de ses predications,mais nó pas de
ses actiós & de sa vie, leur va dire,Vous
me dónez cent escuspour vousprescher
& admonnester,mais si vous m'en don-
niez deux fois autât , ie ne ferois pas ce
que ievous dis& presche.Lors ces deputez notèrent bié ce que dit Lacide Philosophe,qu'autremétviuons-nous en la
maison,que nous nedisputós auxescho-
les, arrestans entr'eux qu'a l'aduenir ils
seroient soucieux de ce pouruoir d'vn
prescheur qui auroit la vie conioincte
auec la doctrine & le scauoir.Vne fesse-
tonduë, alors va dire a ceux de la Seree:
N'espargnons pas ces prescheurs, aussi
bien mesdisent-ils, & parles de tout le
móde ,& q aimeroit,disoit-il,ceux qui
reprennent &blasment nos actiós.No-
stre Chanoine , pour munstrer qu'il ne
trouuoit pas bon,ne lavie ne l'ignorance d'aucuns de son estat,nous va reciter

R 4

qu'il n'y auoit pas long temps qu'en
sortât d'vne cógregation d'Vniuersité,
il auoit tronué vn Prestre de son Eglise,
lequel luy auoit conté que le Recteur,
qui auoit harangué, estoit vn fort sçauant & habille homme, & que luy ayant
demandé cóme il auoit nom, il luy auoit
respondu, qu'il auoit nom mósieur Viuat. Moy, disoit nostre Chanoine, sçachant bié le nom du Recteur, ie me dou-
tay bien qu'aprés son oraisó les Escho-
liers auoient crié *Viuat Viuat*, comme ils
ont de coustume. Toutesfois ie ne peu
m'empescher de rire, & de luy demander
qu'auoit Pit ce monsieur Viuat. Il à bien
parlé, me respód dit-il, au Medecins &
Chirurgiens, & qu'aussi il n'estoit point
Huguenot, ayant parlé plusieurs fois de
sainct Thomas. Lors ie me prins du
tout à rire, adioustoit nostre Chanoine,
sçachant que ce Recteur auoit parlé des
Medes & Syracusains, & auoit par plusieurs fois vsé en sa harangue du mot de
Symptoma. Et vrayement, repliqua quelqu'vn, les Pasteurs, Curez & Prestres
doiuét pour le moins estre instruicts en
la langue Latine, puisque l'Eglise Chrestienne

ftiéne Occidétale se sert du Latin, comme les Chrestiens Orientaux du Syrien,
les Abissins & Ethyopiens du Caldaï-
que, les Iuifs de l'Hebrieu, les Matema-
tiques de l'Arabique. A propos va repliquer vn de la Seree, que tous les gés d'E-
glise n'entendent pas le Latin, & qu'il
se trouue de grands clercs en François,
qui ne sont qu'asnes en Latin, escoutez
qu'il arriua du temps que les Polonois
vindrent en France, ou passans leur chemin pour aller en Cour, vont faire la reuerence à vn Prelat, auec vne petite harangue latine, car ils ne sçauoient point
parler Fráçois. Ce monsieur le Prelat ne
leur dit rien : mais seulement leur fait
signe de la teste & des mains. Parquoy
estant reprins de ses gens de ce qu'il ne
leur auoit rien dit ne respondu, il leur va
dire : Sçauez vous pas bien que ie ne
parle ni n'entens le langage Polonois?
Lors ses seruiteurs repliquerent à leur
maistre, Comment Monsieur, ces Polonois parloient Latin. Que ne me le
disiez vous? leur va dire ce Prelat, i'eusse respondu de mesme, Vn de la Seree,
craignant que de force de rire nostre

R 5

Chanoine ne vint à mourir, laiſſant l'i-
gnorance des gés d'Egliſe, leſquels vous
diriez auoir fait vœu d'ignorance comme de chaſteté, nous va reciter le bó zele du Curé de ſa parroiſſe, encores qu'il
ne ſoit des plus ſçauans, lequel il va deſcrire ainſi. Il ni a celuy d'entre nous, qui
n'ait ouy chanter la paſſion du iour du
Vendredy S. là ou tous ceux qui chantent la paſſion diſent d'vne voix baſſe &
douce ce que dit Ieſus Chriſt aux Iuiſs:
& ce que dirent les Iuiſs, eſt chanté bien
plus haut par le Preſtre ou Diacre, pour
demonſtrer que la parolle de Dieu eſt
humble, douce, ſimple, & veritable, laquelle ne demande aucune vehemence
pour ſon approbation, Mais le Curé de
noſtre paroiſſe, diſoit-il, fait tout le cótraire, & quand on luy demanda, pourquoy en châtant la paſſion, il faiſoit noſtre Seigneur parler plus haut que les
Iuiſs, au contraire de toutes les autres
parroiſſes, il reſpond, que quelque part
ou il ſeroit, il n'édureroit iamais qu'vn
autre parlaſt plus haut qne ſon maiſtre,
Ayant acheué ce conte, celuy que l'a-
uoit fait, va adiouſter que le bon zele

de

de la bonne vie de ce Curé, ne peut empescher ses parroissiens de rire durant
la Messe, à vn iour de Dimanche, qu'il
proclamoit des bancs à son prosne : &
voicy comment. Vn pere, disoit-il, ayāt
promis & fiancé sa fille à vn de ses voisins, fait escrire à vn clerc de village, afin
de faire proclamer les bancs à sa paroiss-
se, Mariage est accordé entre Pierre
boisson, & la fille de chez no? tous deux
parroissiens de ceans, &c. Le Curé à qui
on auoit apporté le breuet durāt sa messe, le prenāt le va lire cōme on luy auoit
apporté, & comme il le trouua escrit en
son memoire, Mariage est accordé entre
Pierre Boisson, & la fille de chez nous.
Ce qui fit rire tous les parroissiens, &
le Curé aussi, qui leur va dire que quād
il auroit des filles à marier, qu'il ne par-
leroit pas si haut. Voila comment les
hommes, disoit celuy qui qui auoit fait
le cōte, doiuent bié regarder à ce qu'ils
disent, principalement en public, parce que le peuple estant enclin à se mocquer & rire d'autruy, bien souuent in-
terprete leur dire en mauuaise part, encores qu'ils n'y pensent pas. Ie vous

R 6

prie, va dire vn autre, d'entendre la
responce que fit vn Curé à vn Gentil-
hôme son parroissien, lequel accusoit
son Pasteur de n'estre pas beaucoup de-
uotieux. Car vn iour ce Gentil-homme prie son Curé de luy dire vne Messe
à son intention. Or il arriua qu'vn
autre Prestre commença à dire sa Messe
au mesme temps que le Curé : mais le
Curé qui chantoit pour le Gentil-homme, eut deux fois plustost faict & a-
cheué sa Messe que luy, dont le Gentil-
homme s'en scandalisant, va dire au
Curé qu'il n'auoit pas si grande deuotiõ
que l'autre Prestre, qui n'estoit encores
qu'à la moitié de sa Messe. Le Curé, lors
luy va respondre, Ie le croy bien, monsieur, mais sçauez-vous pas bien que les
cheuaux vont plustost que les asnes?
l'Ecclesiastique, repliqua lors vn de la
Seree, & principalement les prescheurs
sont le plus souuent contraints de dire
& controuuer quelques sornettes, tant
pour auoir des auditeurs, que pour les
esmouuoir à leur donner quelque chose, la charité estant fort refroidie. Que
si me voulez escouter, ie vous en diray
deux

deux ou trois de leurs rencontres. La
premiere est, du prescheur de ce Caresme,
me, lequel voyant qn'on ne luy donnoit
rien nous va dire en vn de ses sermons,
que le diable auec son foudre estoit tombé
bé en l'Eglise où il estoit, & que ce diable
ble ne sçachat où se mettre & ranger, tat
à cause de l'eau beniste, des autels, que
des croix & bannieres, qui estoient en
ceste Eglise, s'estoit fourré en sa bourse,
pource que là il n'y auoit croix ne banniere,
niere, tout estant allé en procession. Les
auditeurs sçachans bien ce qu'il vouloit
loit dire, luy remplirent sa bourse de
croix, à fin que le diable auec son foudre
dre n'y tombast plus. La seconde rencontre
contre des prescheurs, ad ousta celuy
qui auoit faict la premiere, c'est d'vn
predicateur lequel voyat que ses sermos
n'estoient gueres frequentez, & par consequent
sequent qu'il ne gaignoit pas beaucoup
va dire vn iour à ses auditeurs, que le
diable auoit la nuict passee parlé à luy,
& que si le lēdemain on vouloit se trouver
uer à son sermon, il leur diroit des choses
ses esmerueillables & espouuentables,
& leur conteroit tout ce que le dia-

R 7

ble luy auoit dit, & leur en donneroit
si bonnes enseignes que personne n'en
douteroit. Cela diuulgué par toute la
ville, vous ne sçauriez croire le peuple
qui se trouua le lendemain à sa predica-
tion, mesmes de ceux qui n'auoient
bougé de la chambre & du lict il y auoit
vn an, s'y firent porter. Ce prescheur voyant si grand nombre de peuple là assé-
blé, leur va dire, Messieurs c'est grâdcas
quand ie vous ay parlé tous ces iours de
Dieu, & de ce qu'ils à faict pour nous,
vous n'en auez tenu conte, & maintenát
vous voulez bien sçauoir ce que le diable ma dict & reuelé, aimás mieux ouyr
parler du diable que de Dieu. Ainsi
tout le peuple s'en retourna de ce sermon tout confus, & sans sçauoir rien
du diable autre chose, ne de prescheur.
Mais les auditeurs iugeans en eux-mes-
mes que ce predicateur deuoit estre
quelque homme d'esprit & accord, il
s'en trouua vn entre les autres, qui
luy enuoya vn bulletin en sa chaire,
vn iour qu'il preschoit, par lequel
breuet il prioit ce prescheur de l'asseurer en sa consçience d'vn doute qu'il
auoit,

uoit, si les escargots estoyent chair ou
poisson, & s'il en pouuoit manger en
caresme sans offeser Dieu. Ce prescheur
pensant en luy mesme que cestuy-ci deuoit estre quelque bon compagnon qui
vouloit estre asseuré de sa conscience,
ayant leu ce breuet à ses auditeurs tout
haut, va dire: Quiconque soit qui m'ait
enuoyé ce billet, & doute si les escargots
sont chair ou poissô, & en veut auoir mô
aduis, qu'il s'asseure que c'est du poissô,
& que ce n'est point de la chair, & qu'il
en peut mâger en caresme sans scrupule
&en liberté de consciéce, mais ie luy cô-
seille qu'il se garde des cornes. Ceux de
là Setee veulans rire de ce conte, furent
empeschez par celuy qui l'auoit fait, cô-
tinuant à conter que ce frere prescheur
fut puny de ceste raillerie, ainsi que ie
vous conteray. Vous sçauez, commença
il à dire, que les troubles ont esté cause
que plusieurs parroisses sont demeurees
sans pasteur & sans doctrine, & que les
parroissiens, pour la pluspart, viuoient
sans religion. Parquoy la guerre estant
vn peu assoupie, il fut aduisé par l'Euesque & Diocesain, qu'on enuoyeroit aux
lieux

lieux les plus reculez, quelques Ecclesiastiques & gens sçauâs, pour les remettre
en leur premiere deuotion & creâce. Entre autres fut delegué vn predicateur q̃
leur disoit qu'ô se dónast garde des cornes en mâgeant des escargots, & en allât
de lieu en lieu fit cónuoquer en vne Eglise, cómise à sa visite, tous les paroissiens
d'celle, ausquels en catechisant il faisoit dire leur creance, leur *Pater noster*, &
Aue Maria, & sur la fin leur faisoit dire
& aprenoit leur *Confiteor*. Or ces parrois-
siés en disant, *Mea culpa Deus*, ne frapans
point leur poitrines, cóme c'est la coustume, il les auertit de ce qu'ils deuoiét
faire, & en battât luy mesme sa poictri-
ne leur disoit, quâd vous direz, *Mea culpa, Deus*, frapez tous là, cóme vous voyez
que ie fay. Ce qu'ils firent, car disans
tous ensemble leur *Confiteor*, quand ce
fut à dire, *Mea culpa, Deus*, qu'on dit par
trois fois, ils vont par trois fois frapper sur l'estomach de leur catechiseur,
l'vn apres l'autre, selon qu'il leur auoit
commandé de frapper tous là ou il frappoit, sans considerer que c'estoit leur
poitrine qu'ils deuoient battre, laquelle

le auoit fait le mal, & non pas la sienne,
tant estoient deuenus grossiers par dis-
continuation de ne dire leur *Confiteor*. Il
se faisoit tard, & si chacun craingnoit de
scandalizer les Ecclesiastiques, parquoy
en sevoulant retirer, il fut arresté par vn
de la Seree, lequel à propos de ce fiere
prescheur, nous va conter qu'il se trouua en la maison d'vne sienne parente, en
laquelle icelle estant fort malade, il se
trouua vn Ioachin & vn Medecin, l'vn
voulât medeciner l'ame, l'autre le corps.
Or est-il, que ceste malade ne pouuant
gueres bié parler, ne pouuoit aussi estre
bien entendue de son confesseur, qui va
dire au Medecin, Monsieur, ne sçauriez-
vous la faire parler, vn peu mieux, & pl⁹
distinctement, à fin qu'elle puisse faire
entendre sa volonté, & ce qu'elle à sur sa
conscience? Le Medecin, sans penser en
mal, ne considerer que son confesseur là
present estoit Iacobin, luy va dire, Môsieur nostre maistre, il est bié difficile de
la pouuoir faire parler autrement, car
elle à dans la gorge des gros Iacobins q̃
l'empeschent de pouuoir parler. Ayant
ce Medecin, qui estoit de la pretendue
                              Religion,

Religion, acheué de dire ce, il commence à s'excuser enuers ce frere prescheur, en luy disant qu'il ne print point
cela en mauuaise part, & qu'il ne l'auoit
pas dit pour l'offencer & fascher. Le Ia-
bin luy respond, qu'il n'y auoit rien qui
meritast excuse, & que quand a eux,
ils appelloiét ces flegmes qu'on crache,
des gros cordeliers. De peur d'entrer en
cescomptesplus auãt, il fut deliberéque
chacun se retireroit en sa maison, de
peur d'estreprinspour ceuxque nous ne
sommes pas.

Trente-quatriesme Seree.

Des fols, plaisans, ydiots, & badins.

ON sçait assez que durant les emo-
tions ciuiles, qui ont couppé les
nerfs & ligamens de l'humaine & commune societé, vne des principales choses que faisoient les habitans des villes,
c'estoit de se donner garde qu'on ne les
surprint. Et pour ce faire, vn chacun de
nostreville alloit auxgardes des portes,
ꝗ leur

leur arriuoient par fort. Et eſtans là, c'e-
ſtoit de s'enquerir quelles nouuelles
couroient, pour ſçauoir qu'on pouuoit
attédre de ces troubles. Et encores qu'ó
ne fuſt point de garde ce iour là, tout le
monde eſtát de loiſir, on ne laiſſeroit de
s'y trouuer, pour le plus ſouuét y apren-
dre des menteries d'autant que les paſſans s'accómodoient ſelon l'humeur de
ceux à qui il falloit reſpondre, ayans en
recommádation de ne dire iamais choſes qui deſpleuſt aux gardes, ne voulans
que paſſer chemin, ſans qu'ó ſçeuſt quel
party ils tenoient. Que ſi quelques vns,
qui auoient eſté ce iour là a la garde, ſe
trouuoiét en vne de nos Sérees, d'abor-
dee il falloit ſcauoir ce qu'ils y auoient
appris. Le tout eſtant mis ſur le bureau,
chacun ſelon ſon humeur, ſe formoit ſa
bonne ou mauuaiſe fortune, la penſant
veritable, tant plus elle luy plaiſoit. Que
ſi le Francois, eſtant en paix, eſt fort curieux de nouuelles, que fera-il, durant les guerres ciuiles, ou chacun a in-
tereſt? Le Francois, ny en paix, ny en
guerre, ne gardant nullement la loy des
Atheniens, par laquelle il eſtoit defendu à

du à toute peſonne d'oſer enquerir aucun eſtranger de nouueau venu en leur
cité, dont il venoit, quel il eſtoit, ni que
c'eſt qu'il demandoit, ſur peine d'eſtre
banni. Et faiſoient cela, pour defendre
au hommes le vice de curioſité, lequel
eſt touſiours prompt de vouloir eſpier les
affaires d'autrui, ne regardant point aux
ſiennes. Ceſar remarque deſlors en noſtre nation ce vice qui y eſt encore d'arreſter les paſſans que nous rencontrons
en chemin, & les forces de nous dire qui
ils ſont, & de prédre à iniure & occaſion
de querelle, s'ils refuſent de nous reſpondre. Or en ceſte Seree ſe trouua va
meſſer Pantbleon, lequel auoit eſté ce
iour intendant à vne porte, & ſuperin-
tendant la nuit en vne tour & portail,
qui nous va faire vn compte du plaiſir q
leur auoit donné vn plaiſant Sibilot, lequel s'eſtoit preſété ce iour là à la porte
pour y entrer. Ce qui reſiouyt la Seree
de telle ſorte qu'il ni fut rien dit qui ne
ſentiſt ſa folie, loin ou pres. Et à la verité, vous diriez que nature à enuie de
s'esbattre, quand elle ſe met à faire de
telles pieces d'hommes qu'il s'é trouue,

& quel

& qu'elle nous veut bailler du passetéps
& nous faire rire. Noftre Panthaleon
commença ainfi: A cefte apres difnee, il
s'eft prefenté à noftre porte vn vray frac-
à-tripe, pour y entrer, ie luy demande
comme il s'appelloit, en riant il me va
dire qu'il ne s'appelloit point, mais bien
qu'on le nommoit Gredendan: Puis ie
luy demáde d'où il venoit, il me refpód
qu'il venoit de Paris, ĝl bruit il y auoit,
il m'a dit, qu'il n'y auoit nul bruit, en
eftant bougé fi matin qu'il ni auoit perfonne leué, & puis recita ces deux vers,
que depuis i'ay veu en Liphius:

Defierant latare canes, vrbéfque filebant.
Omnia noctis erãt placida compofta quiete.

Aucuns oyãs cefte refpónce, difoit noftre Panthaleon, ne furent pas d'auis de
le laiffer entrer l'accufant d'eftre vn ef-
pion, puis qu'il fcauoit parler Latin, les
autres ne s'en faifoient que rire, & le
laifferét là, comme eftant affez trauaillé
de fa propre folie, difás qu'on peut auffi
bien eftre fol en Latin qu'en François.
Cezani icy voiãt qu'on le faifoit là trop
attédre, nous va dire que veritablement
il venoit de Paris, mais qu'il ne leur en

pouuoit

pouuoit pas dire grande chose n'ayant
peu voir la ville à cause des maisons, &
aussi qu'ils s'y mouroyent si fort, que de
cent boutiques fermées on n'é trouuoit
pas vne ouuerte. Les garde lors eurent
grand' enuie de luy bailler du roux de
billy, dont les lardons sont de bois, & le
faire crocheteur. Mais ce zany ayant
autrefois esté en ceste ville, de bône for-
rune aduisa son hoste, qui estoit de garde auec nous, auquel il va dire hé! Monsieur de ceás, ie vo° prie me laisser entrer
& ie vous diray des nouuelles, c'est qu'il
y a force Reistres leuez, & qu'ils sont biē
dix mil cheuaux bien môtez. Son hoste,
que ce sibilot appelloit tousiours Monsieur de ceans, encores qu'il fut hors là
ville, luy va demander s'il n'estoit point
Huguenot, il luy respond, ie voy biē à ceste heure q̃ vous vous moquez de moy,
sçauez vous pas bien qu'il n'en est pas le
temps? Si ie vous ay dit qu'il y a des Reistres leuez, pensez vous qu'ils soyent à
ceste heure icy encores au lict, Lors il
fut deliberé qu'aucũs de la garde le cô-
duiroient en vne hostellerie, & feroient
commandement à son hoste d'auoir est-
gard

gard sur luy. Que s'il eust esté a Tollette
disoit nostre Panthaleon, qui nous cô-
toit des nouuelles de la porte, on l'eust
enuoyé au lieu public & Hospital, ou
sont logez les insensez, estât ce plaisant
digne d'estre receu a la feste & confrarie
des fols, qu'ô appelloit *Quirinalia*. Si les
fols sont comprins auec les insêsez, repliqua quelqu'vn de la Seree, & il y en
ait autat en Espagne comme en ce païs,
il faut biê que cest Hospital soit bié ré-
té, pour les nourrir, & biê grád, pour les
loger. Il luy fut respondu, qu'il y auoit
biê plus de fols & d'insensez en Espagne
que non pas en ce païs, si nous voulons
croire Monsieur Bodin, lequel dit en sa
Methode, que les Meridionaux deuiennent plustost fols & furieux que les Septentrionaux, a ceste cause (dit-il) vous
trouuerez toute l'Afrique garnie de
maisons dotees pour receuoir les fols &
insêsez, & mesmes en Italie vers la Pouil-
le, Calabre & Naples où l'air est chaud, il
se trouue des Monasteres, où les Monia-
ques & fols qu'ils nomment *Mati du ca-
don,* sont reseruez & enfermez, la où en la
basse Allemagne, il n'y en a quasi poît, &
s'il y

s'il y en a, leur folie ne procede pas de
cholere, mais du sang, & ceux-cy sont
ioyeux, ne faisant que sauter & danser,
que s'ils entendent des instruments, qui
les incitent a danser, ils danseront iusques a ce qu'ils soient contraincts de se
reposer, & se guerissent ainsi, & appellent les Allemans ceste folie & fureur, le
mal de saint Vitus. Si est-ce (repliqua
vn autre) qu'on a basty a Paris vne maison pour ces pauures gës, car il y a escrit
au dessus de la porte, Pour les pauures
de sens. Mais ie ne sçay si tous y pourrõt
loger, d'autant qu'on dit en Latin, & est
bien vray en Frãçois, *Stultorum numerus
est infinitus*, si qu'aucuns on dit, que si tous
les fols portoiët marotte, qu'on ne sçait
pas de quel bois on se chaufferoit, parce qu'il y a au monde beaucoup de fols,
qui ne le pensent pas estre, la folie se
diuersifiant selõ que l'humeur est chaud
ou froid. Que tout le monde soit fol, adioustoit il, Aristote dit, que nul sage, est
menteur, l'escriture dit, tout homme est
mẽteur, donc nul homme est sage, Diogene dit que celuy est fol qui ne se contente, tout le monde est donc fol, parce

vne

que nul n'est content de sa fortune. Le
prouerbe dit-il pas, que qui ne fait les
folies en ieunesse, les faict en vieillesse?
Il est donc necessaire, que nous soyons
tous fols, ou en vn temps, ou en l'autre.
Et faut dire que le monde est sans hommes sages, lesquels sont morts petit à
petit, les fols ne sont iamais morts, ils
ont tousiours vescu & croissent tous les
iours. Il seroit donc bon, adiousta il,
puis qu'il y à tant de fols, & si grande
diuersité de folie, d'auoir des Medecins
pour discerner l'humeur qui peche a fin
de le corriger, comme il y en auoit vn
a Milan, qui n'estoit medecin que des
fols, & voicy comme il les guerissoit.
Il les mettoit dans vn lac tous nuds, &
les attachans a vn poteau, les laissoit la
endurer & l'eau & la faim, selon qu'il
les voyoit hors du sens, & iusques a ce
qu'on recogneust quelque amendemét:
vous asseurant qu il auoit grand presse,
n'y ayant gueres personne qu'il n'ait
quelque humeur. Qu'il y ait beaucoup
de fols, adioustoit-il, cela le demonstre
de ce qu'on dit qu'il y a vne folie en-
voyee du Ciel, laquelle inspire les Sy-

Liu. iiij.   S

billes, les deuins & vaticinateurs, & les
Poëtes. Socrate appelle ceste folie *Ep-*
thusiasmum, les nostres l'appellent aucunes fois faueur diuine, aucunesfois folies, de la vient qu'on appelle les Poëtes
fols, & les Sybilles foles, comme il se
trouue en Virgile,

Insanam vatem aspicies, quæ rupe sub ima
Fata canit.

Combien de fois, nous demandoit-il,
estans tous seuls en vos chambres, auez
vous marché au beau milieu des car-
reaux, craignans de mettre le pied ailleurs? Vous asseurant que ceux qui sont
estimez sages, font le plus souuent leurs
folies en secret, & ceux qui sont re-
cognus pour fols, la manifestent, estant
vne grande sagesse à vn homme (encore
qu'il soit fol) de contrefaire le sage : &
pour vous môstrer, adiousta-il, qu'il n'y
a pas beaucoup de sages, qui soiët sages,
comme les Perses appellent leurs Mages, les Grecs leurs Philosophes, les Indiens leurs Gymnosophistes, c'est à dire, les sages nuds, ceux de Calecuth
leurs Brachmanes, les Egyptiens leurs
Prestes, les Cabalistes leurs Prophetes,
les

Gaulois leurs Druydes, les Turcs leurs
Calloyers, c'est à dire gens de bien, sacrez. Escoutez ce que dit monsieur Bodin, qu'é toute la Grece on ne peust iamais trouuer que sept sages, encores il
y a doute s'ils l'estoient: car comme il
dit, s'ils estoient sages à leur iugement,
ils ne l'estoiét pas, & ny a hôme qui soit
reputé sage, parce qu'il se nomme luy
mesme sage, & dit qu'il l'est, le premier
traitde folie estát de s'estimer sage. Que
si vous dites que ces sept sages estoient
sages au iugement du peuple, encores
moins dit Bodin, d'autát qu'il faut que
vn sage iuge soit si vn autre l'est:or tout
le peuple n'estoit pas sage, car il n'y en
auoit que sept en toute la Grece. Que si
auiourd'huy tout le monde est sage, &
qu'on ne trouue gueres de fols & igno-
rans, c'est parce que tous font les sages
& Philosophes. Si cela est vray (repliqua vne Fesse-tonduë) qu'il faut qu'vn
sage soit iuge si vn autre l'est, il sera bien
difficile de trouuer vn medecin pour
les guerir, d'autant qu'il faut cognoistre
la maladie deuant qu'on puisse bien remedier, or pour la recognoistre il fau-

S 2

doit trouuer des medecins sages, pour
sçauoir ceux qui sont malades de folie.
Et ie croy, disoit-il, que c'est vne des
principales causes pourquoy les fols ne
trouuent point de guerison: & aussi que
les medecins ne veulent toucher à ceste
maladie, de peur qu'on leur die, *Medice
cura teipsum*. Et de fait, vous ne voyez
point qu'on guerisse les fols auec ius de
mauues, comme les anciens Romains
faisoient, en le prenant tiede, ou auec
l'helebore blanc, comme les Grecs, lequel purge par dessus, nageant par sa
substance au ventricule; encores qu'il
soit beaucoup plus moleste & dangereux que le noir, dont vsoyent les Arabes, qui purge par le bas. Que si l'helebore guerissoit auiourd huy les fols, ie
m'asseure, adioustoit-il, qu'il seroit bien
cher: estant la maladie si commune, &
si enracinee en nos cerueaux, qu'il en
faudroit prendre vne bonne dóze, qui
voudroit guerir. Et parce que ce medi-
camét est tenu pour l'vn des plus forts,
& qui subuertit plus l'estomach & ventricule, ie voudrois, en payant, que les
medecins en fissent l'espreuue, auant
que

que le remettre en son premier vsage,
& possible qu'il feroit double profit. Il
ne faut donc pas s'esmerueiller (repliqua vn de la Seree) si la cure de folie est
en ce teps difficile, puis qu'on n'vse plus
du vray remede, qui est l'helebore, la
melancholie ne se pouuant tirer du
corps qu'auec difficulté : dont le plus
souuent procedent les passiós d'esprit,
qui ne sont aisees à appaiser. Et d'autant
(adioustoit-il) que le melancholic, qui
est nommé en Latin *imaginosus*, c'est à
dire fantasque, est plus sage que le san-
guin, ou autre, s'il deuient furieux &
insensé, sa furie & folie sera fort fas-
cheuse à guerir, la melancholie ne se
maniant pas facilement. Mais repliqua
quelqu'vn, qui vous a dit que le melancholic soit le plus sage de toutes les
autres cóplexions, estát froid & sec, vcu
que Cardan dit que l'homme est l'animal est le plus sage de to^s, parce qu'il est
chaud & humide, tout au contraire ? Il
luy fut respondu, que l'Elephant, qu'on
dit auoir le sang froid & melancholic,
estoit le plus sage de toutes les autres
bestes, la secheresse & la froideur c au-

S 3

fans le bon efprit : ce qui fe prouue parce que le melancholic, qui eft froid &
fec, eft le plus fpirituel de toutes les
autres complexions dôt il aduient que
les hommes font volôntiers plus fages
que les femmes, & les gens vieux que
les enfans, & des enfans, ceux qui font
fecs de nature, ont plus d'efprit que les
mollets, mais aufsi ces grands efprits
ne font de durée pour viure longuemêt,
parce qu'en tels corps n'y a grande humidité, qui caufe la longue vie : les
actions principales de l'efprit remuant,
& fort vif, deffechant le corps, & le
corps deffeché aiguifant l'efprit, mais
ce n'eft pour durer long temps : car tant
plus que noftre corps deffeche, tant
plus nous fommes prefts de noftre fin,
comme l'enfant tant plus il naift fec,
pluftoft il eft vieux. Et outre, adioufta-
il, que ces grands efprits & bonnes memoires ne viuent gueres, auec cela, ils
ont le plus fouuent le iugement, la raifon & le difcours plus court que ceux
qui ne font pas fi fpirituels, & voicy la
raifon. Vous fçauez que pour compré-
dre bien, il faut de la molleffe au cerueau

ueau, mais pour le retenir, la fermeté y
est requise, qui se faict par secheresse.
Or les excellentes memoires & promp-
tes conceptions, ce sont intemnera-
tures du cerueau, l'vne trop molle, l'autre trop seiche, qui ne sont pas tant
loüables: car l'esprit sera bon, s'il est
bien temperé, estant la prudence la
principale action de l'homme temperé:
l'homme temperé ayant toutes ses facultez moderees, & nulle excessiue, &
ayant plus de iugement & de raison encores qu'il ait l'esprit vn peu grossier,
que celuy qui à beaucoup d'esprit, aiant
la memoire & la conception bonne. Ie
ne sçay, va dire vn autre, où i'en suis,
ie n'entens pas cela, ie ne puis mordre
où ie ne mets les dents, ne sçachans
qui ie dois estimer sage & de bon esprit,
& le separer du lourdaut, du grossier,
& du fol: & est vne chose bien difficile
d'en iuger. Ce qu'à monstré celuy qui
a faict la langue Italianisee, quand il
ne sçait ou mettre Brusquet le trouuant
aussi sage que ceux qui le prenoient
pour vn bouffon, qui faict dire à l'autheur de ce liure, que Brusquet n'estoit

S 4

pas si fol qu'on le faisoit. Et laissant tout
plein de bons tours qu'ils à faicts, pour
estre trop communs, ie vous en diray
vn qui vous fera possible rire. C'est d'vn
Conseiller du Parlement de Paris, lequel ayant disné aux faux-bourgs, où
Brusquet tenoit sa poste, s'adresse à
luy, le priant de luy prester vn de ses
cheuaux auec vne housse, pour le conduire seulement iusques au Palais, a cause qu'il se plaignoit bien fort. Brusquet
ayant perdu vn procés en la Cour, luy
baille le meilleur de ses cheuaux de poste : Le conseiller estant monté dessus,
ayant sa grande robe, Brusquet fait
sortir son postillon, lequel commença
à corner & à poster, & le cheual du
Conseiller aprés, si bien qu'il fut impossible à ce Monsieur d'arrester son
cheual qu'il ne fust a la prochaine poste : & ie vous laisse a penser si Brusquet
rioit a son retour, quand il le veid retourner tout a pied, & tout fangeux.
Vne autrefois, fut-il adiousté, Brusquet sçachant qu'vne grande Dame deuoit venir pour veoir sa belle femme,
il luy fit croire que ceste Dame estoit
sourde,

sourde, & à la Dame que sa femme
oyoit fort dur. Et Dieu sçait le plaisir
qu'il prenoit de les veoir crier si haut à
l'enuy l'vne de l'autre. A l'autrefois,
quelqu'vn se plaignoit à Brusquet qu'il
l'auoit mal monté, luy ayant baillé vn
cheual, qui en courant la poste s'estoit
rompu le col : & que Brusquet s'en esmerueillant, luy auoit dit que c'estoit
vn des bons cheuaux qui fut dans Paris, & s'esbahissoit de cela, n'ayant
iamais fait ce tour là en toute sa vie.
Puis on adiousta, que ce qui faisoit
trouuer Brusquet plaisant, sans estre
ennuyeux, c'estoit qu'il ne repetoit iamais vne mesme chose, & qu'on se
fasche bien tost d'vn bouffon quand il
ne sçait qu'vne chanson. Il est vray, disoit-on, que si vous eussiez veu Brusquet, & ouy parler, vous l'eussiez prins
pour vn bouffon, mais en ses actions
& affaires, vous l'eussiez prins pour
vn homme bien aduisé & fut dit, qu'il
ne falloit pas iuger de l'esprit d'vn homme par quelques rencontres & ioyeusetez, car vous trouuerez des personnes
qu'on estime folles, & d'autres qu'on.

S 5

eſtime ſages, que ſi on prend garde à ce
qu'ils font & diſent, on ſe trouuera
bien loing de ſon conte. Eſcoutez, va
dire vn de la Seree, ce que reſpondit
vn ſeruiteur à vne Dame qui le vouloit accueillir : car ceſte femme luy
ayant demandé s'il eſtoit ſage ou fol,
& luy ayant dit que s'il eſtoit ſage, il
ſeruiroit mieux: s'il eſtoit fol, que pour
le moins il luy donneroit du paſſe-
temps. Ce ſeruiteur luy va dire, Madame, ie ſuis ſage quand il me plaiſt,
& fol quand ie veux, Et Dieu ſçait ſi
ceſte femme l'accueillit, & ſi elle ne luy
donna pas tout ce qu'il demādoit pour
ſon ſalaire. Ce que pourrez cognoiſtre, va dire vn de la Seree, parce que ie
vous conteray preſentement. Vn Duc
de Milan, commença-il à dire, auoit
à ſa ſuitte vn qu'on eſtimoit bouffon
& plaiſant, parce qu'il mettoit en eſcript, & faiſoit regiſtre de toutes choſes qui ſe faiſoyent en la Court de ſon
Seigneur & maiſtre, qu'il penſoit dignes d'eſtre enregiſtrees en ſon diaire
& papier iournal. Arriua vn iour que
le Duc allant viſiter ce papier, comme
il

Il faisoit souuent, se trouua bien auant
enregistré, & en grosse lettre, dans ces
memoires, parce qu'il auoit baillé trente mille ducats à vn More, qu'il ne
cognoissoit que de huict iours, pour
luy aller achepter des cheuaux en Barbarie. Ce Duc, tout en cholere, demande à son bouffon, pourquoy il l'auoit
couché & enregistré en son papier iour
nal. Pourquoy? luy respond son bouffon, pour-autant que tu as baillé trente
mille ducats à vn Negre, que tu ne co-
gnoissois point il n'y a pas long temps.
Mais, repliqua le Duc, s'il m'ameine
des cheuaux pour mon argent, quelle
folie auray-ie faicte, qui merite d'estre
mise en ton liure? Il n'y aura rien de
gasté, luy respond ce bouffon : car s'il
reuient, & t'ameine des cheuaux pour
ton argent, lors i'effaceray ton nom
de mon papier, & y mettray le sien.
Tous ceux de la Seree trouuerent ceste
rencontre si à propos, qu'ils ne pouuoient iuger quel humeur maistrisoit
ce contreroolleur. Vn autre prenant la
parole, va dire qu'il auoit vn conte à
faire de la responce d'vn lourdaut, ou

S 6

il ſera encores plus difficile de diſcerner
l'humeur, qui le faiſoit reſpondre à ce
qu'ó luy propoſa. Ie me trouuay vn iour,
diſoit-il , à la table d'vn grand Seigneur, où nous eſtiōs bien empeſchez
à rendre la raiſon, pourquoy en Eſpagne on faiſoit les pains plus grãd qu'en
France ou Italie. Les vns diſoient que
c'eſtoit à cauſe que le grãd pain ſe tient
plus frais que le petit, & qu'il ne ſe
deſſeiche pas ſi toſt , eſtant l'Epagne
fort chaude. Les autres ſoutenoient
que les Eſpagnols auoient leurs fours
plus grands que les autres peuples, parce qu'is diſent que le pain eſt meilleur
cuit en vn grand four qu'en vn petit le
pain cuit en vn petit four , ne cuiſant
pas eſgallement, comme en vn grand,
& les fours d'Eſpagne eſtant grands,
ce n'eſt pas de merueilles s'ils font les
pains grands,& auſsi qu'à l'enforner on
faiɔt les pains cornus. Le tiers diſoit,
que tant plus le pain eſtoit grand, tant
plus , on le trouuoit ſauoureux &
meilleur, ayant plus de vertu & faculté aſſemblee , comme le vin eſt plus
fort & meilleur en vne pippe qu'en vn
buſſard

bastard. Que le grand pain, adioustoit-
il, soit meilleur que le petit, cela se peut
prouuer de ce qu'il y auoit des festes
qui se nommoient *Magalartia*, à cause
de la grandeur des pains, dont le pain
estoit estimé sur tous les autres, & aussi
bon que celuy de la ville d'Eresus, si
nous croyons au Poëte Archestrate,
pour lequel pain Mercure prenoit bien
la peine de descendre du ciel, & en venir faire prouision pour les Dieux. Et
aussi quand le pain est petit, il se brusle
par la crouste, & demeure mal cuit au
dedans, par l'obstacle de la crouste ha-
uie: & si la paste croist & leue mieux
quand il en y a beaucoup, que quand
il n'en y à gueres, comme on dit, que la
paste se leue mieux durant la pleine
Lune qu'en autre temps. Lors vn lourdaut qui seruoit à la table, nous voyant
en si grand debat, se va mocquer de
nous, de ce qu'estions empeschez en si
peu de chose, & nous va dire, que les
Espagnols faisoient leurs pains plus
grands qu'ailleurs parce qu'ils y mettoyent plus de paste: Or deuinez, va
dire celuy qui nous faisoit ce conte,

comme ce fotart l'à peu deuiner. Cesse rencontre en mit vn autre en memoire à vn de la Seree, qu'il commença ainsi. Vous sçauez, disoit-il, que durant les troubles plusieurs ont veu la mer, qui n'esperoient point de iamais le voir, & si s'en fussent bien passez: car celuy qui se met sur la mer, ou il est fol, ou il est pauure, ou il a enuie de mourir. Et quand on leur demandoit parauant s'ils auoient veu la mer, ils se contentoient de dire que non, mais respondoient qu'ils auoient bien veu vn homme, qui disoit auoir veu vn autre homme, qui disoit l'auoir veuë. Ceux-cy, dequoy ie vous veux parler, ayans veu la mer a leurs despens, estans de retour, entrerent vn iour en dispute, pour sçauoir pourquoy les mariniers, & ceux qui hantent la mer, portoient à leurs ceintures des gaines de bois. Les vns disoient q̃ c'estoit parce que le cuir se pourrit & moisit sur l'eau, aussi bien que le fer se charge de roüille, à cause de l'humidité excessiue & nitreuse. Les autres asseuroient que le bois empes- choit qu'en q̃lque effort le couteau ne

bles

bleſſaſt celuy qui le portoit, ce que le
cuir ne pouuoit faire. Ne ſe pouuans ac-
corder, ils s'aduiſent d'en demáder l'aduis à vn qu'ils eſtimoient rude & groſ-
ſier luy demandant, viença, toy qui as
hanté la mer auſsi bien que nous, pourquoy eſt-ce que les mariniers portent
des gaines de bois, ou de corne, gar-
nies de plomb? Ceſt habile homme,
ſans y trouuer aucune difficulté, leur va
reſpondre qu'ils portoient des gaines
de bois, pour y mettre leur couteaux.
Puis le voyant de ſi bon eſprit, on luy
demanda comme il auoit peu trouuer
la mer. Il va reſponde en ſon lourdois,
(toutesfois par vn axiome general & veritable) que ceux qui ne ſçauent pas le
chemin de la mer, & y veulent aller,
n'ót qu'à ſuiure la riuiere, & qu'il auoit
fait ainſi. Eſtans entrez ces gens de mer
en vne autre queſtion, de ce que les mariniers, & ceux qui nauigent deuenoiét
pluſtoſt gris, que ceux qui demeurét ſur
la terre, il fut dit que la principale cauſe eſtoit l'humidité de la mer, comme
l'humidité fait que la femme à les cheueux plus grands que l'homme. Mais de
ceſte

ceste questió,on entra en vne autre plus
difficile à sçauoir pourquoi les cheueux
blanchissoient le plus souuent auant la
barbe, Les vns attribuans cela à l'humidité du cerueau, les autres aux vapeurs
qui y montent, les autres à la qualité
des cheueux & de la barbe,qui est diuer-
se,le poil de la barbe estant plus fort &
plus roide que celuy des cheueux, dont
il resiste mieux à la grisonneure. Ne se
pouuans resoudre, ils s'adressent encores à leur oracle, luy demandant,pour-
quoy les cheueux deuenoient plustost
blancs que la barbe. Qui leur va respondre, c'est à cause que les cheueux sont
plus vieux de dix ou douze ans que la
barbe. Nous auions de coustume en nos
Serees, apres auoir ris de discourir de
quelque chose pour apprendre, & ou il
y eust du profit & de l'ytilité, estant à
faire à vn fol de tousiours rire,aussiqu'il
en y à qui sont morts de trop rire,com-
me fit Philemon, qui se print si fort à
rire, voyant vn asne qui mangeoit des
figues sur vne table, que la fin de son ris
fut accompagné à celle de sa vie. Voyós
donc quand c'est que l'on peut estre asseuré

seuré de la mort, si en riant les hommes
meurent : Parquoy vn de la Serce commença a discourir comment se pouuoit
faire, que l'vn soit sans iugement, qui
ne laissera a auoir le sens & l'imagination bonne, l'homme pouuant estre sage en vne chose, qui sera fol en l'autre,
vne faculté animale pouuãt estre offensée, cõme le iugemét, & l'autre ne la sera pas, comme la memoire, ne s'ensui-
uant pas pourtant que ces vertus animales ayont leurs places distinctes au
cerueau, la memoire n'estant point sur
le derriere de la teste, le sens commun
suo le deuant, & la ratiocination sur le
milieu, comme c'est l'opinion des Arabes, toutes ces facultez residans au cerueau en mesme lieu. Que si nous voyõs,
adioustoit il, quelques vns qui excellent en vne faculté, ayant l'autre vitiée,
cela procede de l'imbecillité d'vne des
facultez, car il se peut faire que la memoire sera blessée, & le iugement ne le
sera pas, vne faculté estant plus foible
que l'autre. Ne faut donc trouuer estrã-
ge, disoit-il, si la memoire qui se
trouuera foible, sera offensée par quelque

que malad e ou accident, le iugement
demeurant vigoureux, & en son entier,
estant plus fort & robuste, que la memoire encores que toutes ces facultez
animales soyent logees en mesme lieu.
Vne Fesse-tondue n'entendant rien en
ce discours, va prier la compagnie de
luy dire quelle faculté estoit offensee
en vn de ses voisins, lequel n'eut iamais permis qu'on eust trempé le potage à ses ouuriers, lesquels trauailloyent
sous terre, qu'ils ne fussent montez en
haut, ouy bien à ceux qui estoyent sur
sa maison, car, disoit-il, on ne sçait quãd
ceux qui fossoiét en terre doiuent monter, mais quand à ceux qui trauaillent
sur les maisons, ils ne peuuent faillir à
descendre. Puis ceste fesse-tondue va
adiouster que ce voisin estoit biẽmeslé,
estant aussi fol que sage, & qu'il auoit
bóne enuie de nous côter deux ou trois
petites de ses faceties. La premiere est
que ce voisin auoit vn de ses voisins plus
riche & plus chiche que luy, lequel luy
emprũtoit tous les iours vne poësle percee, pour faire cuire ses chastaignes.
Vn iour ce mauuais riche ayant à faire
cuire des chastaignes, & ne trouuant

point sa poëste percee, s'aduisa d'emprunter de cest emprunteur vne grande
poëste, qui valoit bien quatre escus, qui
seruoit pour fricasser vne sole toute entiere, & soudain l'enuoya chez vn serrurier pour la percer : estant percee la
renuoye à ce chiche-face, afin qu'ils ne
se seruistplus de la sienne, lequel en eust
fait instance, sans la moquerie. La seconde facetie de ce voisin est, qu'il
n'est iamais permis qu'on eust ioüé aux
oublies, qu'en entrât en sa maison l'ou-
blieur ne se fust laué les mains, parce
qu'il disoit qu'en portant ses oublies, il
poumoit auoir pissé par les ruës. Il se
mesla vne fois, disoit-il, de rhimer, & fit
vn Epitaphe en ceste sorte, comme ie
l'ay colligé à la verité Hebraïque dans
vn petit liuret.

Cy dessous gist monsieur Gaulard,
Ie suis bien marry de sa mort:
Mais il faut mourir tost ou tard,
Puis qu il est mort il à donc tort.

Vn de la Seree va repliquer, qu'en ce
voisin n'y auoit pas grande folie, ne malice aussi, mais qu'il auoit bonne enuie
de faire vn côte d'vn homme, pour s'af-
seurer

-seurer s'il y auoit en luy de la folie ou de
la meschanceté. Puis va demander quel
humeur trauailloit vn chiquaneur qui
difoit, apres qu'on luy auoit baillé vn
coup de baston, i'auray cent escus de ce
coup là, frappez encor pour voir, &
quand on l euft refrappé, bien, difoit-il,
ce font deux cens. Celuy qui luy bailloit
les baftonnades, le voulant encore charger de bois, va dire à ce chiquaneur, tien
voila pour autre cent escus, & ce feront
trois cens escus que tu auras, ce qu'il ne
vouluft endurer, & luy va dire, qu'il a-
uoit peur qu'il ne fut pas affez riche
pour payer le tout, & qu'il n'e feroit rié
sãs cautió. Il eftaifé à deuiner, repliqua
quelqu'vn, quel humeur auoit faifi celuy qui fe laiffoit battre à credit. Mais ie
vous prie me dire quel defaut d'esprit
auoit celuy, à qui vn grand Seigneur
dit, apres qu'il euft fait vne grande reuerence à deux eftages mettez le bonnet, mon amy, car eftant contraint de
mettre fon bonnet, & n'ayant qu'vn
chapeau en fa main, il luy fouuient d'a-
uoir vn bonnet de nuiĉt en fa poche,
qu'il tire, & mettant fon chapeau fur la
table,

table, prenant son bonnet le met sur sa
teste, & ainsi mit le bonnet, comme ce
monsieur luy auoit commandé, ce qu'il
ne pouuoit faire auec só chapeau comme il luy sembloit. Mais va dire vn de
la Seree, qui fit dire au Sauoyart, vn de
nos Roys allant en Italie, que si ce sot
Roy de France, eut bien sceu conduire
sa fortune, il estoit hôme pour deuenir
maistre d'hostel de son Duc? Estoit-ce
que son imagination ne conceuoit autre plus esleuee grandeur, que celle de
son maistre, ou si cela procedoit pour
n'auoir iamais bougé de son pays, ou si
c'estoit faute de iugement & d'esprit?
Escoutez vn pareil conte des François
qui se trouuerent en vne ville liguee &
mutinee, ou il fut traicté lequel gouuernement estoit meilleur ou le Royal,
ou du peuple. Vn petit homme en son
rang va loüer sur tous les gouuernemés,
celuy qui auoit le nom de Republique,
dit si bien, que tout le peuple tout haut
va dire, nous voulons que ce petit homme qui a si bien dit, soit la Republique.
Vn des plus endormis de la Seree, va
demander quelle faculté estoit blessee à

vn

vn Chreſtien, qui auoit vn peu l'eſprit
troublé, lequel rédit vn ſouflet à vn Iuif
qu'il auoit emprunté, à bon conte, ce
Iuif luy diſant, ſi ie t'ay baillé vn ſouf-
flet, ce n'eſt pas ſelon ton Euangile de
me le rendre, non pas, luy replique ce
fol ſelon le texte, mais c'eſt bien ſelon la
gloſe. A ce qu'il auoit fait & dit, va repliquer vn autre, ie ne le trouue fol que
de bonne ſorte, mais ſçachant qu'il eſt,
& conſiderant ſa petite teſte, & comme
elle eſt poictuë, il eſt aiſé à iuger qu'il
n'a pas grande ceruelle, eſtant de la li-
urée de ceux qui n'ont pas le cerueau
bien fait: Aeginette & Galien affermans
que la petite teſte de l'homme, denote
faute de iugement, & peu de cerueau,
& mal fait, à cauſe diſent-ils, que quand
les ventricules du cerueau ſont preſſez,
les eſprits ne peuuët faire leurs œuures,
& actions, ne trouuans pas les conduits
libres & ouuerts, encores que Hippocrate face mention d'vne maniere d'hómes, lequels pour ſe rendre differens du
vulgaire, vouloient auoir pour marque
de leur nobleſſe, & de leur eſprit, la teſte poinctuë, les matrones, quand l'enfant

fant naiſſoit, luy ſerrant la teſte auec
certaines bandes. Ie ne penſe pas, fut-il
repliqué, qu'on cognoiſſe les fols par la
teſte, encores qu'on die, il à la teſte
mal faicte, mais pluſtoſt on les ſepare
des ſages, s'ils viennent à eſtre en authorité : car quand le ſinge monte plus haut
& d'auantage il monſtre ſon cul, & tel à
eſté en reputatió d'eſtre ſage, eſtát perſonne priuee, qui s'eſt faict declarer fol,
eſtant deuenu perſonne publique, comme on ne cognoiſt pas le vice d'vn vaiſſeau quand il eſt vuyde, mais ouy bien
quand on y verſe quelque liqueur, alors
vous verrez par ou il s'en va. La plus
grande ſageſſe, qui ſoit, adiouſtoit-il,
c'eſt de ſe cognoiſtre ſoy meſme, car qui
faict qu'il y ait tant de fois, ſinon que
tout le monde penſe eſtre ſage, & comme dit monſieur Pybrac :

Maint vn pourroit par tẽps deuenir ſage
S'il n'euſt cuidé ià l'eſtre tout à faict,
Quel artiſan fut onc maiſtre parfaict
Du premier iour de ſon apprentiſſage?

Et à ce propos, diſoit-il, pres de ceſte
ville il y a vn homme, lequel penſe eſtre
plus ſage qu'il n'eſt, parce qu'il eſt ſou-

uent

uent appelle des gens de village pour
les appoincter. Vn iour ayant si grand
presse qu'il n'y pouuoit fournir, va dire,
se leuát de table, a ceux qui l'attédoient,
pleust à Dieu n'auoir iamais esté qu'vn
sot & vn asne, ie serois en repos. Et lors,
quelqu'vn d'entreux luy va respódre, il
y à long-temps que vous auez ce q̃ demandez, monsieur. Mais à vostre aduis,
démanda vn autre, si les sages sont plus
tenus aux fols, que les fols aux sages? Ie
pense respond vn de la Seree, que les sages apprennét plus des fols, que les fols
des sages : les sages voyant la faute des
fols, s'engendans d'y tomber, là ou les
fols ne s'estudient point à imiter les sages. Et aussi, disoit-il, qu'on n'apprend
des sages que les moyens pour deuénir
meilleur, mais on apprend des fols les
raisons d'estre plus aduisé. Que si les fols
seruent aux sages, adioustoit-il, la folie
de l'vn faisant recognoistre la sagesse de
l'autre, les sages ne manqueront point
de sujet : & ne seruiroit pas beaucoup
que les sages seruissent aux fols, parce
qu'on n'en peut gueres trouuer pour les
imiter & apprendre d'eux. Qu'il n'y aie
pas

pas grand nombre de ſes ſages, on le
pourra apprédre de Plaute, en ſon Gur-
gulion, où il y a , *facis quod pauci faciunt*,
où les interpretes interpretent *pauci*,
id eſt ſapientes. Que ſeruent les fols aux
ſages, diſoit-il encores, ou bien ceux
qui les contrefont, eſcoutez que ſeruit
Meton à tout ſon païs, lequel s'en vint
vn iour où ceux de Tarente faiſoyent
leurs Concions & harágues publiques,
habillé comme vn fol, & faiſant l'in-
ſenſé, car autrement on ne l'euſt pas eſ-
couté. Il auoit ſur ſa teſte vne couronne d'vn réchaut de terre, & en ſa main
vne lanterne. La commune qui s'amu-
ſe plutoſt à des badineries qu'à de bonnes choſes, luy faiɛt la plus grande chere du monde , vn fol en faiſant cent,
courant apres luy comme apres vn fol,
pour ſçauoir qu'il vouloit dire, & quelle humeur l'auoit pris. Quand il vit
tant de peuple à l'entour de luy, qui
lanternoit auec ſa lanterne, & qui luy
mettoient des oreilles de veau ſur ſa
teſte, & la corne au cul, il leur va dire,
en lieu de ſe fáſcher, & les tanſer : Ie
penſois qu'il n'y eut en toute ceſte ville

Liu. iij.   T

que moy qui fut fol, mais ie voy qu'il
en y a bie d'autres. Vous faictes bien,
leur diſoit-il, de vous ioüer, gaudir &
rire, & de permettre, qu'on s'eſbatte,
& qu'on ſe recree, durant qu'il vous
eſt permis : ſi vous eſtes ſages, iouïſſez
de voſtre liberté, car ſi vous faictes autrement, il faudra ſuiure non a voſtre
plaiſir, mais au vouloir des autres, &
comme il leur plaira. Les ſages de Tarente, ſes cöcitoyens, apprindrent bien
lors de ce fol, qu'il falloir garder ſa liberté, n'eſtant pas ſi fol qu'il en portoit
l'habit. Quelqu'vn prenant la parole,
va dire qu'il auoit veu en vne hiſtoire,
vn autre bouffon, qui ſeruoit auſsi à
ſon maiſtre de meneſträdier, lequel de-
liura ſon Seigneur d vn ſi grand peril,
que ie ne ſçay ſi vn plus ſage qne luy
euſt peu faire ce qu il fit. C'eſt que Richard Roy d'Angleterre aiant eu querelle outre mer contre le Duc d'Auſtriche, n'oſant paſſer par l'Allemagne en
eſtat cogneu, & encores moins par la
France pour le doubte qu'il auoit de
Philippes Auguſte, ſe deſguiſa. Mais le
Duc d'Auſtriche, qur ſçauoit ſa venue,
le

le fit arrester & enfermer dans vn chasteau, ou il demeura prisonnier, sans
que l'on sçeut de lóg temps ou il estoit.
Or ce Roy ayant nourry vn bouffon,
qui luy seruoit aussi de menestrel (car
ce Roy auoit tousiours vne belle me-
nestrandrie) il pensa que ne voyant
point son seigneur, il luy en estoit pis,
& aussi qu'il aymoit le Roy son maistre. Sçachant donc ce bouffon de me-
nestrandrier, que son Roy estoit party
d'outre-mer, mais nul ne sçachant en
quel pays il estoit arriué, il s'en va d'Angleterre, & cercha maintes contrees,
pour sçauoir s'il en pourroit ouyr nouuelles. Si aduint, apres plusieurs iours
passez, qu'il arriua d'auenture en vne
ville assez pres du chastel ou son maistre le Roy Richard estoit, & demáda à
son hoste à q estoit ce chastel, & l'hoste
luy dit qu'il estoit au Duc d'Austriche.
Puis demanda s'il y auoit là dedans des
prisonniers: car tousiours s'en enqueroit secrettement ou qu'il allast. Et son
hoste luy dit, qu'il y auoit vn prisonnier, mais qu'il ne sçauoit qui il estoit,
y ayant bien vn an qu'on l'auoit mis là

dedans. Quád ce meneſtrandier entendit cecy, il fit tant qu'il s'accointa d'aucuns de ceux du chaſtel (comme mene-
ſtrandiers s'accointent facilemét) mais
il ne peut voir le Roy, ne ſçauoir ſi c'e-
ſtoit-il. Lors il ſe va aduiſer d'vne choſe qu'vn plus aduiſé que luy n'euſt iamais ſçeu inuenter. C'eſt qu'il vint vn
iour à l'endroit d'vne feneſtre ou eſtoit
le Roy Richard priſonnier, & commença à chanter vne chanſon en François,
que le Roy Richard & luy auoient vne
fois faite enſemble. Quand le Roy
d'Angleterre entendit la chanſon, il
cogneut que c'eſtoit ſon meneſtrel,
qui auoit nom Blondel. Et quand ce
bouffon de meneſtrandier eut dit la
moitié de la chanſon, le Roy Richard
ſe prit à dire l'autre moitié, & l'acheua.
Et ainſi Blondel ſçeut que c'eſtoit le
Roy ſon maiſtre. Si s'en retourna en
Angleterre, & aux Barons du pays conta l'auenture. Ie vous prie, diſoit celuy qui auoit fait ce conte, ſi le plus ſage homme du monde euſſçeu plus faire
pour ſon maiſtre, & ſi ce bouffon de
meneſtrier ne profita pas plus au Roy
Richard

Richard son maiſtre, que les plus ſages
de ſſa Cour? Poſsible, repliqua quelqu'vn, qu'on eſtimoit celuy meneſtrel
bouffon, & l'eſtoit pour auoir trop d'eſprit: car nous diſons, il a tant d'eſprit
qu'il en eſt tout fol, les plus grands eſprits eſtans plus ſubiets à deuenir fols,
que les lourdaux, groſsiers, & rudes : à
cauſe que tant d'eſprits concurrans er-
ſemble, & à la foule, & l'vn voulant
ſortir auant l'autre, s'empeſchent les
vns les autres: comme quand vne groſſe
troupe veut ſortir d'vne porte à la haſte,
les vns empeſchent les autres de ſortir,
& ſe trouuent les perſonnes en ceſte
preſſe ſi agitees, qu'elles ne peuuent le
celer, comme ces iours paſſez ie vy vn
lourdaut qui me fit rire, encores que ie
n'en euſſe pas grand' enuie, eſtant auſsi
preſſé que luy, lequel diſoit tout haut
en ſortant, I'ay bien deu de l'argent,
comme chacun ſçait, ſi ne fus-ie iamais
ſi preſſé que ie ſuis. Et de fait, celuy
ne peut auoit bon eſprit, de qui le corps
& l'eſprit ſont agitez deça & delà : car
tant plus vn homme eſt ſage, d'autant
il a de mouuement de l'eſprit & du

T 3

corps tranquile & arresté : & d'autant
qu'il sera fol, tant plus il sera en conti-
nuellle agitation. De là vient (adioustoit-il) qu'on asseure que les lieux &
regions agitees du vent & des eaux,
sont plus subiectes à produire des fols
que le pays qui est coy & tranquille, &
sans grande pertubation d'air, d'eaux,
& de vent : aussi quand on veut dire
qu'vn homme n'est gueres sage, & que
c'est vn esuenté, on dit, il seroit bon à
ioüer de la cheurie, car il a bien du
vent. Et aussi que ceux qui ont force
vent en la teste, l'ont legere : & dit-on
que ceux-cy, ils deuoyent mettre du
plomb en leur teste : mais il falloit plustost dire dessus : parce que nous trouuons en Hyppocrate vn fol, qui disoit
n'auoir point de teste, auquel pour remede on appliqua du plomb sur la teste
afin qu'il sentist en auoir vne. Mais
demanda vn autre, ne sçaurois-ie cognoistre par les actions d'vn fol, s'il est
fol de trop d'esprit, ou de peu, comme
sont les lourdauts, les idiots, & grossiers, ayans les esprits hebetez, mousses
& rebouchez. On luy respond, que
ceux

ceux qui sont fols de trop d'esprit, sont
bien plus ioyeux, plus facetieux que les
endormis & songeards, qui le sont par
faute d'esprit. Or à fin qu'on en cogneust la verité, on va conter des folies, & des rencontres, & des vns &
des autres. La premiere fut d'vn badin , lequel sans estre fariné fit ceste
question à son maistre qui estoit grand
Seigneur , Vien-ca, Monsieur, à vne
fois tu dy, c'est la verité, à l'autre fois
tu dy, c'est la raison: apprens moy quelle differéce il y à entre verité & raison.
Son maistre luy respond , que c'estoit
tout-vn, de dire cela est raisonnable, ou
cela est veritable , & qu'il n'y auoit nulle difference. Lors ce fol va repliquer à
son maistre, si vous auiez vostre nez à
mon cul, encore que ce fust la verité, seroit-ce donc la raison? Si c'est la verité &
la raison, demanda-il encores à só maistre, & qu'eusiez vostre nez à mon cul,
qu'aimeriez vous mieux, ou que mó cul
fust couppé a vostre nez? Ce Seigneur
s'en voulant despescher, luy va dire, i'aimerois mieux cét fois que ce fust tó cul
qui fut couppé. Par-Dieu, va lors dire

T 4

ce badin à son maiſtre, ſi auriez-vous
de belles lunettes. La ſeconde folie, que
on mit en auant, parloit d'vn fol lequel trouuant deux ou trois vieillards
en vn cimetiere, qui le vouloient arreſter pour rire, & luy en faire conter,
le retenants par grand force, leur va dire, qu'ils luy faiſoient tort, le prenant à
leur aduantage, eſtans prés de leurs
maiſons, & ſur leurs fumiers, & qu'ils
deuoient pluſtoſt demander des nouuelles de l'autre monde, que de s'eſ-
mayer de celles de ce temps, Le troiſieſ-
me compte, fut d'vn bedeau de noſtre
Vniuerſité, lequel ayant leu l'Ediçt de
Paix, ou il eſtoit diçt, que tous eſtrangers, tant d'vne part que d'autre ſeroiét
licentiez, il s'en vint aux Doçteurs, leur
diſant, Meſsieurs, regardez de faire bóne compoſition des licences, nous gái-
gnerons ce que nous voudrons, car le
Roy veut que tous eſtrangers, tant d'v-
ne religion que d'autre, ſoient licétiez,
Ce bedeau appreſta à rire aux Doçteurs,
& àux Eſcolliers, à qui on en fit vne leçon. Ces contes acheuez, il fut diçt que
c'eſtoient des rencontres de ceux qui
                                        ſont

sont fols pour auoir trop d'esprit. Parquoy on se met à compter des folies &
bouffonneries des rustiques & ruraux,
qu'on estime lourdaux accomparez à
ceux des villes, n'estant pas estrange
que ceux des champs soient plus idiots
que ceux des villes : parce qu'ils ne
voyent pas tant qu'eux, qui pour ceste
raison sont appellez *astuti* des Latins, *id
est, vrbani,* suiuant le Grec, comme i'ay
trouué par escrit. Toutesfois qu'il se
trouue bien des gens deuillage qui sont
aussi fins que ceux des villes, voire qui
les affinent, comme on raconta d'vn
sotard des champs, qui s'en alla chez vn
organiste, & voyant que ce ioücur d'orgues auoit vne grande soutane, luy va
dire, ie voy bien que vous auez esté malade, & que l'on vous a baillé l'onction,
& si voy bien que vous estes organiste,
car vostre casaquin est fait à tuyaux
d'orgues, ayant les soufflets bien pres.
Ie vous aideray, & feray à l'Eglise ce
que ie pourray aux orgues, ie suis de
l'estat. Cest organiste pensant qu'il fust
du mestier, luy fait bonne chere deux
ou trois iours. Or vn iour qu'il y auoit

T 5

feste à baston, le maistre organiste luy
presente le clauier. Ce sotard luy va dire, qu'à la verité il estoit bien de l'estat,
mais que c'estoit à souffler. L'organiste
se voyant affiné, luy presente son soufflet, & son gros tuyau, luy disant souf-
flez-là, puis qu'estes du mestier, & cepé-
dant ie ioüeray des doigts. Quelqu'vn
de la Seree, en se riant va dire : faut-il
aussi estre deux aux orgues, quand l'organiste à soufflé, ne sçauroit-il aller
ioüer des doigs? Il me semble (disoit-il)
que tout iroit mieux. Car i'ay veu vn
bon organiste, lequel estant reprins des
Chanoines pour ne sonner riē qui vaille, disoit que le souffleur qu'on luy auoit,
baillé en estoit cause : car, leur disoit-il,
quand ie cuide sonner & dire *Kyrie
eleyson*, le souffleur souffle *Sanctus* par le
derriere : donnez-moy dóc vn bon souffleur. Il fut aussi en ceste Seree amené
en ieu vn villageois, qu'on auoit prins,
pour trauailler aux iardins, & fut conté
que ce iournalier enragé de rien faire,
estoit tousiours trouué par le maistre q
l'auoit loué, ou il se reposoit, lequel ne
se peut tenir de luy dire, qu'il ne trauailloit

uailloit point , & qu'il ne faisoit rien.
Lors ce iournalier luy va respondre (sãs
se bouger d'où il estoit couché de son
long) Qui à affaire à gês de bien il se repose. Le lendemain on le trouua en dormant, & son maistre luy dit, & bien vous
dormez? est-ce ainsi que ma besongne se
faict? Pardonnez moy, luy respond ce
iournalier, ie ne puis iamais estre oisif,
il faut que ie face tousiours quelque
chose. Le Seigneur pourtant ne laissoit
à prendre ce iournalier à sa besongne,
parce qu'il luy apprestoit à rire, comme
il fit encores ceste fois : & voicy comment. Il faut entendre qu'il n'y à pas
trop long temps qu'on ne mangeoit
point de beurre le Caresme : mais la
cherté des huiles occasionna l'Eglise de
permettre d'en manger, en baillant cinq
deniers pour les pauures, & autres œuures pitoyables. Or ce Monsieur, a-
yant ce chaud ouurier à sa besongne, &
luy ayant faict bailler du beurre vn
iour de Caresme, il void qu'il n'en
mange point, & qu'il faict conscience d'en vser, il luy va dire, mon amy, il
ne faut que bailler vn petit blanc à

T 6

l'Eglife, & puis vous pourrez manger
du beurre fans pecher, & fans fcrupule,
tout le long du Carefme, tant que vous
voudrez. Ce iournalier bien aife va demander à fon maiftre, Monfieur four-
niront-ils pas de beurre aufsi? Si fon
maiftre fe print à rire vous n'en doutez
point : puis que vous en riez pour l'a-
uoir feulement oüy rire. Ce maiftre
qui eftoit de nos Serees, nous conta
qu'vn iour il demáda à vn fien meftayer
comme il fe portoit depuis deux ou
trois iours que fa femme eftoit morte,
lequel luy refpondit, quád ie reuins de
l'enterrement de ma femme, m'eſſuiant
les yeux, & trauaillant à plorer, chacun me difoit, compere ne te foucie, ie
fçay bien ton faict, ie te donneray bien
vn autre femme. Helas! me difoit-
il, on ne me difoit point ainfi, quand
i'eu perdu l'vne de mes vafches. Ce meftayer, acheua de dire celuy qui en
auoit commencé le conte, trouua bien
plutoft vne femme que non pas vne vache : encores qu'il ne vouluft iamais
payer l'enterrement de fa femme : car
quád le Cure & le Marguiller lui demá-
doient

doient de l'argent pour sa sepulture,
il leur disoit. Et comment voulez vous
auoir le corps & les biens? Et quand le
Curé luy disoit, Vous auiez vne tant
femme de bien, vous la deuez ensepul-
turer honorablement: ie n'en crois rien
respõdit-il, vne femme de bien ne laisse iamais son mary. Par la vous pouuez
iuger qu'il estoit auare, si bien que
quand on le vouluft marier, le pere de
la fille qu'on luy vouloit bailler en mariage, ayant grand enuie de s'en defaire, n'estant beurre net, presche tant ce
sotart, qu'il luy faiét accroire que sa
fille, auec qui il le vouloit marier, auoit
sous mesme couuerture & l'vne bien
prés de l'autre, deux bons moulins, l'vn
à l'eau, & l'autre à vent: ce que le marié trouua veritable dés la premiere
nuiét des nopces. Ce marié ayant vn vilain nom, & le voulant chãger pour l'a-
mour de sa femme,

Ne prens point vn nom estranger,
Prens Iean, c'est vn nom de baptesmes,
Dit sa femme & sans danger,
Ie re baptiseray moy-mesme.

T 7

On adiousta à ces contes celuy d'vn potier, à qui son confesseur demanda quel peché il auoit faict, auquel le potier auoit respondu, que le plus grand péché qu'il eust iamais faict, estoit de cinq chopines. Le Curé qui pensoit que celuy-cy se mocquast, luy donna en peinture de porter iusques a Pasque vingt & cinq febues à chacun de ses souliers. En ce temps là reuenant se confesser, son Curé luy demande s'ils auoit accomply sa penitence, & il respond veritablement qu'ouy. Le confesseur en riant luy va dire : tu as donc bien enduré Le penitent luy respond, non-ay pas beaucoup, car ie les auois faict cuire. On conta qu'vn plaideur auoit vn grand & gros procés, & qu'on luy enseigna vn ieune Aduocat, pour deffendre sa cause, duquel il ne voulut point, encores qu'on luy eust dit qu'il auoit le plus grand bruit de la ville, le marché & les cloches; disant que son procés estoit plus vicieux que ce ieune Aduocat & qu'il n'en sçauroit rien sçauoir cest Aduocat n'estant pas né quand son procés fut commencé:

par

parquoy il fallut luy bailler vn Aduocat
aufsi vieux que fon procez: pefant qu'e-
ftans tous deux d'vn mefme temps, fon
affaire s'é porteroit mieux, & n'en voulut iamais faire autre chofe, quelques
remonftrances que l'on luy en fift, ce
plaideur ayant plus de befoin de helle-
bore pour purger fon cerueau, que de
raifons & paroles. On n'a fait des contes, va dire vn de la Seree, que des petits
cópagnons ie vous en feray vn d'vn Sei-
gueur qui n'auoit pas plus d'efprit, qu'il
luy en falloit: lequel eftát en vn coche,
&qu'on ferroit les cheuaux, il difoit, allons, allons. Et quand fes gens luy difoient, fi faut-il, Monfieur, que les cheuaux foyent ferrez. Et point, point, refpondit-il, allons toufiours deuant, les
cheuaux viendront apres. Ceftuy Monfieur, ayant vn feruiteur qui s'aidoit
bien des dents, mais non pas des iambes, va dire ces quatre vers:

Valet qui vas fi viftement
De la dent, alors que tu mafche,
Et qui es du pied par trop lafche,
Mafche du pied, va de la dent.

Quelque autre prenant la parole commença

mença à nous conter la rencontre d'vn
bouffon. Nous sçauons tous, disoit-il,
que le Marquis de Gast estoit de là les
monts, Lieutenãt de l'Empereur Charles cinquiesme, en son armee de Serizole. Or ce Marquis en la bataille de
Serizole, pensant auoir la victoire des
François, ausquels commandoit feu
Monsieur d'Anguyan, depescha vn sien
bouffon, luy baillant armes & cheual,
& outre luy promettãt deux cens escus,
s'il portoit la premiere nouuelle de la
victoire, qu'il pensoit auoir gaignee, à
Madame la Marquise sa femme? apres
que les Imperiaux eurent crié, victoire, victoire. Mais arriuant tout le contraire, il arriue aussi que ce bouffon
fut prins auant qu'estre gueres loing.
Celuy qui l'auoit fait son prisonnier,
le voyant si bien armé & monté, pensoit estre riche : & voulant rire de luy
quelque bonne rançon, se trouua bien
loing de son conte : car l'ayant vn long
temps traicté, enfin il cogneut que c'e-
stoit vn zani de Iean Corneto, lequel
suiuoit quelque Prince du camp Im-
perial. Parquoy il le fit armer & monter

ter tout ainſi comme il eſtoit quand il
l'auoit prins , & puis le preſenta en
ceſt equipage à Monſieur d'Anguyan,
luy demandant s'il vouloit acheter ſon
priſonnier. Môſieur le Prince, le voiant
ſi bien en conche, & ſi eſt, luy demande qui il eſtoit, d'où, & de qu'elle maiſon, & là où il alloit quand on le fit
priſonnier. Ce braue caualier luy va
conter , que le Marquis ſon maiſtre,
l'auoit ainſi monté & accouſtré, & outre luy auoit promis deux cens eſcus
s'il portoit à ſa femme les premieres
nouuelles de ſa victoire. Mais qu'eſt
deuenu le Marquis, luy demanda Monſieur le Prince : Ie croy, luy reſpond ce
bouffon, que le Marquis à voulu luy
meſme gaigner ſon argent, & qu'il y
ſoit allé le premier & auant moy. Il ny
eut ſeigneur au camp des François, aiát
ouï ceſte reſpóce, qui n'eut voulu auoir
ce zany, à la condition de payer ſa rançon, s'il ſe trouuoit par les Loix militai-
res quelle rançon doiuent payer les fols
eſtans prins en guerre? car il s'y en trouue auſsi bien qu'ailleurs. Ce n'eſt pas de
merueille , va repliquer vn autre de la
Seree,

Seree, si les gráds Seigneurs ont des fols
& bouffons auec eux qui les accompagnent, car, disoit-il, nous trouuons que
les Romains, qui ont esté estimez des
plus sages, en auoient mesmes en leur
plus grand triomphe: estát leur coustume d'auoir vn fol ou vn plaisant en leur
char de triomphe, le iour de leur entree, tant pour amuser le peuple, que
pour empescher que celuy qui triom-
phoit ne s'enorguillit par trop, lui baillant pour compagnon de son triomphe
vn fol, ou vn esclaue. Et Pline aussi dit,
q́ ce badin seruoit de deffendre le char-
riot de triomphe, disant au peuple qu'il
se contentast de le regarder, & que cela gardoit les gens de parler, quand on
voyoit au doz de celuy qui estoit en si
grand hóneur, vn esclaue, ou vn faquin,
ou vn fol, & si contentoit fortune vraie
bourrelle, & ennemie d'honneur & de
gloire. Quelqu'vn reprenant ce qu'on
auoit dicy dessus, qu'ils s'estoient trouué aucuns qui vouloiét payer la rançon
de ce zany, va dire, encores sçay-ie
bon gré à ces Seigneurs, qui ne veulent
auoir du passe-temps qu'il ne leur couste:

ste, au contraire de plusieurs, qui riront tant que vous voudrez, pourueu que ce ne soit à leurs despés. Et vrayement, adiousta-il, les Romains n'en faisoient pas ainsi, car nous trouuons qu'ils bailloiét tous les ans à Roscius trente mille escus de l'espargne, pour faire seulement dix fois l'an le badin à Rome. Ausi estoit-il si excellent par dessus tous les autres ioüeurs de Comedies, que si sur le theatre se disoit quelque chose froide, tout le peuple crioit: *non agit Roscius*: estás ces messeres zanins & Panthaleós en si grád credit enuers le peuple Romain, qu'il affranchissoit ceux qui auoyent bien badiné. Et ces badineries qu'on faisoit aux Comedies, ont fait que le Tragic n'a point eu tant de credit que le Comic: combien que i'estime plus de cas de faire pleurer, que de faire rire, veu que le rire est le propre de l'homme. Si trouuons nous, repliqua vn autre, qu'vn Puppius Tragic, monstra bien par son Epitaphe, qu'il auoit esté aussi bien receu du peuple que ceux qui faisoient rire. Voicy son Epitaphe:

Flebunt amici, & bene noti, morte mea:

Nam

Nam populus omnis me viuo lachrymatus est.

Puis il fut adiousté, comme les anciens auoyent eu en grande recommanda-tion les ieux comiques, les farces, & les badineries & folies : pour lesquels ieux ils auoiét basti plusieurs superbes Thea-tres, & ingenieuses caues : de telle sorte qu'on ne leur pouuoit bailler plus grád contétement, que de leur exhiber quel-ques ieux sur les theatres. Et y en auoit de si grand appareil, qu'ils ne se cele-broient que de cent ans en cent ans, & pour cela s'appelloyent ieux seculaires, qui est le temps d'vn siecle. A ceste cau-se, Herodote dit, que les heraux qui les publioyent, disoyent, venez voir des ieux non iamais veuz, & que iamais on ne verra plus, n'estans pas de l'opinion de Platon, qui iugea les plaisans, comi-ques & tragiques deuoir estre deiettez de sa Republique, comme maniere de gent inutile & pernicieuse. Croiriez vous bien, va dire vn de la Seree, que ces comedies & tragedies ont esté ioüees de telle ardeur & affection, que Sene-que dit qu'vn Vibius Gallus deuint, par

maniere

maniere de dire, fol & infensé de gayeté
de cœur, de son consentement.   Car
imitant par trop les fols, & les contre-
faisant à son possible, ceste imitation
se changea en nature, & fut fol à bon
escient, aussi bien qu'il s'est trouué des
ioüeurs de tragedies,   lesquels pour
auoir ioüé vne personne furieuse, comme vn Hercule, vn Oreste, ou Aiax, ont
eu telle affection à les bien representer,
qu'eux mesmes au milieu du ieu deuenoient veritablemét enragez & furieux,
& faisoient actes de transportez & d'enragez, tels que furent ceux qu'ils repre-
sentoyent: Ce qui est confirmé , si on en
doubte, par Lucian. Ie voudrois mettre
va dire vn autre, sur ces Theatres , ou le
plus souuent comparoissent les fols &
furieux, les amoureux aussi , l'amour
estant vne espece de folie , qui se guerit par la diette, que si l'amoureux pour
endurer la faim , ne se guerit point, le
temps le pourra guerir, pour le moins il
adoucira sa folie , que si l'vn & l'autre
ne luy profite , qu'il se pende, car il sera
bié amoureux s il n en guerit. Quelque
messer Panthaleon voulant mettre sur
                                        ce

ce Theatre les persônes qui penfent par
fois voir deuant leurs yeux leur propre
femblance, ou quelque autre figure, fut
renuoié, parce qu'on luydit que c'eftoit
pluftoft maladie que folie, qui vient de
la veuë, qu'ils ont fi debile qu'elle ne
peut penetrer gueres loing, fi bien que
les rais des yeux eftans repouffez & ren-
uoyez par le plus prochain air, fôt veoir
ces images: & refemblances, encore que
Mercuriali die, cela venir plutoft du vice de l'imaginatiô qui eft corrôpuë, laquelle fait qu'à aucuns apparoiffent des
humeurs deuant leurs yeux, qui les fait
imaginer voir quelque idole ou ftatuë
deuant les yeux, comme il aduient à gés
yures, aux petits enfâs, aux malades, & à
ceux qui en furfaut s'efueillent. Mais
d'ou vient, demanda vn de la Seree,
qu'on a veu des fols & ydiots, eftans en
fanté, de peu d'efprit, tombez malades,
parler fagement, doctement, & elegam-
ment: Si bien que l'Anacrife dit auoir
veu vn lourdaut, & groffier, feruiteur
d'vn grâd Seigneur, deuenu moniaque,
difcourant fi bien de la forme de gouuerner vn Royaume, ou Republique,
que

que chacun le venoit voir & oüir, &
son maistre mesmes ne partoit gueres
d'aupres de loy, souhaittant quil fust
tousiours malade, ne voulant payer le
Medecin, qui de sage & sçauant qu'il
estoit, l'auoit fait deuenir vn sot & lourdaut comme au parauāt? ayant esté mis
au conseil de la ville, s'il n'estoit pas
meilleur pour toute la côtree de le laisser en ceste maladie, que de l'e n oster.
Il fut respondu par l'Anacrise mesme,
que cela pouuoit venir du téperament
du cerueau, qui est changé par la maladie, l'homme prudēt & sçauant demeurant sans esprit, perdant & oubliant ce
qu'il sçauoit: le lourdaut & ignorant acquerant plus de sçauoir & entendemēt
qu'il n'auoit au parauant, car les vns en
santé ne pouuans parler, estans malades, viennent eloquens, à cause de certain point de chaleur ou ils sont parue-
nus, à raison de leur maladie, qui à mué
le temperament de leur cerueau parauant froid, dont procedent choses cō-
traires. Les autres, respōdoyent-ils, par
vne naturelle intemperature, estās fre-
netiques, disent choses merueilleuses,
tant

tant paſſees qu'à venir. Les autres par
vne chaleur extreme & demeſuree du
cerueau, cognoiſſent les choſes aduenir
ou par vne inegalité de la chaleur naturelle, ou par ſon temperamment, ce que
Hippocrate attribue àla diuinité, appe-
lant les choſes merueilleuſes, diuinitez,
confeſſant y auoir en ces maladies quelque choſe diuine, puis qu'il n'en pouuoit rendre raiſon. Mais quelle raiſon,
repliqua quelqu'vn, euſt-il peu donner
qu'vn frenetic peuſt parler Latin, ſans
l'auoir apprins, quelques raiſons qu'en
amene l'Anacriſe de la conſonáce qu'il
y à de la langue Latine auec l'ame raiſonnable, Meſsieurs Bodin & Frenel
auſsi, adiouſta, il, euſſent dit que ce frenetique, lequel parloit Latin, ſans l'a-
uoir iamais apprins, eſtoit enſorcelé,
ou poſſedé du diable & malin eſprit, cōme fit vne fois ce Frenel, lequel voyant
vn ieune garçon ignorant, qui neantmoins parloit Grec, il iugea que l'eſprit
malin le faiſoit parler ce langage, ſans
s'amuſer aux raiſons de l'Eſpagnol, pluſieurs tenans qu'il y a des demons qui
parlent par le ventre, comme le diable
de

de la Raillerie, entrâs dans le corps, que
les Grecs ont appellez *Pythons*, *engaftri-*
mytes, *ou Euriclees*, ce dit Plutarque. Et
ie croy, difoit-il, que quand l'Anacrife
veut rêdre raifon, comme il fe peut fai-
rê qu'vn frenetique parle Latin fans
l'auoir apprins, qu'il le dit expreffémêt,
à fin qu'on luy prefte l'oreille auec plus
d'attention: car fi quelqu'vn vent prouuer que le Soleil eft clair & luyfant , &
qu'il nous efchauffe, il oftera incontinent le defir de l'efcouter, ne difant rien
de nouueau: mais s'il entre en lice pour
maintenir que c'eft Aftre eft obfcur &
froid, Dieu fçait comme il refueillera &
attirera à foy les efprits, & les rendra at-
tentifs à l'ouïr. Mais d'où vient cela, demanda quelqu'vn, que les fols prenoiét
mieux les chofes à venir que les plus fages? Si nous voulons croire à Ariftote,
luy fut-il refpondu, c'eft par ce que leur
memoire & leur efprit n'eft gueres oc-
cupé des chofes prefentes, Vne Feffe-
tonduë voyant qu'on s'endormoit en
ces difcours , va dire à ceux de la Seree,
ie vous veux faire vn cônte d'vn feruiteur de gentil-homme, qui de fage n'e-

ſtoit point deuenu fol, n'y de ſçauant
ignorant, mais Dieu l'ayant creé, & mis
au monde, l'auoit laiſſé là. Or il arriua
vn iour que ſon maiſtre ſe fachát à luy,
l'appella Roy des Sybilots, & des fols:
ce ſeruiteur va reſpódre à ſon maiſtre, &
luy va dire, pleuſt à Dieu que ie le fuſſe,
car i'eſpererois commander à tel qui a
plus de puiſſance que moy : mais ie vois
bien, diſoit ce ſeruiteur, que ie ne ſeray
iamais grand Seigneur, les places ſont
prinſes. Son maiſtre ſe prenant à rire,
luy commanda d'aller acheter des tripes chez vn boucher nommé Dauid:
puis qu'il le vint retrouuer au ſermó, là
où il alloit. Ce qu'il fit : & ſur le point
que ce badin de ſeruiteur entroit ou ſe
diſoit le ſermon, pour trouuer ſon maiſtre, le preſcheur va dire : qu'eſt-ce que
dit Dauid ? Ce ſeruiteur va reſpondre,
que les tripes ſont vendues. Ce predi-
cateurs s'en ſcandalizant, va dire que le
poiſſon commençoit touſiours à ſentir
par la teſte : voulant dire, que la faute du
ſeruiteur redondoit ſur le maiſtre. Mais
le peuple congnoiſſant le maiſtre & le
ſeruiteur, ne s'en fit que rire : apres que
le

le maiſtre leur eut conté ce qui auoit
fait dire cela à ſon homme. Il y a bien
plus, adiouſtoit-il, car beaucoup de ceux
qui eſtoiét à ceſte predicatió aſſeurerét
que ce ſeruiteur eſtoit d'vne famille &
d'yne race, dont tous eſtoient hóneſte-
ment fols & ioyeux: & outre, que tous
ceux qui naiſſoient en la maiſon, ou
ce ſeruiteur eſtoit né, encores qu'il ne
fuſſent de la ligne, venoient au monde fols, & ſi l'eſtoient toute leur vie:
tellement que les grands Seigneurs ſe
fourniſſoient de fols en ceſte maiſon,
& parce moyen elle eſtoit de grand reuenu à ſon maiſtre. Ie vous diray vn autre tour, adiouſta-il encores, que fit ce
meſme ſeruiteur à ſon maiſtre: lequel
eſtant à la table d'vn grand Seigneur,
fit ſigne à ſon valet de luy apporter à
boire: ce qu'il executa, mettant deſſous ſon manteau le verre & le vin, &
luy baillant à boire à cachettes. Tous ſe
prenás à rire, le maiſtre ſe faſcha: le ſeruiteur lors luy va dire, vous m'auez demandé à boire par ſigne, ie penſois que
ne vouluſſiez point qu'autre que vous
le viſt, & parce vous ay-ie porté du vin

V 2

secrettement. Vn autre prenant la parole va dire à ceux de la Seree, pensez vous que les fols soyent si miserables qu'on les estime? I'ay vn homme, disoit-il, qui a esté fol honnestement, comme ceux de ceste maison, qui m'a asseuré auoir esté plus ioyeux durant le temps de sa folie, que quand il a esté guery : voulant auoir action contre ceux qui auoient retourné son cerueau en ses gonds, luy ayans osté la ioye que luy apportoit sa folie : aussi bien que Trasibule, lequel ayant esté non seulement insensé, mais furieux, estant reuenu à luy, disoit qu'il n'auoit iamais vescu plus aysé, plus content, ne plus ioyeux, que durant la folie. Ie croirois bien plustost cela, repliqua quelqu'vn, que de croire qu'vne maison peust rendre ceux qui y naissent fols : combien que Laërce ait escrit, qu'il y auoit vne maison à Athenes, en laquelle tous ceux qui y naissoyent estoient fols : à cause dequoy le Senat la fit abatre, n'aimant pas plus les fols que
,, Seneque, qui escrit à Lucilius: Tu
,, sçais bien, que Harpaste, fole de ma
femme,

,,femme, eſt demeuree en ma maiſon,
,,comme vne charge hered taire: car
,,quant à moy, dit Seneque, ie ſuis en-
,,nemy mortel de tels monſtres, que ſi
,,ie veux prendre mon paſſe-temps de
,,quelque fol, ie ne le vay prédre gueres
,,loing, ie me mocque & me ris de moy
meſme. Sur la fin de ceſte Seree, n'ayant
point faute de ſuiet, il fut mis en auant,
ſi l'inconſtance & legereté procedoient
d'vne trop grande chaleur, comme aucuns aſſeurent, diſant que la chaleur
vehemente eſleue les figures qui ſont
au cerueau, & les fait boüillir, à raiſon
dequoy ſe preſentent à l'ame pluſieurs
images des choſes qui l'appellét, & l'in-
uitent à la contemplation d'icelles: &
l'ame pour iouyr de toutes, laiſſe les
vnes, & prend les autre: aduenant autrement de la froideur, laquelle rend
l'homme ferme & ſtable en vne opinió,
parce qu'elle retient les figures reſſerrees, de maniere que la froideur ne permet de les eſleuer, & par ainſi ne ſe re-
preſentent à l'homme autres images
qui l'appellent. Puis apres fut demandé
pourquoy les hommes petits de corps

V 3

estoient volontiers plus sages & mieux
aduisez que les grands : le prouuant par
Homere, qui fait Vlisse, tres-prudent,
& petit de stature, & au contraire,
Aiax fol, & temeraire, & de grand' stature. Les vns, suiuant les Philosophes
naturels, disoient que l'ame raisonnable amassee en vn, & en brief, à plus de
force pour ouuer, allegans ce dit fort
celebre, *Virt. vnita fortior est seipsa dispersa:*
là ou au contraire, l'ame estant en vn
corps large & spacieux, elle n'a force
suffisante pour le mouuoir. Mais la plus
grand' part de la Seree, se contenta fort
de la raison qu'en donne l'Espagnol en
son Anacrise, quãd il dit, que cela vient
de ce que les grands hommes & larges
ont beaucoup d'humidité, laquelle dic
late grandement leur chair, qui est la
cause de leur grandenr, aduenãt au contraire aux petits, car par la grande siccité, ils n'ont peut se dilater, ni engresser
par la chaleur naturelle, à raison dequoy
ils demeurẽt petits. Or est-il, dit l'Anacrise, qu'il ni a pas vne qualité qui nui-
se tãt aux œuures de l'ame & de l'esprit
que fait la grãde humidité, & qui rende
l'en-

l'entendeme nt si vigoureux que faict la
siccité. A la verité, va dire vn Drolle, ie
croy qu'il soit ainsi : mais nous y auons
mal pourueu pour ce soir, car nous nous
sommes largement humectez du bon
vin de nostre hoste: mais auãt que ceste
humidité nous oste du tout l'esprit, ie
suis d'aduis de nous en aller en nosmai-
sons tout droict, si nous pouuons.

Trente-cinquiesme Seree.

De la diuersité des langues,
& du langages.

DVrant vne annee des troubles (ie
ne sçay laquelle, tant il y en à eu)
nous auions vn prescheur, lequel vint
vn iour à parler de la langue Syriaque,
où pourtant il n'entendoit gueres , &
preschoit qu'en icelle auoit esté escrit le
nouueau Testament premieremẽt: d'autant disoit-il, que les enfans d'Israël,
estans captifs en Babilonne, oublierent
xur langue naturelle Hebraïque, & ap-

V 4

prindrent la Syriaque, qui eſtoit la naturelle de Babylonne, & de faiƈt encores auiourd'huy il ſe trouue des Nouueaux Teſtamens imprimez en langage
Syrien. La plus part de la Seree ayans
eſté à ce ſermon, ſe mit à diſcourir durant le ſouper , & aprés, ſur les langues, & ſur leur diuerſité. Entre autres
choſes, il fut diƈt que la Religion le
plus ſouuent eſtoit traiƈtee en vne langue , de laquelle le commun n'vſoit
point, ni ne l'entendoit: comme l'E-
gliſe ChreſtienneOccidentale ſe ſert du
Latin, les Chreſtiens Orientaux du Syrien , les Abyſsins & Ethyopiens du
Chaldaïque : & la langue du vulgaire
de tous ceux-là, eſt autre. Les Iuifs ne
veulent que le vieil Teſtament en Hebrieu, les Mahumetiſtes ne permettent
leur Alcoran eſtre leu ou entendu qu'en
langue Arabique, en laquelle il à eſté
premierement eſcript, la langue Arabique reſſemblant à l'Hebraïque , Chaldaïque, & Syriaque, ayant cours en
leur Religion, & és diſciplines, & entre
les Doƈtes de Turquie : combien que le
langage Sclauonien leur ſoit plus commun,

mun, & parmy les Turcs, & en la Cour
du grand Seigneur, & en tout le pays
qu'il tient en l'Europe. Puis il fut dict,
que la langue Tartaresque estoit enten-
duë par les Septentrionaux, & par ceux
de l'Orient: la Morisque par l'Affrique,
la Brasilienne és terres nœufues: mais
qu'on ne sçauoit si leur religion estoit
traictee en vne lague, & qu'ils en parlaf-
sent vne autre. Quelqu'vn de la Seree
prenant lors la parole, va dire: Ie ne
m'esbahis pas tant de ce que la religion
est traictee en vne langue, & le peuple
en parle vne autre, que ie fay qu'en vn
mesme Royaume, en vne mesme prouince, soubs vn mesme Seigneur, il y
ait trois ou quatre sortes de langage du
tout differens: mesmes en nostre France, il se trouue vn langage, qui est le
Breton n'estant nullement entendu des
François, ne de pas vn de leurs voisins,
ny n'en approche aucunement, & si on
ne sçauroit dire dont il est venu: & encores en vne mesme langue se trouuera trois & quatre sortes de langage: les
gens d'estat en ayans vn, & le vulgaire
vn autre. A propos de ceste langue Bre-

V 5

ronne, va dire vn de la Serè, le grand
Roy François s'esmerueillant de ce langage, demanda vn iour à quelques vns,
d'ou pouuoit estre venuë ceste langue,
& s'il y auoit point quelque autre peuple qui l'entendist, ou qui en aprochast,
puis demanda si ceste langue Breton-
nante estoit copieuse, douce & belle,
& s'il y auoit point quelques histoires,
ou autres liures escrits en langage Breton. Il se trouua là auprès du Roy vn
Gentil-homme Breton bretonnant, lequel exalta sa langue, iusques à dire au
Roy, que Iesus Christ estant en la croix
auoit parlé Breton, & que Hely, Hely
la masabathany estoit langage Breton.
Le Roy voyant l'affection que ce Seigneur Breton portoit à sa langue & à
son pays luy accorda, luy disant, vrayement, mon Gentil-homme, ie vous en
croy, & pése à la verité que Iesus Christ
estant en la croix parla Breton : parce
qu'estans entre deux larrons, il vouloit
estre entendu d'eux. Ie ne sçay va dire
celuy qui faisoit le conte, si le Breton
entendit bien la rencontre, mais tous
ceux qui auoient tant soit peu de nez,
se

se prindrent si fort à rire, qu'il leur fut
impossible d'en dire leur opinion au
Roy, combien que luy-mesmes en
riant les en pressoit. Quand-à moy, va
repliquer vn autre de la Seree, ie pense
que la langue Bretonne soit vn langage
mal plaisant & rude, & n'en desplaise
aux Bretons. Et qui me le fait croire, disoit-il, c'est que quand nous voulons
dire qu'vn hôme parle mal, nous l'ap-
pelons Barragoüin, qui est autant à dire côme si nous disions, il parle Breton,
car barra en Breton, c'est a dire du pain,
& goüin du vin : tellement que ceux
qui parlent ainsi, appellans du pain
barra, & goüin du vin, nous disons,
qu'ils sont Barragoüins, c'est a dire,
qu'ils parlent fort mal. Ce propos acheué, il fut disputé si c'estoit vne science
que sçauoir, & auoir apprins les langues, l'vn disant que nó, & que sçauoir
les langues, n'estoit qu'vne entree pour
apprêdre les sciences : l'autre soustenoit
le contraire, parce qu'on ne trouue
gueres personne sçauáte és langues qui
ne soit docte, & sçache les sciences qui
ont esté traictees en ce langage, &

V 6

qu'on ne scauroit apprendre l'vn sans
l'autre: estant plus difficile à apprendre
& entendre les langues, que d'apprendre les sciences: consumant la moitié
de nostre aage à entendre seulement
vne langue tellement quellement, &
pour scauoir vne science, soit la Iu-
risprudence, soit la Medecine, nous
n'y employerons que trois ou quatre
ans. Et qu'il soit ainsi, adioustoit-il,
qu'en apprenant vne langue on appréd
quant & quant la science quelle trai-
ste, ne voyons-nous pas le Seigneur
Scaliger(pour le iourd'huy & du consentement de tous, vn des plus scauans
de nostre Europe)auec les langues qu'il
à si bien apprinses quil est mal-aisé d'en
approcher, entendre, & scauoir toutes les sciences qui ont esté traictees
aux langues quil a apprinses? Encore
que ce soit vn grand labeur, repliqua
quelqu'vn, d'apprendre vn autre langage que le naturel, quand il est dutout
different, si est-ce qu'il est bien necessaire à ceux qui veulent voyager d'entendre & parler plusieurs langages, le plus
souuent arriuant de grâds inconueniés
par

par deffaut de s'entendre l'vn l'autre,
à caufe des diuers idiomes, & prononciations differentes qui fe trouuent
en vn mefme langage, ou pour n'entendre pas vn mot equiuoque, ayant
deux fignifications. Les Romains difoit-il, eftans fo t perfecutez de la pefte, confulterent leurs Dieux dont cela
pouuoit prouenir. L'Oracle refpond,
quia Dij defpiciuntur. Alors on inftitua
force proceffions victimes, facrifices,
& feftes à leurs Dieux. Mais la contagion ne ceffant pour tout cela, ils furent confulter vn de leurs Prophetes,
qui leur va dire la vraye fignification de
ce mot Latin *defpicere*, comme l'Oracle
l'entendoit : & que les mots de l'Oracle, *quia Dij defpiciuntur*, eftoit à dire
parce que les Dieux eftoient regardez
du haut en bas. A cefte caufe les Romains firent couurir toutes les ruës ou
leurs Dieux deuoient eftre portez en
leurs proceffions, à fin que perfonne
ne les peut regarder, & voir du haut en
bas. Encores auiourd'huy, adiouftoit-il
quand le Turc paffe par les ruës, on ne
s'oferoit tenir és feneftres hautes, & le-

regarder du haut en bas:& c'est, ce me
semble, que ceux qui sont les plus hauts,
semblent mespriser ce qui est plus bas
qu'eux. Et pour vous monstrer, disoit-
il encores, le mal qui peut arriuer, non
seulement de n'entendre point vn mot,
mais aussi de ne s'entendre point l'vn
l'autre, escoutez, ie vous prie, vn plaisant conte aduenu entre vn François, &
des estrangers, qui n'entendoient la
langue Francoise. Nous estions, com-
menca-il à dire, trois ou quatre de
compagnie qui allions a Paris : passans
à Blois, où estoit le Roy, il arriua qu'vn
des nostres, estant boiteux de nature,
qui estoit tout le dernier, tomba à terre
par la cheute de son cheual, quoy que
soit sur le paué, ie ne veux en rien mentir. La garde des Suysses, qui estoit lo-
gee en ce quartier, le releue de dessoubs
son cheual : luy baillant son cheual par
la bride. Celuy qui estoit tombé, sans
remonter, tenant son cheual par la bride, commenca a nous suiure, venant
pas à pas aprés nous. Les Suysses, comme ils sont secourables & humains, le
voyant ainsi aller, & qu'il clochoit pensans

fans qu'il fe fut rompu & difloqué vne
iambe en tombant, le fuyuent, & l'em-
poignent qui çà qui là: les vns le tenans,
les autres luy tirans les iambes à leur
force, penfans luy rabiller la fracture &
diflocation. Ce pauure boiteux ne fen-
tât que le mal que ces beaux habilleurs
de Suiffes luy faifoient, ne pouuant l'endurer, crioit à pleine tefte: hé! meffieurs
les Suyffes, pour Dieu laiffez moy, ie ne
me fuis fait aucun mal, Dieu mercy, ie
n'ay point la iambe rompue, ie fuis boiteux de nature, & n'ay iamais cheminé
autremêt: ce n'eft point la cheute, meffieurs les Sauciffes, qui me fait clopper
ainfi que vous penfez. Mais eux n'entédans point le langage de noftre compagnon, non plus qu'il n'entendoit point
le leur, penfoiét bien, l'oyant ainfi crier,
qu'il fut rompu, & que la douleur de là
fracture le faifoit ainfi crier & plaindre. Que voulez vous? pour ne s'entendre point l'vn l'autre, ces Suyffes le ra-
couftrerent fi bien, en luy allongeás les
iambes, puis les replians & remettás en
leur naturel mouuement, ce leur fembloit, que n'eftant boiteux que d'vne
iambe,

iambe, ils le rendirent qu'il clochoit
des deux, & là ou il alloit affez bien en
boiteufant, ils le rendirent fans fe pou-
noir bouger d'vn lieu: tellement qu'eux
mefmes furent contraints de l'apporter
apres nous fur leur hallebardes, ne fe
pouuant en aucune maniere tenir fur
fon cheual. Le voyant apporter en cefte forte, nous fufmes bié efmerueillez,
& ne fçauions que dire ne penfer, lors
que les Suyffes, fans nous dire autre
chofe, que *Got de noc*, nous affeurerét que
noftre compagnon de voyage eftoit bié
habillé: ce qu'ils nous firent dire par vn
truchement qu'ils auoient, qui eftoit
Breton, leqnel nous affeura qu'il n'y
auoit os qui ne fut en fon lieu, & en fa
naturelle place, & qu'ils l'auoient faict
vifiter par leurs Medecins & Chirurgiens, lefquels leur auoient dit que quand
il geloit comme il faifoit alors, qu'à la
moindre cheute on fe pouuoit caffer la
iambe tout à net: d'autant que la froideur, auffi bien que la chaleur, engendroit vne fechereffe, qui faifoit roidir
l'on, dont il eftoit rendu plus fragil, la
où en temps de pluye, il deuient mol,

ployable

ployable & obeiſſant, & par ainſi malai-
ſé à ſe rompre & froiſſer. Noſtre compagnon de boiteux, que nous laiſſaſ-
mes à l'hoſtellerie allicté, ne s'en pouuant venir auec nous, tát il eſtoit eſtro-
pié, s'en voulut plaindre au Roy: mais le
Roy ayát ſceu ce qui en eſtoit, ne s'éfit
que rire, apres auoir demandé s'il auoit
moyen de ſeiourner là, & ſceu que les
Suyſſes l'alloient tous les iours veoir,
menans auec eux leurs Chirurgiens &
adoubeurs, ſe ſeparans à la fin bons
amis; luy diſant qu'ils l'auoient ſi
bien adoubé que iamais il ne ſeroit
boiteux; & qu'il iroit auſsi droit que
les autres.   Il fut auſsi dit que la varieté des langues eſtoit cauſe de la miſere des hommes, les peuples ſe decla-
rans ennemis des vns & des autres
pour la diuerſité de la langue: que ſi
on vſoit tous d'vne meſme langue, pouuans l'vn a l'autre dire en propres ter-
mes ce qu'on veut, il y auroit plus grande amitié entre les hommes. Ce conte
acheué, voicy quelqu'vn qui va dire
qu'il ne trouuoit point ſi eſtrange dequoy diuers peuples parloient diuers
langa-

langages , sans s'entendre l'vn l'autre,
qu'il faisoit comme les hommes d'vn
païs parlant rudement, ceux d'vne autre contree coucement, les vns du gou-
sier, les autres du dedans de l'estomac,
veu que les paroles se faisoient & for-
moyent en tous hommes du mode d'v-
ne mesme sorte, & de mesmes organes,
& par mesmes membres qui seruent a la
prolation.   Vn des plus habiles de nos
Serees:& a qui on se raportoit des choses plus difficiles, voyant qu'on le regardoit, va rendre la raison donc cela procedoit ? disant, que tant plus le peuple
estoit Septentrional, tant plus il parloit
du dedans de l'estomac, & du cœur, &
de voix pleines ai consonantes , sans
voyeles , rudement prononcées,& iuec
beaucoup d'aspirations : a cause de la
force & vertu des esprits, dont ils ont
grande affluence, & de l'impetuosité de
leur grande chaleur. Mais ceux qui habitent les parties Australes, disoit-il,&
le Midy, qui ont leur chaleur temperee,
& les esprits debiles, prononcent doucement,& les femmes encores plus mi-
gnardement, parçe qu'elles ont les esprits

prits & la chaleur plus debiles que les
hommes. Mefmes la langue prend encores quelque nature des eaux, qui
changent la voix & les langues, & fait
que ceux qui demeurent pres des riuie-
res, font begües le plus fouuent, & ont
la langue graffe, & fi parlent autrement
que les autres. Car nous voyons les Septentrionaux, qui habitent pres de la
mer, auoit la voix plus groffe, & de la
viennent les bonnes Baffecontres, &
les Meridionaux, qui n'ont pas tant
d'eaux, auoir la voix plus grefle. Ce qui
fe peut voir manifeftement, difoit-il,
en prenant deux vaiffeaux de terre, qui
ayent pareil fon, fi vous en mettez l'vn
en leau affez long temps, & puis que le
tiriez tout vuide, il aura le fon plus
graue & bas que l'autre, lequel n'aura
point efté en l'eau. Ie croy, repliqua vn
autre, que les voix grefles & groffes des
peuples fe font comme vne harpe: ou
la corde la plus courte & plus prochaine de l'angle, rend le fon plus clair &
fubtil, & les autres qui defcendent par
ordre, fonnent plus gros: ainfi les nations qui font plus pres de l'efsieu Me-
ridional,

ridional, à cause de la briefue & courte
hauteur du Ciel, parlent & chantent
clair & grefle : puis defcendant par ordre iufques aux extremes parties Septe-
trionales, qui font les plus efloignees,
elles forment leur voix naturellement
plus graues, groffes & baffes. Mais que
direz vous, demanda vn de la Seree, à
ce que vous verrez en vne mefme Prouince, en vne mefme ville, n'y auoit pas
vne mefme prolation & prononciation?
les gens d'eftat ayans vne prolation &
accent pour eux, & le vulgaire vn autre
à part : toutesfois eftans participans de
mefmes eaux, de mefme chaleur, & de
mefme vertu en leurs efprits. Celuy qui
auoit mis cefte propofition en auant, la
fouftenát, va dire, que ce n'eftoit pourtant qu'vn langage, & qu'vne prononciation
ciation que parle l'homme d'eftat, & la
racaille du peuple, s'entendans bien
l'vn l'autre, mais que c'eftoit que le vulgaire eftoit corrompu : comme à Rome
n'y auoit qu'vne lágue, qui eftoit la Latine, en Grece vne autre, qui eftoit la
Grecque, mais celle de la populace
eftoit corrompuë, & moins elegante.

Ce

Ce qu'on peut voir, difoit-il, au Latin
de Vitruue, architecte, & maiftre inge-
nieur, & de Ciceron confulaire: que fi
le commun peuple corrompt bien les
mots, auffi font bien les gens d'eftat
toute vne fentence. Mais, ie vous prie,
que veut dire toute France, quand
elle dit, il ne faut point faire à Dieubar-
be de feurre, en lieu qu'il deuoit dire, il
ne faut point faire à Dieu gerbe de feurre, ou de foarre? Et vous diray bien dauantage, difoit-il, c'eft que mefmes les
gens d'eftat, & les plus grands n'entendent pas des mots qui font faits François, que d'autres entendent, & dont
ils vfent, comme vous entendrez tout
maintenant. Le grand Roy François,
pere des lettres, & appuy des lettres,
eftant vn iour à table, feu Bouin luy pre-
fenta des Epigrammes, & encores que
le Roy difnaft, il ne laiffa en mangeant
de lire ces Epigrammes, & toutes les
fois qu'il mangeoit vn morceau, il difoit toufiours, voicy de bons Epigrammes, Vn cheualidr de l'ordre, grand Seigneur, & des principaux de fa Cour, voyant le Roy, lequel en fouppant difoit

tou

touſiours voicy de bons Epigrammes,
penſa que ce deuoit eſtre quelque bône
viande qu'il mangeoit, qui auoit nom
Epigramme, diſant à tous les morceaux
qu'il prenoit au plat, ô les bons Epigrã-
mes! regardant ſur la table s'il pourroit
point remarquer qu'elle viande c'eſtoit,
que des Epigrammes. Ce Seigneur eſtât
de retour à ſon logis, il va dire à ſon
cuiſinier, tu ne me fais point manger
d'Epigrammes, ie viens du diſner du
Roy, il n'a mangé autre choſe à ſon diſner & les à trouuez ſi bons qu'il ne ſe
pouuoit tenir de dire, mon Dieu, les
bons Epigrammes: tu ne ſçais rien en tõ
eſtat, & cela eſt ſi commun chez le Roy.
Le cuiſinier faſché reſpond à ſon maiſtre, Monſieur, comment voulez vous
que ie vous accouſtre & que ie vous
ſerue ceſte viande d'Epigrammes que le
Roy trouue ſi bonne, puis que ie ne
ſçay que c'eſt, ni a quelle ſauce elle ſe
mange: que ſi i'en auois veu, ie deſ-
piterois tous les cuiſiniers du Roy de
faire mieux, Ce Seigneur dés le lendemain enuoye vn de ſes gens au maiſtre
d'hoſtel de chez le Roy, le priant de luy

en

enuoyer de la cuyfine du Roy des Epigrammes, que le Roy le iour par auant
auoit trouué fi bôs à fon difner Ce maiftre d'hoftel, qui auoit afsifté au difner
du Roy, fe doubtant bien de ce qui en
eftoit, eftant vn petit plus fçauant que
fon compagnon d'armes, va refpondre à
ce gentil-homme, mon amy, allez dire à
monfieur qu'il n'aura point d'epigrammes, & que c'eft vne viandes Royalle, &
qu'il n'en y à que pour le Roy , & que ie
n'en oferois bailer. Le maiftre d'oftel
apres auoir faict ce refus, vint trouuer
le Roy, & luy conte comme vn tel luy
auoit enuoyé demander des Epigrammes, qu'il auoit le iour-d'hier trouuez
fi bons a fon difner: dont il l'auoit refufé tout a plat. Puis va dire au Roy, vous
le verrez bien bouffer contre moy :car
ie m'affure qu'il s'en plaindra a vous. Ie
vous laiffer a penfer fi le Roy ne trouua
pas bonne cefte rencontre, & s'il en fut
ayfe. Ce friand d'Epigrammes ne faillit
a venir trouuer Le Roy, & l'ayant falué,
il ne difoit mot. Le Roy fe doubtant
bien de ce qui en eftoit, luy demande,
hé ! qu'as tu , mon per? Tefte-Dieu,

(ainfi

ainſi iuroit-il) va il reſpondre au Roy,
c'eſt voſtre Capitaine Borguet) ils
eſtoient ſi familliers qu'il l'appelloit
touſiours ainſi) qui m'a refuſé de me
bailler de voſtre cuiſine des Epigrammes, que trouuiez ſi bons hier à voſtre
diſner, & ne voulois en auoir que pour
en taſter, & ſçauoir ſi ceſte viande eſtoit
ſi bonne que vous diſiez: & auſsi pour
en monſtrer à mon cuiſinier, à fin de
m'en accouſtrer, & faire manger, puis
qu'ils ſont ſi bons. Le Roy plus aſſeuré
de la rencontre que iamais, ſe print ſi
fort à rire, qu'il fut contrainct de declarer à ce Seigneur, qu'il aimoit bien,
tout ce qui en eſtoit, à fin auſsi qu'il ne
trouuaſt mauuais dequoy ſon maiſtre
d'hoſtel luy auoit refuſé des Epigrammes, & qu'il luy en vouluſt mal. Ces
Epigrames deſpeſchez, on ſe mit apres
vn autre mets, qui eſt, comme il eſtoit
poſsible d'itroduire en vn païs vn nouueau langage, & qu'on laiſſe le premier,
qui eſtoit naturel à tous ceux de ceſte
Prouince: eſtant aſſeuré cela eſtre aduenu en noſtre France, & qu'auiour-
d'huy ayans des liures eſcripts en vieux
Fran

François, on ne les pourroit plus entédre : non plus que Polybe en son histoire Romaine , interpretant le premier traicté fait entre les Romains &
les Carthaginois , sous les premiers
Consuls Brutus & Valerius, ne sçait où
il en est : & pour son excuse il dit qu'en
tro s cents cinquante ans si grande mutation estoit aduenuë en la langue Romaine , que plusieurs paroles dudict
traicté & accord ne pouuoient estre
entenduës, par les plus curieux & dili-
gens rechercheurs de l'antiquité , qu'a-
uec grande difficulté. Ce changement
de langage se faict , selon Bodin , fut-il
respondu, quand plusieurs nations sont
assemblees , ou qu'elles se frequentent
l'vne l'autre : car lors ils s'engendrent
des mots nouueaux , par la naissance
desquels , comme des hommes, les premiers prennent fin. Il y a bien plus, va
dire vne Fesse-tonduë, ie m'en vois vous
faire vn conte , par lequel vous entendrez que ceux d'vn mesme païs ne s'en
tendent point l'vn l'autre, encores que
les mots, & le langage n'ayent aucunement changé : les gens d'estat n'enten-

Liu. iij.   X

dans point le vulgaire. En vn de nos
troubles (ie nefcaurois plus côter) vne
compagnie d'hommes d'armes , paffans par la Xainctonge, & s'en allans au
fiege d'vne ville, rencontra vne bande
de charetiers du païs de Poictou, qui
alloit au fel: lefquels bien armez de
pampre & d'efguillons pour picquer
leurs bœufs , fortoient auec vn grand
bruit d'vne tauerne. Ces gens de guerre
les voyans ainfi accouftrez & efchauf-
fez, leur demandent. Où allez-vous mes
amis? Ils leurs refpõdent, nous allons à
lafau. Ces gens-d'armes qui fe haftoiët
pour s'y trouuer, penfans que ces char-
retiers fe vouluffent mocquer d'eux,
commencerent à les charger d'apoin-
ctement & prenans leurs armes , qui
eftoient leurs efguilons, les firent cro-
cheteurs , leur difant , Mort-Dieu,
vous eftes braues gens pour aller à l'af-
fault , vous raillez-vous des gens de
guerre? Tant y à, qu'il furent fi bien
battus qu'ils ne failloit point dire, *Phebé*
Domine, car ils fcauoient bien pour qui
ce ftoit, mais ils ne fcauoient pas pourquoy on les auoit ainfi chargez : ces
gen

gentil-hommes n'entendans point la
populace de Poictou, qui appelle du
sel de la sau. Vous m'auez fait souuenir, va dire vn autre, d'vn gentil-homme de Poictou, qui alloit bien à la sau
en Poicteuin, mais non pas à l'assault
en bon Francois: cár le camp estant deuant Broüage, il alla & reuint de la sau
plus de vingt fois, mais c'estoit à cheual, & en des charettes: & quand les
femmes luy demandoyent, Monsieur,
ou allez vous il leur respondoit, à l'assault, & lors elles le priovent de leur
en apporter, & qu'elles l'achepteroient.
Et non seulemét, adioustoit-il, la diuersité des idiomes & de la prononciation
apporte diuers sens, mais aussi les mots
que nous prenós des autres langues, que
nous excorions, cóme faisoit le Lymou-
sin de Pentagruel. Comme il arriua ny a
pas long téps à vne féme, à qui on disoit
que só fils estoit fidefrage, pour ne vouloir espouser vne fille à laquelle on disoit qu'il auoit promis. La merci-Dieu,
va dire la mere, mon fils n'est point fidefrage, mais de mon mary, qui est son
pere. Acheuees que furent ces rencon-

X 2

tres, vn marchand de la Seree voyant
qu'auec les choses serieuses de la diuersité des langues, chacun ne laissoit à
y entrelasser quelque plaisant conte,
commença à parler en ceste sorte. Il
n'y a personne icy qui ne sçache qu'a-
uant nos guerres ciuiles & intestines,
il y auoit de belles foires Royales en
Poictou : où l'on trouuoit grande abondance de toutes marchandises , & des
marchands de diuers pays , & de diuer-
se langue. Or à vne des foires de Fontenay , il se trouua là des marchands
Allemans, qui ne sçauoient pas vn mot
de François , & si auoient affaire à des
François qui n'entendoyent leur langage : parquoy il fallut trouuer vn
truchement qui entendist ces deux
langues pour trafficquer. De Latin
disoit nostre marchand qui faisoit le
conte , nous n'en portons gueres aux
foires , & n'en faisons pas grand traffic,
& qui n'auroit aux foires autre chose
à debiter , à grand' peine sçauroit-on
sauuer les despens , & en fait-on maintenant si peu de conte, que qui n'auroit
autre marchandise que du Latin , on
mourroit

mourroit de faim aupres,& n'en retire-
roit-on pas la moitié de ce qu'il couste:
encores que les marchands qui ont de
bons assortimens, & de bonne marchandise,disent,c'est marchandise Latine. Pour trouuer donc vn truchement
à ces François & Allemans marchands,
il leur fut enseigné vn ieune homme
de la ville de Fontenay, lequel auoit
bien voyagé, & que possible il pourroit auoir esté en Alemagne, & apprins
ceste langue. On s'en va en la maison
de ce ieune homme de Fontenay ou ils
ne trouuent que sa mere, à qui ils demandent si son fils ne sçauoit point
parler Allemand : elle leur respond
qu'elle n'en sçauoit rien:mais il est bien
vray,leur dit-elle, qu'il en a vne fluste,
& qu'il en ioüe aucunesfois. Ceux qui
entendirent ceste responce, ne se peurent tenir de rire, de ce que ceste femme pensoit que ceste fluste d'Allemand
(en Latin *fistula obliqua*) peust respondre
& parler Allemand, puis que son fils en
sçauoit ioüer , & qu'elle ne pouuoit
rien dire qui ne fut Allemand,estant de
ce pays-là. Apres que ceux de la Seree

X 3

eurent autant ris que ceux qui auoyent
parlé à ceste femme, vn franc-a-tripe
n'ayant ouy parler que des langues en
toute ceste Seree, nous va dire qu'on a-
uoit oublié la principale langue, la plus
commune, & la meilleure, & celle qu'il
aimoit le mieux : c'est dit-il, la langue
de bœuf, quand elle est bien salee, ac-
coustree, & parfumee, comme sont celles du Mans. Or quand cestuy s'apperceut qu'on ne rioit point de son conte,
il nous iura qu'il le sçauoit auant que le
François Italianisé fut au monde : mais
pour cela qu'on n'en verroit point de
procez. Et afin de monstrer à toute la
compagnie qu'il sçauoit autre chose
que de manger des langues de bœuf, il
nous va dire, qu'en ce temps il se trouuoit des personnes qui entendoient, &
parloiét autant de langues que Mythri-
date, Roy de Pont, qui sçauoit parler
vingt & deux langues diuerses, ausquelles il commandoit : disant aussi qu'il n'y
auoit pas long temps que l'Empereur
Federic vnziéme regnoit, lequel parloit Grec, Latin, Hebrieu, Arabe, Mo-
resque, Allemand, François & Italien :
                         & que

& que de noſtre temps il s'eſtoit veu
vn truchement de Sultan Solyman,
natif de Corfou, qui parloit parfaicte-
ment (ce dit Bodin) le Grec vulgaire
& literal, Turc Arabe, More, Tartare,
Perſien, Hebrieu, Armenien, Moſcoui-
te, Hongre, Eſclauon, Italien, Eſpagnol, Allemann, Latin & François. Il
falloit, va repliquer quelqu'vn, que ceſtuy-cy eut apprins ces langues eſtant
ieune: car comme dit l'Anacriſe, l'aage
auquel regne plus la memoire, qui eſt
en l'enfance, eſt plus propre pour apprendre les langues, que n'eſt pas l'aage auquel nous auons plus d'entendement, de iugement, & de raiſons, eſtans
hommes parfaicts, ſa memoire ſeruant
plus à apprendre les langues , que ne
faict ny l'eſprit, ny le iugement, ny l'i-
magination. Les enfans auſſi retien-
nent mieux ce qu'ils apprennent que
les autres , pource que nous retenons
mieux ce que nous admirons, & ſainct
Thomas dit que les enfans admirent
toutes choſes, comme leurs eſtant nouuelles & non accouſtumees. Et de là
l'Anacriſe infere qu'auec grande diffi-

X 4

culté s'assemble la langue Latine auec
la Theologie scholastique, & qu'ordinairement on ne void gueres aduenir
qu'vn homme soit ensemble bon Latin, & profond scolastique : à cause
dit-il, que ceux qui sont bons Latins,
ont consequemment vne bonne memoire, autrement ils ne pourroient
deuenir si excellens en vne langue qui
n'est à eux propre : & ceux qui sont sçauans en Theologie scholastique, ont
par consequence l'esprit & le iugement
bon : Or est-il, qu'il est bien difficile
de trouuer le tout en vn mesme homme : car comme dit l'Anacrise si quelqu'vn à vne excellente memoire, il
n'aura pas grand entendement & iugement, & au contraire, s'il à le iugement
bon & l'entendement, il n'aura pas
grande memoire : d'autant que l'entendement & la memoire sont puissances
contraires, l'vne combatant auec l'autre, l'vne demandant beaucoup d'humidité & mollesse au ceruean, qui est
la memoire, & l'entendement beaucoup de siccité, qui sont choses contraires en vn mesme sujet. Que ne se con-

ten

tentera de ceste raison, dit l'Anacrise, lise saint Thomas, l'Escot, Durand,& Cajetan, qui sont les premiers & principaux de ceste faculté, & il se trouuera de grandes subtilitez en leurs œuures, dites & escriptes en gros & commun Latin. Dequoy n'y a autre raison, selon l'Anacrise, sinon que ces graues autheurs ont eu dés leur enfance fort pauure memoire, pour estre excellens en la langue Latine : mais estans venus à la Dialectique, Metaphysique, & Theologie scolastique, ils ont obtenu la cognoissance telle que nous voyons, parce qu'ils auoient vn grand entendement. Vn de la Seree ayant bien noté ce discours, va faire la complainte que font les gens doctes du iourd'huy, comme de Pontus de Tyard, Pierre de la Ramee, de ce que nous employons la moitié de nostre aage, & meilleure, à apprendre deux ou trois langues, & employons plus de temps à entendre & parler ces iargons, qu'anciennement ne faisoient les anciens à passer par toutes les sciences & disciplines liberales. Parquoy on se de-

uoit, difoit-il, foigneufement emplo-
yer d'embellir & enrichir fa langue, &
d'y efcrire, & y mettre tous les arts liberaux & fciences, puis qu'il eft plus diffi-
oile d'apprendre vne langue eftrange-
re, ou les fciences font traictees & ef-
crites, que non pas la fcience mefme, &
aufsi qu'il eft mal-aifé que l'art foit fi
naïf que la nature, l'art ne pouuant ef-
galler la nature, eftant impofsible, en
matiere de langage que nous puifsions
iamais arriuer à la perfection des naturels : tefmoing le Lesbien Theopha-
fte, lequel marchandant du Poiffon
à vne poiffonnerie d'Athenes, tout au
premier mot qu'il deflacha elle s'apperçeut foudain qu'il n'eftoit pas naturel du pays, & luy dit, eftranger mon
amy, vous n'en rabbattrez rien : & fi
auoit plus de vingt ans qu'il demeuroit
à Athenes, & eftimé vn des mieux parlans. Mais, demanda quelqu'vn, fi on
n'apprendroit point pluftoft & plus
facilement la langue Latine en l'apprenant comme nous faifons l'Italien
ou l'Efpagnol, & l'Allemand, en demeurans & conuerfans auec eux, qu'a-

uec

uec des reigles & la Grammaire?Quant
à moy,disoit-il,ie pense que les anciens
apprindrent le Grec & le Latin auec
moins de difficulté qu'auiourd'huy,
parce qu'ils nourrissoient à ceste fin
des Esclaues parlans Latin, & Grec:
comme nous trouuons en vn autheur,
qui dit auoir apprins le Grec, *colloquio*
Graiorum assuefactus famulorum : qui est à
dire , m'accoustumant parler auec esclaues Grecs. Le Seigneur de la Montagne dit qu'il apprint ainsi la langue
Latine , son pere ayant esté curieux de
ne le faire parler ny hanter, pendant sa
ieunesse , sinon auec personnes qui ne
parloient auec luy autre langage que le
Latin.Et me semble,adioustoit-il,qu'il
seroit facile d'apprendre ainsi les langues , s'il se trouuoit des peres qui
peussent auoir à leurs gages des Allemans ou estrangers, qui ne parlassent à
leurs enfans que Grec , Latin, ou vne
autre langue qu'on voulust apprendre.
Et pourquoy non repliqua vn Drolle,
puis que i'ay veu en Grec , Turquie,&
Italie des enfans qui n'auoient que
quatre ou cinq ans,qui parloient Grec,

X 6

Turc, & Italien tout courant. Et pour
confirmer la difficulté qu'il y a à apprendre les langues estrangeres, ce-
ltuy-cy, qui regrettoit tant le temps
qu'on employe à entendre & decliner
des noms & des verbes, non sans estre
tous les iours fouetté, nous va specifier
quatre langues, qui sont estimees les
plus difficiles, selon du Bartas : soit que
nous regardions les characteres estranges de la langue Turquesque, les figures Hieroglyphiques des Egyptiens :
les poincts qui seruent de voyeles
aux Hebrieux, & les accents qui peni-
blement se remarquent en chacune di-
ction Grecque. Mais, repliqua quelque
autre, auec la difficulté de ces quatre
langues, ne trouuez-vous point estrange, que les characteres propres & pecu-
liers à vne langue, seruent neantmoins
à d'autres ? Comme nous voyons que
les characteres Hebraïques seruent à la
langue Chaldée : les Arabesques à la
Turque, & à autres peuples, tant en
Asie qu'en Afrique, qui sont tous differens en langage : & quasi toute la
Chrestienté vse-elle pas de l'escripture
&des

& des charasteres Latins, combien que
les parlers & langage soient differens? Toutesfois ie pense, disoit-il, ces
characteres Latins, dont vsent & se seruent tant de diuerses langues, estre venus des Grecs, suiuant Tacire, qui dit
que les lettres Latines ont la forme des
plus anciennes Grecques, ce qui a faict
doubter a plusieurs, ce dit Vigenere, si
les rooles que Cesar dit auoir esté trouuez au camp des Suysses, la despesche
que fit Cesar a Ciceró, & les papiers &
les fictes des Druydes, estoient escripts
en langage & characteres Grecs, ou seulemét en characteres Grecs, & en autre
langage. Car comme dit Vigenere, celuy qui n'entendra point la langue Latine, ne la Françoise, mais seulement
cognoistra les characteres Latins, s'il
void ces characteres, dont vse le François, l'Allemand, & les autres nations, il
pensera que ce soit Latin: pource que ce
sont les propres & naturels characteres
du Latin : ainsi Cesar voyant ces characteres Grecs en des memoires des
Suysses, a peu penser le langage estre
Grec: du moins Cesar dit *literæ Græcæ.*

X 7

Ie croy, va dire vn de la Seree, que s'il se trouue vn peuple qui ne sçache du tout rien, n'ayant characteres ni escripture, voyant escrire, & regardant de l'escripture, il sera fort esmerueillé, que s'il veut escrire, il faudra emprunter des nations les plus voisines & ciuilisees, leurs characteres, pour y mettre son langage: comme ont faict la plus grand'part de toutes les contrees, lesquelles ont enprûté les characteres Latins, pour exprimer ce qu'ils vouloient dire & declarer à ceux qui demeuroient en lointain païs. A ce propos, disoit-il, ceux qui ont escript des Tartares, & des Indiens Occidentaux, disent qu'il n'y à pas cinquante ans que ceux de ce païs-là, voyans les Espagnols escrire, à faute de papier, auec vn poinçon sur certaines fueilles espoisses, & que par là ils faisoient entendre à cent lieuës aux autres ce qu'ils vouloient, ils se mirent en fantasie qu'il y auoit quelque diuinité cachee en ses fueilles, & ne les pouuoit-on garder de les adorer, iusques à ce que quelques vns de leurs enfans, ayans apprins l'vsage des lettres, leur

leur firêt comprendre comme ce mistere se passoit. Et à la verité, ce dit Vigenere, l'escriture est bien le plus admira-
ble artifice qui soit iamais party de l'esprit de l'homme, de voir que certains
petits pieds de mouche faits à nostre
fantasie, puissent reueler, à quelque
longue distance que ce soit, les concep-
tiós de nostre esprit. Vn autre repliqua,
qu'il y auoit bien cause de s'esbahir de
la diuersité des langues, aussi bien que
de l'escriture? qui considerera commét
vn peuple parle vne langue, & s'entendent les vns les autres : & vn autre peuple parle vn autre langage, sans qu'il y
ait vn seul mot pareil. Pierre Messie, disoit-il, apres Herodote fait vne question, demandant quel langage parle-
roiét deux petits enfans nourris en lieu,
ou personne ne parlast. Les vns disent,
qu'ils parloient Hebrieu, pource que
saint Augustin tiét que c'est la premiere langue que parloient tous les hommes auparauât la confusion & diuision
d'icelles. Herodote dit, que l'experience en fut faite entre les Egyptiens &
Frigiens, qui estoient en debat laquelle

des deux estoit la premiere de ces deux
langues, & que ces enfans dirent *ber*,
qui signifie pain en langue Frigienne.
Messie dit que ces enfans feroyent naturellement, & d'eux mesmes, vn langage noũueau. Quand à moy, disoit-il,
ie serois de l'opinion de ceux qui main-
tiennent qu'ils ne parloyent ne Hebrieu, ne Chaldée, ne Egyptien, ou Fri-
gien, ny autre noũueau langage qu'ils
se pourroient forger, mais qu'ils ne
parleroyent point du tout, & seroyent
muets, comme sont les sourds qui n'entendent rien, & n'entendans rien n'ont
garde de parler. Apres que ce doute
eut esté debatu assez lõguemét de beaucoup de raisons, quelqu'vn va demander qui estoit cause que la langue Grecque & Latine estoient demeurées viues
és escritures, & estimées & honorées
dés studieux, cõme elles furent és aages,
esquels elles ont esté propres & familie-
res : de telle sorte qu'vn homme ne sera
point estimé estre sçauãt s'il ne les sçait.
Et pourquoy est-ce, disoit-il, que nostre
langue vulgaire Frãçoise ne pourra deuenir telle que ces deux langues ont
fait

faict, veu qu'eſcriuains ne defaillent,
leſquels ſe trauaillent pour l'orner &
accroiſtre; Et encores qu'aucuns ſe per-
ſuadent la dignité. & eſtiment qu'ó fait
encores auiourd'hy de la langue Grecque & Latine, proceder de certaine ele-
gance & facondité naturelle, qui eſt en
ces deux langues : ie ne voy point toutesfois qu'elles ayent autre force & vertu que, que celle laquelle leur fut dónee
par l'yſage de parler & deſcrire, nó plus
que la langue Françoiſe & Italienne : &
ſi ne voy qu'ó ne ſe puiſſe declarer auſſi
bien, & auſſi propremét, & copieuſemét
en François & Italien, qu'en Grec & Latin, encore que Paul Paruta aye dit, que
les compoſitions de ces deux langues
Françoiſe & Italienne (qui ne ſeruent
ſeulement, dit-il, qu'à delecter) ne ſuf-
fiſent pour donner reputation à vne lágue, & la dilater en pluſieurs Prouinces, ſi qu'elles ſoient apprinſes & honorées de diuers peuples. Mais la raiſon
de tout cela eſt, à mon aduis, de ce que
les François n'ont tenu compte de leur
langue, & ont mieux aimé la Grecque
& Latine, & y eſcrire, qu'en leur langage

gage maternel, dont Otfrid moine de
Vuiſſembourg ſe plaint de ſon temps,
qui eſt enuiron l'an huict cens ſoixante
& dix, parlant aux François, leur diſant:
Et combien que les François ſe gardent
de faillir és autres langues , ils n'ont
point honte de voir la leurs ſi laide &
mal polie: il ils admirent les autres, dit
Otfrid , & craignet d'y faillir d'vne ſeu-
le petite lettre, chopans preſque à cha-
que mot de leur langue Françoiſe. Choſe eſmerueillable, dit-il, encores que de
ſi grands perſonnages, tant prudens,
aduiſez, ſubtils , ſages , & renommez de
ſainɛteté, facent tant d'honneur à vne
langue eſtrangere, ſans vouloir mettre
en vſage laſienne propre. Et qui eſt auſsi
cauſe que noſtre langue Françoiſe ne
s'eſt pas tant eſtendue que la Grecque
& Latine? C'eſt que le François voulant
profiter à tous, a mieux aimé eſcrire en
Latin qu'en ſa langue, parce que pluſieurs entendans le Latin , n'euſſent
entendu le Frãçois: & auſsi que les Prouinces eſquelles ce lãgage ſe parle, c'eſt
à ſçauoir le François , ne commande
point aux eſtrangers, qui eſt vn grand
                                                     moyen

moien pour estédre l'vsage des langues:
d'autant qu'vn chacun s'efforce de faire
entédre ses doleances à celuy sous le cō-
mandement duquel il est, & de la protection duquel il a besoin. Et lors pour
finir ceste Seree, par vn bō presage pour
nostres Prince, ie souhaitte que dans
peu de temps toutes les natiōs du monde euslent besoing d'apprendre à parler
nostre langage François: les langues se
multiplians & renforçans à mesure que
les Princes qui en vsent s'agrandissent.

Trente-sixiéme Seree.

Des Ladres & des Mezeaux.

DVrant les troubles & guerres ciuiles & intestines, qui ont esté bien
grandes, si nous considerons, que durāt
la Monarchie Romaine, qui a esté si ample, & a tant duré, il n'y a eu que huict
guerres ciuiles: & en nostre France en
peu de temps, il en y a eu d'auantage
bien grandes aussi, si nous regardons à
ceux qui sont morts en ces guerres: &
que

que nous en faisions iugemēt parce que
Appian en a escrit des Romains, qui dit
que Cesar nombra le peuple de Rome a-
pres les guerres ciuiles, & qu'il ne trouua que cent cinquante mille hommes,
combien qu'au parauant il en fut conté
trois cens vingt mille, prenans du froment du public, Or dōc durāt nos guerres ciuiles tant de fois prinses & reprin-
ses, vous sçauez que chacun estoit contraint à son rang, d'aller à la garde des
portes: & puis estant de retour, on apportoit au bureau, durant le souper, ou
en la Seree, tout ce qu'on auoit fait ou
apprins là de nouueau, parce qu'en par-
lāt on chasse les ennuis. D'entree, quelqu'vn va conter d'vn bourgeois & sol-
dant de son esquadre, lequel sentant au
matin vn peu de froid aux iambes, estāt
en garde, auoit dit, ie suis marry que ie
n'ay prins à ce matin mes lazarines, à
qui on auoit respondu: & celles que
vous auez chaussees sont-elles pas à vo'.
Ce fut assez, car chacun entendit bien à
qui ceste sour de attainte s'adressoit.
Parquoy laissant le particulier, on se va
mettre sur le general, mettant en auant
le

le pays ou il y auoit le plus de ladres. Et
fut trouué que nostre Poictou n'é estoit
gueres taché: a cause de la religiöqui est
temperee: que s'il y en auoit, que c'e-
stoyent ladres blancs, appellez cachots,
caquots, capots, & gabots qui ont la face belle? que s'ils sont ladres, ils le sont
dedans le corps, le commencement de
ladrerie estant long temps auparauant
au dedans auant que paroïtre: à raison
que la lepre se fait tousiours plustost
aux parties interieures qu'aux exterieu-
res. Et pour möstrer qu'il ni a pas beaucoup de ladres en ce pays, il me souuiét
d'vn bon soldat, lequel ayant prins du
pain benist de la Transfiguration, &
reuenant de la garde, demanda à vne
femme, qui amassoit pour les ladres,
m'amie, amassez vous plus pour nous?
Laquelle luy respödit, que non? & qu'ö
ne vouloit rien bailler: parce qu'ils disoient qu'il n'y auoit personne à la ma-
laderie, & puis luy dit, & que n'y venez
vous? Tous ceux de l'escoüade se prenät
à rire, luy dirent qu'il y deuoit aller
à toute aduenture? & que pour le moins
il s'éxepteroit de beaucoup de charges

&

& exactions, à quoy on estoit suiect durant ces guerres intestines, & partialitez. Lors le soldat va repliquer, qu'il ne seroit pas le premier, qui durant ce temps si miserable, se seroit rangé és leprseries pour euiter l'air de ce temps, plus dangereux que la ladrerie, & empesté de mille & mille ennuis: les vns s'y rendans pour viure, aucuns pour n'estre emprisonnez & rançonnez, la plus part des habitans des villes ayans esté contraints d'y mourir de peste, pour n'oser muer d'air, & aller aux champs, à cause des gens-d'armes & voleurs, qui les prenoient, emprisonnoient, ranconnoiens & tuoient: tellement que plusieurs pour sauuer leur vie se mesloyent auec les ladres, si bien qu'on fut contrainct, pour la multitude de ceux qui se disoient ladres, de faire langoyer ceux qu'on vouloit receuoir, n'estant pas permis d'estre ladre, à celuy qui le vouloit estre: estant deffendu à toute personne de se dire ladre, s'il ne l'estoit à vingt & quatre carats, à poix de marc, & à l'espreuue de la copelle, reiettans des maladeries ceux qui n'en auoient que deux ou trois

grains

grains. Comme en ce mesme temps il
fut defendu à beaucoup de pauures gés
de faire de la poudre a canon, de peur
qu'ils ne missent le feu en la ville : à
cause qu'il se trouua vn poudrier a qui
la maison brusla, & tout ce qu'il auoit,
le feu s'estant prins à sa poudre, & tout
ce qu'il perdit ne valant pas cent sols,
estás à loüage, il amassa d'aumosnes, pl°
de cinq cens liures. Les autres en voulás
faire autant furent empeschez : car il fut
deffendu aux pauures gens de faire plus
de poudre : & qui n'y eust remedié, ils
eussét bruslé les maisós qui n'estoiétpas
a eux, voire toute la ville, pour se faire
riches d'aumosnes. Aussi, disoit-il, qui
n'eust retranché les ladres, ce n'eussent
esté en tout le pays de Poictou que la-
dreries & lepreseries : car en plusieurs
lieux on ne trouuoit maison qui ne fut
garnie d'vne croix & d'vne cloche, &
deuant la porte d'vn tronc, auec les armoiries des ladres, la cliquette & le barril : pensans par là estre exempts de toutes pilleries. Ce qui se trouuasi commun en Poictou, où Dieu mercy ce mal
est rare, que les gens d'armes ne laisserét
d'entrer

d'entrer & loger pas tous, sans auoïr esgard à l'espouuentail qu'on mettoit à
l'entree des maisons, & disoient qu'ils
estoient riches comme ladres. Que si
c'eust esté és regiõs Meridionales, qu'õ
eust trouuè tant de maladeries, on ne
s'en fut esbahy, estans ceux du Midy
fort suiets à la lepre : à cause d'vn humeur melãcholique engendré pargran-
de chaleur. Si biẽ que Leon l'Afriquain
& Aluarez disent, ceste maladie estre si
commune aux Meridionaux, qu'on ne
trouue par les champs en l'vne & l'autre
Mauritanie, que maisons & hospitaux
pour les ladres : ce qui à dõné occasion
aux Anciens d'appeller ce mal, *Morbus*
Puuicus & morbus Arabũ. Par mesme raison, les Ethyopiens, ayant le sang froid
& melancholic comme eux sont fort sujets aussi à ce mal, & l'ont appellé *Ele-*
phantiasis : pource que les Elephans ont
le sang froid & melancholic comme les
ladres : ou bien de ce que ceste maladie
prend és iambes, & les rend si enflees,
qu'elles deuiennent aussi grosses que
celles des Elephans. Et non seulement
adioustoit-il, le pays chaud abonde en
ladres,

ladres, mais aussi les regions par trop
froides : à cause que le sang par le froid
deuenant espoix, tardif & congelé,
faict & rend les gens ladres : comme en
Allemagne y en à beaucoup de tels.

Vn de la Seree se va esmerueiller de
ce qu'auant Pompee le grand, on
n'auoit iamais ouy parler de lepreux
en toute Italie, sinon apres qu'il eut
conquis la Palestrine & Iudee : combien que ce mal fut fort peculier en
toute l'Ethyophie, & qu'à ceste cause
Moyse en auroit faict force Loix, ce
que n'ont faict ny les Grecs ny les Romains. Ie croy, repliqua quelqu'vn,
que ceste maladie est plus contagieuse
& venereuse en vn païs qu'en vn autre :
car nous trouuons que Dominique
Catalusie, Prince de Lesbos, sa femme estans deuenuë ladresse, ne la
priua pour cela ne de sa table, ny de
son lict. Il luy fut respondu, que c'e-
stoit l'amitié que portoit son mary à la
femme, qui luy faisoit oublier tout le
danger qui en pouuoit venir, & non
pas qu'il pensast le mal estre moindre là
qu'en l'Egypte & Ethyopie. Que si les

Liu. iij.   Y

Egyptiens, Ethyopiens, & Arabes sont
plus persecutez de ladrerie que tous autres, disoit-il, ie cóclurray qu'ils estoiét
plus riches que les Grecs & que les
Romains si ce qu'on dit commné-
ment est vray, il est riche comme vn ladre. Ce prouerbe, va repliquer vne Fesse-
tondüe, est cause que beaucoup ne veulent rien donner par aumosne à ces
pauures ladres : & me souuient qu'il
fut dict, n'y à pas long temps, au fabriqueur de nostre parroisse, qui amassoit pour eux : Monsieur mon amy ie
ne veux rien bailler pour les ladres,
car on dit que les plus riches de la ville
le sont. Vous ne sçauez pas possible, va
dire vn de la Seree, pourquoy les ladres sont plus riches que les autres:
c'est, disoit il, pour ce qu'ils n'engendrent guéres d'enfans, à cause qu'ils
sont atri-bilaires, & par conséquent
froids & secs, toute generation se faisant par humidité & chaleur : & tant
moins qu'on à d'enfans la succession
en est meilleure, Ou bien adioustoit-il,
les ladres sont riches, pource que personne ne se veut mettre en leur lignee,
                        & tant

& tant moins il y a de personnes en
vne heredité, elle en est plus ample. Il
leur prend bien aussi, repliqua vn autre,
d'estre riches : l'or seruant beaucoup
aux lepreux & à leur maladie, pour le
moins l'adoucissant & mitigant, si on
en vse auec des consumez, & si oste la
puanteur de la bouche, si on y tient de
d'or. On dit aussi que Paracelle, Medecin Allemand, a guery vn grand nombre de ladres par le moyen de l'or po-
table, combien qu'il soit fascheux à croire, que l'or soit medicamenteux ou ali-
menteux, puis qu'il ne peut dompter
nostre nature, ou estre dompté par icelle : & les Medecins & Apothicaires
n'ont mis que par brauade vaine en
leurs medecines & restaurans de l'or &
des perles. Si est-ce, va dire vn Drolle,
que le prouerbe François. Il est riche
côme vn ladre, n'est pas tousiours veritable : car i'ay veu vn ladre en nostre parroisse, qui estoit des plus pauures, & si
ne laissoit d'aller tout le premier à l'offerte, encores que ce ne fut à son rang,
faisant cela, pource qu'il vouloit mal
à son Curé, s'asseurant que pour vn de-

nier qu'il luy bailloit, de luy en faire
perdre vn cent, & toute son offerte:
d'autantque tous les autres parroissiens
n'alloyent iamais à l'offerte baiser la
paix apresluy, encores que les Legistes
tiennent que c'est vn grand signe d'a-
mitié, de parenté, & de conionction,
de baiser la paix apres vn autre. Voila
pas, adioustoit-il, vne grande ruse &
malice en ce ladre? lequel estât si grief-
uement persecuté, deuoit plustost penser à appaiser l'ire de Dieu, qu'à se vanger: combien que i'ay ouy dire autresfois que les ladres, les femmes, & les
gens vieux, estoient fort vindicatifs,
& grands trompeurs: parce que se desf-
fians d'eux mesmes, & sçachans leur de-
faillir l'esprit, la force, le moyen, & l'ad-
dresse pour paruenir à quelque chose,
taschét à y paruenir par malice & finesse: possible estât vne des raisons pour laquelle les lepreux deuiennent riches.
Mais pourtant, disoit-il, ie ne voudrois
pas pour toutes les richesses en auoir vn
petit grain: non pas seulement pour
moy, mais pour mes enfans, & les enfans
de mes enfans, d'autant que quand ce
mal

mal est hereditaire & qu'on l'apporte
du vôtre de la mere, il ne se peut iamais
guerir. Toutesfois pour corriger ce mal
& que toute la lignee ne soit entachee
de ce venin, il sera bon de marier les enfans descendus de gros sang, auec des
femes & des filles bien saines, & de bône lignee : car la mere peut amortir par
sa bonne semence, & son bon sang, le
venin du pere, n'estant pas la femme si
suiete à la lepre que l'homme : à cause
de ses moys qui la purgent. Pour cela,
c'est vne chose fort mauuaise pour les
enfans, d'estre entez de franc en franc,
& là ou la reigle, *nube pari*, ne doit auoir
lieu: car sur tout il faut, s'il est possible,
marier celuy de qui les parens sont dou-
teux & suspects, auec vne femme de
bonne race, & bien saine, afin que le
venin du pere, qui est caché pour vn
temps, puisse estre corrigé par le bon
téperament de la mere: parce que la mere, qui apporte plus à la generation que
le pere, fera que les enfans ne sentiront
rien de la disposition naturelle du pere.
Et non seulement pour ceste maladie il
est bon de se marier en race bien saine.

mais aussi en toutes maladies heredi-
taires, principalement en la goutte: le
goutteux ne se deuant approcher de sa
femme pendāt qu'il est aux abbois de sa
maladie, s'il ne veut que ses enfans s'en
sentent, la semence contagieuse s'es-
coulant & s'amortissant petit à petit.
Et encores pour aider à tout cela, il
sera bon de bailler à ces enfans doub-
teux vne bonne nourrice, & bien saine, & d'vne bonne temperature: car
la bōne nourriture leur profitera beaucoup: comme aussi les maladies natu-
relles, ausquelles sont suiets les petits
enfans, les purgent bien fort, le venin
des parens estant tant plus mis hors
& amorty, d'autant plus qu'ils auront
eu la verolle, la rougeolle, la teigne, la galle, & semblables maladies.
Et combien que nonobstant toutes
ces choses, l'inclination demeure, qui
peut monstrer la disposition qui n'est
encores apparue, si on vse de mauuais regime: si est-ce aussi que ceste
disposition naturelle, & ce venin, se
peuuent diminuer auec le temps de
ligne en ligne, iusques à se perdre, si
les

les enfans rencontrent ou le pere ou
la mere fains, & tout le refte que i'ay
dict. Et ne voit-on pas bien difoit-il,
les plantes tranfportees & tranfplan-
tees perdre leur venin & propre naturel? Mais s'il eft vray, demanda vn
autre de la Seree, que ceux qui ont les
yeux bien ronds foient fujets à la lepre, & qu'elle fe cognoiffe fi les cendres de plomb bruflé nagent furleur
vrine? cela denotant les humeurs eftre
fort graffes & groffes, & la melancholie eftre corrompuë & efpanduë par
tout le corps. S'il eft vray auffi, demandoit-il encores, que cefte maladie fe puiffe guerir, nonobftant qu'elle foit du tout formee & enracinee.
Ce qui me faict demander, difoit-il,
c'eft que Theuet dit en fa Cofmogra-
phie, qu'en Affrique, ou il y a abondance de ladres, on vend le fang des
tortuës, & la chair auffi, qu'on faict
boire & manger à ces malades, qui les
guerit fi bien qu'ils n'y retombent iamais. Dont ie mesbahis, fi cela eft vray,
que les tortuës de ce païs ne font
plus cheres, qu'on n'en vfe, & fi el-

X 4

les n'ont point la vertu de celles d'Affrique, qu'on n'en faict apporter de ce
païs là, aussi bien que de la momie,
ou de leur sang, dont elles ont beaucoup : estans les tortuës de par de là si
grosses & grandes, qu'vne à suffit au
disner de quatre vingts hommes , le
test ayant trois pieds de large : si bien
qu'vn passant s'estant endormy dessus
vne tortue , pensant que ce fust vne
pierre se trouua porté si loing hors
de son chemin, qu'il ne sçauoit où il
estoit, ne qui l'auoit mis là. Tous ceux
de la Seree se prenans à rire, celuy qui
parloit de ces porte-maisons, va dire,
si vous ne le croyez, vous aurez plustost
faict de vous en prendre à Theuet,
que de l'aller veoir : & ne l'eusse pas
creu non plus que vous , n'eust esté
que l'histoire de l'Amerique le confirme, disant qu'aux isles de la mer rouge, & au costé des Indes , il se trouue
des tortuës si grandes , que d'vne co-
quille on en pourroit couurir vne maison logeable , on en faire vn vaisseau
nauigable. Nous trouuons dans Spar-
tianus, qu'il fut donné à Albinus vne
tortuë,

tortuë, pour baigner ses petits enfans:
& que les enfans des Cesars auoyent ce
priuilege de se lauer dans le cauitez des
tortuës. Pline aussi dit qu'il y a vn peuple, qu'on appelle mange-tortuës, parce que les habitans de ceste contree
ne mangent que des tortuës de mer
qu'ils peschent, & n'ont aussi autre
couuerture de maison. Mais, demanda quelqu'vn, lesquelles tortuës sont
meilleures pour la guarison des ladres,
ou celles de la mer, ou celles de terre? Car ie sçay bien, que la plus singu-
liere, & qui a plus de saueur & requé-
ste, est celle que l'on nomme Nemorale,
& qui fait son terrier dans les bois:
richesse du pays de Prouence & Lan-
guedoc, & delice des grands Seigneurs.
Quelqu'vn prenant la parole, en lieu
de respondre à ceste demande, nous
va apprendre à les prendre: disant que
pour amorser tortuës, qu'il falloit
prendre sel armoniac, vne once, oignon, le poids d'vn escu, gresse de
veau, le poids de six escus: puis faire pillules, & les bailler aux tortuës, &
venants à l'odeur, elles se prendront.

Y 5

Ceste tortuë nous ayans mis hors du
chemin, comme elle auoit fait le paf-
fant de Theuet qui s'eftoit couché
deffus vne : nous fufmes remis à noftre
premier fentier par vn de la compagnie, qui va dire : ie croy que la raifon
par laquelle les tortuës gueriffent la
lepre auec leur fang, vient de ce qu'elles mangent les viperes, lefquelles
foulagent aufsi les ladres. Et ceux-là,
difoit-il, n'entendent pas bien la proprieté des tortuës, & à quoy elles feruent, lefquels auant que les manger,
les font nourrir en quelque iardin,
pour les purger de leurs humiditez, pé-
fans que les tortues les feroient mourir, à caufe de leur nourriture : car la tortue eftant remplie de la chair de vipere,
trouue fa guerifon & fon remede en
l'herbe appellee thigan, par la contrarieté de cefte herbe au venin. Il eft
vray, adioufta-il, qu'aucuns affeurent
que les chancres en Latin *cancri*, & toutes fortes de huiftres, & de poiffon qui
a des coquilles, mitigent la chaleur du
fang, & l'aduftion de la melancholie,
aufsi bien que les tortues, tellemét que
les

les ladres, lefquels font prés de la mer,
& qui mangent ordinairement de ces
poiffons qui font efcaillez, peuuent
guerir de la lepre : les lepreux trouuans
guerifon en mangeans de ces poiffons
encoquillez, auffi bien qu'és grenouil-
les, qui font és lieux marefcageux, &
dans les eftangs, fi on en mangent ordinairement : pourueu que ce foyent de
celles qui fautent, car celles qui fe trai-
nent font trop venimeufes : les grenoüilles moderans la chaleur du fang,
& mitigans l'aduftion de la melancholie : mefme on dict que le pourceau, fug-
iet à la ladrerie, fe guerit s'il mange des
grenoüilles & des efcreuices. Qu'un que
autre va dire, que fans enuoyer fi loing
en Afrique pour auoir des tortuës, &
de leur fang, & fans fe mettre en frais
pour recouurer des poiffons à efcail-
les,& des huiftres, il ne falloit à ces malades qu'vfer de la recepte de Cardan,
qui affeure par experience, que le bain
du premier fils né, ou font les reliques
du fang méftrual, guerit les lepreux. Sa
raifon eft, que le fang le plus corrompu, qui eft dans le corps des mezeaux

attire à soy celuy qui est moins corrompu, qui est le reste des menstrues : si bien
que ce sang qui est espandu apres len-
fantement, estant de telle nature que le
nostre, toutesfois plus vitié, & plus
chauld par la force de l'enfant, entrant
par les vaines & arteres du lepreux, cõ-
traint, purge, & esteint l'autre sang corrompu & gasté, comme les rayons du
Soleil font esteindre la flamme du feu,
& comme le plus grand feu consume
le moindre, à cause qu'il consume le
nourissement du petit : le feu icy bas se
paissant d'humidité. Ie croy que c'est
ce 'is, ya dire vn de compagnie, qui à
faict dire à beaucoup de personnes,
que les ladres tuoient les petits enfans,
pour en auoir le sang : & que les super-
sticieux Iuifs, qui sont fort sujets à la
lepre, en ont aussi tousiours esté accusez : ce qui seruit possible de couuerture
pour chasser les Templiers hors de
France, & de se saisir de leurs biens. Et
n'est pas chose nouuelle, adioustoit-il,
de dire que le sang des petit enfans
guerit de la lepre : car nous trouuons en
Nicephorus & Cedrenus, que Constan-
tin

tin le grand, eſtant ſurprins de lepre, fut
conſeillé par des Medecins Grecs, de
faire vn lac du ſang de petits enfans, là
où il ſe baigneroit & que d'aſſeurance
il gueriroit: Pline ayant eſcript que cela
eſtoit familier aux Roys d'Egypte que
de ſe baigner aux ſang des petits enfás,
pour guerir de la lepre, parce que leur
ſang, eſtant chauld & humide, eſt contraire à celuy des lepreux, qui eſt froid
& ſec. Mais ce bon Empereur ne peut
endurer les larmes & cris des meres
de ces petits enfans, qu'on leur auoit
prins pour les tuer, tellement qu'ils
leurs furent rendus : & fut guery Con-
ſtantin par la bonté de Dieu, s'eſtant
laué en la piſcine que le Pape Sylueſtre
luyenſeigna. Le bon Empereur diſant,
qu'il y auoit des maladies en noſtre
corps, & des abus en beaucoup de choſes, qui ne font point tant de mal en les
endurant, qu'ils feroient en les oſtant.
Si eſt-ce, repliqua quelqu'vn, qu'on dit
que les Iuifs du iourd'huy, leſquels ont
le bruit de tuer les petits enfans, ne s'en
ſerueut pas pour baigner les ladres, car
ils n'en deſrobent qu'vn, encores ne le

Y 7

peuuent-ils faire qu'on ne le sçache,
comme l'on à veu de noſtre temps à
Trente, où les Iuifs attirerent à eux vn
petit garçon, lequel ils eſgorgerent, l'é-
poinçónants par tout le corps, dequoy
l'autel que les Chreſtiens vont veoir
tous les ans là, porte ſuffiſant teſmoignage. Combien qu'aucuns diſent que
les Iuifs à la verité s'aident bien de ſang
humain, & le ſaorifient, mais qu'il l'a-
cheptent dés Chirurgiens & maiſtres
d'eſtuues, & qu'ils le mettent en vne
phiole de verre, pour leur ſeruir à faire
venir le diable, approchant ceſte phiole du feu, appellant ce maiſtre Gounin,
iuſques à ce que ce ſang ſoit bouilly, &
ſeſoit raſsis: comparant lors pour obeïr
& reſpondre à tout ce qu'on luy demande & commande. I'ay leu, va dire
vn autre de la Seree, que l'huile eſtoit
fort bon pour baigner les ladres: ce
qui eſt confirmé par Olaus, qui raconte que les Eſpagnols en lauoient leurs
ladres, & pour cela leur trafficque ceſſa,
ayans accouſtumé de vendre leurs huiles à ceux de Septentrió, quand on leur
eut dit que les Eſpagnols la vendoient
apres

apres qu'ils s'en estoyent seruy à lauer
leurs ladres. Et me suis souuent esbahy,
disoit-il, de ce qu'en a escrit Olaus, veu
qu'il y a en Espagne peu de ladres, &
quasi point, craignans tant ceste maladie qu'il ne mangent gueres de chair
de pourceau estant chose notoire, que
le frequent vsage de manger chair de
pourceau engendre la ladrerie: attendu
que les pourceaux par le rapport d'A-
ristote, sont suiet à engendrer en leurs
corps vne abondance de grains de mezelerie. Ce mal se guerit aussi, adiousta
quelque autre, si nous croyons Pline,
auec menthe sauuage, ses fueilles mas-
chees & appliquees sur la ladrerie, par
l'experience de ce qui aduint fortuite-
ment en vn ladre? lequel se voulant de-
guiser & masquer, de peur d'estre cogneu, se frotta le visage de Menthe sauuage: mais la fortune (luy disant mieux
qu'il ne pensoit) voulut qu'il se trouua
guery de la ladrerie aucuns estans en ceste opinion, que toutes les proprietez
assignees à la menthe sauuage, se doiuent entendre de la Napeta, qui est le
Calamat commun des Apoticaires. Les
autres

autres difent qu'vfer fouuent de racines d'Afperges cuites en vin-aigre, eft
fort bó pour la fanté des ladres : comme
aufsi la graine de Pauot blāc, & les oin-
dre de la liqueur de Cedre. Les modernes affeurent aufsi, adiouftoit-il, que la
chair de viperes mangee par les ladres,
les guerit: le venin du ferpent attirant à
foy le venin de la lepre: comme d'auan-
ture fut efprouué, ce dit Galien, par des
moiffonneurs, lefquels trouuans vn
ferpent mort & noyé dans leur vin, le
baillerent à boire à vn ladre defefperé,
qui le beut entierement, ne fçachant rié
de la vipere morte dans ce vin : dont il
euita la force de la maladie. Et ne faut
pas s'efmerueiller de cela, difoit-il, veu
que deux poifons en l'homme fe peuuét
deffaire & tuer l'vn l'autre, luy demeurant fain: cela fe faifant de ce que nature irritee par le venin du ferpent, reiet-
te & repouffe tant qu'il luy eft pofsible,
le venin du ferpent, & la matiere vene-
neufe de la lepre, laquelle fait le mal.
Ou bien c'eft que la chaleur du ferpent,
en ouurant les pores, dechaffe ceft humeur melancholique des ladres aü dehors,

hors, & à la peau : car en vſant ſouuent
de viperes, il ſort à la peau des groſſes
puſtules ſquameuſes. Que s'il en y a, diſoit-il encores , qui ayent en horreur
d'vſer de ſerpens : que ceux la mangent
des poules qui auront eſté engreſſees de
viperes; car il à eſté experimenté ceſte
viandes eſtre ſouueraine côtre la ladrerie : auſſi qu'il n'y à rien meilleur pour
les elephanticz que le ius d'vne ieune
poule, encores qu'elle n'ait eſté nourrie
de viperes. Que ſi la chair de viperes, ou
le vin beu ou elles auront trempé, ou le
theriaque de ſerpens, ou le trociſque
de Tyr meſlé auec de l'eau & du vin
blanc en prenant trois fois la ſepmai-
ne : ne gueriſſent du tout ces pauures
gens, pour le moins cela leur fera venir
vne nouuelle peau : le corps s'enflant bié
fort en vſant de ces remedes, la chair en
eſtât mollifiee, qui faict tomber la peau
de deſſus, qui eſt dure, & toute crouſte-
leuee : & par deſſoubs reuient vne autre peau molle & plus douce. Ie croy,
repliqua vn autre , que les viperes ne
ſont pas ſi veneneuſes à les manger côme on le penſe , leur ſubſtance eſtant
                              moyen

moyenne entre ceſt humeur vitieux , &
le corps: car ſi elle approchoit plus pres
du venin , elle tueroit comme faiƈt le
venin : auſſi ſi elle n'en tenoit quelque
choſe, & qu'elle nourriſt ſeulement, elle ſe conuertiroit en la ſubſtance du
corps, & ainſi ne ſeruiroit de rien à la
gueriſon de la lepre. Que ſi voulez, adiouſtoit-il, que la vipere aye encores
plus de vertu pour ſeruir aux ladres , il
faut, ce diſent Dioſcoride & Aeginete,
faire vne maniere de ſaupoudré, qui ſe
faiƈt ainſi. Il conuient prendre vn pot
de terre tout neuf , & mettre dedans le
vipere, apres auoir eſté eſcorché, en luy
oſtant la teſte & la queuë: puis y mettre
du ſel, & des figues pilees, auec du miel?
& le pot eſtant bien couuert, mettre le
tout cuire en vn four ; & apres piler &
reduire le tout en poudre: que ſi aucun
en veut manger, le trouuerra fort bon
& ſauoureux , en le mangeant auec autres viandes. Et pour vous monſtrer
que les ſerpens n'ont pas tant de venin
comme on dit, ou bien que leur venin
ſoit corrigé en quelques côtrees, nous
trouuons que les Ethyopiens Macro-
bes

bes viuent cent & six vingts ans, pour
manger de la chair de serpens, & s'en
nourrir, se guerissans par ce moyen de
mezelerie, par quelque proprieté se-
erette & occulte. Aucuns aussi nous af-
seurent, disoit-il encores, que si vous
lauez vn lepreux en vn baing qui aura
seruy à lauer vn cadauer, & homme
mort, il guerira de la lepre. Et afin que
ne pensiez que ce soit de la sorcellerie
de Bodin, cela se fait à raison que la
matiere de la ladrerie, qui est iettee iusques à la peau, n'y sera plus poussee par
la nature, à cause de l'antipathie & contrarieté qu'a ce corps mort auec la lepre : d'autant que tout animal fuit l'o-
deur d'vn autre animal de son mesme
genre : dont aduient que ceste matiere
qui fait la lepre, fuyant la senteur du
cadauer, s'amasse toute en vn, & s'estant
rendue forte par la quátité, est mise dehors, ou par bas, ou par sueur, ou par autre voye. Ie ne veux oublier aussi à vous
dire, adioustoit-il, que l'herbe veroni-
que, tout son ius exprimé de ses fueilles, que l'eau qui en est distilee, par son
frequent vsage, apporte guerison aux
ladres:

ladres : & qu'a ceste cause on l'appelle
l'herbe aux ladres. Que s'il leur sort des
boutons & taches de ladrerie au visage, le ius ou vin de fraises est souuerain
pour les oster : moiennant que ceste eau
ait esté mise dans vn vaisseau de verre,
lequel ait esté long temps en vn fumier.
Aussi qu'aucuns afferment que l'Emeraude puluerisee, prinse par les lepreux,
leur est grandemét profitable : aussi bien
que les estuues chaudes de bois de larix
& son eau : estát fort bon aussi contre ce
venin vser d'eau de la mer, & s'en lauer,
& se baigner en l'eau de mer, laquelle
les Egyptiés ont creu guerir toutes maladies : estans aussi souuerain pour ce
mal, nauiguer sur la mer, a cause qu'elle prouoque le vomir : ce qu'elle fait, ou
par la nauigation, pour n'estre vn mou-
uemét selon nostre naturel, & inaccou-
stumé, toutes choses non accoustumees
troublans les personnes, ou bien que la
senteur & odeur de la marine prouoque
le vomir : auec lequel les humeurs, qui
causent la maladie, sortent dehors : les
ladres ayans en leur estomac, & és parties qui luy seruent, grande affluence de
cest

ceſt humeur corrompu : ce qui fait
qu'ils parlent ranche, eſtans touſiours
enrouez, à cauſe de la corruption de la
voix, & de ſes organes. Parquoy ſi voulez eſprouuer ſi quelques gueux ne contrefont point les ladres, faut regarder
s'ils ſe ſont point liez la gorge auec vn
fil, afin de parler ranche. Quelque autre de la Seree ayant peur qu'on le ſoup-
çonnaſt d'en auoir quelque grain, n'en
diſant rien, va dire, que ſi la lepre ne faiſoit gueres que ſaiſir vn homme, qu'il
n'y auoit plus aſſeuré remede que de le
faire chaſtrer, comme ſe trouue *tit. de*
corpore vitiatis 20. *liẑ. Decret. cap.* 5. *Exe-*
ctio pudendorum multum prodeſt, d'autant,
diſoit-il, que la complexion du ladre
chaude & ſeche, ſera changee & alteree
en vne froide & humide : ceſte frigidité
& humidité garantiſſant non ſeulement
de la lepre, mais auſſi de toutes maladies
qui viennent de chaleur & ſiccité : & ſi
ne laiſſera ce chaſtré, pour eſtre leger de
deux grains, d'eſtre bon Capitaine hongre : comme la Turquie nous en rend
bon teſmoignage. Et conſeillerois touſiours à ces pauures gens, (la maladie
confirmee

confirmee ou non) de se mettre à l'exa-
men de la copelle: tant pour la palier, &
prolonger leur vie, que de peur d'y tomber: & aussi qu'on les y deuoit contrain-
dre, afin que la progeniture en fust plustost perdue: car si les ladres n'engen-
droyent point, il y a long temps que la
race en fut perdue. Mais, repliqua quelqu'vn, Vlpian defend de chastrer les esclaues pour mieux les vendre, & dit que
ceux qui les fōt chastrer pour leur plaisir, sont dignes de mort, & punis par
la Loy Cornelia, ou bien par la Loy du
talion, & de la pareille: & que mesmes
ceux qui se font chastrer, encores que
ce soit par deuotion, doyuent estre cha-
stiez par les loix & par les Princes: si ce
n'est par necessité, ou pour euiter pis,
comme en ces pauures gens icy: le Canon permettant aux ladres de se faire
chastrer, disant qu'ō ne peut oster de la
Prestrise celuy qui pour la lepre aura
desgarny sa bourse de monnoye. Que si
quelqu'vn se faisoit chapponner pour
son vtilité & profit, & non pour santé,
pour auoir la voix gresle, & pour chanter le dessus, ie le penserois punissable,

les

les femmes estans de mon opinion : &
aussi le Canon les priue des saincte, or-
dres, Galien dit que les testicules
sont parties plus excellentes que le
cœur:d'autant que le cœur est principe
de la vie seulement,mais les testicules
font la vie meilleure : estant vne chose plus digne de bien viure , que de
viure simplement. Ce sera des testicules , va dire vn autre, ce que vous
voudrez : mais si mes parents estoient
soubçonnez de lepre,ie bié ferois vuyder
ceste belle marchandise de ma boutique,pour euiter ceste leproserie : les
hommes pouuans estre priuez de leurs
parties genitales,sans encourir la mort;
comme on voit des garde-couches du
grād Seigneur,à qui on couppe les trois
parties de la generation. Et comme les
hommes,sans danger,peuuent estre priuez de leurs parties genitales, tout de
mesme est des femmes,qui peuuét estre
priuees de leurs parties feminines genitales,& demeurer en vie : la matrice de
la femme, ny les parties viriles des hômes ; n'estans point necessaires à la vie,
ny à la santé.Nous trouuons escrit, ad-
iousloit-

iouſtoit-il, dans Thalcondile Athenien
que Tamburlam, qui print Baiazet, Seigneur des Turcs, eſtoit ſi ennemy mortel des ladres, qu'autant qu'il enr en-
controit deuant luy, ils ſe pouuoyent
bien aſſeurer de faire le ſault: diſant n'e-
ſtre raiſonnable de laiſſer plus longuement regner vne telle peſte : les ladres
ne ſeruans, diſoit-il, que d'infecter les
autres, & procreer leurs ſemblables, &
auec cela viuans en tant d'angoiſſe &
de martyre, qu'on leur faiſoit vn grand
bien de les oſter de ce monde. Il deuoit
regarder, repliqua vn de la Seree, ſi la
maladie eſtoit confirmee, ou non: car
ie penſe que par antidotes, celle qui eſt
du premier degré ſe puiſſe curer, celle
du ſecond ſe pouuant ſeulement cacher: du tiers, ce ſera beaucoup ſi par
receptes elle ſe peut mitiger : car la lepre qui ſe faict par vne aduſtion & chaleur d'humeurs, principalement mela-
choliques, eſtant incontinent en ſa force & vigueur, ſe rend fort rorroſiue, &
confirmee, nonobſtant tous ces remedes. Dont aduient, diſoit-il, que les perſonnes fortes & robuſtes, chaudes par
nature,

par nature , comme font les ieunes,
ne viuent gueres en leur maladie : là
où au contraire , fi la maladie de lepre
vient de caufe froide, & d'humeurs qui
s'efpoifsiffent & s'oppilent, tellement
que la chaleur n'y puiffe entrer , ils
viennens à fe congeler , lors cefte lepre
demeure long temps , fans fe confirmer n'y empirer, en vn mefme eftat, fi
bien que ceux qui font lepreux de ce
gros fang , & de cefte humeur froide,
demeurent long temps en leur ladrerie:
comme font les enfans , les gens vieux,
& les femmes.   Que s'il s'en trouue de
ceux-cy qui ne viuent gueres, cela aduient à caufe qu'il y à toufiours en nous
plus de chaleur bruflante que de froideur gelante. A cefte caufe, adiouftoit-
il, les Medcins defendent à cefte maladie les viandes trop chaude , pource
qu'elles bruflent le fang , & le difpo-
fent à la lepre : & trouuent aufsi mauuais de manger du poiffon fraifchemét
prins, parce qu'il augméte le mal, combien que la marine foit bonne & faine
aux ladres.   Et fur tout deffendent de
manger des lentilles , que les Latins
Liu. iij.   Z

nomment *lens* ou *lenticula*, car ceux qui
en vſét ſont fors ſujets à deuenir ladres.
Mais, luy repliqua quelqu'vn , pourquoy donc eſt-ce que la lepre ſe mul-
tiplie plus és païs froids qués regions
chaudes , ſi celle qui ſe faict par chaleur eſt plus aſpre , que celle qui ſe
faict par le froid? Et parce , luy fut-il
reſpondu, que ceux qui demeurent en
païs froid, ont plus de chaleur interne
que ceux qui habitent és regions chaudes. Il fut auſsi dit, que la lepre ſe mul-
tiplioit plus és regions ſeches qu'és hu-
midés, à cauſe des humeurs qui ſe font
plus groſſes & eſpoiſſes par la ſiccité.
Dont aduenoit que les lepreux n'e-
ſtoient gueres malades de fieures , la
ſiccité , qui eſt en eux, empeſchant la
putrefaction, delaquelle en prouenoit
la fieure : ainſi ceux en ſont gras de
nature difficilement deuiennent ladres,
à cauſe de l'humidité qui reſiſte à la ſiccité, la ſiccité rendant le ſang gros &
eſpoix. Que s'il aduient que les perſonnes graſſes deuiennent lepreuſes, on le
peut aiſement cacher , d'autant que
ce qui engraiſſe guerit la lepre. Quelqu'vn

qu'vn prenant la parole, nous va conter d'auoir veu vn Medecin qui promettoit de guerir les ladres, les goutteux, les hectiques, paralytiques, & telles maladies deplorees de tous les Medecins. Celuy qui se vouloit mettre entre ses mains, qui estoit honnestement ladre, luy enuoye demander de l'argent à emprunter : ce Medecin Empirique luy mande qu'il estoit pauure compagnon. Lors le pauure malade ne voulut se mettre entre ses mains, luy disant, que ce n'estoit qu'vn affronteur, & que s'il sçauoit guerir les maladies dont il se vantoit, qu'il deuoit estre plus riche que les Foucres. Ce discours finy, vn autre de la Seree va conter vne histoire pitoiable & veritable, d'vn ieune homme nouuellement marié, lequel par la ialousie de sa femme fut rendu ladre : car ceste femme pour se vanger de son mary, & de celle qu'il entretenoit, eut expressément la compagnie d'vn ladre, dont puis apres, elle, son mary, & son amoureuse deuindrent ladres. Et si adioustoit que ce n'estoit rien de nouueau, veu qu'on trouuoit escript, que

Z

les femmes des anciens Romains en
faisoient bien quasi autant, toutesfois
sans qu'elles se missent en danger: car
ces Dames estans ialouses, & se voulans vanger de celles surqui elles auoiét
opinion de leurs maris, estouffoient des
stellions ou lezards dans les fards dont
elles estoiét asseurees que leurs compa-
gnonnes d'amour se fardoyent le visage, pour les rendre lentilleuses, des-
faites, & le visage tout ladre & bou-
tonné. Que aisément la ladrerie se
donne, disoit-il, nous trouuons escript
que par faute d'auoir bien nettoyé vne
lancette de laquelle on auoit frais-
chement saigné vn ladre, & puis en
auoir saigné vn autre, il s'ensuyuit
vne telle corruption en la masse san-
guinaire, par l'impression consequu-
tiue à l'ouuerture faite par ladite lancette, que non long temps apres paru-
rent quelques signes de ladrerie. Aussi
on a veu par experience, que la peste
prend à celuy qui aura esté saigné d'v-
ne lancette non nettoyee & emundee,
qui aura percé la bosse d'vn pestiferé.
Et si ie ne sçay, adioustoit-il, si ie doy
croi-

croire que pour auoir subitement rendu l'vrine apres vn ladre, au mesme
lieu, que la contagion s'en ensuyue,
aussi bien qu'on prend la caquesangue
allant apres vn autre à la mesme garde-
robe. Vn second Panurge, qui estoit en
ceste Seree, voyant qu'on se passion-
noit de ce ieune homme qui estoit deuenu ladre par la ialousie de sa femme,
pour nous resiouyr, va commencer à
dire le bien & le plaisir qu'auoient les
ladres, asseurant qu'ils n'estoyent pas si
miserables qu'on les estime, & qu'il en
deuoit estre creu pour le sçauoir bien.
Premierement, disoit-il, les ladres ne
sont point tourmentez de fiéures, la
siccité estant contraire à la putrefaction qui engendre la fiéure. Ils ne sont
point aussi suiets aux poux, morpions,
puces, punaises, & autre vermine venant de corruption, ne à la maladie qui
s'appelle *Morbus pedicularis*, & *phtiriasis*,
la siccité empeschant toute pourriture:
ny à la peste, vn venin repoussant l'autre: parquoy il me semble, disoit-il,
qu'il seroit fort bon de faire estudier
telles gens en la Medecine & Chirur-

Z 3

gie, pour secourir les pauures pestez
d'autant que ne prenans point la peste,
on ne seroit sans secours, comme il ar-
riu bien souuent par la mort des Medecins & Chirurgiens, qui sont suiets
à la peste comme les autres. Les ladres
aussi, disoit-il encores, n'ont nulle peur
d'estre coquus, personne ne s'approchant de leurs femmes, de peur de deuenir ladres, comme le ieune homme,
s'ils s'accostoient de la femme d'vn ladre, mesmes les Diables de Bodin n'en
oseroient approcher : qui feroit vn si
grand bien pour les maris ialoux, que
ie m'asseure qu'il en y a qui voudroy-
ent estre ladres pour cela. Outre ces
commoditez, les ladres ont plus de
plaisir aux femmes que les autres, &
sont quasi tousiours dessus, à raison de la
chaleur estrange qui les brusle par le
dedans : & aussi que leurs vases spermatiques sont remplis de grosses humeurs
crues, visqueuses & flatteuses, qui font
enfler & dresser le trinquet : à ceste
cause plusieurs femmes ayans eu affaire à des ladres, ont souhaitté que leurs
maris le fussent. Par la mesme chaleur
les

les ladres font inextinguiblement alte-
rez, beuuans fempiternellement, &
vous fçauez le plaifir que c'eft de boire
de bon vin : ce qui fait qu'on ne trouue
gueres les ladres fans barril , & fans
leur lettre de couronne, auec le petit
entonoir : combien que Paré die qu'on
leur baille le barril & les cliquettes,
à fin de les cognoiftre. Et me fouuient
qu'il n'y à pas long temps que des Reiftres trouuans des ladres à cheual,
auec leurs barrils , que les Mattois
appellent le roüillard, leur firent bonne chere , & apres auoir beu au roüillard, cependant qu'ils leurs bailloient
vne note auec leur boys-crolant, vont
dire bonne ladre , bonne ladres, boiuent à cheual, & nous à pied. Vne autre commodité qu'ont les ladres, c'eft
qu'ils vont toufiours à cheual , dont
i'en ay veu protefter d'iniure atroce
quand on difoit ie ne vay point demander les Eftreines & l'Aguillanneuf
à cheual. Les autres aduantages des ladres font qu'ils couchent feuls , & ont
leur chambre à part : ils ont du plaifir
à fe grater, à caufe que la peau leur cuit

Z 4

toufiours, ie m'en rapporte à ceux qui
ont efté galeux s'il y à du plaifir à fe
grater: ils ont toufiours de l'argét frais,
car pour en auoir il eft aifé à leuer leur
boutique, il ne faut qu'vn petit mou-
choir &, le barril deffus, & en vne des
mains vn ayguillier de Croutelles, &
voila leur eftat dreffé: à cefte caufe on
dit, il eft riche comme vn ladre: & vous
fçauez que pour eftre riche on ne
craint point toutes les plus grandes
mefchancetez & vilennies du monde,
pour y paruenir. Vous direz, repliqua
vn autre, toutes les commoditez &
plaifirs que peuuent auoir les ladres, fi
ne m'en ferez-vous pas enuie, combien que ie fçache qu'il y à dès perfonnes qui le font, qui ne le penfent pas
eftre: car on tient que le Cancer & les
Loups, font vne efpece de ladrerie, qui
eft particuliere, & qui n'eft qu'en vn
lieu, & la lepre eft vn Cancer vniuerfel,
lequel occupe tout le corps : & combien que la lepre, le Cácer, & les Loups
viennent d'vne mefme caufe, la lepre
toutesfois qui ne faict que commen-
çer, fe guerira pluftoft que le Cancer &
les

les Loups : d'autant que la matiere qui cause ceste lepre particuliere de ces deux, est dedans les veines, qui est cause qu'on ne les sçauroit guerir sans mutilation du membre ou elles sont attachees, en ostans les veines dans lesquelles est la racine du mal : & la matiere qui fait la lepre vniuerselle, est espanduë par tout le corps, & parce plus aysee à chasser. Il vaudroit donc mieux, va dire vn Franc-a-tripe, estre honnestement ladre, que d'auoir vn Cancer ou des Loups : Le Cancer toutesfois ayant de plus griefs symptomes & accidens que les Loups, à cause du lieu ou ils s'attachent, qui est le pl' souuent és mammelles des femmes, qui sont molles, ayans vne grande capacité, qui les fait plus subiettes au Cancer que des hommes, qui sont plus molestez des Loups aussi que les femmes : les hommes en cest endroit estans de meilleure condition que les femmes, parce qu'il vaudroit mieux nourrir dix Loups qu'vn Cancer. Ie sçay, fut-il repliqué, pourquoy on appelle vne espece de lepre particuliere, Cancer : mais

Z 5

ie voudrois bien qu'on m'eust apprins
pourquoy on nomme l'autre espece de
lepre particuliere, *lupus*. Il luy fut respondu, que c'estoit à cause que ceste
maladie des Loups, qui s'attache communément és iambes, mange tousiours
la partie ou elle est encharnee, comme
les Loups, bestes voraces, mangent
beaucoup de chair, & en mangent en
si grande quantité, qu'elle demeure
pourrie en leur estomac l'espace de
huict iours, & estant puante, ils iettent
parmy l'air des fumees grosses & indi-
gestes, par lesquelles l'air prochain est
infecté: lequel alternatiuement depra-
ue & corrompt l'air circonuoisin, en
sorte que de l'vn à l'autre il paruient à
l'homme qui aura veu le Loup: si bien
que cest air corrompu saisira tellement
les poulmons, serrant l'artere vocale,
qu'auec grande difficulté on pourra
parler, parquoy on dit, il a veu le Loup:
ou bien le Loup enroüe vne personne
de son regard par la frigidité de son
cerueau, laquelle se iuge par sa grosse teste: la vertu donc visible s'addressant au loup pour le regarder, attire à
soy

foy de fa froideur, laquelle renuoyee à
l'eſtomac, oú ſont les organes de la
voix, faiᴄt qu'ils ſont aſtrainᴄts & re-
ſerrez. Et parce que monſieur Scaliger,
diſoit-il encores, ſe mocque de ce commun prouerbe, il à veu le Loup, ie le
confirmeray par Theocrite, qui dit,
comme on m'a faiᴄt à croire, As tu veu
le Loup, que tu ne parles point? & par
Virgile. *Lupi Mærin videre priores.*
Mais ſoit vray oú non ſi eſt-ce que
ceux qui ont les Loups aux iambes ſont
enrouez, auſsi bien que les ladres, &
ont la voix caſſee & baſſe : que ſi nous
pouuions garder nos iambes des loups,
auſsi bien qu'on en garde les brebis,
on n'auroit pas ſi grande peur deux: car
on dit que le Loup ne fera aucun tort
aux brebis ſi vous liez au col de celle
qui va la premiere vn ail ſauuage. Puis
que nous tenons le Loup aux oreilles,
va dire vne Feſſe tonduë, eſcoutez en
deux ou trois petits contes. Le premier ſera d'vn homme riche, que tous
cognoiſſez, lequel à achepté vne maiſon, oú maintenant il demeure: tous diſ-
ſent qu'il à bon marché, que la maiſon

eſt belle, bien baſtie, bien ayree, bien
ſaine, fort ſpacieuſe: tout le mal qu'ils y
trouuent, c'eſt qu'il à de mauuais voiſins, d'autant qu'ils ſe laiſſent manger
aux Loups. Le ſecond conte ſera que ce
mal auoyſiné vn iour voulant vendre
ſon cheual à vn de ſes voiſins, l'achepteur s'eſmaye ſi le cheual n'eſtoit
point vitieux, craignant qu'il fut paou-
reux & vmbrageux, on l'aſſeura que
non: car luy diſoyent ſes voiſins, comment ſeroit ce cheual ombrageux,
quand les Loups montent tous les
iours deſſus, & les porte ſans en auoir
aucune peur? Nous trouuons, adiouſtoit-il, d'vn qui ſe vantoit que le peuple le porta ſur ſes éſpaules, le iour
qu'il prenoit poſſeſsion d'vn office: luy
eſtant repliqué qu'on le croyoit bien, à
cauſe que les Loups l'empeſchoient
d'aller, les Loups des iambes eſtans
bien differens de ceux des champs: car
ceux des iambes empeſchent d'aller, &
les autres ſont cauſe de legereté, d'autant qu'on aſſeure que les cheuaux qui
ont eſté tirez & reſcous des Loups,
qu'on appelle *licopſades*, ſont plus le-
gers

gers que les autres : mais aussi ils s'a-
cordent en vne autre chose, c'est que
les Loups des iambes rendent la partie
où ils s'attachent si tendre, que sans les
ligamens elle tomberoit à pieces & à
lopins : & les Loups animaux ayant
mordu vn mouton, ou quelque autre
animal, rendent aussi leur chair fort
tendre, à cause de leur haleine, laquelle
est si chaude & ardente qu'elle font &
digere les os mesmes en leurs estomac :
ce qui fait que la chair de la beste mor-
duë du Loup se rorrompt aysément, &
aussi deuient plus tendre, se disent ceux
qui ont mangé des animaux arrachez
d'entre les dents des Loups : le foye du
Loup ayant outre vne proprieté &
vertu secrette, qu'en le mangeant il
guerit ceux qui y ont mal. Sur la fin de
la Seree, laissans la lepre particuliere,
ils se mirent à disputer si les capots de
Gascongne estoyent vrayement ladres :
mais n'en estant rien conclud, ie ne mis
rien en ma memoire, sinon qu'il fut dit
que l'espreuue la plus certaine pour sçauoir si vn homme est ladre, estoit de luy
mettre vn poinçon bien auant dans

la

la sole des pieds, car on asseure qu'il fera bien ladre s'il ne le sent: & de là est venu qu'on dit d'vn homme qui laisse gouuerner sa femme ou ses parentes à quelques-vns, c'est homme est bien ladre, il ne sent point quand on luy pique sa chair. Et aussi fut dit par vn de la Serce, que si ceste espreuue estoit vraye, que les Diables rendoient donc ladres ceux qui se donnoient à eux, tous les Sorciers estans ladres à vingt & quatre carats: parce, disoit-il, que Bodin asseure que les Diables marquent les leurs, à fin qu'ils les obligent à eux par ce moyen, comme par vn Sacrement : & qu'en ceste marque on pourroit fourrer toute vne grande ayguille, ou quelque autre fer poincte, sans qu'ils en sentent rien, estant vn moyen aux magistrats de conuaincre les Sorciers aussi bien que les ladres, Il me souuient aussi qu'vn marchand, qui estoit en ceste Serce, ayant bien voyagé, nous conta qu'il auoit esté en vn certain pays où les fourrures de hermine n'estoient point cheres, parce disoit-il, que l'attouche-

mente

ment de ces peaux rendoit les homme⁵
ladres. Ie ne sçay s'il vouloit dire, que
telles fourrures estans bien cheres en
ce pays, rendoyent ladres ceux qui les
portoyent. Et puis ce marchane icy,
non hors de propos, nous conta vne
belle rhime que luy & vn autre marchand firent en allant à vne foire de
Poictou, ayans trouué en la valee de
saint Mayxant vn barril : car l'ayant a-
uassé, l'vn se met à rimer, & puis attache sa rime auec de la cire, à l'vn des costez du barril trouué : & pource que c'est
de la rime de marchand ie la veux dire ;
il y auoit ainsi :

Ce barril fut recouuert
En la valee saint Mayxant :
Lequel on trouua tout ouuert,
Et delaissé pour vn passant.

L'autre marchand, aussi bon rimeur
que son compagnon, prenant ce barril,
le va pendre à vn arbre, apres auoir mis
de l'autre costé ce quatrain :

Qu'aucun de vous ne se hazarde
De prendre ce vuide barril,

Si ce n'est quelque asseuré ladre
De pere en fils, & de droit fil.

Ce marchand, apres auoir recité
ces belles rithmes, nous asseura qu'au
retour de la foire ils retrouuerent encores leur barril pendu ou ils l'auoient
laissé, bien fort augmenté d'autres
rithmes & billets: car les passans qui
sçauoient lire, n'auoyent garde de
prendre ce barril, & le despendre, encores que le cartel escript dessus le
permist à aucuns : ceux qui ne pouuoyent lire, encores moins, ayans
peur que ce fussent quelques Magi-
ciens ou Sorciers qui l'eussent mis là,
pour faire tomber quelque malheur
à ceux qui enleueroyent ce barril : les
passans mesmes n'en osans approcher
non plus que d'vne chose fee & encha-
tee. Alors quelqu'vn, en s'en allant,
va dire, ie suis d'aduis que nous laiss-
sions le barril ou il est, aussi bien n'a-
uons-nous point besoing de boire
pour meshuy, mesmement en tel vaisseau, principalement si le barril est de
bois d'If, parce que Pline dit, qu'ayans
esté faits en France des barrils du bois

d'If

d'If d'Epagne, pour mettre & porter
du vin, que ceux qui en gousterout ne
deuindrent pas seulement ladres, mais aucuns en
moururent.

Fin du troisiesme Liure.

ET NVGÆ SERIA DVCVNT.

Ceste seconde impression, faicte sur la co-
pie augmentee & corrigee par l'Autheur, à
esté acheuee le vingt huitiesme iour de Mars
mil six cens quinze.